Ivar Leon Menger
Angst

Ivar Leon Menger

ANGST

Thriller

dtv

Von Ivar Leon Menger
ist bei dtv außerdem erschienen:
Als das Böse kam

MIX
Papier | Fördert
gute Waldnutzung
FSC® C083411

Originalausgabe 2023

Umschlaggestaltung: Johannes Wiebel | punchdesign, München
Umschlagmotive: VICUSCHKA/stock.adobe.com; shutterstock.com
Satz: Fotosatz Amann, Memmingen
Gesetzt aus der Stempel Garamond
Druck und Bindung: CPI books GmbH, Leck
Printed in Germany · ISBN 978-3-423-26361-0

Wenn Liebe blind macht,
sieht niemand das Böse kommen.
– Elly Watson

Prolog

Jede Nacht hat ihre Kinder. Geschöpfe wie ihn, die um die beleuchteten Häuser schleichen und nach Beute suchen. Mit dem Teleobjektiv, aus sicherer Entfernung. Einmal im Monat eroberte der Schatten ein anderes Revier. Ein fremdes Viertel, eine neue Straße. Er wurde regelrecht süchtig danach. Bis er Mia sah. Und so blieb er für immer.

Er studierte jede ihrer Bewegungen, beobachtete, wie sie die Vorhänge an ihrem Fenster zuzog, meist nur halbherzig. Vermutlich, damit er ihr weiterhin zusehen konnte, wie sie sich im Schein der Schreibtischlampe entkleidete. Dann wünschte er sich, dass sie sich zwischen die Beine fasste und für ihn masturbierte. Doch das war nie geschehen. Das hob sie sich wohl für andere auf.

Ja, er war ihr hartnäckig gefolgt. Bis er endlich in ihrer Nähe war. So dicht, dass sie seine Anwesenheit gar nicht mehr bemerkte.

Das war eine Kunst, kein Verbrechen.

Und trotzdem saß er nun hier, in diesem schrecklich schmucklosen Verhörraum, und sollte erzählen, was vor zwei Wochen passiert war.

Er dachte, es wäre Liebe. Dabei hatte ihm Mia nur etwas vorgespielt. Er schüttelte den Kopf über die eigene Dummheit. Warum war er nicht von alleine darauf gekommen? Sie war Schauspielerin von Beruf. Also so etwas Ähnliches wie er.

Er hatte früh gelernt, sich zu verstellen. In andere Rollen zu schlüpfen, damit sie ihm nicht auf die Spur kamen. Schon damals, als er als Kind die Nachmittage im Wald verbrachte, Blaubeeren sammelte, den Schnecken die Fühler abschnitt oder Katzen anzündete.

Der Kommissar schob ihm einen Becher mit Kaffee über den Tisch.

Er nahm einen Schluck und ärgerte sich über die Handschellen, die ihn dazu zwangen, den Kaffeebecher mit zwei Händen zu umklammern. Er war doch kein Eichhörnchen.

»Mein Name ist Tarik Ünal. Ich bin der leitende Mordermittler in diesem Fall.« Seine Stimme war so tief wie ein gut gestimmter Kontrabass. »Bevor wir mit unserer Befragung beginnen – haben Sie eine Anwältin oder einen Anwalt, die wir benachrichtigen sollen?« Der Kommissar sah ihn an, doch er blieb weiterhin stumm. »Wünschen Sie rechtlichen Beistand?«

Er schüttelte den Kopf.

Rechtlicher Beistand hatte ihm schon früher nicht geholfen. Als er in den Jugendknast gekommen war.

»Wie Sie meinen«, sagte Tarik Ünal und räusperte sich. Er drückte auf die Taste eines Aufnahmegeräts und schob ihm ein Mikrofon vor die Nase. »Ich halte fest, dass der Beschuldigte über seine Rechte aufgeklärt wurde und auf einen Rechtsbeistand verzichtet. Es ist der 20. Juli, elf Uhr acht.« Der Kommissar legte die Arme auf den Tisch. »Bevor wir zu den Mordopfern kommen, würde ich gern über die Stalkingvorwürfe reden, die gegen Sie vorliegen.« Er fuhr sich mit der Hand über den gepflegten Dreitagebart. »Ich will das verstehen.«

»Sie … sie liebt mich«, murmelte er und stellte den Kaffeebecher wieder auf den Metalltisch zurück. »Ich wollte nicht, dass es so endet.«

»Natürlich«, entgegnete Tarik Ünal ruhig. »Niemand wollte das. Aber beginnen wir am Anfang. Für das Protokoll, einverstanden? Als Sie Mia Richter kennenlernten.« Er richtete sich vor ihm auf. »Bitte erklären Sie mir eins …« Die Lederjacke des Polizisten knarzte, als er die Arme vor der Brust verschränkte. »Wie zur Hölle haben Sie es geschafft, bis in ihre Wohnung zu kommen?«

Er grinste. »Oh, das war leicht.«

ERSTER AKT

I

Der Kellner schenkt ungefragt Champagner nach. Aber vielleicht macht man das so, hoch über den Dächern des Regierungsviertels. Ich schiele zu den Nachbartischen hinüber. Rauschendes Stimmengemurmel in der Sommernacht, darüber leise Klaviermusik. Wahrscheinlich Frédéric Chopin in Endlosschleife. Ein italienisches Touristenpärchen im Kerzenschein, verträumt, mit Sicht auf den Berliner Fernsehturm. Wie zwei Models aus einer Parfumwerbung. Dahinter mit Rosenblüten eingedeckte Tischreihen, an denen ein Junggesellinnenabschied gefeiert wird. Ein Dutzend lachsfarbene Poloshirts mit Hochsteckfrisuren in wohltemperierter Lautstärke. Und an der letzten Tafel der Dachterrasse zwei Mittsiebziger in eleganter Abendgarderobe, händchenhaltend. Die beiden Alten wirken so verliebt, als wäre heute ihr erstes Date.

So viel Liebe um mich herum, ich könnte kotzen.

Ich kratze den letzten Löffel Limettenmousse vom Teller und wische mir den Mund mit der steifen Stoffserviette ab. Lauwarmer Wind zieht durch meine Seidenbluse. Streift meine Haut, den roséfarbenen Spitzen-BH, den ich mir letzte Woche gegönnt habe. Als ich mit diesem angesagten Prenzlauer-Berg-DJ aus war. Christoph oder Torben oder so ähnlich, keine Ahnung. Sorry, aber von sexistischen Arschlöchern merke ich mir grundsätzlich keine Namen.

Besonders, wenn sie sich nicht mehr bei mir melden.

Die unfassbar teure Glasflasche neben mir klirrt im Eiswürfelbad. Der Kellner deutet eine knappe Verbeugung an, dann verschwindet er im Lichtermeer des Dachgartens. Ach, wie gern würde ich ihm folgen. Einfach nur weg von hier.

Doch die mondäne Stimmung des Edelrestaurants im historischen Reichstagsgebäude nimmt mich ungewollt gefangen. Das hier ist kein Feierabendbier am Späti, kein Date in einem hippen Burgerladen oder wo man sich ansonsten in Berlin trifft, wenn man sich kennenlernen will. Das hier hat Klasse. Genauso wie der blonde Dreißigjährige, der mir seit fast zwei Stunden gegenübersitzt.

Viktor.

Seinen Nachnamen kenne ich nicht.

Ich kann es nicht erklären, aber an diesem piekfeinen Ort fühle ich mich irgendwie besonders. Wie die zwiegespaltene Hauptfigur in einem französischen Godard-Film, die hier sein will und gleichzeitig ganz woanders. Ich lächle mein Gegenüber an, nicke verständnisvoll, auch wenn ich seinem Monolog schon seit Minuten nicht mehr folge. Ich greife zu meinem Champagnerglas und nehme einen Schluck. Die herben Perlen, die meinen Gaumen kitzeln, betören mich immer mehr.

Keine Sorge, ich bin nicht betrunken. Auch nicht kurz davor. Denn das ist meine wichtigste Regel: Bei einem unbekannten Date immer die Kontrolle behalten! Ich spreche aus Erfahrung. Ansonsten wachst du am nächsten Morgen zu Hause auf und weißt nicht, wie du deinen Nachtfang wieder loswirst.

Ich will keine feste Beziehung. Das verträgt sich nicht mit meinen Zukunftsplänen. Nicht umsonst habe ich die kleine Vogeltätowierung auf meinem Handgelenk. Eine Schwalbe, frei und unabhängig, von Baum zu Baum fliegend, um etwas Spaß zu haben.

Nun also Viktor.

Dunkelblauer Nadelstreifenanzug, gebügeltes weißes T-Shirt, braune Lederschuhe, teure Armbanduhr.

Er wirkt so ganz anders als heute Nachmittag, als ich ihn kennengelernt habe. Eleganter, reicher. Doch seine traurigen

Augen und das verschmitzte Lächeln sind geblieben. Eine Kombination, die mich neugierig gemacht hat. Vor wenigen Stunden auf der Museumsinsel, in der Alten Nationalgalerie.

Ich hatte schon die ganze Zeit das Gefühl, dass er mir mit seiner schwarzen NYC-Baseballcap, den zerrissenen Jeans und dem dunkelblauen Kapuzenpulli durch die verschiedenen Ausstellungen gefolgt war. Bis in die oberste Etage zur *Romantik*, wie passend.

Es war vor dem Gemälde *Der Mönch am Meer* von Caspar David Friedrich, mitten zwischen den asiatischen Touristen, als er mich aus dem Nichts heraus gefragt hat, ob ich vielleicht einen Kaffee mit ihm trinken würde. Noch bevor er mich nach meinem Namen gefragt hat. Seine Hände haben gezittert, genau wie seine Stimme. Ich habe den Kopf schiefgelegt und ihn von oben bis unten gemustert. So wie ihr Männer es mit uns Frauen tut. Er hat nervös gelächelt, ist von einem Fuß auf den anderen getreten, hat auf die blaugräuliche Leinwand hinter uns gedeutet. Hat gesagt, falls ich sein Angebot ablehne, würde er sich aus Kummer in die Sturmfluten des Gemäldes werfen.

Das war charmant, witzig.

Ich entgegnete, dass wahrscheinlich nicht nur ich über seinen kreativen Freitod untröstlich wäre, sondern vermutlich auch der Museumswärter, der grimmig zu uns herüberstarrte. Darüber musste er so laut lachen, dass der Wächter den Zeigefinger an die Lippen legte.

Also sagte ich ihm kurzerhand zu. Ohne eine Sekunde zu zögern. Es imponierte mir, dass er die Chuzpe besessen hatte, mich einfach anzusprechen. So wie früher, in der guten analogen Zeit. Als man sich noch im Kino oder Tanzcafé kennengelernt hat. Und nicht über Dating-Apps. Wie hätte ich da Nein sagen können? Außerdem sah er wie ein schräger Berliner Künstler aus. Irgendwie süß. Wenn auch nicht mein Typ.

»Mia.« Ich streckte ihm die Hand hin. »Mia Richter.«

Er hat meine Hand genommen. »Viktor.«

Und nun, nur wenige Stunden später, sitzen wir überraschend hier. In diesem Promi-Edelschuppen, angeblich seinem Lieblingsrestaurant, nach einem Sieben-Gänge-Menü mit Weinbegleitung, auf einer Dachterrasse über dem Berliner Regierungsviertel.

Das nennt er *Kaffee trinken*?

Er dachte wohl, nach Langoustines Royal mit Vinaigrette von gereifter Sojasauce, Sauté vom Kalbsbries mit kleinen, gefüllten Champignons, Uckermärker Rinderrücken mit Sauerklee und geschmorter Rote Bete bekommt er mich als Dessert dazu.

Junge, vergiss es. Mit Geld beeindruckt mich niemand.

Mit zerrissener Jeans warst du interessanter.

Ich nippe am Champagnerglas und schiele auf meine Uhr. Viertel vor zehn an einem Donnerstagabend. Die verbleibenden fünfzehn Minuten schenke ich Viktor noch, dann wird es Zeit, nach Hause zu fahren. Ich bin kein ängstlicher Typ, trotzdem muss ich mein Schicksal nicht herausfordern, wenn ich später mit der U-Bahn nach Kreuzberg fahre. Außerdem ist morgen ein wichtiger Tag für mich.

Erneut nicke ich mit dem Kopf, ohne zuzuhören, als mir Viktors Mundwinkel auffallen. Sie haben sich plötzlich verändert, hängen wie seine Augenlider traurig nach unten. Er tupft sich mit der Stoffserviette über die Stirn.

Ex-Freundin? Tragisch? Von was spricht er da?

Ich setze mich im Stuhl auf und stelle mein Grinsen ein. »Bitte entschuldige, Viktor«, sage ich. »Was war mit deiner Freundin? Wieso hat sie dich verlassen?«

Viktor holt Luft. »Meine Verlobte hat sich umgebracht.«

»O Gott«, entfährt es mir leise. »Das … das tut mir leid.« Meine Nackenhaare stellen sich auf. Ich streiche über meine Tätowierung, über die schmale Narbe.

»Nein, nein. Mir tut es leid, Mia«, sagt er hastig. »Ich wollte jetzt nicht unseren wunderbaren Abend zerstören.« Viktor lässt den Kopf hängen. »Ich bin nicht gut in so was.«

»Darin ist niemand gut, Viktor«, sage ich leise. »Suizid ist ein ernstes, wichtiges Thema, über das viel zu wenig gesprochen wird.«

»Aber doch nicht bei unserer ersten Verabredung«, sagt Viktor und schüttelt den Kopf. »Wie dumm kann man sein?«

Ich beuge mich zu ihm vor, lege die Hand auf seinen Arm. »Du bist nicht dumm, Viktor. Genau das macht uns doch zu Menschen. Wenn Gespräche in die Tiefe gehen, kein oberflächliches Blabla.« Ich ziehe meine Hand wieder zurück. »Möchtest du darüber sprechen?« Viktor lehnt sich zurück, starrt in den Himmel. Ich senke meine Stimme: »Hatte deine Verlobte … Depressionen?«

»Nee«, antwortet er knapp. »Sie hat nur unsere Trennung nicht verkraftet.« Dann richtet sich Viktor plötzlich zu voller Größe auf und winkt die Kellnerin zu uns. »Hallo? Hier! Bitte zahlen!«

Augenblicklich habe ich ein schlechtes Gewissen, dass ich ihm nicht richtig zugehört, sondern ganz egoistisch den Abend genossen habe. Auch wenn ich mir unser spontanes Date eigentlich ganz anders vorgestellt hatte. Einfacher, mit viel weniger Tamtam.

Ich drehe mich zur Kellnerin um, die mit der Rechnung an unseren Tisch getreten ist, und öffne meine Handtasche. »Wir zahlen bitte getrennt.«

»Kommt überhaupt nicht infrage, Mia«, geht Viktor dazwischen. »Ich habe gesagt, dass ich dich einlade.« Er schlägt mit der Handfläche auf den Tisch. »Und was ich sage, wird gemacht.«

Ich zucke zurück. Meine Handtasche fällt zu Boden.

Er lacht.

»Bist du sicher? Die Rechnung ist ganz schön hoch«, sage ich, obwohl mich dieser Abend ein Viertel unserer WG-Zimmermiete kosten wird. Ich bücke mich unter den Tisch, um meine Tasche aufzuheben, Kugelschreiber und Lippenstift sind herausgekullert. Als ich wieder nach oben komme, überreicht Viktor der überraschten Kellnerin ein Bündel Geldscheine.

»Stimmt so«, sagt er mit breitem Grinsen.

»Herzlichen Dank, der Herr. Das ist sehr großzügig«, entgegnet sie mit einer knappen Verbeugung und verschwindet so schnell, wie sie gekommen ist.

»Viktor, das wäre wirklich nicht nötig gewesen«, sage ich und meine es aufrichtig. »Wir hätten uns die Rechnung teilen können.« Auch wenn ich mir dieses Restaurant niemals freiwillig ausgesucht hätte, geschweige denn leisten könnte – ich hasse das Gefühl, jemandem etwas schuldig zu sein. »Trotzdem vielen Dank, Viktor. Das war seit langer Zeit mal wieder ein wundervoller Abend.«

»Ja, Mia. Das war es«, sagt er und knetet sich die Hände.

Dann verstummen wir.

Aus Höflichkeit macht niemand den ersten Schritt. Wir wissen beide, dass es das erste und letzte Mal war, dass wir uns getroffen haben. Dafür sind wir einfach zu verschieden. Ich, eine fünfundzwanzigjährige Nachwuchs-Schauspielerin aus Kreuzberg und er, ein circa dreißigjähriger … Ja, was macht Viktor eigentlich beruflich? Darüber haben wir gar nicht gesprochen. Eigentlich hat er mir die ganze Zeit nur Poesiealbum-Fragen gestellt. Was sind deine Lieblingsblumen? Lieblingsurlaubsland? Was dein Lieblingstier, Lieblingsfarbe, Lieblingsbuch?

Seinem dunkelblauen Anzug nach zu urteilen, scheint er Banker oder Versicherungsmakler zu sein. Er könnte aber auch ein Start-up führen oder etwas mit Bitcoins machen. Jedenfalls ist Viktor definitiv kein Künstler, so wie ich es vor wenigen Stunden im Museum vermutete.

»Ich bring dich nach Hause«, sagt er, schiebt den Stuhl nach hinten und geht um den Tisch. Viktor bietet mir seinen Arm zum Aufstehen an. Ein bisschen albern, doch irgendwie gefällt es mir. Eine verloren gegangene Geste von Respekt.

»Danke«, sage ich und erhebe mich.

»Wo musst du hin?«, fragt Viktor. »Ich rufe uns ein Taxi.«

»Kreuzberg, Graefekiez«, sage ich, ohne weiter darüber nachzudenken. Eigentlich wollte ich den Abend gleich an der Restauranttür beenden, aber ein Taxi ist um diese Uhrzeit auf jeden Fall sicherer als unsere berüchtigte U-Bahn-Station Schönleinstraße. Also nehme ich Viktors Angebot dankend an.

Er hilft mir in den Mantel, und wenig später sitzen wir schweigend im Taxi, rauschen durch die Berliner Nacht. Hell erleuchtet zieht das moderne Regierungsviertel an uns vorbei, viel Stahl und Beton, der glitzernde Spreekanal. Über uns dreht sich der Funkturm, eine Schnulze von Roland Kaiser im Autoradio. Irgendwann später mit Graffiti besprühte Häuserwände, Kolonnen von Krankenwagen, vereinzelt Polizeisirenen, Spielhallen, Dönerbuden, Shisha-Bars, türkische Juweliere, Sportwetten, Köfte-Grills, geschlossene Stofflädchen. Wir erreichen den Kottbusser Damm, der Wagen biegt links in die verkehrsberuhigte Zone ein. Vorbei an den Straßencafés, meinem Späti, der kleinen Eckpizzeria, vorbei an grölenden Jugendlichen, betrunkenen Touristen, weiter in die von Platanen gesäumte Dieffenbachstraße.

»Sie können gleich hier halten!«, rufe ich nach vorne und deute auf das spanische Restaurant neben unserer Hofeinfahrt. Das Taxi hält an. Ich schnalle mich ab und drehe mich zu Viktor. »Danke«, sage ich und drücke die Handtasche gegen meine Brust. »Das war wirklich ein schöner Abend.«

»Der beste Abend seit Langem«, sagt Viktor und lächelt mich an. »Wir können ihn ja wiederholen.«

»Na klar, warum nicht?«, entgegne ich, weil mir auf die Schnelle der Mut fehlt, ihn zu enttäuschen. Das ist der Moment, den ich am meisten hasse. Die Unehrlichkeit nach einem missglückten Date. Warum kann man nicht einfach sagen: Hey, ich mag dich. Das war ein interessanter Abend, du bist nett, aber es hat nicht gefunkt. Warum denken Männer immer, dass sich mit einem weiteren Treffen ihre Chancen erhöhen?

»Was macht das?«, frage ich nach vorne und wühle mich durch die Tiefen meiner Handtasche. Irgendwo muss doch das Portemonnaie stecken. Vielleicht ist es hinter mein Notizbuch gerutscht? Der Taxifahrer gibt eine Antwort, die ich nicht verstehe. Endlich habe ich die Börse gefunden und ziehe sie heraus.

Doch Viktor legt seine Hand auf meine. Sie ist fleischig und feucht. »Ich übernehme das«, sagt er.

»Danke«, sage ich und ziehe meine Hände zurück. Ich öffne die Tür und steige aus dem Taxi. Kühle Abendluft, das Rascheln der Blätter in den Bäumen. Endlich zu Hause. Vor mir auf dem Bürgersteig erwartet mich ein Hundehaufen, in letzter Sekunde springe ich daran vorbei.

»Bis ganz bald!«, ruft mir Viktor zu. »Du Traumfrau!«

Traumfrau, o je. Ich nicke freundlich und schlage die Tür hinter mir zu. Auf dem Weg zu unserem Hauseingang verdrehe ich die Augen. Zum Glück hat dieser Typ nicht meine Telefonnummer oder kennt meinen Nachnamen. Ich kehre auf dem Absatz um und laufe sicherheitshalber in die entgegengesetzte Richtung. Er muss ja nicht wissen, wo ich wohne. Gegen Ende der Taxifahrt wurde Viktor immer seltsamer, hat mich die ganze Zeit angestarrt. Als würde ich es nicht merken. Aber ich will nicht undankbar erscheinen. Viktor war ansonsten sehr zuvorkommend und höflich. Die Art von Mann war bei meinen letzten Verabredungen viel zu selten dabei. Meinen anderen Dates ging es letztendlich nur darum, mich möglichst schnell in die Kiste zu kriegen.

Das Taxi hinter mir fährt los. Ich drehe mich nicht um, spüre aber Viktors Blicke in meinem Rücken. Ich bleibe an der Hausmauer stehen und verharre, bis der Wagen in die Graefestraße gebogen ist.

Dann gehe ich zurück, öffne die Handtasche und wühle nach meinem Schlüsselbund. Einzelne Euromünzen klimpern, ich schiebe mein Smartphone zur Seite, fingere zwischen Make-up-Döschen, Notizbuch, Portemonnaie, einer Packung Taschentücher, dem Kugelschreiber und dem Lippenstift nach meinen Schlüsseln. Ich suche weiter, tiefer. Sogar in den verborgenen Innentaschen. Dann in meiner Jackentasche. In meiner Jeans. Doch es hat keinen Sinn.

Mein Hausschlüssel, er ist nicht da.

2

Der Türsummer ertönt mit einem tiefen Brummen. Ich drücke unser verschnörkeltes Eingangstor aus der Gründerzeit auf und schlendere durch die Steinhalle in den ersten Hinterhof, das Nachtlicht geht automatisch an. Es riecht nach geschmorten Zwiebeln und Knoblauch. Ich gehe an den zwei Reihen Fahrradständern vorbei auf unsere rote Haustür zu, die von zahlreichen Blumenkübeln gesäumt ist. Dort betätige ich unsere Klingel erneut und warte.

Nachdem Yvonne den Summer gedrückt hat, nehme ich zwei Stufen auf einmal in den vierten Stock des alten Fabrikgebäudes.

Meine blondhaarige WG-Bewohnerin erwartet mich schon im Türrahmen. Sie trägt ein übergroßes *Backstreet-Boys*-T-Shirt und pinkfarbene Leggins. »Na, Mia? Schlüssel vergessen?«, fragt sie lachend. »Zum Glück habe ich noch nicht geschlafen.«

»Sonst hätte ich wohl in der Kneipe übernachten müssen«, sage ich und betrete den schwarz-weiß karierten Flur unserer Dreier-WG. »Unser Dornröschen kriegt doch eh keiner wach.«

»Nur wenn der richtige Prinz kommt«, ergänzt Yvonne, schließt die Tür und trottet barfuß hinter mir her. In der Küche werfe ich die Handtasche auf den Stuhl und nehme aus dem Küchenschrank ein Wasserglas heraus, das in seinem vorherigen Leben ein Senfglas war. »Ich dachte eigentlich, ich hätte den Schlüssel eingesteckt«, sage ich.

»Und ich dachte, du schläfst heute Nacht woanders«, schmunzelt Yvonne.

»Sehr witzig.« Ich strecke ihr das leere Glas hin. »Auch was?«

Meine Mitbewohnerin schüttelt den Kopf.

Ich fülle das Glas randvoll. Ich bin am Verdursten.

»Hoffentlich hast du den Schlüssel nicht verloren«, sagt Yvonne und geht auf unser Schlüsselbrett zu. »Hm, hier hängt er zumindest nicht.«

»Ich sag doch, dass ich ihn dabei hatte«, entgegne ich und leere das Wasserglas in einem Zug. »Er muss mir im Restaurant aus der Tasche gefallen sein, als ich bezahlen wollte.«

»Wie bitte?«, fragt Yvonne überrascht und dreht sich wieder zu mir um. »Der Typ hat dich nicht mal eingeladen? Obwohl *er* das Restaurant ausgesucht und so ein Geheimnis aus dem Treffpunkt gemacht hat?«

»Doch, doch, hat er«, antworte ich, ziehe mein Mobiltelefon aus der Handtasche und wähle die Nummer des Dachrestaurants.

»Wo wart ihr überhaupt essen?«, flüstert Yvonne.

Ich winke ab und halte mir den Hörer ans Ohr.

Am anderen Ende begrüßt mich eine sonore Frauenstimme, der ich mein Problem schildere.

»Verstehe«, sagt die Dame knapp. Im Hintergrund ist die hektische Großküche des Edelrestaurants zu hören. »Und wie lautet Ihr Name?«

»Mia Richter«, antworte ich. »Richter, wie der Künstler.«

»Einen Moment, bitte«, sagt sie freundlich und schweigt. Ich höre sie in einem Buch blättern. »Nein, tut mir leid, wir hatten heute keine Reservierung auf Richter.«

»Ach so, natürlich. *Er* hat den Tisch bestellt«, erkläre ich rasch. »Also, mein …«, doch mir fällt kein passender Begriff ein.

»Ihr … *Begleiter*?«, fragt sie professionell, leicht unterkühlt. Fast so, als wäre ich eine Escortdame. Es ist mir unangenehm. Wieso kenne ich Viktors Nachnamen nicht?

»Hören Sie, wir saßen draußen auf der Terrasse, gleich links neben dem italienischen Touristenpärchen«, sage ich. »Haben Sie dort am Tisch vielleicht einen Schlüssel gefunden? Am Bund ist ein grüner Gummianhänger dran.«

»Tisch fünf«, sagt die Frau knapp, blättert wieder. »Jetzt erinnere ich mich, selbstverständlich. Der Herr mit dem großzügigen Trinkgeld.« Ihre Stimmung hellt sich auf. »Viktor Engel.«

Engel. So heißt Viktor also mit Nachnamen.

»Nein, es tut mir leid, Frau Richter. Es wurde nichts hinterlegt«, sagt die Restaurantdame. »Doch wenn Sie mir Ihre Telefonnummer geben, melden wir uns, falls wir Ihre Schlüssel finden.«

Ich bedanke mich und gebe ihr meine Nummer durch. Ich lege auf und drehe mich zu meiner Mitbewohnerin um, die mit verschränkten Armen am Kühlschrank lehnt.

»Hat es sich wenigstens gelohnt, dass du die Schlüssel verloren hast?«, fragt Yvonne grinsend.

»Das Treffen mit Viktor war ganz nett«, antworte ich und ziehe den gelb lackierten Holzstuhl heran, setze mich an den Esstisch. »Wir waren in diesem Edelrestaurant oben auf der Dachterrrasse des Reichstags.«

»Wow. Das ist allerdings eine Überraschung.«

»Aber es war nicht so, wie ich gedacht hatte.«

Yvonne legt den Kopf schief, kommt mit langsamen Schritten auf mich zu, setzt sich mir gegenüber auf die Eckbank. Sie stützt das Kinn auf die Hände. »Das verstehe ich jetzt nicht. Wieso nur nett? Mia, heute Mittag hast du …«

»Ich weiß. Da habe ich noch von ihm geschwärmt«, entgegne ich. »Doch beim Abendessen hat sich leider herausgestellt, dass Viktor … na ja, dass er …«

»… schwul ist?«, ergänzt Yvonne enttäuscht. »Das war mir sofort klar, Mia. Die besten Männer sind nie zu haben. Die haben Stil, wissen genau, wo man mit einer Dame hingeht.« Sie wirft die blonden Strähnen über die Schulter, redet sich in Fahrt. »Warum solltest du auch so ein Glück haben? Es ist doch kein

Wunder, dass du ihn im Museum kennengelernt hast. In einer Kunstausstellung, Mia! Das hätte uns vorher auffallen müssen! Und erst sein Name: Viktor!«

»Denk doch nicht immer in solchen Klischees, Yvonne!«

»Was, wieso?« Sie sieht mich irritiert an. »Ist er doch hetero?«

»Viktor war wirklich aufmerksam und höflich«, sage ich. »Aber gleichzeitig auch wie ein Vulkan, der jeden Moment hochgehen kann.« Ich beuge mich zu Yvonne, senke die Stimme. »Er war ein einziger Widerspruch. Mittags im Museum wie ein abgebrannter Künstler und abends ein neureicher Arsch, der das Geld zum Fenster rauswirft. Ich wusste überhaupt nicht, wie ich damit umgehen soll.« Ich lasse mich wieder in den Stuhl zurückfallen. »Fast wie Jekyll und Hyde.«

»Also, für mich klingt das aufregend, Mia. Ein Künstler mit Kohle!«, sagt Yvonne und starrt schmachtend an die Zimmerdecke. »Auf jeden Fall besser als deine letzten Typen, die von *Tinder*. Oder deine Möchtegern-Schauspieler, die alle kein Geld auf dem Konto haben und sich von dir aushalten lassen.«

»Apropos *aushalten*«, sage ich und nutze meine Chance, sie erneut darauf anzusprechen. »Sag mal, wann kann ich denn mit deinem WG-Anteil für Juni und Juli rechnen? Und die Hälfte deiner Maimiete steht auch noch aus.«

Angespannt rutscht Yvonne auf der Eckbank hin und her. »Ähm, tut mir leid, Mia. Es lief in letzter Zeit nicht so gut. Es sind Sommerferien, da sind die meisten Jungs mit ihren Eltern im Urlaub. Aber du bekommst es bald, ganz sicher. Ich weiß doch, dass du das Geld dringend benötigst.«

»Ich helfe dir gern über die Runden«, sage ich. »Aber du brauchst endlich einen richtigen Job, Yvonne.«

Sie lässt den Kopf sinken.

Ich lege meine Hand auf ihre. »Soll ich morgen mal bei der Produktionsfirma nachfragen, ob sie jemanden gebrauchen können?«

Yvonne hebt den Kopf. »Stimmt ja, morgen früh ist dein großes Casting. Solltest du da nicht ausgeschlafen sein?«

»Das werde ich sein«, sage ich und blicke auf meine Armbanduhr. Micky Maus streckt beide Arme in die Luft, nur wenige Minuten vor elf. »Deshalb wird es für mich jetzt auch Zeit fürs Bett.«

»Und wirst du ihn wiedertreffen, diesen Viktor?«

»Eher nicht«, antworte ich knapp und räume das Wasserglas in die Spülmaschine.

Yvonne öffnet den Kühlschrank und nimmt drei Flaschen Mate-Eistee heraus. Sie wird die Nacht also wieder halb nackt vorm Computer durchzocken, um als Gamer Girl, während ihres Livestreams, Spenden zu sammeln. Manchmal hat sie Glück und verdient so bis zu achtzig Euro am Abend. Und das, obwohl sie Videospiele überhaupt nicht mag.

Ich schlurfe zum Bad. »Bis morgen! Und viel Glück.«

»Dir auch, Schatz!«, ruft Yvonne mit erhobenem Daumen. »Du wirst das Casting rocken!« Sie macht eine ausladende Verbeugung. »Und danke für alles, du bist die Beste!« Dann huscht sie in ihr Zimmer.

Nachdem ich diesen verrückten Tag von mir abgewaschen habe, betrete ich mein dunkles Privatreich und schalte die kleine Messinglampe auf der Kommode an, die ich auf dem Trödelmarkt in Tiergarten erstanden habe. Ich lehne mich gegen das Türblatt.

Endlich Ruhe. Ich atme entspannt durch.

Mein Zimmer, in dem ein schmales Bett, ein Arbeitstisch, darüber ein Regalbrett für meine Bücher, eine Schminkkommode, ein Korbsessel und ein heller Kleiderschrank Platz haben, ist von warmem orangefarbenem Licht durchflutet. Es duftet nach getrockneten Lavendelblüten, die in einem Leinensäckchen an meinem Bettgestell hängen.

Ich zerre den beigefarbenen Vorhang zu, zumindest die eine Hälfte, weil die andere wieder klemmt, und lasse mich in BH und Slip auf die Bettkante fallen. Meine Hand fährt unter das Kopfkissen, ich ziehe das seidene Nachthemd hervor. Es legt sich kühl über meine nackten Beine.

Mein Blick fällt auf den ovalen Spiegel über der Kommode. Ich streiche mir die dunklen Haare über die Schulter und betrachte meinen Körper. Eigentlich bin ich recht zufrieden. Langer Hals, kleiner, fester Busen. Etwas Taille, reine Haut. Vereinzelt Muttermale. Schmale Hüften. Vielleicht könnte ich noch zwei, drei Pfund abnehmen. Aber ich habe mir geschworen, dass ich nicht in den Schönheitswahn verfallen will, der noch immer tief in unserer Schauspielerinnen-DNA steckt. Da hat das Patriarchat beste Arbeit geleistet, um uns mit Hauptrollen zu ködern.

Auch wenn mir viele Regisseure sagen, ich hätte eine unfassbare Ähnlichkeit mit der jungen Natalie Portman, möchte ich mich nicht auf mein Aussehen verlassen. Denn das wird sich verändern, und bis dahin muss ich bewiesen haben, dass ich mehr kann als belanglose Nebenrollen in Studenten-Kurzfilmen zu spielen.

Deshalb ist das morgige Casting so wichtig. Ich erhalte endlich die Chance, für eine vielschichtige Charakterrolle vorzusprechen. Ich wurde für die Hauptrolle eingeladen, in einer deutsch-amerikanischen Co-Produktion, die ihre Premiere sehr wahrscheinlich in Cannes feiern wird.

Und ich bin bestens darauf vorbereitet.

Ich kenne alle Dialoge auswendig, auch die Sätze meines Gegenparts. Ich war fast täglich in der Nationalgalerie auf der Museumsinsel, um das Gemälde von Caspar David Friedrich auf mich einwirken zu lassen. Und ich habe mich spontan in mehrere Liebesabenteuer gestürzt. Genau wie die Hauptfigur, die ich verkörpern will. Julia Stoye, die den berühmten Landschaftsmaler um 1800 angeblich in eine tiefe depressive Krise stürzte und ihn – laut Drehbuch – sogar zu einem Suizidversuch brachte.

Wenn ich die Rolle bekomme, dann haben sich all die Opfer der letzten Jahre gelohnt. Das nächtliche Kellnern, die zahlreichen Wochenend-Workshops, das Anbiedern auf Berliner Filmpartys, das Kontakte knüpfen, die Kurierfahrten mit dem Rad, die ständigen E-Castings, die unbezahlten Auftritte in Kurzfilmen.

Und ich könnte meiner Großmutter endlich das betreute Wohnen im Odenwald ermöglichen.

Mit meinem aktuell Gesparten bleiben mir vielleicht noch fünf Monate, bis ich meinen Schauspieltraum vorerst auf Eis legen muss.

Ich ziehe meinen BH aus, schlüpfe in mein Nachthemd und lösche das Licht. Vom Hof fällt gedämpftes Laternenlicht durch den Vorhang. Ich taste mich zum Fenster und kippe es. Frischer Wind zieht in mein Zimmer. In irgendeinem Hinterhof wird eine Party gefeiert. Tiefe Bässe, ausgelassenes Lachen. Ich hänge mein Smartphone an den Strom und lasse mich auf die Matratze fallen. Morgen werde ich es schaffen, morgen werde ich sie alle überzeugen. Ich schließe die Augen und bete das Vaterunser.

Das erste Mal seit zehn Jahren.

3

Die Espressomaschine hat mich geweckt. Ich blicke auf das Mobiltelefon neben meinem Bett. Freitagmorgen, 6:21 Uhr. Ich könnte noch neun Minuten liegen bleiben, bevor es klingelt. Doch heute ist mein großer Tag. Ich werfe die Bettdecke zur Seite und öffne den Kleiderschrank. In meinem Zimmer schwebt der Duft von frisch gebrühtem Kaffee, die ersten Sonnenstrahlen scheinen durchs Fenster. Ich schlüpfe in meinen überweiten Kapuzenpulli und schlurfe in die Küche.

Auf dem Esstisch stehen frische Brötchen, Camembert, Nussnougatcreme, Schweizer Bergkäse, ein Glas Himbeermarmelade und eine große Flasche Multivitaminsaft. Davor ein Porzellanteller mit Besteck und die heutige Tageszeitung.

Ich drehe mich überrascht zu Philipp um, der mir eine dampfende Tasse Americano entgegenstreckt.

»Guten Morgen, Mia.«

»Morgen«, sage ich und nehme den Kaffee entgegen. »Für mich?«

Mein Mitbewohner zuckt mit den Achseln. Dann deutet er auf den gedeckten Küchentisch. »Heute ist doch dein Casting.« Er zieht mir den Stuhl heran. »Dafür muss der nächste deutsche Hollywoodstar doch anständig gestärkt sein.«

»Ist das ein ärztlicher Rat, Herr Doktor?«, frage ich schmunzelnd und setze mich an den Tisch.

»Reiner Eigennutz«, sagt Philipp und gießt mir ein Glas Saft ein. »Im Gegenzug erwarte ich eine lobende Erwähnung bei deiner Oscar-Rede.«

Ich bin so froh, dass wir Philipp als Mitbewohner in unserer WG haben. Nicht nur, weil wir im Notfall ärztlich versorgt sind, sondern weil er immer gut gelaunt bleibt. Egal, ob er von einer langen Nachtschicht aus dem Krankenhaus nach Hause kommt oder sich das Geschirr in der Spüle stapelt oder er Yvonnes blonde Haare aus dem verstopften Duschabfluss entfernen muss. Philipp trägt durchgehend ein Lächeln auf seinen Lippen. Nach seinem praktischen Jahr an der Berliner Charité wird er bestimmt ein hervorragender Assistenzarzt.

»Das ist echt lieb, Philipp. Du bist ein Schatz!« Ich schneide das Brötchen in zwei Hälften. »Komm, setz dich doch zu mir.«

»Danke, aber ich muss ins Bett«, sagt Philipp gähnend und stellt sich vor seine WG-Zimmertür, auf der ein gelbes Baustellen-Warnschild angebracht ist. »Zu viele Verletzte für eine Nacht.«

»Verstehe. Ich weiß gar nicht, wie du das alles schaffst«, sage ich und nicke anerkennend. »Schlaf gut! Und ganz lieben Dank für das tolle Frühstück!«

»Sehr gern, Mia. Und viel Erfolg«, sagt er. Und bevor er in seinem Zimmer verschwindet: »Toi, toi, toi!«

Ich greife nach der Tageszeitung, die Philipp immer aus der Charité mitbringt, schlage den Kulturteil auf und nippe an meinem Kaffee.

Nachdem ich fertig gefrühstückt habe, springe ich unter die Dusche und werde zum Menschen. Ich genieße das heiße Wasser auf meiner Haut, den fruchtigen Aprikosenduft meines Shampoos. Während ich mir die Zähne putze, verrät mir der Blick auf die Wanduhr, dass mir noch gute zwei Stunden bis zum Vorsprechen bleiben.

Ich ziehe das türkisfarbene Sommerkleid an, schlüpfe in meine braunen Ballerinas und schminke mich. Dezent, aber die Augenpartie betone ich etwas mehr. Ich hoffe so, eine gewisse Ähnlichkeit mit der Dame auf Caspar David Friedrichs Gemälde *Frau am Fenster* zu bekommen.

Mit geschultertem Rucksack haste ich ins Treppenhaus und hinaus in den Innenhof zu meinem knallroten Rennrad. Die Sonne strahlt durch die Blätter der Baumkronen, geflecktes Schattenspiel auf dem Bürgersteig. Ich rolle an einer Gruppe Mütter mit Pappbechern vorbei, die ihre Kinder in den Hort bringen. Neben mir schläft ein Obdachloser zusammengerollt in einem Hauseingang, ein Hund kackt auf das von Anwohnern angelegte Blumenbeet.

Kurz hinter der Parkanlage befinde ich mich schon auf der Hauptstraße zwischen hupenden Autokarawanen, überholenden Lastern, ungeduldigen Taxis und Kurierfahrern, die ihren Lieferwagen in zweiter Reihe parken. Wenn ich Glück habe, treffe ich mit allen Körperteilen am Casting ein.

Ich trete in die Pedale. Ich liebe den kühlen Fahrtwind, der mir am frühen Morgen durch die Haare weht, sowie den schnellen Wechsel der Gerüche, die mich für Momente streifen: warmes Brot vom Biobäcker, stinkende Abflüsse, apfelfrischer Fensterreiniger, laufende Dieselmotoren, das Blütenmeer des Blumenverkäufers am Straßenrand, frisch angezündete Zigaretten …

Die Ampel vor mir wird orange, ich bremse ab. Neben mir schießt ein Fahrradfahrer vorbei, über die rote Ampel. Er beschimpft mich auf das Übelste, weil ich stehen geblieben bin. Berlin ist voller Irrer.

Doch das bin ich gewohnt. Als ich selbst noch mit dem Fahrrad Essen ausgeliefert habe, war ich kein Stück besser. Wenn Pünktlichkeit alles ist und du auf das Trinkgeld nicht verzichten kannst, dann zählt nur noch der Blick nach vorn. Hauptsache, du erreichst dein Ziel. Und es gibt so viele kaputte Menschen in der Hauptstadt, die dieses Spiel verloren haben.

Ich biege in die Seitenstraße ein und holpere gemächlich über das Kopfsteinpflaster. Über mir zwitschern die Spatzen in den Lindenblättern. Die Sonne spiegelt sich in den gigantischen Stahlfenstern der Industriehallen, die ich endlich erreicht habe.

Ich schiebe mein Fahrrad durch den steinernen Eingangsbogen des Fabrikgeländes. Beruflich war ich schon oft hier. Jedoch nicht fürs Vorsprechen, sondern um Essensbestellungen auszuliefern.

In diesem Gebäudekomplex sind die Büros der wichtigsten Berliner Kreativen versammelt: Filmproduktionen, Castingagenturen, Fotografen, Musikstudios, Designagenturen und eine Kunstgalerie. Sowie ein italienisches Restaurant im Innenhof, wo sich mittags alle zu Latte macchiato und *Torta della nonna* treffen, um über ihre neuesten Projekte zu sprechen.

Ich schließe mein Rennrad an den Fahrradständer und sehe mich um. Hier irgendwo muss der Eingang sein. Ein schlanker, attraktiver Mann mit schwarzem Oberlippenbart, Sonnenbrille, Seidenhemd und Jogginghose kommt mir rauchend entgegen.

»Entschuldigung, könntest du mir vielleicht sagen, wo ich die Castingagentur *Bergemann & Meyer* finde?«, frage ich.

»Yeah, you see the long line?«, antwortet er und deutet mit der brennenden Zigarette hinter sich. »There's the casting. Good luck!« Seinem Akzent nach zu urteilen, ist der Hipster Niederländer oder Däne.

Ich sehe ihm noch kurz hinterher und frage mich, was fieser war – der Oberlippenbart oder sein Hosengeschmack. Auch wenn er insgesamt ganz süß aussah. Ich werfe ihm ein knappes »Thank you« hinterher, gehe auf die Ansammlung junger Schauspielerinnen zu und stelle mich am Ende der Schlange an.

»… die weibliche Hauptrolle schon besetzt.«

»Woher weißt du davon?«

»Ich kenne jemanden von der Agentur.«

»Und das ist ganz sicher?«

Ich lausche dem Gespräch der beiden Frauen vor mir. Die rothaarige Endzwanzigerin habe ich schon mal auf einem anderen Casting gesehen, die Jüngere mit Pagenschnitt ist garantiert neu im Geschäft. Ich beuge mich zu den beiden vor. »Hallo, ich hab gerade zufällig euer Gespräch mit angehört.«

Sie drehen sich zu mir um und starren mich an, als wäre ich von der Stasi.

»Die Hauptrolle ist schon weg?«, frage ich unsicher.

Die Rothaarige mustert mich. Dann lächelt sie. »Ja, Mädchen. Das alles hier ...«, sie deutet mit breiter Geste auf die Schauspielerinnen vor uns, »das ist eine reine Farce. Es wäre für die Produktion viel aufwendiger gewesen, uns alle anzurufen und abzusagen.« Sie beugt sich zu mir vor und flüstert: »Also lassen sie uns alle einfach antanzen und sagen uns vor Ort ab.«

»Wirklich? Das ist ja voll unfair!«, empört sich die Neue, die anscheinend gerade erst ihr Abitur gemacht hat. Ich will ihr gerade antworten, dass das alles nur blödes Gerede ist, als mich die Rothaarige unterbricht.

»Ihr könnt mir glauben«, sagt sie und deutet auf das Büroschild. »Ich bin nur hier, weil ich den dänischen Schauspieler kenne. Mads Larsen. Mads hat die Nebenrolle des Johannes Wiedewelt bekommen.« Sie dreht sich zu dem Küken um, legt den Arm um ihre dünnen Schultern. »Das hat er mir im Vertrauen gesagt. Er ist heute hier, um den Gegenpart zu spielen. Und mit etwas Glück besetzen sie vielleicht noch eine weibliche Nebenrolle. Ansonsten hätte ich echt Besseres zu tun, als hier dumm rumzustehen.«

»Das ist erst mein zweites Casting, ich bin neu in Berlin«, sagt der blonde Pagenkopf und blickt sich unruhig um. »Nur eine Nebenrolle? Wie lange wird das denn ungefähr dauern, bis wir drankommen?«

Die Rothaarige zieht ein Päckchen Zigaretten heraus und zündet sich eine an. »Also erfahrungsgemäß so ungefähr zwei Stunden.« Sie stößt eine Rauchwolke aus. »Aber das ist ganz normal. Wir reden hier schließlich von einer US-Produktion.«

»Wie bitte?«, fragt die junge Schönheit erstaunt und blickt auf ihre Armbanduhr. »Das wusste ich nicht. So lange kann ich nicht warten. In zwei Stunden muss ich pünktlich im Café sein, ich brauche den Job.«

Willkommen im Club, denke ich und sehe ebenfalls auf meine Uhr.

»Also, unter uns«, flüstert Rothaar. »Dann würde ich an deiner Stelle lieber gehen. Es gibt so viele Castings in Berlin, es wird so viel gedreht.« Sie zieht an ihrer Zigarette. »Aber sichere Brotjobs ... tja, die gibt's nur ganz selten.«

Der Pagenschnitt beißt sich auf die Unterlippe, ihre Stirn legt sich in Falten. »Mhm, du hast recht. Es war echt schwer, den Job zu kriegen.« Sie dreht sich nach allen Seiten um. Als würde die Zeit dadurch schneller vergehen. »Wie war noch mal dein Name?«

»Alice.«

»Danke, Alice«, sagt sie und nickt uns freundlich zu. »War schön, euch kennenzulernen. Vielleicht sieht man sich bald mal wieder!« Dann schultert sie ihr silbernes Handtäschchen, dreht sich auf dem Absatz um und stolziert über den Innenhof.

Ich will ihr gerade hinterherrufen, dass sie hierbleiben soll, als mich Alice an der Schulter zurückhält.

»Hey, verdammt!«, knurrt sie. »Was hast du vor?«

»Okay, du hattest deinen Spaß«, sage ich und schüttle ihre Hand fort. »Wir können sie doch nicht einfach gehen lassen!«

»Warum nicht? Dann wäre meine ganze Arbeit umsonst gewesen.«

»Wie bitte?«

»Eine Konkurrentin weniger«, sagt Alice und zieht genüsslich an ihrer Zigarette. »Dafür könntest du mir wenigstens danken.«

4

Alice ist bestimmt schon seit zwanzig Minuten beim Vorsprechen, als mein Name aufgerufen wird. Ich drücke mich an den wartenden Mädchen vorbei und folge der Dame mit dem Klemmbrett durch eine Stahltür. Sie führt mich durch eine Studiohalle, in der zwei Flugzeuge Platz hätten, weiter in einen schmalen Flur, bis wir wenig später einen Wartebereich erreichen.

Ich werde gebeten, Platz zu nehmen und mich noch einen Moment zu gedulden. Ich ziehe meine Sedcard aus dem Rucksack, blättere durch meine Vita.

Mia Richter, fünfundzwanzig Jahre alt, geboren in Frankfurt am Main, aufgewachsen bei den Großeltern in Lindenfels im Odenwald. Mehrere Hauptrollen im Schultheater. Abitur mit 1,3. Danach Berlin, Studium an der renommierten Ernst-Busch-Schauspielschule, nach drei Semestern Abbruch. Verschiedene Wochenend-Workshops, Auftritte in Kurzfilmen und Werbespots. Und nun endlich hier, um für eine amerikanisch-deutsche Co-Produktion mit internationalen Stars vorzusprechen.

»Mia Richter?«

Ich schlage die Mappe zu und drehe mich zur Tür. »Ja?«

»Es ist so weit, Sie sind dran.«

»Natürlich«, sage ich, stecke meine Unterlagen in den Rucksack und folge der Assistentin durch den Flur.

Rechts und links gehen Produktionsbüros ab. Menschen mit dicken Kopfhörern, die stumm auf ihre Computertastaturen einhämmern. Wie Salven von Maschinengewehren. Die Assistentin vor mir erhöht das Tempo, ich muss fast rennen, um ihr durch das Labyrinth zu folgen. Sie öffnet eine weitere Stahltür, und plötzlich stehen wir in einer Art Schulturnhalle.

Vor mir ist eine Tischreihe aufgebaut, auf der vier Monitore stehen. Dahinter sitzen fünf Personen, die mich erwartungsvoll anstarren. Drei Frauen mittleren Alters, ein Herr mit Hornbrille und ganz rechts der junge Skandinavier mit Oberlippenbart und Jogginghose, den ich im Innenhof nach dem Weg gefragt habe.

Niemand lächelt.

»Mia«, sagt die dunkelhaarige Frau ganz links, die mich an meine ehemalige Mathelehrerin erinnert. »Es freut uns, dass Sie sich für die Rolle beworben haben. Mein Name ist Simone Hirschfeld, ich bin die Casterin für *Friedrichs Erlösung*.«

»Hallo«, sage ich und gehe einen Schritt nach vorne, will ihr die Hand geben und meine Sedcard überreichen.

Doch sie winkt dankend ab. »Die Daten haben wir schon von Ihrer Agentur bekommen, richtig?«, sagt sie und blickt fragend in die Runde. Die Hornbrille nickt. Dann dreht sie sich wieder zu mir. »Sie waren also auf der Ernst Busch?«

Ich presse die Lippen aufeinander. Ich weiß, worauf sie hinauswill.

»Wieso haben Sie Ihre Schauspielausbildung abgebrochen?«, fragt Simone Hirschfeld und faltet die Hände. »An dieser ausgezeichneten Schule wird nicht jeder angenommen. Die Plätze sind rar.«

»Das … hatte rein familiäre Gründe«, sage ich leise und hoffe, dass wir das Thema wechseln. »Ein Trauerfall.«

»Verstehe«, sagt die Casterin knapp und öffnet eine Ordnermappe. »Todesfall.« Sie blättert durch ein paar Seiten, an denen bunte Klebestreifen heften, und notiert etwas mit einem Kugelschreiber. »Zumindest war es Ihre eigene Entscheidung abzubrechen. Ich hoffe, Sie können das Gefühl des Verlustes für sich nutzen.«

Urplötzlich muss ich an Alice denken, die uns draußen in der

Warteschlange erklärt hat, dass die Hauptrolle für den Spielfilm längst vergeben sei. Auf einmal komme ich mir sehr naiv vor. Wie konnte ich nur glauben, jemals eine Chance zu haben.

»Ähm, ich habe aber dafür auch zahlreiche Workshops …«, sage ich und verknote die Finger hinter meinem Rücken.

»Hören Sie, Mia«, unterbricht mich Simone Hirschfeld ernst. »Ihr E-Casting, das Sie uns gemailt haben, hat uns wirklich überzeugt. Die Rolle der Julia Stoye haben Sie so wunderbar mit Leben erfüllt. Wir alle hier waren restlos begeistert. Aus diesem Grund haben wir Sie heute eingeladen.« Nun strahlt die Casterin zum ersten Mal. »Und zwar direkt in die Endrunde.«

Alle klatschen anerkennend.

»In die … Endrunde?«, stottere ich erstaunt und drücke die Mappe gegen meinen Oberkörper. Und ich dachte schon, die Hauptrolle wäre vergeben. Etwa an mich? Ich spüre das Herz in meiner Brust pochen. Meine Beine werden schwach, jeden Moment kippe ich um.

»Wir würden gern Szene neun, Seite 23, von Ihnen sehen, die Küchenszene mit Johannes Wiedewelt«, sagt Simone Hirschfeld und deutet auf den jungen Skandinavier am anderen Tischende. »Mads spielt Johannes Wiedewelt, den dänischen Bildhauer, der sich 1802 das Leben nimmt.«

»Weil er sich unsterblich in Julia Stoye verliebt hat«, ergänze ich.

Mads zwinkert mir zu.

»Wie Sie sicherlich wissen, gehörte Caspar David Friedrich zu Wiedewelts Studenten an der Königlich Dänischen Kunstakademie in Kopenhagen«, erklärt die Casterin weiter. »Wir erzählen die fiktive Verbindung des Professors zu Julia Stoye.« Sie verschränkt die Arme, lehnt sich auf ihrem Stuhl zurück. »Und dabei steht natürlich immer unsere Hauptfigur Julia im Mittelpunkt, die möglicherweise einigen Männern in ihrem Umfeld den Kopf verdreht und sie in unglückliche Liebesbeziehungen gezogen hat.«

»Ich bin auf meine Rolle vorbereitet«, sprudelt es aus mir heraus.

»In Ordnung«, sagt Simone Hirschfeld und deutet auf das aufgebaute Filmset. »Dann lassen Sie uns sofort beginnen. Mads?«

Der junge Skandinavier steht von seinem Stuhl auf, greift nach seinem Ordner und geht auf mich zu.

»Haben Sie Ihr Dialogbuch etwa nicht dabei?«, fragt die Casterin.

»Das Skript brauche ich nicht«, antworte ich. »Ich kann die Texte.«

»Wie Sie meinen«, sagt sie und dreht den Monitor ein Stück zu sich hin. »Also gut, Mia. Geben Sie Ihr Bestes.«

Wie auf ein geheimes Kommando ziehen alle vier ihre Kopfhörer auf und starren auf die Bildschirme.

»Hej«, sagt eine tiefe Stimme vor mir. »Ich bin Mads.«

»Mia, sehr erfreut«, sage ich und reiche ihm die Hand.

Wir gehen wortlos nebeneinanderher durch die meterhohe Halle auf das Filmset zu. Dabei kommt er mir nah, unsere Arme berühren sich. Sein Rasierwasser duftet nach Grapefruit und würzigem Sandelholz.

Ich atme mehrmals flach durch den Mund, um mich zu beruhigen.

Verdammtes Lampenfieber.

Der Kameramann schaltet die Kamera an. Jeden Moment geht es los.

»It's okay. Du musst nicht aufgeregt sein«, flüstert mir Mads zu. »Ich habe dein Demotape gesehen, du bist gut.«

»Mhm«, sage ich knapp. Mehr bringe ich nicht über die Lippen, ohne mich zu übergeben.

»Seid ihr so weit?«, ruft der Kameramann auf seinem Hocker und betätigt den Aufnahmeknopf der Filmkamera. Das kleine rote Licht beginnt zu leuchten. Er hält eine Filmklappe mit digitalem Timecode vor das Objektiv. »Friedrichs Erlösung.

Schauspielerin Mia Richter, Szene neun!«, ruft er. »Küchenszene mit Johannes Wiedewelt.«

Dann schlägt er die Klappe, dicht vor meiner Nase, legt das Display zur Seite und schwenkt mit der Kamera auf mein Gesicht. »Es geht los ... Take eins! Und bitte!«

5

Vor zweiundzwanzig Jahren

Die blöde Kindergärtnerin rief seinen Vater an. Das hätte er sich eigentlich denken können. Nun saß er stumm auf dem viel zu großen Drehstuhl, ließ die Beine über die Kante baumeln und musste dem unvermeidbaren Telefongespräch zuhören.

Sein rechter Arm schmerzte noch immer. Die Erzieherin hatte viel zu fest zugepackt, das durfte sie eigentlich gar nicht. Er blickte sich in dem dämmrigen Aufenthaltsraum um. Das Zimmer roch nach kaltem Hagebuttentee und Mandarinen, auf den Büchern im Bücherregal lag daumendicker Staub. Beim Anblick kitzelte es ihn in der Nase. Die orangefarbenen Wollvorhänge an den Fenstern waren zugezogen, verbargen den Blick auf den verschneiten Wald. Die Silhouetten der Kakteen auf der Fensterbank sahen wie haarige Gespenster aus.

Frau Horn wischte sich mit dem Strickpullover über die feuchte Stirn, dann nahm sie wieder den Hörer ans Ohr. Endlich brüllte sie nicht mehr. Zumindest nicht so laut wie vor wenigen Minuten, als sie ihm die Papierschere aus der Hand gerissen hatte.

Sein Blick wanderte ziellos über die unordentliche Schreibtischplatte (dieses Chaos sollte Papa mal sehen), auf der ein Schokoladennikolaus, zwei hohe Stapel Papier, ein hölzerner Fliegenpilz, ein Stifthalter, ein gelber Kunststoffbecher und ein handbemalter Bilderrahmen standen. Das Foto zeigte zwei getigerte Babykatzen auf einem Sofa.

Die Stimme der Kindergärtnerin brach, ganz so, als würde es ihr schwerfallen, über den Vorfall zu sprechen. Dabei hatte er ihr doch mehrfach erklärt, dass es nur ein Unfall war. Der Notarztwagen war trotzdem gekommen und hatte Aylin mitgenommen. Das Blut hatte Frau Bareis innerhalb weniger Minuten weggewischt, mit Lappen und Eimer. So schlimm konnte es also nicht gewesen sein.

Warum wollte Aylin ihm auch nicht die doofe Spielzeugkamera geben?

Schließlich hatte er sie mehrmals gefragt und nur ein bisschen geschubst. Hinten, in der Ecke des Maikäferraums. Selbst schuld. Ihm blieb doch gar nichts anderes übrig, als sie ein bisschen dafür zu bestrafen. Weil sie nicht auf ihn hören wollte. Ja, hören. So kam ihm die Idee mit dem Ohr. Damit sich Aylin immer daran erinnern würde. Ohne zu zögern, hatte er die Scherenblätter an ihrem Ohrläppchen angesetzt und …

Die sonore Stimme seines Vaters am anderen Ende der Leitung. Ruhig und gefasst. Frau Horn antwortete stotternd.

Der Junge spürte, wie ihm die ganze Situation ein ungewohntes Kribbeln am ganzen Körper verschaffte. So ähnlich, als würde er seine Zunge an die Pole einer Blockbatterie halten. Wieder musste er an das sprudelnde Blut denken. An Aylins schrilles Quieken, als sie auf den Fleischfetzen auf dem bunten Verkehrsteppich starrte. Ihr Schrei erinnerte ihn an das panische Lärmen der Schweine auf dem Hof, wenn Vater ihnen die Kehle durchtrennte.

»Hör mal, das geht so nicht«, sagte Papa auf dem Heimweg, als sie mit dem Traktor durch Katzenbrunn fuhren. »Du musst dich bei dieser Aylin entschuldigen. Wir kaufen heute Mittag eine Packung Pralinen, und du gehst sie besuchen.«

Der Junge schwieg.

»Ich habe keine Lust, dass sie dich aus dem Kindergarten werfen.« Der Traktor bog auf den Hof ein. »Nur weil sie denken, du wärst ein gestörtes Kind.«

6

Sie erwartet mich im Innenhof. Lässig an eine Backsteinmauer gelehnt, rauchend. Ein Bein angewinkelt, ein Arm in die Seite gestemmt. Als wäre noch immer eine Filmkamera auf sie gerichtet.

Alice schüttelt ihre erdbeerfarbene Mähne, mustert mich und saugt an ihrer Zigarette. »Und, Mädchen? Wie ist es gelaufen?«

Ich weiß nicht, ob ich ihr die Wahrheit sagen soll.

»Ganz gut«, antworte ich knapp, trete von einem Fuß auf den anderen und schiele auf ihre glühende Zigarette.

Alice bemerkt es, dreht den Kopf zur Seite und pustet die Rauchschwaden an uns vorbei. »Sorry, tut mir leid«, sagt sie und wedelt mit der Hand, bis sich die weißen Wolken in Luft aufgelöst haben. »Bist du etwa auch Veganerin?«

Doch sie hat meinen Blick missverstanden. Ich ziehe den herrlich würzigen Duft durch die Nase ein. »Schon gut. Rauchen stört mich nicht«, sage ich und löse meinen Dutt. Das Haar fällt locker auf meine Schultern. Ich merke, wie sich meine Kopfhaut entspannt. Ich ziehe mein Handy aus dem Rucksack und schalte den Flugmodus aus. Der Akku ist halb leer. Es piepst, auf dem Display erscheinen drei verpasste Anrufe in Abwesenheit. Eine Berliner Nummer, die ich nicht kenne.

»Und wie war's bei dir?«, frage ich so beiläufig wie möglich.

Alice nimmt einen kräftigen Zug, blickt mir in die Augen. »Also, ich weiß nicht, ob sie es dir schon gesagt haben, aber ich hab den Job!« Sie schnickt die halb aufgerauchte Zigarette auf den Boden und tritt sie mit ihren roten Stilettos aus. »Zu neunundneunzig Prozent.«

»Wie bitte?« Ich starre sie an. »Echt? Du … bekommst die Hauptrolle? Hat das die Casterin gesagt?« Ich spüre, wie ein Felsbrocken über meinen Magen rollt. »Oder ist das nur dein Gefühl?«

Alice lacht. »Ich verlasse mich niemals nur auf Gefühle, Mädchen. Nee, Mads hat's mir verraten«, flüstert Alice und beugt sich zu mir vor. »Als wir danach kurz allein waren.«

Ein aufdringlich blumiger Duft steigt mir in die Nase. Das Parfum aus dem Warteraum.

Ich betrachte Alices hautenge Bluejeans, ihre champagnerfarbene, fast durchsichtige Bluse, die knallroten Stilettos. Plötzlich fühle ich mich wie mit einem alten Kleidersack behängt. Was habe ich mir bloß dabei gedacht, mich wie auf einem antiken Gemälde zu kleiden?

Ich habe mich für die Rolle gestylt, Alice für die Produzenten.

Sie öffnet die goldene Schnalle ihrer Handtasche. Erst jetzt bemerke ich das Logo der französischen Luxusmarke. Wer hätte das gedacht, Alice stammt aus einer wohlhabenden Familie. Schauspielerei als Hobby. Ich muss an die kleine Nachwuchsschauspielerin denken, die sie vom Casting vertrieben hat. Für Alice scheint das alles nur ein großer Witz zu sein. Trotzdem, oder gerade deswegen, hat sie beim Vorsprechen anscheinend einen bleibenden Eindruck hinterlassen.

Sie zieht eine frische Zigarettenschachtel aus ihrer Handtasche, reißt das Zellophan ab. »Auch eine?«, fragt sie und hält mir das offene Päckchen hin.

»Ähm, nein danke«, sage ich und starre auf die Zigarette, drücke die Fingernägel in meine Handballen.

»Sicher? Du siehst so aus, als könntest du eine gebrauchen.«

»Ich habe aufgehört«, sage ich, obwohl ich mir nicht sicher bin, ob mein geheimes Verlangen das auch verstanden hat. Oder die aufkommende Wut, dass Alice mir die Rolle weggeschnappt hat.

»Wie du meinst«, sagt sie, und schon klemmt die Zigarette zwischen ihren Lippen. »Sag mal, wollen wir zwei noch einen Kaffee trinken?« Ihr Feuerzeug zündet, ich beobachte, wie die türkisblaue Flamme die feinen Tabakblättchen feuerrot färbt. »Kaffee geht auf mich. Und dann erzähle ich dir, woher ich Mads Larsen kenne.«

Wenn schon kein Nikotin, dann wenigstens Koffein, denke ich und sehe mich bereits mit Alice in der Lobby des Adlon sitzen, aus feinstem Porzellan Kaffee schlürfen. Ich schüttle den Kopf, auch wenn ich neugierig bin, ob sie den dänischen Schauspieler wirklich persönlich kennt. Und wie viel sie über diese Caspar-David-Friedrich-Produktion weiß.

»Das ist nett«, sage ich. »Aber ich muss jetzt wirklich los, Alice. Ich muss noch ein wichtiges E-Casting drehen, das heute Abend raus muss.«

»Wie wichtig?«, fragt sie und spuckt Rauch aus.

Ich weiß nicht, aber irgendwie triggert mich ihre Art. Warum verspüre ich plötzlich den Drang, ihr zu beweisen, dass ich eine erfolgreiche Schauspielerin bin. Obwohl ich sie gar nicht kenne. »Das Vorsprechen ist für …« Ich zögere. Mir will kein Name einfallen. Wer könnte jetzt gerade einen bedeutenden Film drehen? Dann entscheide ich mich kurzerhand für: »Til Schweiger.«

Alice zieht anerkennend die Augenbrauen nach oben. »Ach komm, wirklich? Für Til Schweiger? Krass.«

Ich nicke eifrig.

»Der Til ist ein guter Freund meines Vaters«, sagt Alice. »Soll ich da was für dich organisieren? Wie heißt der Film?«

Jetzt bin geliefert.

Wie blöd kann man sein? Warum musste ich mir überhaupt so eine bescheuerte Ausrede ausdenken? Peinlich. Alice scheint tatsächlich gut in der Branche vernetzt zu sein. Kein Wunder bei der Kohle. Wie komme ich bloß aus der Nummer wieder raus? Es macht auf keinen Fall Sinn, sich irgendeinen blöden Arbeitstitel auszudenken. Falls ihr Vater tatsächlich Til Schweiger kennt, dann weiß sie doch sofort, dass ich sie angelogen habe. Es bleibt nur der Angriff nach vorn.

»Du hast recht, Alice«, sage ich und hänge mich lächelnd bei ihr ein. »Lass uns einen Kaffee trinken gehen. Etwas Zeit habe ich ja noch. Also, erzähl! Woher kennst du Mads Larsen?«

Das Café, in dem wir sitzen, hat Alice ausgesucht. Anders als erwartet, ist es kein Schickimicki-Laden, sondern typisch Berlin-Friedrichshain.

Im Schatten der Ahornbäume stehen zusammengewürfelte Stühle und Wohnzimmersessel mitten auf dem Bürgersteig, unterschiedlich hohe Tische, bunte Vasen mit Blümchen, Zuckerstreuer und Aschenbecher. Die Hauswand ist großzügig mit Graffiti verziert. Wir haben am letzten freien Tisch Platz genommen, schlürfen Latte macchiato mit Hafermilch und quatschen schon seit einer Stunde. Wobei, ich höre eher zu, schaufle einen zweiten Rüblikuchen in mich hinein, während Alice spricht und eine nach der anderen raucht.

Zum Glück hat sie nicht mehr nach Til Schweiger gefragt, sondern mir eifrig ihre Lebensgeschichte erzählt. Und ich hatte recht. Alice Wolff kommt aus Hamburg-Blankenese, steinreiches Elternhaus. Nach dem Abitur wollte sie für ein Jahr um die Welt fahren. Mit einem fabrikneuen Campingvan, um sich zu finden, wie sie sagt. Doch auf ihrer Reise quer durch Europa hat sie in Lissabon einen jungen Dänen kennengelernt, der Nebendarsteller in einer portugiesischen Telenovela war. Um ihm zu gefallen, hat sie behauptet, sie würde in New York Schauspiel studieren. Er war sofort beeindruckt. Die beiden landeten noch am selben Abend im Bett. Wenige Monate später, als Alice das Vanlife zu anstrengend wurde, kehrte sie nach Hamburg zurück und berichtete ihren Eltern von ihren Schauspielträumen. Also haben sie ihr kurzerhand eine private Schauspielschule in New York finanziert.

Dort erlebte sie angeblich die aufregendsten Partys ihres Lebens. Zwei Jahre später, nach ihrem Abschluss, zog sie weiter nach Hollywood, blieb einige Zeit in Los Angeles, jobbte in einer hippen Kunstgalerie, bis sie wieder zurück nach Deutschland kam und in die Hauptstadt zog. Am Abend ihres Einzugs, nachdem sie den Großteil ihrer Kisten ausgepackt hatte, entschied sie sich, noch auf einen Drink auszugehen. Glücklicherweise war im Erdgeschoss ihres Hauses eine angesagte Cocktailbar. Als sie am Tresen einen *Sex on the Beach* bestellte, sagte plötzlich eine tiefe Stimme neben ihr, dass er sich noch immer gern an ihren Strandsex zurückerinnere. Sie drehte sich um und blickte in das Charaktergesicht von Mads Larsen. Der Däne, den sie vor Jahren in Lissabon kennengelernt und dem sie die Schauspielausbildung in New York zu verdanken hatte.

Und der heute beim Casting mein Anspielpartner war.

An diesem Abend hatten sie es zumindest nicht weit, um in ein Bett zu kommen, sagt Alice und lacht dabei so laut, dass sich die amerikanischen Touristen am Nachbartisch erschrocken zu uns umdrehen.

Sie zündet sich eine neue Zigarette an. Schon die neunte, ich habe mitgezählt. Es fällt mir schwer, ihr dabei zuzusehen. Alte Gewohnheiten legt man nicht wie einen Mantel ab. Kaffee, Kuchen, eine Zigarette. Ach, wie gut, dass ich seit sechs Monaten Nichtraucherin bin und mein Verlangen im Griff habe, denke ich und presse die Fingernägel in meine Handflächen, bis es schmerzt.

»Du gefällst mir«, sagt sie plötzlich und ergreift meinen Arm. »Du kannst so wundervoll zuhören. Das kann nicht jede, das ist eine Gabe.«

»Aha«, sage ich und denke mir meinen Teil. »Na klar, danke.«

»Sag mal, Mia, was hältst du davon, wenn wir heute Abend in *Tür Dreizehn* gehen?«, fragt sie und pustet Rauch aus.

»In welche Tür?«

»Der Club ist noch der totale Geheimtipp, keine Touris, nur gute Leute.«

»Ich weiß nicht«, sage ich und überlege, ob ich die Ausrede mit dem E-Casting erneut anbringen kann. Doch dann würde ich Alice nur wieder an Til Schweiger erinnern. Und ich bin froh, dass sie es anscheinend vergessen hat.

»Das ist ein klassisches *Speakeasy*«, sagt sie geheimnisvoll. »Und ich kenne den Türsteher. Der lässt kaum jemanden rein. Außer du kennst die Parole. Es wird dir garantiert gefallen, Mia. Glaub mir, der Club ist so was von verrucht.«

»Aber heute Abend habe ich …«

»Vergiss doch den Schweiger«, sagt sie und drückt die Zigarette im Aschenbecher aus. »Darum wird sich mein Daddy kümmern, hab ich dir doch versprochen. Also?«

»Ähm, ja«, sage ich und nicke. »Also gut. Aber nur kurz.«

»Perfekt! Wir treffen uns pünktlich um neun in Mitte, Brunnenstraße. Vor dem leeren Schaufenster eines ehemaligen Bestatters, in dem ein hellblauer Staubsauger und eine Porzellankatze stehen«, erklärt sie und legt einen Zwanzig-Euro-Schein auf den Tisch. »Du wirst es schon finden.« Sie steht auf, hängt sich die Handtasche um. »Also, ich muss jetzt los. Bis heute Abend!« Dann verschwindet Alice hinter der nächsten Straßenecke.

Ich sehe ihr noch lange nach und versuche, unser seltsames Kennenlernen einzuordnen.

Eine halbe Stunde später bin ich wieder in Kreuzberg. Ich schiebe mein Rennrad zu den Fahrradständern, schließe es ab und blicke die vier Stockwerke zu unserem gekippten Küchenfenster hinauf. Yvonnes Wiehern schallt durch den gesamten Innenhof, als hätte sie soeben den besten Witz ihres Lebens gehört. Wieso ist meine Mitbewohnerin so gut gelaunt? Wahrscheinlich war ihre Streamingnacht erfolgreich, und die Teenies haben ihr mal mehr als hundert Euro fürs Zocken gespendet, denke ich schmunzelnd und trete an die Haustür.

Nero wartet im Türrahmen, maunzt. Der Kater von Frau

Klinkebiel, unserer buckeligen Nachbarin. Er streicht mir um die Beine. Ich streichle ihm über das Fell.

»Na, Kleiner, willst du rein?«, frage ich und wühle in meinem Rucksack nach dem Hausschlüssel. Doch ich kann ihn nicht finden, suche in jedem einzelnen Fach. Ich fluche, als mir wieder klar wird, dass ich den Schlüssel gestern Abend verloren habe. Ich muss schleunigst einen neuen nachmachen lassen. Und die Fundbüros abklappern. Zum Glück kann ich ihn gut beschreiben, denn es gibt sicherlich nur wenige Schlüsselanhänger, die eine lachende Erbsenschote aus knallgrünem Gummi sind.

Ich drücke unsere Türklingel. Yvonnes Lachen verstummt abrupt. Es vergeht ein Moment, bis der Summer ertönt. Ein Sperling fliegt über den Innenhof.

Als ich endlich auf der vierten Etage ankomme, werde ich schon erwartet.

Yvonne steht im Türrahmen, geschminkt, als würde sie jeden Moment in einen Club gehen, und blickt dabei immer wieder verstohlen in den Flur unserer WG. »Mia«, flüstert sie. »Rate mal, wer bei uns ist!«

»Ich hab keine Ahnung«, sage ich und muss schmunzeln. Ich kann ihre Aufregung kein bisschen deuten. Sie wirkt fast so, als hätte sie ein Blind Date mit einem Traummann. Ich würde es ihr wünschen. »Weiß nicht, Yvonne. Vielleicht jemand, den du im Internet kennengelernt hast?«

»Nein, es ist Viktor!«, sagt sie. »*Dein* Viktor!«

7

Ich betrete unseren Flur. Er ist schmal und dunkel, in der Luft schwebt ein edles, schweres Männerparfum. Es riecht nach Moschus, Patschuli und Orangenblüten. Und nach frisch gebrühtem Kaffee. Ich gehe an unserem Schuhregal vorbei, Yvonne dicht hinter mir, und öffne die Tür zur Küche. Ich muss abrupt die Augen zusammenkneifen, so stark brennt die Sonne durch die Fenster. Der gesamte Raum ist wie mit Filmstudio-Scheinwerfern ausgeleuchtet. Ich blinzle. Und tatsächlich, dort sitzt er.

Im Rampenlicht.

Viktor Engel, in einem taubenblauen, bis oben hin zugeknöpften Buttondown-Hemd an unserem Esstisch und nippt an einer dampfenden Janosch-Tasse. »Hallo, Mia«, sagt er und stellt die Tasse auf dem Tisch ab.

»Du wirst nicht glauben, warum er hier ist!«, ruft Yvonne, drückt sich an mir vorbei und lässt sich neben Viktor auf der Eckbank nieder.

»Woher … weißt du, wo ich wohne?«, frage ich und schleudere meinen Rucksack in die Ecke.

»Viktor hat deine Schlüssel gefunden!«, sagt Yvonne mit so viel Stolz, als hätte dieser Typ einen Marathonlauf gewonnen. Dabei rutscht sie ein Stückchen näher an ihn heran. Was wird hier eigentlich gespielt?

»Da steht wohl kaum mein Nachname und die Hausnummer drauf«, sage ich kühl und starre Viktor an. »Woher kennst du meine Adresse?«

»Ich habe dich nach Hause gebracht. Schon vergessen, Mia?«, sagt er ruhig und pustet in die Tasse. »Also habe ich einfach unten beim Spanier nach dir gefragt.« Er trinkt einen Schluck Kaffee. »Von den Kellnern im Restaurant kannte dich jeder.«

»Ziemlich clever, oder?«, stellt Yvonne lachend fest.

Ich könnte ihr eine reinhauen.

»Und wo waren nun meine Schlüssel?«

»Du hast sie gestern Abend im Taxi verloren«, erklärt Yvonne. »Wahrscheinich in dem Moment, als du dein Portemonnaie aus der Tasche gezogen hast.« Sie sagt es so selbstverständlich, als wäre sie dabeigewesen. »Das ist so typisch Mia!«

»Aha, im Taxi«, sage ich leise, obwohl ich mir nicht so recht vorstellen kann, wie das passiert sein soll. »Danke, dass du mir den Schlüssel vorbeigebracht hast.« Ich lehne mich gegen den Kühlschrank. »Dann muss ich ihn nicht mehr nachmachen lassen.«

»Nein, musst du jetzt nicht mehr«, bestätigt Viktor, greift in seine Hosentasche und legt meinen Schlüsselbund auf den Tisch. Er deutet mit dem Finger auf den grünen Plastikanhänger. »Was hat es eigentlich mit dieser seltsamen Erbsenschote auf sich?«

Ich spüre augenblicklich, wie der Druck hinter meinen Augen stärker wird. Warum habe ich es immer noch nicht unter Kontrolle? Bei meiner Armbanduhr schaffe ich es doch auch. Ich will jetzt nicht weinen. Nicht vor Viktor. Ich drücke die Augenlider zusammen und atme flach durch die Nase. Schnell in Gedanken bis fünf zählen, das hilft immer. Einatmen, eins. Ausatmen, zwei. Einatmen, drei – doch weiter komme ich nicht.

Yvonne unterbricht mein Mantra. »Der Anhänger gehörte Mias Vater«, sagt sie.

»Ähm, ja, also dann«, gehe ich dazwischen und greife nach meinem Schlüsselbund. »Ich bin noch verabredet.«

»Verstehe«, schmunzelt Viktor, schlürft den Kaffee aus und

knallt die Tasse auf den Tisch. »Also, die Damen, es war sehr nett. Dann werde ich mich mal wieder auf den Weg machen.«

»Die Damen«, giggelt Yvonne. »Hast du das gehört, Mia?«

»Ja«, antworte ich knapp. Was stimmt mit Yvonne nicht? Sie ist so ganz anders als ich. Wir könnten niemals zusammen eine Sitcom gucken. Yvonne schafft es tatsächlich, an Stellen zu lachen, die überhaupt nicht lustig sind. Auf der anderen Seite macht sie diese naive Leichtigkeit auch liebenswert. Und diese Frau scheint so schnell nichts umzuhauen. Wahrscheinlich habe ich sie deshalb sofort ins Herz geschlossen.

»Und ihr zwei habt euch vorher wirklich nicht gekannt?«, fragt Viktor, während er sich von der Eckbank erhebt.

»Nein. Erst durch die WG. Als das Zimmer frei wurde«, erklärt Yvonne und steht ebenfalls auf. »Die Schlange der Bewerberinnen ging bis auf die Straße hinunter. Kannst du dir das vorstellen?« Sie gesellt sich zu mir an den Kühlschrank. »Eigentlich hätte ich niemals eine Chance gehabt.«

»Und wie hast du das Zimmer dann doch bekommen?«, fragt Viktor und sieht sich in unserer kleinen Küche um, lacht. »Lass mich raten. Du hast Mia einen kleinen Extrabonus zugesteckt. Der Berlin-Klassiker. Tausend? Fünftausend?«

Ich könnte kotzen bei so viel Arroganz. Als könnte man sich im Leben alles mit Geld kaufen.

»Nein, Viktor. Das ist es ja!«, sprudelt es aus Yvonne heraus. »Ich hatte überhaupt nichts! Null, nada!« Sie legt den Arm um meine Schulter. »Mein damaliger Freund hatte mit mir Schluss gemacht. Blöderweise war er auch mein Chef. Also hab ich auch noch den Job verloren. Ich wusste nicht, wohin!« Yvonne drückt mich fest an sich. »Mein Ex hat mich einfach auf die Straße gesetzt.« Ihre Augen werden glasig. »Doch diese Dame hier, Mia, die hatte Mitleid mit mir. Sie hat mir geholfen. Ich durfte bei ihr und Philipp einziehen. Und so lange kostenlos hier wohnen, bis ich wieder Geld hatte. Mia ist eine Fee, sie hat mir damals das Leben gerettet.«

»Eine Fee. Ja, das ist sie«, sagt Viktor. Er strahlt.

Mir ist die ganze Unterhaltung unangenehm. Als würde literweise Honig über mir ausgeschüttet, bis ich mich unter der klebrigen Masse nicht mehr bewegen kann. »Vielen Dank, Viktor, dass du mir meine Schlüssel vorbeigebracht hast«, unterbreche ich das Gespräch, bevor es noch unerträglicher wird. »Aber ich hatte heute ein anstrengendes Casting und würde mich jetzt gern hinlegen.«

»Natürlich, deine Verabredung«, sagt er und blickt auf seine goldene Armbanduhr. »Es war zauberhaft, dass wir uns auf diesem Weg so schnell wiedergesehen haben.« Gemächlich bewegt er sich auf unseren Flur zu.

»Sehen wir dich jetzt öfter?«, fragt Yvonne und grinst.

»Das liegt nicht an mir«, antwortet Viktor, bleibt stehen, deutet auf das Poster an meiner Zimmertür. »Geht es da zu deinem Zimmer?«

»Ja, richtig! Das ist Mias Reich!«, lacht Yvonne. »Woher wusstest du das? Es hätte ja auch meins sein können?«

Spätestens jetzt könnte ich sie rechts und links ohrfeigen. Viktor geht es nichts an, wo ich lebe und schlafe. Er ist immer noch ein Fremder, mit dem ich bloß ein einziges Mal essen war.

»Ein Filmplakat von Wes Anderson«, sagt Viktor. »Ich liebe ja eher die alten Streifen von Polanski. Die sind realistischer.«

Ich verstehe zwar nicht, was an *Rosemaries Baby* realitätsnah sein soll, aber anscheinend kennt er sich mit Filmen besser aus, als ich dachte, wenn er *The French Dispatch* gesehen hat. Trotzdem wäre es mir lieber, wenn er jetzt gehen würde. Von diesem Mann geht eine seltsame Aura aus.

Doch Yvonne scheint genau dieses Mysteriöse zu faszinieren. Sie wirkt ganz aufgedreht. »Mia ist bei Männern manchmal etwas schüchtern«, kichert sie. »Besonders, wenn sie so gut aussehen.«

Wie bitte? Ich traue meinen Ohren nicht.

»In diesem Punkt sind wir uns sehr ähnlich«, sagt Viktor.

»Also, ich spreche jetzt mal für uns beide.« Yvonne zupft sich den BH zurecht. »Du bist hier immer willkommen, Viktor.«

Was ist bloß in sie gefahren? Ich schiebe mich an Yvonne vorbei, gehe in den Flur, öffne die Wohnungstür. »Ich denke, es wird jetzt wirklich Zeit für dich zu gehen!« Kalte Luft zieht aus dem Treppenhaus herein. »Wenn ich dich bitten dürfte?«

»Der Kaffee war sehr lecker«, sagt er und streckt Yvonne die Hand hin. Doch anstatt sie zu ergreifen, breitet sie die Arme aus und drückt ihn an sich. Wie einen guten Freund.

Seltsam.

Yvonne ist ein offenherziger Mensch. Etwas naiv, aber dass sie in so kurzer Zeit Vertrauen fasst, ist auch für sie ungewöhnlich. Empfindet sie vielleicht etwas für Viktor? Ist sie verknallt? Das könnte zumindest ihre Überschwänglichkeit erklären. So aufgekratzt kenne ich Yvonne nur, wenn sie beim Online-Zocken eine überraschend hohe Summe gespendet bekommt.

Ich versuche, mich zu beruhigen. Vielleicht geht es hier gar nicht um mich. Viktor hat nur meine Hausschlüssel vorbeigebracht und dabei zufällig meine Mitbewohnerin kennengelernt. Die beiden finden sich anscheinend auf Anhieb sympathisch, während bei mir sofort die Stalker-Alarmglocken losgehen. Aber vielleicht war das zu voreilig und Viktor gegenüber ungerecht. Er hat ja nichts Verrücktes getan. Oder gesagt. Außerdem ist er nur wenige Minuten geblieben, zum Glück.

»Also dann, Mia«, sagt er und betritt den Hausflur. »Sorry für den Überfall.« Er hebt die Hand zur Verabschiedung. »Ich drücke dir auf jeden Fall die Daumen, dass du die Hauptrolle bekommst!«

»Danke.«

»Und melde dich mal!«, ruft Yvonne neben mir.

»Toller Typ!«, sagt sie, als ich die Tür geschlossen habe, und tänzelt zurück in die Küche. Ich verdrehe die Augen und gehe ihr hinterher. Sie lässt sich auf einen Stuhl fallen, streckt die Beine weit von sich.

»Sag mal, was sollte das?«, frage ich und stelle mich neben sie.

»Keine Ahnung, was du meinst.«

»Wieso hast du ihn zu uns reingelassen?«

»Nennt man Gastfreundschaft.«

»Und wie lange war Viktor da? Also, bevor ich nach Hause kam?«

»Ach, vielleicht zwanzig, dreißig Minuten.«

»So lange? Aha. Und über was habt ihr geredet?«, frage ich und greife nach meinem Schlüsselbund. Ich drücke den Anhänger gegen meine Brust.

»Er hat eigentlich die ganze Zeit nur von dir gesprochen«, antwortet Yvonne, während sie mit dem Zuckerstreuer spielt. Ich kann ihre Enttäuschung spüren. Dann dreht sie sich zu mir um. »Was ist eigentlich dein Problem, Mia?«

»Wie bitte?«

»Viktor ist der beste Typ, den man sich wünschen kann.« Sie schüttet sich Zucker in die Handfläche. »Er sieht geil aus, ist witzig und charmant. Sexy. Ein echter Gentleman.« Yvonne leckt den süßen Schneeberg von ihrer Hand. »Und außerdem hat er verdammt viel Geld.«

»Ja und?«

»An deiner Stelle würde ich mir das gut überlegen.«

»Was meinst du?«

»Geh wieder mit ihm aus, Mia«, antwortet sie. »Gib dir einen Ruck. Bevor er es sich anders überlegt. Glaub mir, er ist der Richtige für dich.«

»Das ist jetzt nicht dein Ernst, oder?«, frage ich und muss lachen. Doch Yvonne reagiert nicht. Kopfschüttelnd ziehe ich den Rucksack über die Schulter und gehe zu meiner Zimmertür. »Ich lege mich ein bisschen aufs Ohr.« Ich drücke die Klinke nach unten. »Wir gehen nachher noch in so einen neuen Club. *Tür Dreizehn* oder so ähnlich.«

»Etwa mit einem anderen Kerl?«

»Bis später«, sage ich und betrete mein Zimmer.

»Ach, warte mal!«, ruft mir Yvonne hinterher. Sie greift in die Tasche ihrer Jeans und knallt drei gefaltete Hundert-Euro-Scheine auf den Küchentisch. »Hier! Die erste Zahlung. Den Rest bekommst du nächste Woche.«

»O danke.«

»Damit hast du wohl nicht gerechnet, was?«

»Nein. Ich bin tatsächlich etwas überrascht«, sage ich und lehne mich gegen den Türrahmen. »Aber ich freue mich für dich. Das nennt man dann wohl eine erfolgreiche Gaming-Nacht, oder?«

»Bis später«, entgegnet sie kühl und geht in ihr Zimmer.

Irritiert blicke ich auf die verschlossene Tür. Was war das denn?

Ich stelle den Wecker meines Handys auf neunzehn Uhr, dann lasse ich mich auf die Matratze fallen. Ich bin zu erschöpft, um mich auszuziehen. Das Fenster zum Innenhof ist gekippt, der zugezogene Vorhang tanzt im Sommerwind. Kühle Luft streicht mir über Arme und Beine. Ein Stockwerk tiefer maunzt Nero. Ich streife meine Ballerinas ab. Welch eine Erleichterung. Ich kuschle mich ins Federkissen, ziehe die Decke über den Kopf und beginne zu weinen. Es tut gut. Ich lasse die Tränen laufen. Wenn es wirklich stimmt, was mir Simone Hirschfeld nach dem Casting anvertraut hat, dann war heute mein erfolgreichster Tag. Seit langer, langer Zeit.

Ich bekomme vielleicht die Hauptrolle.

8

Es klopft an meine Zimmertür. Ich will die Augen öffnen. Doch meine Lider kleben zusammen. Knurrend wälze ich mich zum Fenster. Es ist hell, zu hell. Mein Kopf schmerzt. Ich blicke auf meine Micky-Maus-Uhr. Die Zeiger sagen kurz vor acht. Wie lange habe ich geschlafen? Ist es morgens oder abends? Die Sonne scheint. Ich habe überhaupt kein Zeitgefühl. Ich hatte mir doch den Wecker gestellt? Mit dem Mobiltelefon, auf neunzehn Uhr. Wieso hat es nicht geklingelt?

Wieder klopft es an der Tür.

»Einen Moment!«, rufe ich und setze mich im Bett auf. Das Smartphone liegt neben mir auf dem Nachttisch. Ich greife danach und will es entsperren. Doch der Bildschirm bleibt schwarz. Ich drücke wieder und wieder auf den Einschaltknopf.

Nichts.

Verdammt, Akku leer. Nicht schon wieder. Wieso habe ich es nicht sofort an den Strom gehängt, als ich nach Hause kam? Ich weiß doch, dass die Batterie nicht länger als zehn Stunden hält. Ich muss dringend ein neues kaufen. Vielleicht mal zur Abwechslung kein gebrauchtes. Zum Glück hat mir Yvonne endlich einen Teil ihrer Miete gegeben, denke ich und ziehe mir die Bettdecke bis zum Hals. Körperwarme Luft streift mir über das Gesicht.

Es klopft erneut.

»Ja?«

»Mia?« Die Tür öffnet sich. Mein Mitbewohner betritt das Zimmer. »Kann ich reinkommen?« Philipp trägt ein Plastiktablett, auf dem eine Karaffe frisch gepresster Orangensaft steht sowie ein leeres Trinkglas.

Etwa Frühstück?

»Guten Morgen«, sage ich zaghaft, fühle mich matschig.

Philipp lacht. »Ähm, was, Morgen?« Er stellt das Tablett auf dem Nachttisch ab. »Mia, wir haben gleich zwanzig Uhr. Ich muss in die Charité, Nachtschicht.«

»Mist«, sage ich und erinnere mich wieder an das Treffen mit Alice in der Brunnenstraße vor dem leeren Schaufenster. Dort muss ich in einer Stunde sein.

»Ich dachte, du könntest vielleicht ein paar Vitamine gebrauchen«, grinst Philipp und stellt das Tablett auf meinem Nachttisch ab. »Nach deinem wichtigen Casting heute.« Er gießt mir Orangensaft ein und reicht mir das Glas. »Wie ist es gelaufen?«

»Danke, echt gut«, sage ich und trinke einen großen Schluck. Augenblicklich frischt die Säure meinem Kopf auf und vertreibt den Nebel. So sehr ich Mittagsschlaf auch mag, so sehr hasse ich es, danach aufzuwachen. Man fühlt sich kaputter als zuvor.

»Ich habe dir die Daumen gedrückt«, sagt Philipp und vergräbt die Hände in seinem Kapuzenpulli.

»Hat funktioniert«, sage ich lächelnd und nippe einen weiteren Schluck.

»Yvonne hat mir von deinem Neuen erzählt. Ist das was Ernstes?«

Ich verschlucke mich, huste. »Wie? Mein … Neuer?«

Philipp nickt.

»Wir waren nur einmal essen.«

»Verstehe.«

»Mehr ist da nicht.«

»Also ein One-Night-Stand?«

»Was?« Ich stelle das leere Glas auf das Tablett zurück. »Nein, da lief nichts. Viktor hat mich lediglich im Museum angesprochen, und abends waren wir aus. Er ist absolut nicht mein Typ«, sage ich und ärgere mich zugleich, dass ich mich überhaupt verteidigen muss. Was geht Philipp mein Privatleben an? Er ist mein Mitbewohner, nicht mein Freund. Außerdem muss ich mich jeden Moment ausgehfertig machen. Und wenn ich dort zu spät erscheine, komme ich nicht mehr in den Club rein.

Wahrscheinlich kann Philipp meine Gedanken lesen, denn er nimmt das Tablett vom Nachttisch. »Sorry, tut mir leid«, sagt er und stellt sich in die Mitte des Raumes.

»Schon okay.«

»Er ist also nicht dein Typ. Aha.« Philipp blickt sich um. So, als wäre er das erste Mal in meinem Zimmer. Oder als würde er etwas suchen.

»Ja. Wieso? Was hat dir Yvonne erzählt?«, frage ich und fühle mich plötzlich nackt unter meiner Decke, obwohl ich angezogen bin. »Philipp, was hat sie denn behauptet?«

»Ach, nicht so wichtig«, sagt er leise und dreht mir den Rücken zu. »Ich muss jetzt ins Krankenhaus. Bis morgen!«

Die Tür fällt ins Schloss.

Ich lasse mich rücklings auf die Matratze fallen, lege meinen Arm über Stirn und Augen. Was zum Teufel ist nur mit Yvonne und Philipp los? Warum interessiert sie dieser Viktor so? Ich habe das Gefühl, bei keinem meiner anderen Dates wurde ein ähnlicher Wirbel veranstaltet.

Ich wälze mich zur Seite und stecke mein Handy ans Ladegerät. Ich hoffe, dass mein provisorisch geklebtes Tape den Kabelbruch zusammenhält.

Frisch geduscht und bestens gelaunt schlüpfe ich in mein schwarzes Cocktailkleid, ziehe meine abgewetzte Bikerjacke vom Flohmarkt über und verlasse, mit dezentem Make-up und drei Sprühern Parfum, in weißen Chucks die Wohnung.

Unten auf der Straße herrscht Hochbetrieb. Vor unserem Haus kommt mir eine Gruppe grölender Halbstarker entgegen. Einer der Jungs pfeift, als sie an mir vorbeischlendern. Ich tue so, als hätte ich sein Catcalling nicht gehört. Ich habe heute keinen Bock auf Diskussionen. Kurz dahinter zwei Hipster mit knallroten Hosenträgern in Skinny High Waist Jeans. Auf der anderen Straßenseite kichern drei Französinnen, die mit E-Rollern über das Kopfsteinpflaster holpern. Dahinter eine weiße Nebelwand vor dem Späti, eine Gruppe türkischer Jungs, die E-Zigaretten rauchend auf ein Handy starren. Wahrscheinlich ist ein neues Rap-Musikvideo rausgekommen.

Ich schiebe mein Rennrad an den Tischen und Bänken des spanischen Restaurants vorbei. Internationales Sprachengulasch in voller Lautstärke. Die Holztische, die mitten auf dem Bürgersteig stehen, sind restlos belegt. Es riecht sommerlich nach gegrilltem Fisch mit Knoblauch, Albóndigas, Lamm in Zwiebelsoße, Meeresfrüchten und Paëlla. Die Kellner haben viel zu tun. Wie in einem Achtziger Videospiel-Klassiker huschen sie in ihrem Tischlabyrinth umher.

Pedro erkennt mich und hebt die Hand zum Gruß.

Ich winke dem alten Restaurantbesitzer lächelnd zurück. Wir kennen uns seit meinem Einzug in die Dieffenbachstraße. Damals hatte er mir ungefragt geholfen, die Umzugskisten in meine Wohnung zu tragen, da einige meiner besten Freunde nicht aufgetaucht waren. Deutschland hat an diesem Abend Fußball gespielt. »Vielen lieben Dank!«, rufe ich ihm über die Gästereihen zu.

Er hebt beide Hände, sieht mich fragend an.

»Wegen der Schlüssel, Pedro!«, rufe ich lauter. »*Muchas gracias*!«

Pedro deutet auf seine Ohren, schüttelt den Kopf. Der Lärmpegel des Restaurants ist einfach zu hoch.

»Ich muss los!«, rufe ich und will gerade auf mein Rennrad steigen, als Pedro auf mich zugelaufen kommt. Sein rot gestreiftes Hemd spannt sich wie ein Zirkuszelt über dem wippenden Bauch.

»Mia!«, prustet er und stützt sich am Stamm einer Platane ab. »Was hast du gesagt, Liebes? Der Lärm … Es tut mir leid.«

»Ich wollte mich nur bei dir bedanken«, sage ich und streiche ihm kurz über die Schulter. »Dass du dem jungen Mann gesagt hast, wo ich wohne.«

Pedro blickt mich irritiert an: »Welcher Mann?«

»Viktor Engel«, antworte ich. »Na, der Typ, der meinen Schlüssel im Taxi gefunden hat.«

»Ich weiß nicht, wovon du sprichst, Liebes«, entgegnet Pedro und wischt sich mit dem Ärmel über die Stirn. »Wann soll das gewesen sein? Bei mir hat sich niemand gemeldet.«

Ich runzle die Stirn. »Auch nicht bei deinem Servicepersonal? Das muss irgendwann heute gewesen sein. Gegen Mittag.« Eine Schweißperle tropft mir auf die Wange. »Vielleicht so um … vierzehn, fünfzehn Uhr?«

»Mia, ganz sicher«, sagt er ernst. »Wir öffnen unser Lokal doch erst um achtzehn Uhr. Das weißt du doch.« Pedro deutet auf das handgeschriebene Öffnungsschild neben der Speisekarte. »Und vorher ist niemand im Restaurant.«

Pedro hat recht. Die mit Graffiti besprühten Rollläden seines kleinen Fischrestaurants sind immer unten, wenn ich nach Hause komme.

Also muss Viktor gelogen haben.

Er war niemals hier.

Hat niemals nach mir gefragt.

9

Vor dreizehn Jahren

Er wollte wissen, wie es sich anfühlte. Wenn das Leben den Körper verlässt. Würde er sie spüren, die Seele? Gleich nach Schulschluss würde er mit einem Tier beginnen. Einem kleinen Tier.

Für die Suche nach dem richtigen Lebewesen hatte er sich Zeit gelassen, fast den gesamten Religionsunterricht lang. Das musste schließlich gut überlegt sein.

Zuerst hatte er an den Froschteich im Wald von Katzenbrunn gedacht. Nein, kein Frosch. Auch wenn es ihn erregte, das Drecksvieh mit einem Strohhalm aufzublasen und zum Platzen zu bringen. Die Viecher knallten wie aufgepustete Naschtüten aus dem Freibadkiosk. Er überlegte weiter. Um es richtig zu machen, durfte es kein einfacher Regenbogenfisch aus seinem Aquarium oder eine langweilige Weinbergschnecke sein. Dieses Mal ging es nicht ums Quälen, sondern ums Töten.

Das Tier musste schreien. Nur so war es das richtige Opfer.

Anschließend musste er den Leichnam anzünden. So wie in diesem Kirchenlied, das er am Sonntag mitgesungen hatte. »Verbrennt eure Opfer«, hieß es da. Es war ganz sicher ein Zeichen Gottes gewesen, dass die Gemeinde dieses Lied ausgerechnet an seinem dreizehnten Geburtstag gesungen hatte.

Er schlich tiefer in den Wald. Am Gürtel trug er sein Pfadfindermesser, das er von seinem Vater zur Einschulung geschenkt bekommen hatte. An der Klinge klebten noch immer die Überreste seines letzten Testobjekts, ein Feuersalamander. Er war abergläubisch, was das anging. Vielleicht hingen noch Seelenanteile an der Klinge, das konnte man nicht reinigen. Zumindest nicht, wenn sie von einem unschuldigen Lebewesen stammten. Doch wie verhielt es sich mit einem sündhaften?

Die Herbstsonne berührte schon fast die Baumwipfel. Es war für Kinder in seinem Alter Zeit, nach Hause zu gehen. Seine Mutter scherte sich allerdings einen Dreck darum. Also konnte er so lange durch das Unterholz streifen, bis er ein passendes Opfertier gefunden hatte.

Er bückte sich und hob einen Stein vom Moosboden auf, drehte ihn in der Hand. Ein nachdenkliches Lächeln erschien auf seinen Lippen. Steinigen, ja, er konnte das Tier auch steinigen. Würde Gott ihn dafür lieben? Konnte er Bonuspunkte sammeln wie bei seinem Lieblingscomputerspiel? Vielleicht durfte er sich auch etwas wünschen. Ja, das wäre was. Seele gegen Wunsch. Er brauchte nicht lange zu überlegen, was er im Gegenzug von Gott verlangen würde.

Er wollte reich sein.

Reich und berühmt.

Ob der Allmächtige ihm das erfüllte?

10

Ich springe auf mein Rennrad und wechsle die Straßenseite, biege hinter der Apotheke links ab, über die Kreuzung, weiter durch die Grünanlage. Kurz darauf bin ich schon auf dem viel befahrenen Kottbusser Damm. Zwei Krankenwagen heulen mit Martinshorn an mir vorbei. Überall duftet es nach Döner, Shishas mit Kirschgeschmack, veganen Burgern, Hundekot und gebrannten Nüssen.

Noch auf die grüne Ampel warten, dann bin ich endlich auf dem Fahrradweg. Ich trete in die Pedale. Lasse meiner Wut freien Lauf. Woher kennt Viktor meinen Nachnamen? Woher meine Adresse? Und warum hat er mich angelogen? Er hat nie bei Pedro nach mir gefragt! Und trotzdem saß er plötzlich in unserer Küche. Mit meinen Schlüsseln in seiner Hosentasche.

Ich trete kräftiger, in Richtung Stadtmitte, Humboldt-Universität, vorbei am Maybachufer, und überquere die Brücke über den Landwehrkanal.

Die Sonne leuchtet wie ein orangefarbener Feuerball über der Stadt. Ich heize an den Hochhäusern am Kotti vorbei. Am Straßenrand, neben einem Passbildautomaten, liegen zwei Obdachlose auf einem Kleiderlager mit Plastiktüten und Schlafsäcken. Panik steigt in mir auf. Viktor wusste genau, wo ich wohne. Schließlich wird er nicht alle Türschlösser in der Gegend ausprobiert haben.

Meine Beine strampeln jetzt so rhythmisch wie die Kuppelstangen einer Dampflok. Der Wind hebt mein Cocktailkleid nach oben, ich beuge mich tiefer zum Lenker.

In meinem Kopf überschlagen sich die Gedanken. Ich überhole eine Radfahrerin mit Mofahelm und wundere mich, wie ich so schnell auf der Oranienburger sein konnte. Zu meiner linken Seite, nur einen Kilometer weiter in Mitte, arbeitet Philipp in der Charité. Er hat Nachtschicht. Unser stets hilfsbereiter, aufmerksamer Mitbewohner. Doch auch er verhält sich seit heute Abend so seltsam. Abwehrend, fast unterkühlt.

Nachdem er mit Yvonne gesprochen hat.

Seitdem Viktor bei uns war.

Ich lenke in die Bernauer Straße ein und passiere den zweiten Sophien-Friedhof auf der rechten Seite. Mein Herz rast. So viele Fragen. Und keine Antworten. Woher wusste Viktor überhaupt, dass ich für eine Hauptrolle vorgesprochen hatte?

Neben mir hupt ein schwarzer BMW.

Ja, ja, tut mir leid.

Ich hebe den linken Arm und biege in die mehrspurige, mit Bäumen gesäumte Straße ein.

Ich bin mir sicher, während des Abendessens niemals mit Viktor über mein Casting gesprochen zu haben, über die Hauptrolle. Natürlich könnte Yvonne es ihm gesagt haben, schließlich war Viktor fast eine halbe Stunde bei uns. Eine halbe Stunde, o Gott!

Was hat sie ihm noch alles erzählt?

Rechts und links der Straße wechseln sich Getränkemärkte mit Sonnenstudios, Tabakläden mit Fahrschulen und Paketshops mit Friseuren ab. Ich blicke auf die digitale Wanduhr einer Apotheke, 20:57 Uhr. Ich habe mein Ziel erreicht. Brunnenstraße. Auch wenn ich keine Ahnung habe, wie ich hierhergekommen bin. Als hätte die halbe Stunde Radtour nie existiert.

Ich drossle das Tempo und suche auf beiden Straßenseiten das leere Schaufenster mit der Porzellankatze. Vielleicht hätte ich doch besser die U-Bahn genommen. Meine Beine beginnen zu brennen. Neben mir ziehen zahlreiche Baumreihen vorbei.

Wo soll denn dieses blöde Fenster sein? Ich trete schneller, fahre im Schatten eines Hochhausblocks und beginne zu frösteln. Der Radweg führt geradewegs an einer Bushaltestelle vorbei, an der eine Rentnerin mit Einkaufstrolley wartet. Ich bremse ab und frage sie, ob in der Nähe ein ehemaliges Bestattungsinstitut sei.

Die alte Dame weiß sofort, wovon ich spreche, und deutet aufgeregt die vierspurige Straße hinunter. »Da, auf der linken Seite, hinter der Kaufhalle«, sagt sie und beklagt sich, dass es noch immer keinen Nachfolger gebe. Niemand wolle mehr Totengräber werden, dabei sei es doch ein ehrenwerter Beruf. Stattdessen würden in diesem Geschäft jede Nacht seltsame Gestalten ein und aus gehen. Sie warnt mich, dort hineinzugehen. Ich bedanke mich höflich und halte mich an ihre Wegbeschreibung.

Zwei Minuten später habe ich den Treffpunkt gefunden. Ich erkenne Alice schon von Weitem. Sie hat ihre feuerroten Haare streng nach hinten gegelt, trägt ein türkisfarben gemustertes Kleid mit weißem Hemdkragen, grobmaschige Netzstrümpfe und kniehohe Stiefel, in der Hand natürlich eine glühende Zigarette.

Neben ihr steht ein schlanker Typ in schwarzer Jeans und schwarzem Rollkragenpullover. Mit seinem gepflegten blonden Dreitagebart sieht er auf die Entfernung wie der dreißigjährige Ewan McGregor aus. Beide unterhalten sich angeregt, während die Rauchwolke sie wie Zuckerwatte umwabert.

Ich steige vom Rad und gehe auf die beiden zu.

»Mia!«, ruft Alice erfreut, als sie mich erblickt, und winkt mir zu. »Wow, verdammt! Du siehst klasse aus!«

Ich grüße zurück, schließe mein Rennrad an einen Laternenpfahl und grinse. Alice schafft es innerhalb von Sekunden, dass ich mich nach den Sorgen der letzten halben Stunde wieder auf den Abend freuen kann.

»Ich wusste, dass du es findest«, sagt sie und deutet auf den jungen Mann neben ihr. »Mia, darf ich dir David vorstellen?«

»Hallo«, sage ich und hebe die Hand.

»Hi«, sagt er. Er wirkt schüchterner, als ich ihn auf den ersten Blick eingeschätzt hätte.

»Ich wusste nicht, dass wir zu dritt ...«, sage ich, doch weiter komme ich nicht.

Alice beginnt zu lachen. »Das wusste der gute David auch nicht«, sagt sie und knufft ihn in die Seite. »Wir haben uns eben erst kennengelernt.«

Er schaut verlegen zu Boden, steckt die Hände in die Hosentaschen.

»David wartet hier eigentlich auf sein Online-Date«, sagt Alice und schüttelt den Kopf. »Schon seit halb neun.« Sie zieht an ihrer Kippe, stößt Rauch aus. »Aber sie ist nicht gekommen. Tja, Pech gehabt.« Sie legt ihren Arm um Davids Schulter. »Dabei ist er doch ein guter Fang. Nicht wahr, Mia?«

Sie hat es geschafft. Nun schämen wir uns beide.

Ich starre in das kahle Schaufenster, in dem eine Porzellankatze und ein Fünfzigerjahre-Staubsauger von zwei Leuchtstoffröhren angeleuchtet werden, und tue so, als hätte ich ihre Frage nicht gehört. Ich spüre, wie mir das Blut in die Wangen schießt. Denn, o ja – sie hat recht. David sieht tatsächlich unglaublich sexy aus. Auf diese verwegene Outsider-Art, wie ein Independent-Musiker. Oder wie ein Vampir, der einem Anne-Rice-Roman entstiegen ist.

»Glaubt mir, das ist zurzeit das angesagteste Speakeasy Berlins«, sagt Alice und deutet auf die Aluminiumtür, bei der das milchige Drahtglas von hinten mit schwarzer Folie abgeklebt wurde. Auf dem Klingelschild steht kein Name, nur die Hausnummer.

»Ähm, ich dachte, das wäre eine ... ganz normale ... Bar?«, sagt David irritiert und blickt auf das geschwungene Schriftlogo, das golden über dem Schaufenster prangt:

Bestattungen Wenner.

»Ist es ja auch«, sagt Alice und kneift die Augenbrauen zusammen, als hätte David behauptet, Bananen wären blau. »Was dachtest du denn?«

»Ich habe die Adresse zufällig im Internet gefunden«, antwortet er. »Als ich eine Bar für unser Date rausgesucht habe. Und das Ambiente des Clubs sah ganz interessant aus.«

»Wie bitte?« Alice sieht sichtbar erschüttert aus. »*Tür Dreizehn* ist schon im Netz? Dann dauert es nicht mehr lange, bis die ganzen Ami-Touris kommen.« Sie saugt mehrmals an ihrer Zigarette, als wäre sie ein Atemgerät. »Na, vielen Dank auch!«

»Was ist denn ein ... *Speakeasy*?«, fragt David. Er sieht erst mich an, dann meine rothaarige Schauspielkollegin. Ich bin dankbar, dass er diese Frage stellt. Ich selbst habe den Begriff ebenfalls noch nie gehört. Im Unterschied zu Alice bin ich auch nicht um die halbe Welt gereist. Aber das wollte ich gestern im Café nicht zugeben.

»Na, eine klassische Flüsterkneipe, ein privater Club«, erklärt sie achselzuckend. »Da kommt man nur als Mitglied rein. Oder auf persönliche Empfehlung.«

»Oder wenn man das Codewort kennt«, erinnere ich mich.

»Richtig«, sagt Alice und schnickt ihre Kippe in einen Gully. »Und ich erfülle sogar alle drei Voraussetzungen.«

»Und warum braucht man das alles? Was ist denn das Besondere?«, fragt David und deutet auf die schmucklose Eingangstür. »Also, ich meine, wieso machen die so ein Geheimnis aus ihrer Bar?«

»Das hat viele Gründe«, schmunzelt Alice. »Einer wäre zum Beispiel, weil es den Bullen nicht gefallen würde.« Dann beugt sie sich zu uns vor, flüstert. »Was glaubt ihr denn, was da unten passiert?«

David und ich blicken uns verunsichert an. Ich kann spüren, dass seine Nervosität ansteigt. Genauso wie bei mir. Wollen wir da wirklich rein?

»Die Bedeutung der Katze. Und die des Staubsaugers ...«, sagt Alice und deutet auf das minimalistische Schaufenster.

»Das sind ihre Symbole. Ihr werdet sie verstehen, wenn wir unten sind.«

Dann hängt sie sich bei mir und David ein und schleift uns in den schmalen Hauseingang des ehemaligen Bestatters.

In den schwarz gefliesten Ecken liegen Zigarettenstummel, tote Fliegen, eine Handvoll Kronkorken, gelbe Ahornblätter, Kaugummipapier und ein benutztes Kondom. Es riecht nach Urin.

»Also, seid ihr bereit?«, fragt sie theatralisch in die Runde. Ich bin mir plötzlich nicht mehr so sicher. Doch vor David will ich keinen Rückzieher machen. Er blickt mich fragend an. Ich zucke mit den Achseln, darauf nickt er zustimmend.

»Sehr gut!«, sagt Alice und klatscht in die Hände.

Dann drückt sie zweimal auf den vergilbten Klingelknopf.

11

Der Türöffner summt. Alice drückt die Aluminiumtür auf, wir treten nacheinander ein. Vor uns eröffnet sich ein leerer, schummriger Raum. An den holzvertäfelten Wänden flackern elektrische Kerzen, die das Empfangszimmer des ehemaligen Bestattungsinstituts in gelbes Licht tauchen. Es riecht scharf nach Zitronenreiniger. Als hätte jemand kurz zuvor eine ganze Dose Lufterfrischer versprüht. Der lilafarbene Teppichboden unter unseren Füßen ist weich und dick, bei jedem Schritt sinke ich tief ein.

Alice geht voraus. Wir folgen ihr mit dichtem Abstand durch ein verschachteltes Zimmerlabyrinth. Bis wir vor einer schwarz lackierten Tür stehen bleiben, auf die mit einem breiten Pinsel großflächig eine rote 13 gestrichen wurde. Die getrocknete Farbe ist wie Blut bis hinunter zum Boden gelaufen.

Neben der Tür wacht ein hagerer Glatzkopf. Er trägt einen schwarzen Totengräberanzug und eine flache Schiebermütze auf dem Kopf. »Kennwort?«, fragt er mit heller Stimme. Sein Blick ist finster.

»Dreizehn Rosen«, sagt Alice. »Doch nur eine blüht um Mitternacht.«

»Guten Abend, die Damen und Herren«, entgegnet er höflich und nimmt die Mütze vom Kopf, presst sie wie bei einer Beerdigung vor die Brust. »Willkommen im Sündenpfuhl Berlin.«

Alice klatscht wieder in die Hände. »Kommt, Kinder!«

David und ich blicken uns an.

Der Glatzkopf greift zur Klinke und öffnet uns mit einer Verbeugung die Tür. Sie quietscht fürchterlich. Wie in einem Horrorfilm. Bei der Ausstattung des Clubs haben sie tatsächlich an alles gedacht.

Uns empfängt ein Mix aus sakralen Gesängen, Orgelmusik und elektronischen Beats, die vorher nicht zu hören waren. Die Clubtür scheint schalldicht isoliert zu sein. Das Wummern kommt von unten.

»Lasst uns runtergehen«, sagt Alice und steckt dem Totengräber einen Zehner in die Jacketttasche. Wir folgen ihr die steilen Treppenstufen nach unten. Mit jeder Stufe wird die Musik lauter. Und das Ambiente edler. Der Treppenabgang ist mit marineblauen Korallentapeten verkleidet, über uns hängen antike Kronleuchter. Ich streiche über das edle Vlies. Die Wände sind in Petersburger Hängung mit goldenen Bilderrahmen verziert.

Ich trete an eine der Fotografien heran. Das Schwarz-Weiß-Porträt einer nackten Frau mit Federboa, wahrscheinlich ein Akt aus den Zwanzigerjahren. Ich gehe weiter, betrachte die Fotos rechts und links von mir. Sie werden immer pornografischer, je tiefer man steigt. Auf den Bildern tauchen immer mehr Menschen auf, die miteinander Sex haben. Ich richte meinen Blick wieder nach vorne, auf die Treppenstufen. Die Gruppensexfotos sind mir unangenehm. Nicht, dass ich prüde wäre oder keine Lust an Sex habe. Es gibt auch Pornos, die mich erregen, aber ich finde, Liebemachen sollte Privatsache sein. Und mich nicht ungefragt in aller Öffentlichkeit anspringen.

Vor mir geht David. Auch er blickt stur geradeaus. Er hat muskulöse, breite Schultern. Das ist mir draußen auf der Straße gar nicht aufgefallen.

Alice wird langsamer, bleibt stehen. Die letzte Treppenstufe – wir sind im Club angekommen. Die Musik ist ohrenbetäubend laut. *Carmina Burana* meets *Paul Kalkbrenner*.

Ich drücke mich sanft an David vorbei und erwache in einer Art Sechzigerjahre-Flughafen-Lobby. Um uns herum stehen schwere braune Ledersessel an verchromten Glastischen, auf denen sich zahlreiche Champagner-Eiskübel aneinanderreihen. Ich gehe einen Schritt tiefer in den Raum.

Augenblicklich fühle ich mich wie in einer anderen Zeit.

Im schummrigen Lichtschein der Designerlampen räkelt sich die kreative High Society Berlins. Verrückte Künstlertypen, manch ein bekannter Jungschauspieler, angesagte Podcasterinnen und Influencer, Rapper (sie sehen zumindest so aus), sicherlich auch ein paar Schriftstellerinnen und Models. Sowie die digitale Boheme vom Rosenthaler Platz, die man immer noch an den obligatorischen schwarzen T-Shirts erkennt.

Durch die Luft ziehen dichte blaue Rauchschwaden von Havannas, Zigarillos und Zigaretten. Ich rieche sogar den würzigen Duft von Cannabis.

Ich blicke mich suchend um, obwohl ich hier keine Bekannten erwarte. Wahrscheinlich ist es nur ein Reflex, weil ich mich unwohl fühle. Zu unserer Linken, an einer Sichtbetonwand, erhebt sich die neonbeleuchtete Cocktailbar, in der sich Hunderte von Flaschen wie in einem bunten Mosaik übereinanderstapeln. Am Tresen wird viel gelacht und getrunken. Einige knutschen. Frauen mit Männern, Frauen mit Frauen, Männer mit Männern.

Der elektronische Beat hämmert durch den Saal.

»Alles, was hinter *Tür Dreizehn* passiert …«, Alice nimmt uns zur Seite, zwinkert uns zu, »das bleibt auch hinter verschlossener Tür. Klar?«

Wir nicken wie die Wackeldackel.

Plötzlich deutet David auf eine lange Sitzreihe neben der Bar. Er scheint sichtlich schockiert. Ich folge seinem Blick.

Mitten zwischen einer feiernden Partygruppe sitzt eine junge Frau in meinem Alter auf der purpurnen Samtcouch. Sie trägt ein roséfarbenes Neckholderkleid, hat den Kopf in den Nacken und den Arm um ihre gleichaltrige Tischnachbarin gelegt. Sie küssen sich. Ihr Kleid ist bis zum Bauchnabel gerafft, sie hat die Füße auf den gläsernen Beistelltisch gestellt und die Beine weit gespreizt. Sie trägt keinen Slip. Ein gut aussehender Typ taucht zwischen ihren Schenkeln ab und leckt sie.

Am Nebentisch gibt eine Frau einem Mann einen Blowjob, während sich die anderen Gäste ganz ungeniert zuprosten.

David und ich starren mit offenen Mündern auf die unwirkliche Szene direkt vor uns. Natürlich weiß ich, dass es viele Berliner Clubs gibt, in denen es freizügig zugeht. Doch es ist etwas anderes, wenn man unerwartet danebensteht.

Alice legt die Hand auf Davids Finger und drückt ihn nach unten. »Kinder, jetzt seid doch nicht so verklemmt«, sagt sie. »Was dachtet ihr denn, wofür der Staubsauger und die Pussy stehen?«

Ich will gerade antworten, dass dieser Ort nichts für mich ist, und David fragen, ob wir wieder gehen wollen, als eine Servicekraft mit türkisfarbener Federboa vor uns auftaucht. Sie begrüßt Alice mit Küsschen auf die Wange.

»Ich habe euch das Chambre séparée reserviert«, sagt Federboa und strahlt über das ganze Gesicht.

»Serenity, du bist ein Schatz!«, entgegnet Alice und nimmt David an der Hand. »Kommt mit!« Die beiden folgen Federboa durch das Menschenmeer.

Ich bleibe allein zurück. Drehe mich nach allen Seiten. Was mache ich denn jetzt? Ich kann doch nicht einfach gehen, ohne mich von ihnen zu verabschieden. Von David. Der Beat setzt aus, die Streicher setzen ein, *Schwanensee* von Tschaikowsky. Ich kann die beiden kaum noch erkennen.

Ach, verdammt!

»Wartet!«, rufe ich und eile ihnen hinterher.

Im hinteren Bereich des Clubs erreichen wir eine über zwanzig Meter lange schwarze Glaswand. Sie verläuft von einer Ecke des Raumes zur anderen, auf die gesamte Breite. Was zum Teufel ist das? Wir spiegeln uns in der polierten Scheibe, hinter uns das farbige Treiben.

Serenity bleibt stehen, zieht ein Minitablet heraus und öffnet eine App. Ich blicke mich fragend um. Von Nahem erkennt man, dass die Fassade nicht aus einem einzigen Stück besteht, sondern aus mehreren kurzen Teilen. Anders hätten sie dieses Ding auch niemals hier runterbekommen.

Die Servicekraft tippt etwas auf dem Tablet, und plötzlich fährt eine der dunklen Glasscheiben automatisch zur Seite. Ein kleiner, versteckter Raum mit rundem Marmortisch kommt zum Vorschein.

»Bitte, macht es euch bequem«, sagt Serenity strahlend und deutet auf die gepolsterte Sitzbank. »Ihr habt *Chambre Neuf* für euch allein.«

»Danke, Schatz«, sagte Alice und hechtet als Erste hinein.

David und ich folgen ihr in die Kabine.

Das sanfte warme Licht strahlt indirekt von Decke und Fußboden, gerade so viel, um nicht völlig im Dunkel zu versinken.

»Etwas Champagner zum Einstieg?«, fragt Serenity in die Runde, nachdem wir uns alle gesetzt haben.

»Ein stilles Wasser, bitte«, sage ich und hebe den Zeigefinger wie in der Schule. Hoffentlich erkennt Serenity es in diesem luxuriösen Erdloch.

»Nix da«, zischt Alice neben mir. »Wasser hat mein Opa in den Beinen. Eine Flasche Dom Pérignon für uns alle!«

»Wunderbar!« Serenity lacht und nickt, notiert etwas auf dem Tablet. »Vielen Dank. Bin gleich wieder bei euch!« Federboa dreht sich um und verschwindet in der Menschenmenge. Die Glastür schließt mit einem satten Zischen, das Stimmengemurmel der Gäste verstummt abrupt. Nur die Musik läuft in Fahrstuhl-Lautstärke in unserer Kabine weiter.

Interessant, ich beuge mich über den Marmortisch. Im Gegensatz zu draußen kann man von dieser Seite des dunklen Glases hindurchsehen und jedes Detail im Club erkennen. Zusammen mit der Schallisolierung wird mir der Sinn dieses Séparées sofort klar.

Ich blicke zu David hinüber, der die Getränkekarte studiert.

»Alles ganz schön teuer …«, murmelt er leise.

»Daran erkennt man, dass du das erste Mal hier bist«, schmunzelt Alice. Sie lehnt sich in die Polster zurück, streicht sich durch das rote Haar. »Federboa ist übrigens nichtbinär und hat sich den Vornamen Serenity verpasst. Fragt einfach nach dem Pronomen oder nutzt den Vornamen, wenn ihr Federboa ansprechen wollt.«

»Serenity. Was für ein geiler Name!«, sagt David und blickt der Servicekraft hinterher.

»Kannte dein Online-Date eigentlich diesen Ort?«, will Alice von ihm wissen.

»Ich glaube nicht«, antwortet David. »Sie wollte die Adresse googeln.«

»Na, das erklärt ja alles.« Sie lacht laut. »Wahrscheinlich hat sie dabei mehr erfahren, als ihr lieb war.«

Das hätte ich besser auch vorher gemacht. Mich über diesen Club informiert. Ich bin froh, dass Alice diesen Privatraum für uns reserviert hat. Hier fühle ich mich sicherer, geschützt hinter der dunklen Scheibe. Ich blicke verstohlen nach draußen, beobachte die hippen Partygäste, wie sie an ihren Cocktails schlürfen und ausgelassen feiern. Wie in Woodstock oder den Goldenen Zwanzigern. Selbst in den beleuchteten Ecken wird geknutscht, gefummelt und gelutscht. Augenblicklich fühle ich mich wie eine Zoobesucherin, die die Spezies Homo sapiens bei ihrem Liebesspiel beobachtet. Ja, fast studiert. Es ist faszinierend. Meine anfängliche Abneigung beginnt zu schwinden. Ich erkenne mich kaum wieder. Seltsam. Dabei habe ich noch gar nichts getrunken.

Warum fühlt es sich so anders an – hinter dieser Scheibe?

Irgendwie verboten, sinnlich. Fast wie in einem erotischen Traum. Ich kann meinen Blick nicht von ihren Leibern lassen. Fasziniert beobachte ich ihre offenen Münder, die halb heruntergezogenen Slips, die akkurat rasierten Intimbereiche, rot lackierte Fingernägel, die sich in muskulöse Pobacken krallen, die feuchten Muschis, Schweißperlen auf glänzender Haut, die vielen erigierten Schwänze. Es beginnt mich zu erregen. Plötzlich kann ich den voyeuristischen Reiz des Séparées verstehen. Während man sich hier drin, vor fremden Blicken geschützt, gemeinsam zum Vorspiel streichelt und dabei dem Echtzeitporno hinter der geschützten Scheibe zusieht …

»Mia?« Die Stimme ist weit weg. »Mia? … Mia!«

Ich drehe mich um. »Wie bitte, was?«

»Alles in Ordnung?«, fragt Alice.

»Ja, ja«, sage ich und wische mir über den Nacken.

»Was sagst du dazu?«

»Zu was?«

»Na, zu David?« Alice sieht mich an, als wäre ich vom Mond. »Was er erlebt hat. Das ist doch total krass, oder?«

»Ja, total …«, murmle ich. »Echt krass.« Ich weiß nicht, wovon sie spricht, und sehe zu David, der mich mit hochgezogenen Augenbrauen anblickt und an seiner Unterlippe knabbert. Ich sage: »Tut mir leid.«

»Schon okay«, sagt er, und da zischt auch schon die Glastür auf.

»So, euer Champagner!«, trällert Serenity und stellt ein Tablett mit Gläsern und Eiskübel auf den Marmortisch. Alice verteilt die Gläser. Federboa öffnet die Flasche und gießt uns ein. »Falls ihr noch etwas wünscht, drückt einfach auf den Knopf neben der Scheibe, dann komme ich zu euch.«

»Tausend Dank«, sagt Alice und stellt die Flasche in den Eiskühler.

»Wunderbar«, sagt Serenity und verbeugt sich. »Dann überlasse ich euch jetzt mal eurer Privatsphäre.« Die Bedienung zwinkert mir zu. »Habt viel Spaß, ihr drei! Ich werde auch nicht mehr stören.«

Ich will gerade entgegnen, dass Serenity die Situation völlig falsch einschätzt, da ist die Servicekraft auch schon wieder verschwunden. Die Glastür zischt zu. Wir sind allein.

»Also dann, Leute!«, ruft Alice und erhebt ihr Champagnerglas. »Auf alle bescheuerten Ex-Partner und -Partnerinnen!«

Der Trinkspruch gefällt mir.

Gefühlt eine Stunde später spüre ich den Alkohol in meinem Kopf. Was wahrscheinlich an der zweiten Flasche Dom Pérignon liegt, die Alice auf ihre Kosten geordert hat. Während sie den Abend zwischen den Welten verbringt, also zeitweise bei uns, aber auch außerhalb des Séparées – Alice scheint halb Berlin zu kennen –, unterhalte ich mich angeregt mit David.

Wir lachen viel und haben die gleichen Vorstellungen vom Leben. Außerdem sieht er (ganz nebenbei) wirklich heiß aus. Es ist verrückt. Wir sind uns ähnlicher, als ich dachte. Mit David könnte ich ewig über aktuelle Streamingserien, den Klimawandel, Menschenrechte, über verflossene Liebschaften, die neuesten Bücher, Podcasts, die leckerste Schokolade (ohne Kinderarbeit), Außenpolitik oder nervige Datingseiten quatschen. Dabei streifen wir jedes Thema wie Musikstücke auf einer Playlist mit verschiedenen Genres. Und doch gehört für uns alles zusammen. Neben ihm fühle ich mich leicht. Und irgendwie sexy. Was bestimmt nicht nur am Champagner liegt. Vielleicht frage ich ihn deshalb nach seiner Nummer.

»Meine … Nummer?«, fragt er. »Ja, ähm, natürlich.«

Ich liebe seine Schüchternheit.

Er zögert kurz, dann wühlen wir beide in den Taschen, um unsere Handys herauszuholen. Doch ich muss feststellen, dass ich meines überhaupt nicht dabeihabe. Es hängt zu Hause neben meinem Bett am Strom und lädt auf.

»Sorry, ich hab's zu Hause vergessen«, sage ich und bemerke sofort die Enttäuschung in Davids Gesicht. Wahrscheinlich denkt er, ich hätte es mir doch anders überlegt.

»Klar, schon okay«, sagt er und verstaut sein Mobiltelefon wieder in der Hosentasche. Seine Unterlippe schiebt sich nach vorn. Sieht süß aus, verführerisch. Ich möchte ihn küssen.

Mensch, Mia!

»Nein, wirklich«, sage ich schnell, lege meinen Arm auf die Marmorplatte, strecke die Hand nach ihm aus und mache Greifbewegungen. Wie eine Roboterhand. »Jetzt komm schon, David!« Ich muss lachen.

Keine Ahnung, warum ich auf die Idee komme, wie ein blöder Roboter zu reden. »Ich – tippe – dir – meine – Nummer – ein.« Vielleicht war es doch zu viel Champagner. Ist aber auch ein fieses Zeug. »Te-le-fon!«

Jetzt muss auch er lachen. Er legt mir sein entsperrtes Handy in die Hand. Ich gebe Name und Telefonnummer in sein Adressbuch ein. Meinem Finger fällt es schwer, die klitzekleinen, unscharfen Buchstaben zu treffen. Kurzerhand mache ich noch ein Selfie mit herausgestreckter Zunge und speichere mein Foto als Kontaktbild.

»Hübsche Zunge«, lacht er und liest: »Mia … *Rochter.* Hocherfreut! Ich bin David Hoffmann.«

»Hoffmann … wie die Hoffnung«, sage ich kichernd und deute auf das leuchtende Display. »Melde dich gern, jederzeit. Würde mich echt freuen.«

»Ich rufe dich an«, entgegnet er. »Ganz bestimmt.«

»Das würde ich dir auch raten«, füge ich schmunzelnd hinzu und blicke durch die dunkle Glasscheibe.

An der Bar steht ein Mann, in der Hand ein Cocktailglas, und starrt in unsere Richtung. Seine Erscheinung kommt mir bekannt vor. Sein Anzug, die Haltung, die Frisur. Ich beuge mich vor und kneife die Augen zusammen. Unmöglich. Niemals. Wie soll er denn hier reinkommen? Das kann kein Zufall sein. Meine Nasenspitze berührt das Glas, die Scheibe beschlägt. Hat ihm etwa Yvonne verraten, dass ich in diesem Club bin?

Oder hat mich Viktor verfolgt?

12

»Ist alles in Ordnung, Mia?«, fragt David. Ich spüre seine warme Hand auf meiner Schulter, kurz darauf zieht er sie wieder zurück. »Ähm, was … was ist denn da draußen?«

»Ich dachte, ich hätte jemanden gesehen.«

»Verstehe«, sagt er und schweigt.

Ich drehe mich zu ihm um. »Keinen Ex-Freund, falls du das denkst.« Er wirkt erleichtert. Ich bin es dagegen weniger. »Da ist so ein Typ, mit dem ich einmal aus war, und jetzt habe ich das Gefühl, er verfolgt mich.«

»Ein … Stalker?«, fragt er und richtet sich zu voller Körpergröße auf.

»Ich weiß es nicht«, sage ich unsicher. Es wird plötzlich so real, wenn jemand das Wort *Stalker* laut ausspricht. Bisher war es nur ein ungutes Gedankenspiel in meinem Kopf. Ich greife zu meinem halb vollen Champagnerglas und leere es in einem Zug.

»Bedroht er dich etwa?« David sieht mich besorgt an.

»Eigentlich … nicht«, sage ich, ziehe die Flasche Dom Pérignon aus dem Eiswürfelbad und gieße mir einen weiteren Schluck ins Glas. »Nein, nichts dergleichen.« Augenblicklich komme ich mir überpanisch vor. »Ich kann es nicht erklären. Eigentlich verhält er sich äußerst charmant und zurückhaltend. Sogar Yvonne, meine Mitbewohnerin, ist von ihm hingerissen.«

»Aha«, sagt David. »Und wie sieht dieser Typ aus?« Er blickt suchend durch die dunkle Glasscheibe. Flüstert: »Wenigstens kann er uns hier drin nicht sehen.«

»Ich glaube, er steht da vorne an der Bar«, sage ich und drehe mich wieder zur Scheibe um, deute mit dem Finger auf die besetzten Barhocker. Meine Hand wandert die Glasscheibe entlang. Von rechts nach links und wieder zurück. Doch ich kann Viktor nirgends erkennen. Er ist nicht mehr da. Oder habe ich mich getäuscht? War es gar nicht Viktor?

»Welcher?«, fragt David. »Wo?«

»Ich kann ihn nicht sehen«, antworte ich leise. »Ähm, vielleicht habe ich mich auch geirrt.« Ich scanne ein letztes Mal die Sitzreihen ab. »Nein, er ist nicht … Tut mir leid.«

»Das muss dir nicht leidtun«, sagt David und blickt mich ernst an. »Meine Schwester hatte vor einigen Jahren auch mal einen Stalker. Das wurde mit der Zeit immer schlimmer.« Er beugt sich zu mir vor. »Mia, du musst zur Polizei gehen!«

Augenblicklich komme ich mir total albern vor. Zur Polizei? Ich sehe mich in einem kargen Verhörzimmer auf einem Stuhl sitzen, eine hagere Kommissarin an die Tischkante gelehnt, die Arme vor der Lederjacke verschränkt. Wie ich ihr erklären muss, dass mich ein gewisser Viktor Engel verfolgt. Also *vielleicht* verfolgt.

Aha, soso, interessant. Und wohin ist er Ihnen gefolgt?

In einen geheimen, verruchten Sexclub.

Was hat der Stalker noch gemacht?

Mich in ein Nobelrestaurant eingeladen und mir meine verlorenen Schlüssel zurückgebracht.

Wurde er sexuell übergriffig?

Nein.

Terrorisiert er Sie mit Anrufen oder SMS?

Nein, Frau Kommissarin.

Ist Ihr Leben in Gefahr?

Ich kippe den letzten Schluck Champagner hinunter. »Ach, ist nicht so wichtig. Vielleicht bilde ich mir nur etwas ein. Kann alles nur ein blöder Zufall sein. Aber trotzdem danke, David.«

»Mia«, sagt er. »Du solltest das wirklich ernst nehmen.«

Ich stelle das Glas auf dem Marmortisch ab. »Zumindest so ernst, dass er mir den Abend zerstört hat.« Ich stehe leicht schwankend auf. »Bitte entschuldige, aber ich glaube, ich fahre jetzt besser nach Hause.«

»Natürlich«, sagt David und lässt sich gegen die Rückwand fallen. Er sieht zu Boden. Ich greife nach meiner Tasche und hänge sie mir über die Schulter.

»Es war trotzdem schön, dass wir uns kennengelernt haben«, sage ich aufrichtig und strecke ihm die Hand hin. »Und bitte sag Alice noch mein allerherzlichstes Dankeschön für die Einladung.« Ich zwinkere ihm zu. »Zumindest, falls sie jemals zurückkommt. Die Sexparty da draußen scheint ihr ja mächtig zu gefallen.«

Wir geben uns die Hand. Ein Blitz durchfährt mich. Seine Haut ist warm, zart und gepflegt. Die schmalen Finger eines Pianisten.

Ich stelle mir vor, wie sie über meinen Körper gleiten.

Er kratzt sich hinter dem Ohr und blickt wie ein scheuer Kater zu mir hinauf. »Darf ich dich wenigstens nach Hause begleiten?«, fragt er, legt den Kopf schief. »Wir könnten uns doch ein Taxi teilen?«

»Ich bin mit dem Rad da.«

»Natürlich.« Er nickt. »Richtig, hab ich vergessen.«

David ist süß. Man kann ihm die Enttäuschung auf einen Kilometer im Gesicht ablesen. Und das macht ihn irgendwie noch knuffiger.

»Aber du kannst mir gern schreiben«, sage ich, beuge mich zu ihm herunter (bevor ich es mir anders überlege oder die Wirkung des Alkohols nachlässt) und schenke ihm einen Kuss auf die Lippen.

Wieder durchfährt mich ein angenehmes Kribbeln.

Er duftet so gut.

David sieht mich überrascht an.

Dann zieht er mich auf seinen Schoß hinab und küsst mich.

Lange und intensiv. Meine Tasche rutscht zu Boden. Seine Finger gleiten durch mein Haar, streicheln mein Ohr, meine Zunge erkundet seinen Mund. Junge, was mache ich hier bloß? Ich spüre Davids Erregung unter meinen Schenkeln und küsse ihn noch inniger. Er fährt mir über den Rücken, wandert tiefer hinab. Mia, du hast doch Grundsätze. Seit wann lässt du so schnell zu, dass dich jemand …?

Ich blinzle durch die Glasscheibe in den Club und beobachte den Blowjob zweier muskulöser Männer an der Bar, während unsere feuchten Münder miteinander verschmelzen. Mein Verlangen nach Sex steigt rasant an. Ich kann mich nicht dagegen wehren, und es fühlt sich erstaunlicherweise richtig an. Mein Blick wandert auf das attraktive Pärchen, das es auf dem Couchtisch vor den Augen der erregten Gäste treibt, um sie herum wird vereinzelt masturbiert.

David fährt mit den Fingern in den Ausschnitt meines Kleids, unter meinen BH. Ich stöhne auf, laut und frei, schließe die Augen, lasse mich in einen erotischen Fantasietraum fallen. Oder ist das hier echt? Er streicht über meine Brustwarzen, umfasst den Busen und drückt leicht zu. Mein Körper bebt. Aufhören, nein, bitte weitermachen! Ein Sturm der Leidenschaft durchwirbelt meine Sinne, wirft mich hin und her. Mia, du solltest aufhören. Hör auf, keinen Schritt weiter. Seine Zunge umspielt meine Lippen. Nein, mehr! Ich will mehr! Ich reibe mich auf ihm. Sein Penis wird härter. Ich will ihn in mir spüren. Jetzt!

Doch dann gewinnt die Vernunft. So plötzlich, als hätte jemand den Lichtschalter angedreht. Die alte, besonnene Mia ist zurück.

Gut gemacht, Mädchen.

(Ja, wirklich? Ich weiß nicht, vielleicht nur noch ein Kuss?)

Schweren Herzens löse ich mich von Davids Mund und lehne mich zurück, richte meinen BH, streiche mir das Oberteil meines Kleides glatt. Hole tief Luft. Ich muss mich geradewegs dazu zwingen, von seinem Schoß aufzustehen. Aber es muss sein. Ansonsten würde ich mit ihm schlafen. Hier und jetzt, an unserem ersten Abend! In diesem … Was, wenn Alice hereingestürmt wäre?

Augenblicklich spüre ich die Kühle des Séparées an meinem Körper.

David sieht mich an. Auch er ist außer Atem. Er streicht sich eine Strähne aus der Stirn. Ich erkenne, dass ihm ebenfalls bewusst wird, wie stürmisch wir eben übereinander hergefallen sind. Das muss ganz sicher an der Atmosphäre des Clubs liegen. Oder am Champagner.

»Es … es tut mir leid«, sagt er. »Habe ich was falsch gemacht?«

»Nein, nein«, antworte ich schnell. »Ganz im Gegenteil. Es war toll, wirklich schön. Aber …«

»Hm?«

»Ähm, ich … ich muss jetzt los«, sage ich verlegen und drücke den Türöffner. Die dunkle Glasscheibe zischt zur Seite. Ich versuche, souverän zu wirken, doch innerlich bin ich kein Stück gelassen. Mein Herz schlägt schneller als der Beat der Clubmusik, der zu uns ins Séparée hineindröhnt. »Du hast ja meine Nummer«, sage ich leise und lächle. Dann springe ich nach draußen. Verschwinde, ohne mich noch einmal umzudrehen, in der tanzenden Menge.

Auf dem Weg zum Ausgang kann ich Alice nirgends sehen. Auch von Viktor ist zum Glück weit und breit keine Spur. Ich drücke mich an den verschwitzten, klebrigen Leibern vorbei, eile die Treppenstufen nach oben, verabschiede mich vom glatzköpfigen Türsteher und trete in die frische, klare Nachtluft.

Ich strecke die Arme weit von mir, drehe mich im Kreis, mein Cocktailkleid weht flatternd durch die Luft, ich stoße einen hellen Freudenschrei aus. Ich glaube, mich hat's erwischt. Ernsthaft erwischt.

Ich – bin – verknallt!

Im Wohnblock gegenüber wird ein Fenster aufgerissen.

Ich rufe ein freundliches *Entschuldigung* nach oben und laufe beschwingt zu meinem Rennrad. Das Glücksgefühl lässt mich durch die Nacht springen, ich könnte tanzen. Auch ohne Musik.

Dieser Kuss!

Doch nur eine Sekunde später ist alles verflogen.

13

Vor zwölf Jahren

Er beugte sich über den Kadaver und drehte ihn mit einem Stock auf den Rücken. Die getigerte Katze von Frau Horn, seiner früheren Kindergärtnerin, war das achte Opfertier gewesen. So langsam entwickelte er Routine. Und schon begann es ihn zu langweilen. Siebzehn Tage waren seitdem vergangen. Der Bauch des Tieres war seltsam angeschwollen, so als würde es Junge bekommen. Er piekste mit dem Stock hinein. Das Ding war so fest, als hätte jemand Beton in die Katze geschüttet. Er musste an das Märchen von Rotkäppchen denken. An den Wolf, dem der Jäger Steine in den Bauch legte und ihn wieder zunähte.

Eine gute Idee eigentlich. Er hatte vergessen, dass *Grimms Märchen* eine perfekte Inspirationsquelle sein konnte. Nachdenklich ließ er sich neben dem Opfertier aufs Moos fallen und und zog eine kleine Fotografie aus der Hosentasche.

Er hatte sie heimlich im Schwimmbad fotografiert. Als er Melli zu den Umkleiden gefolgt war. Melli, das schüchterne Mädchen aus der Parallelklasse. Sie wohnte in Lindenfels bei ihrer Mutter. Die Eltern hatten sich getrennt. Kurz darauf war der Vater nach Bayern zu seiner neuen Freundin gezogen.

Melli hatte die Badetasche von der Schulter geschoben und war in der Kabine verschwunden.

Unbeobachtet schlich er in die Nachbarumkleide und schloss die Tür. Leider war es in diesem Schuhkarton viel zu dunkel, um eine mittlere oder geschlossene Blende zu verwenden. Das

Bild konnte also unscharf werden. Aber immer noch besser als nichts. Vielleicht konnte er ihren Busch zwischen den Beinen erwischen. Sie musste schon einen haben, schließlich war sie genauso alt wie er. Vierzehn.

Er hatte sich auf den Fliesenboden gekniet und erregt das Kameraobjektiv unter die Kabinenwand geschoben, abgedrückt. Melli hatte vor Schreck aufgeschrien, als sie das Klicken seiner Kamera gehört hatte. Hastig war er aus der Kabine gestürmt. Zum Glück hatte ihn niemand gesehen.

Erneut verspürte er das angenehme Kribbeln des Verbotenen. Er nahm die Fotografie in die linke Hand und fuhr sich mit der rechten in die Hose. Kurz überlegte er, ob er auf das Opfertier ejakulieren sollte. Doch Gott würde das nicht gutheißen. Und er durfte den Allmächtigen nicht erzürnen, wenn er in seinem späteren Leben reich und berühmt werden wollte.

Er konzentrierte sich auf das Foto, auf Mellis unscharfe Muschi, und rieb sich schneller, stöhnte, bis der warme, klebrige Pudding über seine Finger lief. Erleichtert strich er sich die Hand an der Unterhose ab und stopfte die Fotografie in die Tasche zurück. Er mochte den pudrig süßen Geruch, den seine Finger nun verströmten, und rieb sich ein Tröpfchen Sperma unter die Nase.

Befriedigt starrte er auf die Katze, auf sein Werk. Es war noch immer kein Meisterstück gewesen, aber eine weitere gute Arbeit. Vielleicht sollte er seine Schöpfung signieren. Wie ein Maler. So wie dieser Picassi oder wie der hieß. Etwas in die tierische Haut einritzen. Der Welt zeigen, dass er hier war. Mit einem Zeichen.

Vielleicht die Flügel eines Engels.

Oder ein christliches Kreuz?

Und dazu ein M für Melli?

Er sah die Zeichnung auf dem Bauch der Katze schon vor sich. Sie schwebte wie eine Gewitterwolke vor seinem inneren Auge.

† M

Mhm.
Nein. Keine gute Idee. Das wirkte wie ein Absender.
Wie konnte er nur so dumm, dumm, dumm sein?
Das würde die Spur doch ganz leicht zu ihm führen …

14

Das Hinterrad hat einen Platten. Ich drehe mich verzweifelt nach allen Seiten um, in der stillen Hoffnung, den Täter noch zu entdecken. Die Straße ist leer. Nur ein paar Grillen zirpen im Gebüsch. Warum muss mir so etwas weit nach Mitternacht passieren?

Wie ein dramatisches Theater-Spotlight fällt das Laternenlicht auf mein knallrotes Rad. Der Hinterreifen sieht aus wie der aufgeschlitzte Bauch einer Schlange. Wahrscheinlich das Werk einer Gruppe Halbstarker mit Klappmesser. Zum Glück wurde mein Rennrad nicht demoliert, es hätte mich auch schlimmer treffen können.

Trotzdem komme ich jetzt nicht nach Hause.

Ich greife in meine Tasche, um mir ein Taxi zu rufen. Doch wieder einmal werde ich daran erinnert, dass ich mein Handy nicht dabeihabe. Aus Frust werfe ich die Tasche auf den Boden.

In diesem Moment rollt ein Wagen an mir vorbei. Es ist zwar kein Taxi, aber ein privater Fahrdienst. Egal, Hauptsache, ich komme nach Hause. Ich springe zur Straße und winke ihm mit beiden Armen zu. Der Fahrer scheint mich im Rückspiegel gesehen zu haben und hält am Straßenrand an. Ich sammle meine Tasche auf und renne zum Auto. Hoffentlich nimmt der Fahrer auch EC-Karten.

Ich öffne die Autotür und setze mich auf die Rückbank. Es riecht nach kaltem Rauch. Während des Anschnallens fällt mir auf, dass der Wagen über eine milchige Kunststoffscheibe verfügt, die Fahrer- und Gastkabine voneinander trennt, so wie bei den Cabs in London.

»Ich müsste nach Kreuzberg, Dieffenbachstraße«, gebe ich nach vorne durch den Schlitz. Der Fahrer nickt nur und fährt los. Er hat sich noch nicht einmal zu mir umgedreht. Er trägt eine dunkle Baseballkappe und einen dicken Schal, obwohl die Heizung auf Hochtouren läuft.

»Kann ich auch mit EC bezahlen?«, frage ich und beuge mich zur Trennscheibe vor. Der Fahrer hebt die Hand und zeigt mir einen Daumen hoch. Wortkarger Zeitgenosse. Soll mir recht sein.

Ich blicke aus dem Seitenfenster, lasse die Lichter von Berlin an mir vorbeirauschen und denke an David. Unwillkürlich legt sich ein Schmunzeln auf meine Lippen. David Hoffmann. Ausdrucksstarker Name. Englisch ausgesprochen, klingt er nach Hollywoodstar.

Und dann Alice. Hätte sie mich nicht in diesen Schuppen geschleift, hätte ich David niemals kennengelernt. Schade, dass ich sie nicht mehr gesehen habe. Sie wird garantiert noch ihren Spaß haben. Ich muss ihr auf jeden Fall für den Abend danken.

Draußen glitzert der Landwehrkanal. Sind wir schon am Kotti vorbeigefahren? Der Fahrer muss eine andere Strecke genommen haben. Der Wagen rauscht mit über fünfzig über die Kottbusser Brücke, an der Ankerklause vorbei und biegt an der nächsten Ecke rechts in den Gräfekiez ein.

Ich blicke auf meine Micky-Maus-Uhr. Die Fahrt verging tatsächlich schneller als gedacht. So ist das eben, wenn man verliebt ist.

Ich sollte Alice eine Textnachricht schicken. Und ihr schreiben, was ich für David empfinde. Darüber wird sie sich bestimmt freuen. Doch dann wird mir bewusst, dass wir keine Nummern getauscht haben. So ein Mist! Warum haben wir nicht daran gedacht? Ich schüttle genervt den Kopf. Ich habe sogar vergessen, wie Alice mit Nachnamen heißt. Irgendwas mit W.

Vielleicht erfahre ich ihre Kontaktdaten über die Casting-Agentur. Oder über Mads Larsen, den dänischen Schauspieler, mit dem sie befreundet ist. Womöglich treffe ich ihn vor Ort, in den Hallen der Filmproduktion, er ist ja fester Bestandteil des Teams.

Der Wagen hält an. Ich blicke aus dem Fenster. Neben mir ist Pedros spanisches Restaurant. Die mit Graffiti besprühten Holzrollläden sind heruntergelassen, alle Stühle und Bänke sind an die Tische gekettet, das Außenlicht ist ausgeschaltet.

»Ähm, was macht das?«, frage ich nach vorne.

Der Fahrer tippt auf das Taxameter. Ich reiche ihm meine EC-Karte durch den Schlitz.

Hoffentlich schreibt mir David bald. Ich fühle mich so aufgeregt wie eine Teenagerin. Ich hatte vergessen, wie schön dieses Gefühl ist.

Aus dem Fahrerbereich kommen elektronische Piepslaute, dann entfernt der Fahrer meine Karte aus dem EC-Schlitz, reicht sie mir durch das Loch in der Trennwand und murmelt leise in seinen Schal. Ich verstehe nur »Danke« und bedanke mich ebenfalls, stecke die Karte in mein Portemonnaie zurück und steige aus dem Wagen.

Ich schlendere auf unseren Hauseingang zu, während der Fahrdienst mit einem heulenden Kickstart an mir vorbeirast. Zum Glück ist er nicht so gefahren, als ich noch bei ihm im Auto saß. Wahrscheinlich hat er den nächsten Fahrgast per App reinbekommen. Der Wagen schießt um die Ecke, ich stecke den Schlüssel ins Schloss.

Es ist totenstill, als ich unsere Wohnung betrete. Keine Neunzigermusik, keine Gamer-Action, kein YouTube. Anscheinend ist Yvonne auf einer Party. Die Holzdielen unter meinen Füßen quietschen, als ich in die Küche gehe, um mir ein Glas Leitungswasser einzugießen. Philipp ist noch in der Charité, ich habe die WG ganz für mich allein.

Mein Zimmer ist eiskalt, als ich es betrete. Das Fenster ist noch vom Nachmittag gekippt, mittlerweile ist die Nachtluft hereingekrochen. Ich höre das fürchterliche Husten unseres Nachbarn durch den Innenhof schallen. Der Sechzigjährige wohnt im Haus gegenüber. Schmerzverzerrtes Bellen, minutenlang. Und das jeden Abend. Auch wenn ich nicht weiß, ob er jemals Raucher war, war auf jeden Fall er der Grund, warum ich mit dem Rauchen aufgehört habe.

Ich schließe das Fenster und ziehe mich aus. Das Mondlicht fällt durch die Vorhänge, taucht mein Zimmer in blaues Licht. Ich taste mich im Halbdunkeln durch den Raum und lasse mich auf die Matratze sinken. Es ist still, angenehm still. Nur das Ticken meiner Armbanduhr ist zu hören. Ich ziehe mir das kühle Nachthemd über und kuschle mich unter die weiche Bettdecke.

Sie duftet zart nach Lavendel.

Was für ein aufregender Abend! Fast kommt es mir so vor, als wäre alles nur ein erotischer Traum gewesen. Doch es war keine Fantasie, ich war dort. Selbst wenn ich jetzt wieder daran denke, an all die nackten Fremden, die es vor meinen Augen trieben, während David und ich – nur durch eine Glasscheibe von den anderen Gästen getrennt – hemmungslos rummachten, beginnt es mich erneut zu erregen.

Ich drehe mich auf den Bauch, lasse meine Hand zwischen meine Beine wandern und berühre mich. Träume mich zu David. Kurz vor dem Orgasmus bekomme ich Lust auf einen Bi-Porno auf Youporn und greife nach meinem Smartphone.

Vielleicht hat mir David schon geschrieben?

Ich setze mich im Bett auf. Hastig stöpsle ich das Ladekabel heraus. Der taghelle Bildschirm blendet mich. Ich entsperre das Display und betrachte die bunten Apps mit zusammengekniffenen Augen. Mein Herz pocht in der Brust. Sehnsucht kann so wunderbar sein.

Tatsächlich! Eine Textnachricht. Ich öffne die App.

David hat geschrieben!

Hallo Mia!?

Ich texte aufgeregt zurück: *War wirklich ein wunderschöner Abend! :-)*

Es vergehen nur Sekunden, da taucht die nächste Nachricht von ihm auf. *Ja? Findest du?*

Ich muss schmunzeln. Selbst beim Schreiben wirkt David schüchtern. Und das, obwohl er mich so heftig geküsst hat. Ich stelle mir vor, wie er mit angewinkelten Beinen im Fensterrahmen eines Altbaus sitzt, auf das Telefon starrt und sich dabei mit der Hand durch die Haare streicht. Im Hintergrund leuchtet der gigantische Vollmond. Wie in einer britischen Liebeskomödie. Doch bevor ich ihm antworte, speichere ich zunächst seine Mobilnummer unter *David Hoffmann (Lovely!!!)* in meinem Adressbuch ein.

Dann tippe ich: *Ja schon. Vielleicht etwas verrückt. Seltsamer Ort, an den uns Alice geschleppt hat, oder? Ein richtiger Pornoschuppen! Wie die alle miteinander rumgemacht haben! Totaler Penisalarm! Okay, bei uns beiden hat auch nicht mehr viel gefehlt! LOL! Und sorry nochmals, dass ich so schnell abgehauen bin. ;-) Auch wegen Viktor. Noch böse? ;-)*

Diesmal lässt seine Antwort auf sich warten.

Vielleicht war ich mit meiner Porno-Ansprache doch etwas zu direkt. Fehlte eigentlich nur noch das Auberginen-Emoji. Mensch, Mia! Mach dich doch nicht cooler, als du bist.

(Verdammter Alkohol!)

Außerdem scheint David nicht die Sorte Mann zu sein, mit denen ich früher ausgegangen bin. Ich meine diese typischen Online-Dates. Die mir schon bei der Vorspeise anvertrauen, was ihre liebsten Sexpraktiken sind, und mir ungefragt *Dick Pics* schicken würden, wenn sie meine Mobilnummer hätten. David war seit langer Zeit der erste Mann, dem ich sie nach dem ersten Date gegeben habe.

Das Telefon vibriert in meiner Hand.

Nein, bin nicht böse.

Puh, einen Moment lang dachte ich schon, er würde gar nicht mehr antworten.

Dann ist ja gut. Hehe. Und hey danke, dass du mir gleich gschrieben hast! Jetzt hab ich auch deine Nummer! Es gibt kein Zurück mehr. Haha! Heute Nacht werde ich super schlafen!!! ;-)

Ich betrachte die Zeilen, die ich einfach aus dem Bauch heraus getextet habe. Habe ich das wirklich abgeschickt? Verzweifelt tippe ich auf dem Display herum. Wieso kann man die Nachricht nicht wie bei WhatsApp löschen? Sofort schicke ich eine weitere Message hinterher.

SRY! Zu viel Champagner!!! Gute Nacht, David! Muss jetzt pennen!

Zwei Sekunden später antwortet er.

OK. Bis bald!

Das ist alles. Verständlich. Ich hätte wahrscheinlich genauso reagiert, wenn mich jemand so peinlich anbaggert. Ich schließe die Nachrichten-App. Gleich morgen früh werde ich mich bei David melden.

Mit frischem Kaffee und klarem Kopf.

Ich beuge mich zu meinem Nachttisch und will das Telefon gerade wieder an den Strom anschließen, als mir die zwei entgangenen Anrufe von heute Morgen auffallen. Als ich mitten im Casting war und mein Handy im Flugmodus. Es ist eine Berliner Festnetznummer. Jemand hat mir auf die Mailbox gesprochen. Skeptisch klicke auf die unbekannte Rufnummer und höre die Sprachnachricht ab.

»Guten Morgen, Frau Richter«, sagt eine weibliche Stimme, die mir sofort bekannt vorkommt. »Mein Name ist Christine Winkler. Sie hatten gestern Nacht bei uns im Restaurant angerufen.« Es ist die Dame von der Dachterrasse des Deutschen Bundestages. »Leider konnte ich Sie telefonisch nicht erreichen, deshalb spreche ich Ihnen auf die Mailbox.«

Mir fallen fast die Augen zu. Die Frau hat so eine angenehme

Stimme, dass sie Hörbücher einsprechen könnte. Wären da nicht die scheppernden Töpfe und Pfannen im Hintergrund, die mich wachhalten.

»Ähm, einen Moment bitte, hier ist es zu laut …« Sie räuspert sich und entfernt sich von der Lärmkulisse. Hastige Schritte auf Dielenboden, eine Tür wird geschlossen. Das Klappern der Großküche verstummt. »Hören Sie, Frau Richter …« Endlich kann ich die Dame laut und deutlich verstehen. »Das wird Sie bestimmt erfreuen«, sagt sie. »Wir haben Ihren Schlüsselbund gefunden!«

15

Die Nacht über habe ich kein Auge zugemacht. Welchen Schlüssel hat mir Viktor dann vorbeigebracht? Im Restaurant konnte ich telefonisch niemanden mehr erreichen. Nur den Anrufbeantworter, der die Öffnungszeiten runterratterte. Erst ab neun Uhr morgens ist der Dachgarten zum Frühstück wieder geöffnet. Unruhig habe ich mich im Bett hin und her gewälzt, mein Kopfkissen wie einen Teddybären umklammert und gegrübelt, bis ich wohl gegen vier oder fünf eingeschlafen sein muss.

Die Sommersonne strahlt in mein Zimmer. Der Raum ist warm und stickig. Ich werfe die Decke zur Seite und taumle aus dem Bett, kippe das Fenster. Auf dem Innenhof spielen ein paar Kinder, Nero maunzt. Ich atme den frischen Wind ein. Mein Schädel brummt. Ich blinzle auf meine Armbanduhr, es ist kurz vor halb neun, Samstagmorgen. Eigentlich könnte ich mich noch ein halbes Stündchen hinlegen. Aber vorher sollte ich besser noch ein paar Aspirin einnehmen. Hoffentlich haben wir noch welche.

Im Flur und in der Küche ist es ungewöhnlich still. Normalerweise ist es die Zeit, in der Philipp von der Nachtschicht nach Hause kommt.

Ich werfe mir den Kimono über und schlurfe barfuß in die Küche. Irgendwo im Schrank müssten noch ein paar Salzstangen sein, doch ich finde keine. Nur eine halb leere Schachtel Cracker, die von unserer letzten Party übrig geblieben sind, die allerdings schon mehr als sieben Monate zurückliegt. Ich schiebe mir drei runde Salzcracker auf einmal in den Mund.

Sie sind mehlig weich und ungenießbar. Ich spucke sie in den Müll.

Ich spüle mit Wasser nach, schlurfe zum Arzneischränkchen im Flur und wühle mich durch die verschiedensten Packungen und Fläschchen. So ein Mist, wir haben alles vorrätig, nur die Tabletten gegen Kopfschmerzen sind aufgebraucht. Vielleicht hat Philipp noch welche. Schließlich arbeitet er in der Charité.

Ich klopfe an seine Zimmertür. »Philipp?« Hoffentlich schläft er noch nicht.

Keine Antwort.

Ich lege mein Ohr an das Türblatt. Jeden Moment platzt mein Schädel. Vielleicht ist Philipp aber auch noch im Krankenhaus. Ich brauche etwas gegen die Kopfschmerzen. Und zwar schnell.

»Bist du wach?«, flüstere ich erneut und drücke die Klinke nach unten. Die Tür ist nicht abgeschlossen. Ich betrete sein Zimmer. Die Vorhänge sind zugezogen. Die Bettdecke ordentlich über die Matratze gelegt. Über dem Bett hängt ein gerahmtes Poster von Albert Einstein, der mir die Zunge herausstreckt. Am Fußende steht ein kopfhoher Ficus Benjamini, der vereinzelt Blätter verliert. Sollte ich ihn gießen? Doch dann würde Philipp sofort bemerken, dass ich in seinem Zimmer war.

Ich muss mich beeilen, bevor er aus dem Krankenhaus zurückkommt. Wäre peinlich, wenn er mich plötzlich in seinem WG-Zimmer entdeckt. Es ist ein ungeschriebenes Gesetz, dass wir nicht in die Räume der anderen gehen. Ich gehe auf das IKEA-IVAR-Regal mit den Medizinbüchern zu, das die ganze Breite des Zimmers einnimmt. Zwischen den faustdicken Fachwälzern stehen ein zerlegbares menschliches Herzmodell auf einem Sockel, das ich aus meinem Biounterricht kenne, und ein süßer blauer Arzt-Schlumpf neben einem Bilderrahmen. Das Foto zeigt Philipp um die fünfzehn mit einem gleichaltrigen Mädchen in seinem Jugendzimmer, wahrscheinlich seine

Schwester. Damals sah er tatsächlich sehr niedlich aus. Als er noch etwas Babyspeck hatte.

Ich suche weiter das Regal ab, bis ich die armeegrüne Metallkiste entdecke, auf deren Deckel ein weißes Kreuz lackiert ist.

Philipps Erste-Hilfe-Koffer! Ich klappe die Box auf. Darin liegen all seine medizinischen Schätze, die er für uns aus der Charité mit nach Hause bringt: Nasensprays, Tablettenpackungen, verschiedenste Röhrchen und Verbandszeug. Sowie ein kleines, durchsichtiges Plastikbeutelchen, das sich zwischen den Medikamenten versteckt. Darin leuchten getrocknete grünbraune Blütendolden. Ich ziehe den Beutel heraus und rieche daran, nur um sicherzugehen. Ganz klar, es ist Gras.

Das hat er sicherlich nicht im Krankenhaus bekommen.

Ich muss schmunzeln. Unser konservativer Mediziner greift also gelegentlich mal auf Naturheilkunde zurück. Ich lege Philipps Cannabis-Tütchen an seinen Platz zurück und greife zu der braunen Glasflasche, auf der *Paracetamol* steht. Ich stibitze mir eine Tablette, verschließe den Erste-Hilfe-Koffer und schleiche aus seinem Zimmer.

Ich lausche an Yvonnes Tür. Kein Geräusch. Vielleicht hat sie die Nacht vorm Computer durchgezockt. Ich kann nicht beurteilen, ob unser Dornröschen noch tief und fest schläft oder unterwegs ist.

In der Küche gieße ich mir ein Glas Wasser ein und schlucke die Paracetamol. Es ist ungewohnt still in unserer WG. Nur die Vögel im Innenhof machen einen Krach, als würde ihr Nest geräubert. Diese Helligkeit überall. Diese Kopfschmerzen. Ich lehne mich gegen die Arbeitsplatte.

Rauschzustände sind wie die Liebe. Es beginnt honigsüß, doch endet meistens bitter.

Ich muss an David denken.

Auf Zehenspitzen schleiche ich in mein Zimmer zurück und falle ins Bett. Ich werde jetzt noch ein halbes Stündchen meinen Kater auskurieren und um neun Uhr im Dachrestaurant anrufen, um nach meinem Schlüsselbund zu fragen. Ich spüre am ganzen Körper, dass ich die Nacht kaum ein Auge zugetan habe und mir mindestens fünf Stunden Schlaf fehlen. Ich kuschle mich in das Kopfkissen und schließe die Augen.

Püppi, meine Lieblingspuppe, liegt vor mir auf den Beinen. Ich zupfe an meiner kratzigen dunkelblauen Wollstrumpfhose, die ich unter einem Herbstrock trage, und starre auf die verschwommenen Baumreihen, die an meinem Autofenster vorbeiziehen. Mama sitzt auf dem Fahrersitz und lenkt unseren Wagen über die leere Landstraße. Ihr Gesicht leuchtet so rot wie Feuer. Im Autoradio läuft ein Song von Robbie Williams. Es riecht nach verschüttetem Bier. Mama blickt immer wieder auf den Beifahrersitz. Papa sitzt dort. Sagt kein Wort. Mama schreit. Flucht. Schlägt auf das Lenkrad. Ich gucke lieber aus dem Fenster.

Das Auto fährt schneller. Ich drücke Püppi gegen meine Brust. Mama stellt die Musik lauter. Papa schweigt noch immer. Draußen verzerren sich die Baumkronen zu langen Fingern. Mir wird schwindelig. Ich sehe wieder nach vorne. Beobachte den leuchtend grünen Schlüsselanhänger, der am Zündschloss baumelt. Er beruhigt mich. Eine lachende Erbsenschote. Papa hat sie auf einem Jahrmarkt geschossen und sie Mama geschenkt. Zu meiner Geburt, weil er sagt, ich sei auf dem Ultraschallbild so klein gewesen wie eine Erbse. Die Schote dreht sich, tanzt umher.

Papas Hand kommt in mein Blickfeld. Greift nach dem Anhänger. Umfasst ihn, zieht den Schlüssel aus dem Zündschloss. Mama schreit. Das Lenkrad rastet ein. Wir fliegen. Drehen uns. Wie in einem Karussell.

Dann kommt der Baum.

Es klopft.

»Mia? Alles okay?«, höre ich Yvonnes Stimme dumpf durch die Tür. Das Klopfen wird energischer.

Ich drehe mich zum Fenster und wische mir über die feuchten Augen. Süßer Duft zieht mir in die Nase. Es ist kein Parfum. Trotzdem riecht es ungewöhnlich blumig. Kommt der zarte Geruch von draußen?

»Hey, Mia!« Klopf, klopf. »Mia-Schatz?«

»Lass mich schlafen, Yvonne!«

»Es ist kurz nach drei!«

»Was?« Ich setze mich auf, lasse mich gegen das Kopfteil fallen. Augenblicklich wird mir schwarz vor Augen, ich stütze mich mit den Armen auf der Matratze ab.

»Bist du etwa krank?«, ruft sie durch die Tür.

Ich blicke auf meine Armbanduhr. Micky Maus hat beide Arme hinter dem Rücken verrenkt. Es sieht ungesund aus. In etwa so, wie ich mich fühle. Es ist tatsächlich Samstagnachmittag, fünfzehn Uhr acht.

»Es ist alles gut! Komme gleich!«, gebe ich zurück und will gerade aus dem Bett steigen, als mein Blick auf die Kommode neben der Zimmertür fällt. Irritiert kneife ich die Augen zusammen. »Warst du in meinem Zimmer, während ich geschlafen habe?«, rufe ich.

»Was?«

»Ob du hier drin warst? Bei mir?« Ich starre auf den purpurfarbenen Strauß Dahlien, der auf meiner Kommode neben der Messinglampe steht. Dahlien, meine Lieblingsblumen. Spätsommer bei Oma im Garten. »Sind die Blumen von dir?«

»Keine Ahnung, wovon du redest!«, ruft Yvonne zurück. »Ich mach uns erst mal Kaffee!« Zwei Sekunden später höre ich den brummenden Brühvorgang unserer Siebträgermaschine.

Ich ziehe meinen Seidenkimono über, der zusammengeknüllt auf dem Boden neben meinem Bett liegt, und schlüpfe in die Birkenstocks. Vorsichtig gehe ich auf den Blumenstrauß zu, als könnte er mich jeden Moment anfallen.

Wer hat ihn in mein Zimmer gestellt?

Heimlich, während ich schlief?

Wenn es nicht Yvonne war, kommt eigentlich nur Philipp infrage. Natürlich. Es könnte seine Entschuldigung für gestern Abend sein, weil er sich mir gegenüber so seltsam verhalten hat. Wüsste ich es nicht besser, würde ich glauben, er wäre eifersüchtig.

Ich schüttle lachend den Kopf. Eifersüchtig auf Viktor?

Aus welchem Grund auch immer, es ist wahnsinnig nett von Philipp. Die Überraschung ist meinem Mitbewohner gelungen! Ich schließe die Augen und sauge den Blütenduft in meine Lungenflügel. Sofort höre ich das herzliche Lachen meiner Großmutter, schmecke eisgekühlten Kakao, warmen Pflaumenkuchen mit Schlagsahne, rieche frisch gemähten Rasen. Sommersonne im Odenwald, ein fröhlicher Gartenschlauchtanz unter dem Regenbogen.

Ich betrete die Küche. Yvonne steht am Fenster und reicht mir eine dampfende Tasse Americano.

»Danke«, sage ich und setze mich an unseren Küchentisch. »Weißt du zufällig, wann mir Philipp die Blumen ins Zimmer gestellt hat?«

Yvonne zuckt mit den Schultern, greift zu ihrem Latte Macchiato und setzt sich mir gegenüber. »Welche Blumen?« Sie trinkt einen Schluck. »Ich war heute Vormittag shoppen. Zusammen mit Elly.« Sie leckt sich den Milchschaum von den Lippen. »Du hast die ganze Zeit geschlafen.«

»Da steht ein wunderschöner Blumenstrauß in meinem Zimmer«, sage ich und umklammere die heiße Tasse. »Purpurfarbene Dahlien, meine Lieblingsblumen.« Ich nehme einen Schluck. Das Koffein tut gut. »Philipp muss sie auf dem Heimweg vom Krankenhaus mitgebracht haben.« Ich stelle die Tasse vor mir auf dem Esstisch ab. »Ich sag ihm kurz Danke.«

»Also, ähm, ich hab ihn noch gar nicht gesehen«, sagt Yvonne irritiert und deutet auf Philipps Tür. »Sein Zimmer ist leer. Ich glaube, unser Doktor ist heute noch gar nicht nach Hause gekommen.«

»Wie bitte? Aber wer sollte denn dann …?«, entgegne ich leise, mehr zu mir selbst, als mir der verlorene Wohnungsschlüssel einfällt. Nein, das ist unmöglich. Niemals. Ich springe auf und eile in mein Zimmer.

»Mia?«, ruft mir Yvonne hinterher. »Was ist denn los?«

16

Als ich mit meinem Handy zurückkomme, starrt Yvonne mich an, als sähe sie einen Geist. Wahrscheinlich bin ich genauso bleich. Wortlos setze ich mich auf die Eckbank. Wäre es möglich, dass Viktor meinen Wohnungsschlüssel nachgemacht hat? Augenblicklich muss ich an unser Date zurückdenken. An seine kindischen Poesiealbum-Fragen. Hat *er* mir meine Lieblingsblumen ins Zimmer gestellt? Schließlich habe ich ihm von den Dahlien erzählt …

Nein, Mia, das hier ist kein Psychothriller von Fitzek. Die Vorstellung wäre einfach zu gruselig. Es muss eine einfache Erklärung dafür geben.

Yvonne zuckt verständnislos mit den Achseln.

Ich greife nach dem Telefon, tippe auf die Berliner Festnetznummer meiner Anrufliste. Es meldet sich eine Männerstimme.

»Hallo, hier spricht Mia Richter«, sage ich, nachdem der Mitarbeiter seine Standard-Begrüßungsformel vorgetragen hat. »Frau Winkler hat bei mir angerufen und eine Nachricht auf meiner Mailbox hinterlassen.«

»Einen Moment bitte«, sagt die Männerstimme. Der Hörer wird zur Seite gelegt. Yvonne runzelt die Stirn. Ich hebe die Hand, um ihr zu bedeuten, dass ich ihr gleich alles erklären werde.

»Ja, hallo?«, begrüßt mich dieselbe sonore Frauenstimme, die mir auf die Mailbox gesprochen hat. »Christine Winkler.«

»Guten Tag, Frau Winkler. Hier ist Mia Richter. Sie haben mir …«

»Nett, dass Sie zurückrufen«, unterbricht sie mich. »Ich hatte gestern mehrmals versucht, Sie zu erreichen.«

»Tut mir leid, da war ich bei einem Vorsprechen. Einem Casting.«

»Aha, schön«, sagt sie. »Ich wollte Ihnen eigentlich nur mitteilen, dass wir Ihren Schlüsselbund gefunden haben. Draußen auf der Terrasse. Er lag unter dem Nachbartisch.« Sie lacht gekünstelt. »Der mit dem lustigen Erbsenanhänger, richtig?«

»Ja«, entgegne ich. »Die Schote. Und mein Schlüsselbund ist immer noch bei Ihnen? Bei Ihnen im Restaurant?«

»Wie ... wie meinen Sie das?« Sie wirkt plötzlich ernst.

»Nun ja, Sie haben doch eben gesagt, dass Sie ...?«

»Ach so.« Sie räuspert sich. »Nein, nein. Hören Sie, Frau Richter. Da wir Sie am Freitagmorgen nicht erreichen konnten, haben wir uns erlaubt, Ihre Begleitung zu informieren.«

»Wie bitte? Meine Begleitung?« Ich stutze. »Sie meinen ... Viktor Engel?«

»Ganz recht. Herr Engel«, sagt sie erfreut. »Wir dachten, er besäße vielleicht eine Festnetznummer von Ihnen, weil wir Sie auf dem Handy nicht erreichen konnten.« Sie macht eine Kunstpause. Vielleicht erwartet sie eine Antwort von mir. »Wie dem auch sei, während des Telefonats hat er mir freundlicherweise angeboten, die Schlüssel bei uns abzuholen, da er sowieso in der Nähe des Bundestags war.«

Ich traue meinen Ohren kaum. Wie kann das Restaurant einem Wildfremden persönliche Gegenstände von mir aushändigen?

Plötzlich klingt auch Frau Winklers Stimme besorgt. »Also, Herr Engel ... Er hat Ihnen den Schlüsselbund doch sicherlich vorbeigebracht, oder?«

»Hm, ja.« Ich schlucke »Das hat er.«

»Wunderbar!«, sagt sie. Ich höre ein leises Durchatmen auf der anderen Seite. »Verstehen Sie, normalerweise geben wir Privatgegenstände nur gegen eine unterschriebene Vollmacht heraus. Aber bei Herrn Engel haben wir selbstverständlich gern eine Ausnahme gemacht. Als Stammgast hat er nicht nur einen ausgezeichneten Ruf, sondern auch unser Vertrauen. Ich hoffe, das war für Sie in Ordnung.«

»Ähm, eigentlich … Also, ich weiß nicht.« Ich halte inne. Die ganze Situation überfordert mich. Viktor war für mindestens vier Stunden im Besitz meiner Privatschlüssel, während ich bei der Filmproduktion für die Hauptrolle vorgesprochen habe. Was hat Viktor in dieser Zeit damit gemacht? Vielleicht einen Nachschlüssel? Hat er heimlich in meinem Zimmer herumgeschnüffelt?

Beruhige dich, Mia. Jetzt kommt es darauf an, einen kühlen Kopf zu bewahren. Yvonne war den ganzen Freitag zu Hause, sie hätte bemerkt, wenn jemand bei uns eingedrungen wäre.

»Das war wirklich sehr nett von Ihnen«, sage ich mit aufgesetzt fröhlicher Stimme. »Und natürlich auch von Viktor Engel.«

»Das dachte ich mir. Gern geschehen«, sagt Frau Winkler. Ich kann spüren, dass ihr unser Telefonat schon zu lange dauert. »Also dann, bis zum nächsten Mal, Frau Richter. Ich wünsche Ihnen noch …«

»Ach, da wäre nur eine Sache«, hake ich nach, bevor sie auflegen kann.

»Ja?«

»Haben Sie zufällig Herrn Engel meine Adresse gegeben?«

»Pardon?«

»Haben Sie ihm gesagt, wo ich wohne?«

»Ähm, wie bitte? Woher sollten wir denn Ihre Adresse kennen?«, antwortet sie leicht irritiert.

»Ja, natürlich, dumme Frage«, sage ich, bedanke mich und lege auf.

Das Telefon fällt mir aus der Hand, knallt auf den Esstisch und rutscht über die polierte Holzplatte, bis es wenige Zentimeter vor Yvonne liegen bleibt. Ich stütze das Kinn auf den

Händen ab. Mein Kopf fühlt sich so schwer wie eine Wassermelone an.

»Kannst du mir bitte mal erklären, was hier los ist?«, fragt Yvonne und schiebt mein Telefon in die Mitte des Tisches.

»Wir brauchen ein neues Türschloss«, sage ich, ohne aufzublicken. Mir schnürt es den Hals zu. »Und zwar so schnell wie möglich.«

»Und aus welchem Grund? Wovor hast du so eine Angst?«

»Viktor hat gelogen«, sage ich und hebe den Kopf. Eine Hitzewallung durchströmt meinen Körper. »Er hat meinen Schlüsselbund nicht im Taxi gefunden, sondern im …«

»… Edelrestaurant, ja, ja«, geht Yvonne dazwischen und nickt so eifrig, als wäre sie live dabei gewesen. »Du hast ihn dort verloren. Das wusste ich schon die ganze Zeit.« Sie zupft an ihrem *N'Sync*-T-Shirt und grinst. »Das war schließlich meine Idee.«

»Wie bitte?« Ich blicke sie ungläubig an. »*Was* war deine Idee?«

»Die Geschichte mit dem Taxi«, antwortet Yvonne. Sie verschränkt die Arme vor der Brust. »Viktor hat mir alles erzählt.«

»Ich … ich verstehe nicht …«

Mein Handy vibriert.

Yvonne starrt auf das Display. »Wer ist denn *Lovely David*?«

17

Die Würfel sind gefallen. Neben uns wird Backgammon gespielt, es wird amerikanisch und französisch gesprochen, vereinzelt auch deutsch und türkisch. Die Sonne knallt erbarmungslos durch die Baumkronen. Es geht ein leichter Wind. Stellenweise fallen Schatten auf die Bistromöbel des kleinen Straßencafés. Yvonne und ich haben unter einem bordeauxfarbenen Sonnenschirm Platz genommen. Um uns herum wird viel gelacht, es werden Selfies gemacht. Ich nippe an meinem Chai Latte. Es könnte sich wie ein spontaner Wochenendurlaub anfühlen. Wäre da nicht die Sache mit Viktor.

Elif gesellt sich zu uns an den Tisch und stellt die Kuchenteller vor uns ab. Ihren weltbesten, selbst gemachten veganen New York Cheesecake. Ich musste raus aus der Wohnung, brauchte frische Luft. Und etwas Süßes, um meine Nerven zu beruhigen.

»Und, Mia? Hast du die Hauptrolle bekommen?«, fragt Elif, während sie mir eine frische Kuchengabel mit Serviette überreicht.

»Es ist ganz gut gelaufen«, sage ich und zwinge mich zu einem Lächeln. »Aber mehr weiß ich leider noch nicht, das Vorsprechen war erst gestern. Vielleicht melden sie sich Montag.«

»Das klingt doch sehr gut, ich drücke dir die Daumen«, sagt sie fröhlich und stapelt das Geschirr der vorherigen Gäste auf ihren Arm. »Trotzdem wirkst du irgendwie … *üzgün*. Bedrückt dich etwas?«

Elif hat einfach ein Gespür dafür, wie es mir geht. Obwohl

ich nur ein- bis zweimal pro Woche zu Gast bin. Wahrscheinlich entwickelt man solche Antennen, wenn man täglich neue, unterschiedliche Menschen im Café kennenlernt. Elif ist in Neukölln aufgewachsen und hatte schon immer den Traum von einem eigenen Café. Seit fast drei Jahren betreibt sie das *Mokka Me!* in unserer Straße, das nicht nur bei Touristen sehr beliebt ist, sondern auch bei den Kiezanwohnern, die hier ihre tägliche Portion Koffein schlürfen. Als Dank für ihre Gastfreundschaft erhält sie im Internet durchgehend Fünf-Sterne-Bewertungen.

»Nein, alles gut, Elif«, sage ich. »Es ist nichts.«

»Das nennst du … *nichts*?«, fragt Yvonne und schiebt sich eine Gabel Käsekuchen in den Mund. »Da ist so ein heißer Typ, der wie ein Verrückter auf Mia abfährt.«

»Oh, verstehe. Ein Mann«, entgegnet Elif und sieht mich verschmitzt an. »Das erklärt vieles. Und? Sieht er gut aus?«

Yvonne streckt kauend ihren Daumen nach oben.

»Und ist er auch nett?« Elifs Neugier scheint geweckt.

»Total«, fügt Yvonne mit vollem Mund hinzu. Ein Krümel fällt ihr von den Lippen. »Und megareich.«

»Es geht nicht um sein Äußeres«, antworte ich genervt. »Oder um sein blödes Geld. Yvonne will einfach nicht verstehen, dass irgendetwas mit diesem Typen nicht stimmt. Ich glaube, er verfolgt mich.«

»Wie bitte?« Elif stellt das Tablett auf einem freien Nachbartisch ab. »Du meinst, so wie ein Stalker?«

»Ganz genau. Ich denke, dass er …«

»Das ist doch Quatsch!«, fährt Yvonne dazwischen. »Das bildet sich Mia nur ein.« Sie legt ihre Hand auf meinen Arm. »Schatz, du überreagierst einfach nur. Glaub mir.«

Ich schüttle ihre Hand ab.

»Was hat der Mann denn gemacht?« Elif wirkt alarmiert.

»Er war vorgestern Abend mit Mia essen, in einem Luxusrestaurant«, sagt Yvonne schnippisch. »Oben auf der Dachterrasse vom Reichstag. Viktor hat sie sogar eingeladen.«

»Das war bestimmt nicht billig«, sagt Elif.

»Der Typ hat mich eiskalt angelogen«, sage ich und verschränke die Arme vor der Brust.

»Er hat dir nur einen Gefallen getan«, sagt Yvonne, als wäre Viktor ihr neuer bester Freund. »Das war schon alles. Und du flippst deshalb aus.«

»Ich ... ich verstehe das nicht ganz«, sagt Elif und blickt von Yvonne zu mir. »Was ist denn genau passiert?«

»Viktor hat behauptet, dass er meinen ...«

»Es ist ganz einfach! Mia hatte ein superromantisches Date«, geht Yvonne erneut dazwischen und streckt mir ihre Handfläche entgegen, um mich zum Schweigen zu bringen.

Ich muss mich stark zusammenreißen, um ihr nicht an die Gurgel zu springen. Warum muss sie mir immer ins Wort fallen?

»Die ganze Geschichte ist schnell erzählt!«, sagt sie.

Ich atme angestrengt aus. Wenn Yvonne einmal in Fahrt kommt, kann sie niemand mehr stoppen. Wahrscheinlich schaltet sie dann in ihren Streamingmodus und rattert die Sätze wie bei ihrem Gameplay raus. Fehlt nur noch, dass sie sich jeden Moment halb nackt auszieht.

»Die beiden Turteltäubchen waren also ganz schick essen, hoch über Berlin, und dabei hat Mia ihren Wohnungsschlüssel verloren.«

»Aha.«

»Das Restaurant konnte Mia jedoch telefonisch nicht erreichen, weil sie bei ihrem Casting war. Also haben sie einfach Viktor angerufen. Der ist dort nämlich Stammgast. Er hat dann netterweise ihren Schlüsselbund abgeholt und ist extra zu uns nach Kreuzberg gefahren, um ihn vorbeizubringen«, erklärt Yvonne und streicht sich ein paar Kuchenkrümel vom Dekolleté.

»Und woher kannte er deine Adresse?«, fragt Elif skeptisch. Ich sehe ihr an, dass ihr die Sache genauso wenig behagt wie mir.

»Angeblich hat Viktor jedes Klingelschild nach meinem Nachnamen abgesucht«, sage ich. »Ist das nicht total krank?«

»Nein, total nett, Mia«, protestiert Yvonne. »Welcher Mann würde das sonst für dich machen?« Sie blickt Elif erwartungsvoll an.

Doch Elif reagiert nicht.

»Also hat Viktor bei uns geklingelt, und ich war zum Glück zu Hause.« Yvonne greift nach ihrem Glas Latte. »Viktor und ich haben uns sofort gut verstanden. Und er hat mir alles über die Schlüsselmisere erzählt.« Sie kippt den letzten Schluck Kaffee hinunter, wischt sich den Milchschaum, der ihr an der Oberlippe klebt, mit dem Handrücken ab. »Doch dann …«, Yvonne macht eine theatralische Pause, zieht die Augenbrauen nach oben, »… war mir sofort klar, dass Mia total ausflippt, wenn er ihr sagt, dass er jedes einzelne Klingelschild nach ihr abgesucht hat.« Yvonne deutet mit dem Finger auf mich. »Und wie recht ich damit hatte, sieht man ja. Mia reagiert total panisch.«

»Ich kann Mia verstehen«, sagt Elif nachdenklich und blickt zu mir herüber. »Mir würde das auch nicht gefallen, wenn ein Wildfremder mit meinen Wohnungsschlüsseln rumrennen würde.«

»Danke«, sage ich. »Yvonne hat ihm geraten, einfach zu behaupten, er hätte sie im Taxi gefunden«, erkläre ich weiter. »Und unsere Adresse hätte er drüben bei Pedro erfahren.« Wieder steigt Wut in mir auf. »Damit ich mir keine unnötigen Sorgen mache.«

»War nur zu deinem Besten, Schatz«, sagt Yvonne.

»Und dieser Viktor hatte deine Schlüssel mehrere Stunden lang?«, fragt Elif aus zusammengekniffenen Augen.

Ich nicke.

Zwei Tische weiter hebt ein Tourist die Hand. Elif winkt ihm freundlich zurück und dreht sich wieder zu mir. »Und jetzt hast du Angst, dass er sie nachgemacht hat?«

Elif ist eine Meisterin des Gedankenlesens.

Wieder nicke ich.

»Mia denkt doch tatsächlich, Viktor hätte ihr heute Morgen heimlich Blumen ins Zimmer gestellt«, sagt Yvonne und streicht sich eine blonde Strähne aus dem Gesicht. »Angeblich, als sie geschlafen hat.«

»Es waren Dahlien, Yvonne. Meine Lieblingsblumen.«

»Okay. Das ist allerdings krass«, sagt Elif.

»Und wenn schon«, kichert Yvonne. »Da freut man sich doch eher, oder? Mia sieht überall nur Gefahr.«

Meine Hand ballt sich unter der Tischplatte zur Faust. Es fehlt nicht mehr viel, bis ich vor Wut platze.

Ein Pärchen in Outdoor-Klamotten, das auf den Treppenstufen zum Caféeingang wartet, winkt Elif so eifrig zu, als hätten sie den Berggipfel erreicht. »Hallo? Wir würden gern zahlen!«

»Ich komme sofort!«, gibt Elif zurück. Sie beugt sich zu uns herunter und flüstert: »Tut mir leid, samstags ist immer viel Betrieb. Ich muss weitermachen. Aber Mia, wenn du Hilfe brauchst, gib mir Bescheid, okay? Dann rede ich mit meinem Bruder. Tarik kann dir helfen.«

»Danke«, sage ich, und da ist Elif auch schon von unserem Tisch verschwunden. Ich stecke mir das erste Stück Käsekuchen in den Mund. Der Teig ist saftig und erfrischend kalt.

Schweigen.

Yvonne ist die Erste, die das Wort ergreift. Als wäre nie etwas gewesen. »Also gut, Schatz. Nachdem du jetzt auch Elif mit in diese lächerliche Sache reingezogen hast, würdest du mir bitte endlich verraten, wer dieser David Hoffmann ist, der dir vorhin getextet hat?«, fragt Yvonne und lehnt sich zu mir vor. »Dieser *lovely* David?« Ihr Stuhl quietscht. »Na, komm schon. Wer ist das?«

Ich esse unbeirrt weiter.

»Bist du etwa immer noch sauer auf mich?«, fragt sie.

»Hm«, gebe ich mit vollem Mund von mir. Nicht erkennbar, ob ich ihr zustimme oder nicht.

Yvonne scheint an meiner Antwort nicht sonderlich interessiert. Sie legt die Hand ans Kinn, tippt mit dem Zeigefinger gegen ihre Wange. »Wo und wann hast du ihn überhaupt kennengelernt?«, fragt sie.

Eigentlich will ich ihre Neugier nicht befriedigen. Doch vielleicht können wir dadurch das Thema wechseln. Und Yvonne würde aufhören, weiterhin von Viktor zu schwärmen. Also nippe ich einen Schluck von meinem Chai und lehne mich zu ihr nach vorne. Zwischen unsere Gesichter passt gerade mal ein Boxhandschuh.

»Ich habe David in einem Club kennengelernt.«

»Aha. Hier in Kreuzberg?«

»Das darf ich dir leider nicht sagen«, sage ich. »Es war ein *Speakeasy*.«

»Ein … was?«

»Eine hochexklusive VIP-Veranstaltung«, erkläre ich und mache mit der Hand eine gespielt beiläufige Geste. »Also, Alice, das ist eine sehr erfolgreiche Schauspielerin, die ich beim Vorsprechen kennengelernt habe, hat mich mitgenommen.«

Keine Ahnung, warum ich in diesem Moment Freude daran empfinde, Yvonne neidisch zu machen. Wahrscheinlich, weil ich das Gefühl habe, dass sie – im Gegensatz zu Elif – nicht loyal ist.

»In diesem Club war die ganze High Society von Berlin zu Gast. Und eben auch David. Wir haben uns sofort gut verstanden. Ein echt süßer Typ. David hat sehr große Ähnlichkeit mit … Ewan McGregor.« Ich lasse den Satz etwas wirken, damit sich Yvonne an den britischen Schauspieler erinnern kann. Doch an ihrem Gesichtsausdruck erkenne ich, dass sie nicht weiß, von wem ich spreche. »Wir haben Nummern getauscht. Also, wenn du mich fragst, da könnte tatsächlich etwas Ernstes draus werden.«

Yvonne nickt, nachdenklich.

Wie, nur ein Nicken? Ich würde lieber einen kleinen Anflug

von Eifersucht bei ihr sehen. Also setze ich noch einen drauf. »Und zur Verabschiedung haben wir mehr als heftig geknutscht.« Ich lächle sie an.

Das saß. Treffer! Versenkt. Ich verspüre Genugtuung, so als hätte ich ihr eine gefeuert.

Genüsslich wandert ein weiteres Stück New York Cheesecake in meinen Mund. Ich liebe den limettensaftigen Frischkäse-Geschmack auf Keksteig. Er ist so süß wie Rache.

Doch Yvonne schüttelt den Kopf.

»Was ist los?«, frage ich mit vollem Mund.

Sie zögert.

»Yvonne?«

»Das wird Viktor gar nicht gefallen«, sagt sie trocken.

»Wie bitte?« Ich erstarre. »Was hat denn …?«

Ein Motorrad brettert mit Vollgas nur wenige Meter an uns vorbei. Vereinzelt blicken ein paar Touristen auf. Für den Bruchteil einer Sekunde ist es totenstill, dann beginnt um uns herum aufgeregtes Geplapper. Sogar die Vögel in den Bäumen scheinen sich über den Motorenlärm zu beschweren. In der Luft liegt der Gestank von Abgasen.

»Mia-Schatz, ich wiederhole mich ungern, aber Viktor steht total auf dich«, sagt Yvonne. Sie streicht sich über das Kinn, blickt mich ernst an. »Du solltest ihm wirklich noch eine Chance geben.«

Plötzlich habe ich das Gefühl, ich wäre im falschen Film. Ist das hier vielleicht *Versteckte Kamera*?

»Du klingst gerade so, als würdest du von Viktor bezahlt«, sage ich und knalle die Kuchengabel auf den Teller. Der Mann am Nachbartisch dreht sich zu uns um.

»Dafür bezahlt? Das … das ist doch Blödsinn«, wiehert Yvonne. Sie rutscht auf ihrem Stuhl herum. »Echt total bescheuert.«

Irgendetwas an ihrer Stimme irritiert mich. Diese Unsicherheit. Sie hat meinen Seitenhieb ernster genommen, als ich ihn meinte, und plötzlich schwant mir etwas. »Sag mal, woher hattest du noch mal die dreihundert Euro für deinen Mietrückstand?«

»Ähm, die habe ich doch beim Online-Zocken verdient.« Yvonne zuckt nervös mit den Schultern. »War eine erfolgreiche Nacht. Ich wurde gut für meine Show bezahlt.«

»Mit Bargeld?«

»Was?«

»Du hast mir drei Hunderter gegeben«, sage ich und lege den Kopf schief. »Woher hattest du die Scheine?«

»Ich … ich war vorher noch auf der Bank«, sagt Yvonne. »Wird das hier ein Verhör, oder was?«

»Du hast das Geld nicht zufällig von Viktor bekommen?«

»Für wen hältst du mich?«

»Vielleicht hat er es dir gegeben, um sich bei dir einzuschleimen. Damit du mir von ihm vorschwärmst.« Ich werde lauter. »Bekommst du etwa eine Provision, wenn er mit mir zusammenkommt?«

Eine Passantin mit Dackel springt einen Schritt zur Seite. Sie sieht mich erschrocken an.

»Ich bin nicht käuflich!«, zischt Yvonne. Ich hätte wetten können, dass sie jeden Moment vom Tisch aufspringt. Aber sie bleibt sitzen. Unsicher wandern ihre Pupillen umher. Ich sollte unser Gespräch besser etwas sachter führen, wenn ich die Wahrheit noch erfahren möchte.

»Hör mir zu, Yvonne«, sage ich sanft und falte die Hände, um mich selbst zu beruhigen. »Ich wundere mich doch nur, dass du Viktor die ganze Zeit verteidigst.« Mein Blick fällt auf das schmale Goldkettchen an ihrem Hals. »Ich weiß, dass du das anders siehst, aber ich habe das Gefühl, dass Viktor mich die ganze Zeit beobachtet, mich verfolgt.« Ich blicke mich im Café um. »Sogar in einem Taxi.«

Yvonne runzelt die Stirn. »Wieso in einem Taxi?«

»Gestern Nacht, als ich mit David und Alice in diesem Club war, da hat jemand meinen Fahrradreifen aufgeschlitzt.«

»Echt?«

»Ja«, sage ich und erinnere mich daran, dass ich mein Rennrad unbedingt noch abholen muss, bevor Schlimmeres damit geschieht. Ein abmontiertes Vorderrad, ein zerstörter Rahmen oder komplett gestohlen. Nichts davon könnte ich jetzt gebrauchen. »Und dann hat zufällig so ein privater Fahrservice angehalten, und ich bin eingestiegen.«

»Ein Fahrservice? Und was hat das mit Viktor zu tun?«

»Na ja, der Fahrer«, sage ich. »Der war irgendwie ... seltsam. Er hatte eine dunkle Basecap auf und einen Schal um, obwohl die Heizung im Auto auf vollen Touren lief. Man konnte sein Gesicht überhaupt nicht sehen. Aber das Unheimlichste war, dass er kein einziges Wort gesprochen hat.«

»Dann sei doch froh!« Yvonne lacht verlegen. Vielleicht eine Spur zu gespielt. »Mir quatschen die immer ein Ohr ab. Wo ist dein Problem?«

»Ich ... ich hatte so ein Bauchgefühl«, sage ich leise, meine Stimme zittert, »dass es vielleicht Viktor war.«

»Viktor?«, fragt Yvonne und blickt mich ernst an. »Mensch, Mia. Der ist Millionär und kein Taxifahrer!«

»Und wenn er nur so tut?«, frage ich und greife zu meinem Chai, trinke den letzten Schluck aus. »Wenn er den Bonzen nur vorgibt? Um alle zu beeindrucken?«

»Wie ein Schauspieler?«, fragt Yvonne stirnrunzelnd. »So wie du?«

»Warum nicht?«

»Viktor hat auf mich nicht den Eindruck gemacht, als würde er etwas vorgeben, was er nicht ist.« Sie schüttelt energisch den Kopf. »Nein, ganz bestimmt nicht. Nicht Viktor.«

Ich zweifle an Yvonnes Menschenkenntnis, die sich hauptsächlich auf ihre Internet-Bekanntschaften bezieht. Pickelige Teenies, die noch bei ihren Eltern wohnen.

»Außerdem«, sagt sie, »kann der Taxifahrer nicht gefährlich gewesen sein. Schließlich hat er dich doch nach Hause gebracht.

Und nicht auf einen verlassenen Schrottplatz, um dich zu vergewaltigen, oder?« Sie grinst.

»Ja, stimmt«, murmle ich und habe wieder die Nacht vor Augen, den mit Graffiti besprühten geschlossenen Rollladen von Pedro.

Auch wenn Yvonne mit ihrem bescheuerten Sexismusspruch beweist, dass sie eindeutig zu oft mit ihren pubertierenden Gamer-Jungs chattet – in einer Sache hat sie recht: Der Fahrer hat mich sicher bis vor die Haustür gebracht.

Warum mache ich mir also Sorgen?

»Du immer mit deinem Bauchgefühl«, sagt Yvonne.

»Moment«, sage ich leise und stelle das leere Glas auf den Tisch zurück. Meine Hand zittert. Das Glas gleitet aus meinen Fingern und fällt um. Im letzten Moment fängt es Yvonne auf, bevor es zu Boden rollen kann.

Sie blickt mich irritiert an. »Was ist los, Mia-Schatz?«

»Unsere Hausnummer«, hauche ich.

»Was ist damit?«

»Ich … ich hatte sie dem Fahrer gar nicht gesagt.«

18

Vor elf Jahren

Er saß am anderen Ende des Schulhofs alleine auf der Mauer unter dem schattigen Säulengang und blickte auf das verknitterte Foto in seinen Händen. Melli – nackt, in der Umkleide des Freibads. Vor einem Jahr, in den Sommerferien. So nah und doch so fern. Glücklicherweise hatte sie nie erfahren, dass er das Foto geschossen hatte. Trotzdem würde sie niemals seine Freundin werden, so viel war klar. Erneut begannen seine Augen zu tränen.

In der Raucherecke lachten die Jungs aus seiner Klasse. Er riskierte einen Blick. Dort standen sie in der blaugrauen Nebelwolke, im Kreis über eine Zeitschrift gebeugt. Sicherlich irgendso ein lächerliches Softporno-Magazin. Anfänger.

Er wischte sich den Rotz von der Nase und betrachtete Robert, den rothaarigen Jungen im Trainingsanzug, genauer. Er war der Größte und Breiteste der Gruppe und seit einer Woche Mellis Freund – ihr allererster. Wahrscheinlich durfte er sogar an ihren Titten rumspielen.

Wieder kochte die Eifersucht in ihm auf. Niemand außer ihm durfte sich Melli körperlich nähern und das unsichtbare Band zwischen ihnen beschmutzen. Doch wie sollte er das verhindern? Er war doch nur der schweigsame Hinterwäldler aus Katzenbrunn.

Er ließ den Kopf auf die Brust sinken und starrte auf das Nacktfoto. Der Bereich zwischen ihren Beinen war leider völlig unscharf (er hätte eine andere Blende wählen sollen), doch wenn man die Augen zusammenkniff, konnte man ihre Schamlippen erahnen. Sein Penis wurde steif. Beschämt verstaute er die Fotografie wieder in der Beuteltasche um seinen Hals. Dabei kam ihm die Idee. So überraschend wie sein erster Orgasmus.

Er sprang von der Mauer und eilte ins Schulgebäude. Die große Pause war erst in fünf Minuten zu Ende, der Klassenraum verlassen. Zielstrebig ging er auf Roberts Rucksack zu, öffnete den Reißverschluss der Vordertasche, wühlte sich durch zahlreiche Buntstifte und Notizhefte, bis er endlich Roberts Geldbeutel in den Händen hielt. Er klappte das Geldfach auf und versteckte Mellis Nacktfoto zwischen zwei Fünf-Euro-Scheinen. Es fiel ihm nicht leicht, sich von seinem geheimen Schatz zu trennen. Doch der Einsatz würde sich lohnen, wenn sein Plan aufginge.

Auf dem Flur hörte er Schritte und Mädchenstimmen. Rasch stopfte er das Portemonnaie zurück in den Rucksack und sprang auf seinen Sitzplatz. Er blätterte durch das Mathematikbuch, als sich die Tür öffnete. Vanessa und Melli betraten das Klassenzimmer. Er blinzelte zur Tafel. Sie trug ihr bunt gestreiftes Sommerkleid, das er so an ihr liebte, den knallroten Haarreif und flache weiße Chucks. Er strich sich eine klebrige Haarsträhne aus der Stirn und lächelte die beiden Mädchen an, die kichernd auf ihren Stühlen Platz nahmen.

Nach der Schule verfolgte er Melli und Robert auf dem Nachhauseweg. Mit genügend Sicherheitsabstand. Trotzdem konnte er vieles erahnen. Ihre verfickte Verliebtheit, dieses elendige Händchenhalten. Dann endlich erreichten sie die Kreuzung, an denen sich ihr Weg trennte. Robert blieb stehen, ein flüchtiger Kuss unter dem Apfelbaum, dann rannte er winkend den Berg hinab. Melli sah ihm noch einen Moment nach. Dann bog sie in die schmale Seitenstraße ein, die zu ihrem Zuhause führte. Die Schritte knirschten auf dem Sandweg.

Unauffällig beschleunigte er seinen Gang, bis er sie eingeholt hatte. »Ähm, Melli?«, rief er. »Warte mal!«

Sie drehte sich überrascht um, ging weiter. »Was … was machst du denn hier? Fährt nicht gleich dein …?«

»Ich … ich muss dir etwas Wichtiges sagen.«

»So wichtig, dass du deinen Bus nach Katzenbrunn verpasst?«

Er nickte schüchtern.

»Wegen Mathe?« Sie blieb stehen.

Er schüttelte den Kopf. Brachte kein Wort heraus. Vielleicht war es doch keine so gute Idee gewesen. *Noch* konnte er einfach den Mund halten.

»Was ist los?«, fragte sie und legte den Kopf schief. »Meine Mutter kommt gleich nach Hause, sie hat Mittagspause.« Melli atmete geräuschvoll aus. »Ich muss noch unser Essen aufsetzen, damit sie gleich zurück in die Modestube kann.«

Natürlich hatte er längst herausgefunden, dass ihre Mutter nach der Scheidung in einem Secondhand-Kleiderladen arbeitete, da der Vater anscheinend nur das Nötigste an Unterhalt bezahlte.

»Hm, also … es ist wegen … Robert«, stotterte er. »Deinem Freund.«

»Wie?« Sie kniff die Augen zusammen, blickte ihn verwundert an.

»Ich … ich weiß nicht, wo ich anfangen soll.« Er zog die Nase hoch. »Es ist mir alles so peinlich, die ganze Angelegenheit.«

Melli schien über seine Worte nachzudenken, verschränkte die Arme vor der Brust. »Was ist mit Rob?«

»Er hat vor den anderen Jungs geprahlt …« Er trat von einem Fuß auf den anderen, biss sich auf die Unterlippe, schluckte. »Ähm, also, Robert hat mit dir angegeben.«

»Was?« Sie lachte verlegen, löste das Gummiband ihres Pferdeschwanzes und warf die Haare über die Schulter. »Mit was sollte er denn bitte …?«

»Er hat gesagt, dass er dich …«, er drehte sich nach allen Seiten um, senkte die Stimme, »… nackt fotografieren durfte.«

»Wie bitte?« Ihre Augen weiteten sich.

Gut gemacht.

»Wie im ›Playboy‹«, legte er nach. »Ja, das hat er gesagt.«

»Nie-niemals!«, protestierte sie. »So etwas würde Rob nicht tun! Warum erzählst du so einen Blödsinn?« Wut blitzte in ihren Augen auf.

Er streckte die Arme nach ihr aus, zaghaft, wie die Fühler eines Schmetterlings.

Sie wankte einen Schritt zurück.

»Melli, bitte! Ich meine es nur gut. Robert hat uns allen sogar ein Foto gezeigt. Als Beweis! Du musst mir glauben!«

»Ein … ein Foto?«

Er spielte den Betroffenen. »Robert hat gesagt, dass er dich in der Umkleide vom Schwimmbad fotografieren durfte.« Er konnte erkennen, wie ihr die Erinnerung ins Hirn schoss. »Letzten Sommer.«

»Robert hat ein Nacktfoto von mir?« Ihre Wangen glühten.

»In seinem Geldbeutel«, sagte er leise. »Doch du darfst ihm niemals sagen, dass du es von mir weißt. Versprich es mir! Versprich es!«

Melli starrte ihn irritiert an. Ihre Augen wanderten unruhig hin und her. Wortlos knetete sie ihre Finger, nickte. Dann rannte sie die Straße hinunter.

Zwei Tage später saß Melli auf seinem Bett und heulte.

Eine Woche später hielten sie Händchen.

19

Als wir den Innenhof erreichen, streicht uns Nero um die Beine. Ich kraule ihn hinter den Ohren. Der Kater schnurrt, während mein Blick über die Fahrradständer gleitet. Ach, mein Rad! Ich streiche Nero über den Rücken und folge Yvonne ins Treppenhaus. Die Holzstufen knarzen. Als wir unsere WG betreten, hört man aus der Küche Geschirr klappern und das fauchende Brummen der Espressomaschine. Philipp ist von seiner Nachtschicht aus dem Krankenhaus zurück und macht Kaffee.

Ich schlüpfe aus meinen weißen Sneakern und setze mich an den Küchentisch.

Philipp dreht sich lächelnd zu uns um. »Wollt ihr auch einen?« Er holt zwei Tassen aus dem Oberschrank.

»Nee, wir hatten schon«, sagt Yvonne zickig.

Philipp blickt uns überrascht an. »Alles in Ordnung?«

»Danke, Philipp«, sage ich. »Wir waren gerade bei Elif.«

»Ah, okay«, sagt er knapp und verstaut die beiden Tassen wieder im Schrank. »Mit dem *Mokka Me!* kann ich natürlich nicht mithalten.« Obwohl er schmunzelt, scheint er ganz genau zu spüren, dass die Stimmung zwischen mir und unserer Mitbewohnerin getrübt ist.

»Yvonne und ich hatten nur eine Meinungsverschiedenheit«, erkläre ich, um Philipp nicht das Gefühl zu geben, es läge an ihm.

»Ich gehe zocken«, sagt Yvonne bissig und öffnet die Tür ihres WG-Zimmers. »Trotzdem danke für die Einladung, Mia.«

»Hm, schon okay«, sage ich, während sie die Zimmertür hinter sich zuknallt. Ich blicke zu Philipp, der fragend mit den Achseln zuckt. »Tut mir leid, Doktor, dass wir dich belästigt haben.«

Er winkt ab, öffnet den Kühlschrank und schüttet kalte Milch in seinen Espresso. Dann setzt sich Philipp zu mir an den Esstisch und sieht mich mit seiner warmherzigen Alles-wird-gut-Art an, die man nicht im Medizinstudium lernt. In seiner Nähe fühlt man sich nicht nur verstanden, sondern auch behütet. »Was ist los, Mia?«, fragt er sanft und faltet die Hände.

Ich muss unwillkürlich schmunzeln, da ich mich plötzlich wie eine Privatpatientin fühle, für die sich der Hausarzt besonders viel Zeit nimmt. »Ach, da ist nur so ein Typ, der mir Sorgen bereitet«, sage ich.

»Dieser Viktor?«

»Genau«, antworte ich und erinnere mich an das seltsame Gespräch, das wir gestern Abend hatten. »Was hat dir Yvonne eigentlich über ihn erzählt? Und warum warst du so abweisend zu mir?«

»Ähm, ach so, das. Nun ja«, druckst er herum. »Es ... es tut mir leid, Mia. Ich wollte dir nicht zu nahetreten. Schließlich ist es deine Privatsache, was du machst.« Er lehnt sich im Stuhl zurück und blickt aus dem gekippten Fenster. Sein Brustkorb hebt und senkt sich. »Aber als mir Yvonne erzählt hat, dass du angeblich so einen millionenschweren Investmenttypen datest, da ... da war ich enttäuscht. Ich dachte, du würdest aus Geldgier vielleicht deine Prinzipien über Bord werfen und dich ...«, er dreht sich wieder zu mir, beißt sich auf die Unterlippe, »... und dich kaufen lassen.«

»Wie bitte?«

Philipp streckt die Hand nach mir aus. »Nein, so meinte ich das nicht, Mia! Bitte entschuldige«, sagt er und zieht die Hand wieder zurück, fährt sich nervös über das Gesicht. »Es war nur ... also ... ich ...«

»Ja?«

Er nippt an seinem Kaffeebecher, stellt die Tasse zurück auf den Tisch. Seine Hand zittert. Das Porzellan klopft gegen das Holz. Seine Wangen glühen. Philipp schluckt. »Also ich … vielleicht war ich auch nur etwas …«, er räuspert sich, »ähm … eifersüchtig.« Er streicht sich über die Stirn. »So, jetzt ist es raus.«

Ich sehe ihn überrascht an.

»Eifersüchtig?«, wiederhole ich leise. »Ich … ich hatte ja keine Ahnung, Philipp.« Okay, wow. Das kommt überraschend. Philipp ist seit mehr als drei Jahren mein Mitbewohner. Doch er hat mir nie das Gefühl gegeben, in mich verknallt zu sein. Schließlich hing er monatelang nur über seinen kiloschweren Medizinbüchern. Und da er noch nie eine Frau mit in die WG gebracht hat, vermutete ich sowieso, dass er eher auf Männer steht.

»Ich … ich wusste es ja selbst nicht«, sagt Philipp. »Aber als Yvonne die ganze Zeit von Viktor schwärmte, hat mich das irgendwie getriggert.« Er rutscht auf seinem Stuhl herum. »Es tut mir leid, Mia, aber ich kann ihn einfach nicht leiden. Obwohl ich ihn überhaupt nicht kenne.«

Ich nicke verständnisvoll und bin erleichtert, dass Philipp eine ähnliche Einschätzung von Viktor hat. Kurzzeitig dachte ich schon, ich würde zu panisch reagieren und die Situation mit Viktor Engel falsch einschätzen.

»Ich habe mich wirklich kindisch benommen«, sagt er.

»Ach, was«, sage ich und reiche ihm die Hand. »Frieden, Doktor?«

Er nimmt sie entgegen und lächelt unsicher. »Ja, Frieden.« Es fühlt sich an, als hätte ich endlich einen Verbündeten gegen Viktor gefunden.

»Ich hoffe, diese Sache steht jetzt nicht zwischen uns«, sagt er nervös, nachdem sich unsere Finger voneinander gelöst haben. »Also, mein Bekenntnis? Ich darf doch immer noch hier wohnen bleiben, oder?«

»Aber klar, natürlich«, versichere ich schnell und lache.

Philipp nickt mir zu und fährt sich durch die Haare. Ein paar glänzende Strähnen stehen leicht zur Seite ab.

Ehrlich gesagt, habe ich keine Ahnung, wie sich durch seine Beichte unser Zusammenleben verändern wird. Das wird sich noch zeigen. Aber da Philipp sowieso die meiste Zeit über in der Charité arbeitet, sehen wir uns extrem selten. Und solange er nicht darunter leidet, fühle ich mich durch seine Eifersucht sogar ein wenig geschmeichelt.

»Hast du dich eigentlich über die Blumen gefreut?«, fragt er.

Ich blicke ihn überrascht an. »Die Dahlien waren also doch von dir?«, sage ich erleichtert. Ich richte mich auf, strecke den Rücken durch. Eine zentnerschwere Last fällt von mir ab. Das bedeutet, dass Viktor nicht in meinem Zimmer war, dass er vermutlich keinen Schlüssel nachgemacht hat. »Woher wusstest du, dass es meine Lieblingsblumen sind?«

»Lieblingsblumen?«, sagt Philipp überrascht und zuckt mit den Schultern. »Das wusste ich nicht, ehrlich.« Dann grinst er verlegen. »Also, ich glaube, ich muss dir etwas gestehen. Den Blumenstrauß habe ich eigentlich selbst geschenkt bekommen. Von einer Patientin auf meiner Station. Aber ich dachte, du hättest ihn eher verdient. Weil ich mich so bescheuert verhalten habe. Als Entschuldigung.«

»Angenommen, Doktor«, sage ich.

»Aber die Schachtel Pralinen, die noch dabei war, habe ich schon aufgegessen«, sagt Philipp. »Sorry!«

Daraufhin müssen wir beide lauthals loslachen.

Aus Yvonnes Zimmer dröhnt ein schriller Frauengesang. Sie hat plötzlich ihre Musik lauter gedreht. Wahrscheinlich, weil sie sich über unser Gelächter ärgert. Der Bass hämmert durch die Tür. Irgend so ein Neunziger-Eurodance-Gestampfe.

Philipp und ich blicken uns an und müssen erneut lachen. Es wirkt befreiend.

»Sag mal«, sage ich, nachdem wir uns wieder etwas beruhigt

haben. »Kennst du jemanden, der einen Transporter oder Bus hat, den ich mir mal ausleihen könnte?«

»Wieso? Was hast du denn vor?«, ruft Philipp lautstark gegen den Discolärm an. »Willst du Yvonne etwa beim Auszug helfen?«

Ich schüttle lachend den Kopf. »Nein, auch wenn ich im Moment nicht abgeneigt wäre.« Ich blicke zu dem *World of Warcraft*-Plakat, das auf Yvonnes Zimmertür klebt. Als könnte sie meine Gedanken lesen, wird die Musik augenblicklich leiser. Auch ich senke meine Stimme. »Mir wurde gestern Abend der Hinterreifen meines Rennrads aufgeschlitzt. Ich müsste es mit einem Wagen abholen.«

Philipps gute Laune weicht einem angewiderten Gesichtsausdruck. »Was für Drecksschweine. Das hasse ich an Berlin.«

Da muss ich ihm zustimmen. Das war das Allererste, was mir auffiel, als ich vor sechs Jahren nach Berlin-Kreuzberg gezogen bin. Der Schmutz und der Müll überall. Und die vielen zerstörten Fahrräder am Bürgersteig. Eigentum wird hier einfach nicht respektiert. »Ja, total ärgerlich«, sage ich.

Philipp nippt an seiner Kaffeetasse. »Ich werde mich mal auf der Arbeit umhören, ob jemand einen Transporter hat.« Er stellt die Kaffeetasse ab. »Mach dir keine Sorgen, Mia. Wir kriegen dein Rad schon wieder heil nach Hause, okay?«

»Du bist ein Schatz«, sage ich und will ihm einen Luftkuss über den Tisch zuwerfen. Doch ich lasse es bleiben, er könnte es unter den gegebenen Umständen falsch verstehen.

»Also dann«, sagt er und steht auf. »Ich ruf dich an.«

»Musst du etwa arbeiten?«

»Nein, heute habe ich keinen Dienst«, sagt er und wäscht die Tasse unter dem Wasserhahn aus. »Zum Glück. Aber wir sollten dein Rad besser so schnell wie möglich abholen, bevor noch mehr kaputt gemacht wird.« Er trocknet die Kaffeetasse mit einem Geschirrhandtuch ab und stellt sie in den Hochschrank. »Ich glaube, der Hausmeister von der Charité hat einen kleinen

Lieferwagen. Der könnte reichen. Vielleicht leiht er ihn mir für eine Stunde aus.«

»Das wäre echt supernett«, sage ich.

»Alles wird gut, Mia«, sagt Philipp. Ganz der Arzt. Er zieht sich eine Jeansjacke über und verlässt die Wohnung.

Ich stehe auf und lausche an Yvonnes Zimmertür. Sie scheint mit jemandem zu telefonieren. Wahrscheinlich mit ihrer englischen Freundin Elly, denn sie scheint wieder besser gelaunt zu sein. Yvonne lacht. Doch ich kann nicht verstehen, worüber. Die Musik ist zu laut. Ich gehe in mein Zimmer und schließe die Tür hinter mir ab.

Endlich habe ich die Ruhe, David zu texten. Er wird sich sicherlich wundern, warum ich ihm nicht gleich geantwortet habe.

Ich ziehe den Vorhang zu und lasse mich aufs Bett fallen, öffne meinen Nachrichten-Chat und lese, was mir David geschickt hatte.

Gut geschlafen?

Vier Stunden später kam eine weitere Nachricht.

Mia?

Das war alles. Wahrscheinlich wollte er nicht aufdringlich wirken, weil ich ihm nicht sofort geantwortet habe. Nun bin also ich an der Reihe.

Es geht so, tippe ich. *Mein Reifen wurde gestern Nacht aufgeschlitzt.*

Meine Nachricht ist kaum verschickt, da vibriert das Handy in meinen Händen. David hat geantwortet.

O nein! Wie bist du nach Hause gekommen?

Kurz überlege ich, ob ich ihm von meiner seltsamen Taxifahrt erzähle. Und von meiner Vermutung, dass Viktor Engel der Fahrer gewesen sein könnte. Doch dann erinnere ich mich an die Geschichte seiner Schwester, die von einem Stalker heimgesucht wurde. Wahrscheinlich würde sich David nur unnötige Sorgen machen, wenn ich ihm davon berichte, und mich erneut bitten, zur Polizei zu gehen. Also tippe ich einfach: *Hab Taxi genommen. Mein Mitbewohner versucht gerade, einen Lieferwagen zu organisieren, um mein Rad abzuholen :-)*

David antwortet sofort: *Ah! Guter Mitbewohner!*

Ich schreibe: *Warst du noch lange auf dieser Party?*

Fünfzehn Sekunden später: *Nee. Bin gleich nach Hause gefahren.*

Dann wieder ich: *Wo wohnst du eigentlich?*

Nun vergehen dreißig Sekunden, bis David antwortet: *Rate doch mal. Was glaubst du denn? :-)*

Hm, schwere Frage. Anhand seiner äußeren Erscheinung wären Friedrichshain und Prenzlauer Berg mögliche Kandidaten. Von seiner Art kann ich mir aber auch Charlottenburg oder Berlin-Mitte vorstellen. Doch schließlich entscheide ich mich für einen ganzen anderen Kiez. *Auf dem Mond? ;-)*

Seine Antwort folgt prompt. *Helle oder dunkle Seite?*

Ganz klar die dunkle Seite :-) tippe ich.

Er schickt mir ebenfalls ein Smiley. Es macht Spaß, mit David Blödsinn zu schreiben. Unser Chatverlauf, das gegenseitige Necken lenkt mich ab. Von Viktor und der Angst, von ihm beobachtet zu werden, von Philipps überraschender Eifersucht, von Yvonnes Streitereien, der Hoffnung auf die Hauptrolle und von meinem aufgeschlitzten Hinterreifen.

Plötzlich überfällt mich Sehnsucht. Das Gefühl, dass ich mehr will. Mehr, als nur ein paar Textnachrichten mit David auszutauschen.

Ich atme tief durch und tippe: *Wollen wir uns treffen?*

Ich starre auf das Display und fühle mich augenblicklich wieder wie eine Teenagerin. Das Telefon zittert in meiner Hand.

Seine Textnachricht erscheint auf dem Display: *Ja!!! Morgen? 20 Uhr?*

Mein Herz macht einen Hüpfer. *Gern. Wo? :-)*

Er antwortet sofort. *Tür Dreizehn?*

Ich stutze, lese seinen Vorschlag erneut. Er will sich tatsächlich für unser erstes Date wieder in diesem Pornoschuppen treffen?

Wobei, irgendwie ist es ja auch *unser* Schuppen, unser Club. Dort haben wir uns kennengelernt. Trotzdem wäre mir ein Café oder eine Kneipe lieber. Schon sehe ich die nackten, glänzenden Körper wieder vor mir tanzen, Haut auf Haut, rieche feinen Tabakduft und schweres Parfum, höre klassische Streichermusik. Spüre Champagnerperlen am Gaumen, unseren Kuss auf den Lippen.

Okay, tippe ich. Und dann noch schnell: *Aber nur, wenn wir wieder in ein Separee gehen. Einverstanden?*

Mir ist wichtig, dass wir uns in Ruhe unterhalten können, wenn er sich schon an diesem verruchten Ort treffen will. Und je länger ich darüber nachdenke, erregt mich der Gedanke irgendwie. Vielleicht werden wir dort weitermachen, wo wir das letzte Mal aufgehört haben?

Ich versende die Nachricht. Doch David antwortet nicht. Wahrscheinlich ist er gerade beschäftigt, oder er telefoniert. Mit einem breiten Lächeln scrolle ich durch unseren gesamten Chatverlauf. Er ist zwar noch nicht besonders lang, aber dafür fühlt es sich vertraut an.

Schließlich kommt seine Antwort mit einem Daumen-hoch-Emoji.

Ich schicke einen Rote-Wangen-Smiley hinterher.

Doch David scheint nicht der Typ für lange Verabschiedungen zu sein. Nachdem ich zehn Minuten auf das Display gestarrt habe, hänge ich mein Handy ans Ladekabel. Ich greife zum neuen Thriller von Romy Hausmann, der ganz oben auf meinem Stapel ungelesener Bücher auf dem Nachttisch liegt, und beginne zu lesen.

Fünf Kapitel später klingelt mein Telefon. Es ist Philipp, seine Freude ist kaum zu überhören. »Mia! Wir können dein Rad abholen!«

20

Philipp wartet unten vor der Tür. Mit dem Lieferwagen ist es um diese Zeit fast unmöglich, einen Parkplatz zu bekommen, deshalb hat er ihn einfach in zweiter Reihe abgestellt. Eine Vespa fährt hupend an uns vorbei. Ich renne auf Philipp zu und falle ihm um den Hals.

»Wo hast du den so schnell herbekommen?«, frage ich und trete ein paar Schritte zurück, betrachte den weißen Ford Transit, der an vielen Stellen demoliert und verrostet ist. Aber er hat vier Räder, und wir können damit mein Rennrad abholen. Also ist es der beste Lieferwagen der Welt.

»Aus der Charité, damit werden normalerweise unsere Medikamente ausgefahren«, sagt er und schlägt gegen die Schiebetür. »Es ist nicht der schickste, aber dein Rennrad sollten wir ohne Probleme reinkriegen.«

»Er ist perfekt, Doktor«, sage ich. »Danke.«

Wenig später rollen wir über den Kottbusser Damm auf den Kotti zu. Was wäre ich nur ohne Philipp? Ich blicke nachdenklich aus dem Seitenfenster. Er schaltet einen Gang höher, der Motor heult auf.

Wir biegen in die nächste Hauptstraße ein, die Häuserfronten ziehen wie mächtige Filmkulissen an uns vorbei. Der Ford Transit beschleunigt, wir überholen einen Radfahrer mit Helm. Es riecht nach Diesel, und der röhrende Motorenlärm erinnert mich an meine Heimat, den Odenwald. An das Leben auf dem Land, an die Fahrten auf dem Traktor während der Waldkerb.

Ich schalte das Autoradio an. Auf dem Sender, der eingestellt ist, läuft Klassikradio. Die Musik ist sehr tragend, es könnte Beethoven sein.

»Die nächste Straße müssen wir rechts«, sage ich und deute mit dem Finger nach rechts.

Philipp schmunzelt und nickt, dreht das Lenkrad mit beiden Händen, als wäre er der Kapitän eines Schiffs.

Die nächsten Minuten schweigen wir und lauschen der klassischen Musik. Niemand verliert ein Wort. Doch irgendwann beginnt die Sinfonie meine Stimmung zu verändern. Ein leichtes Gefühl der Trauer überfällt mich. Die tiefen Streicher in Moll, die sich tropfenartig aufbauen, ziehen mich immer tiefer nach unten. In einen Sumpf aus Schwermütigkeit.

Ich will Philipp gerade fragen, ob ich den Sender verstellen darf, als ich seine leicht geröteten Augen bemerke. Auch ihn scheint die klassische Musik zu bewegen.

»Philipp?«, sage ich leise.

»Hm?«

»Alles in Ordnung?«

»Das ist Sinfonie Nummer vier« sagt er. »Die CD lief damals auch.«

»Lief bei was?«, frage ich.

»Als wir miteinander geschlafen haben.«

»Oh – okay«, sage ich und räuspere mich. Ich rutsche tiefer in den Sitz und umfasse den Anschnallgurt.

Philipp wischt sich über die Wange. »Bitte entschuldige, Mia. Ich ... ich wollte nicht ... Es ist nur diese Musik.« Er zögert und geht vom Gas, tritt langsam auf die Bremse. Vor uns wird die Ampel rot. Der Diesel tuckert wie eine überdimensionale Nähmaschine. »Bei Beethoven muss ich immer daran denken.«

»Schon gut«, sage ich.

»Dass sie damals mit mir Schluss gemacht hat.«

»Ich verstehe«, sage ich leise und schalte das Autoradio aus.

»Kurz danach«, murmelt er. »Im Bett.«

Ich drehe mich irritiert zu ihm. »Wie, *kurz danach*? Wie meinst du das?«, frage ich. »Sie hat im Bett mit dir Schluss gemacht?«

»Nur wenige Minuten, nachdem sie mit mir geschlafen hat«, bestätigt er knapp und schaltet den Motor in den Leerlauf. Seine Augen sind immer noch rot.

Unwillkürlich halte ich mir die Hand vor den Mund. »Wie krass.«

»Als sie weg war, musste ich mich mehrmals übergeben.«

»O Gott, was für ein Schock. Das wäre mir genauso gegangen«, sage ich und lege die Hand auf meinen Bauch. »Und ich dachte immer, nur Männer könnten solche Arschlöcher sein.« Ich streiche ihm über die Schulter. »Hat sie dir auch gesagt, warum?«

Er schüttelt den Kopf. »Weil sie nicht mehr in mich verliebt sei.« Die Ampel schaltet wieder auf Grün. Der Lieferwagen rattert los. »Mit dem Sex wollte sie mir angeblich die Trennung erleichtern«, sagt er. »Doch stattdessen hat sie genau das Gegenteil erreicht.«

Er setzt einen Blinker, und wir biegen links in die Hauptstraße ein.

»Seitdem bin ich Single und hatte keine einzige Beziehung mehr.« Er versucht ein Lächeln. »Aber dafür war mehr Zeit für das Medizinstudium.« Philipp lacht bitter. »Wie du siehst, hatte diese Sache auch Vorteile.«

Seine Geschichte schnürt mir den Hals zu. Philipp wurde furchtbar verletzt. Und ich Idiotin ging all die Jahre davon aus, er könnte schwul sein, weil er noch nie eine Frau in unsere WG mitgebracht hat.

Seit wann denkst du in solch bescheuerten Stereotypen, Mia?

»Wo müssen wir jetzt lang?«, reißt mich Philipp aus den Gedanken. Vor uns taucht eine große Kreuzung auf.

»Ähm, immer geradeaus«, erkläre ich und deute durch die staubige Windschutzscheibe. »Wir sind gleich da.«

Philipp schaltet das Autoradio ein und startet den Sendersuchlauf. »Ich hatte einfach Angst, dass Viktor genauso ein Typ sein könnte wie meine Ex, verstehst du?«, erklärt Philipp. »Menschen, die sich einfach nehmen, was sie wollen.«

»Keine Sorge, dazu gehören immer zwei«, entgegne ich und starre auf die Autoreihen vor uns.

Ein aktueller deutscher Popsong ertönt. Philipp nimmt den Finger vom Radio und lässt das Lied laufen.

»Viktor ist kein Teil meines Lebens«, sage ich. »Und das wird er auch niemals werden.«

Die Baumreihen am Straßenrand rauschen im Takt der Musik an uns vorbei. Ich erkenne den Fahrradweg. Hier bin ich mit meinem Rennrad entlanggefahren. Und da vorne habe ich die alte Dame nach dem Weg gefragt. »Außerdem gibt es da noch David.«

»David?«

Habe ich das eben laut ausgesprochen? Ich drehe mich zu Philipp, der mich überrascht anstarrt. »Ähm, ja. Ich habe ihn im Club kennengelernt. Als ich mich mit Alice, einer Schauspielkollegin, getroffen habe«, sage ich und umklammere das Handy in meiner Jackentasche. Morgen Abend werden wir uns endlich wiedersehen. Meine Lippen ziehen sich unwillkürlich nach oben.

»Du meinst, genau da, wo dein Reifen aufgeschlitzt wurde?«, fragt er skeptisch und betätigt die Gangschaltung. Der Wagen heult auf. »Und was macht er so beruflich?«

»David ist Webdesigner«, schwärme ich. »Er hat ein Grafikbüro und arbeitet selbstständig. Er gestaltet Internetseiten für kleine Unternehmen und Künstler. Das hat er mir zumindest erzählt.« Ich strahle meinen Mitbewohner an. »Glaub mir, du wirst dich bestimmt super mit ihm verstehen.«

Doch statt sich für mich zu freuen, bremst er wortlos ab und wird immer langsamer. Er steuert den Ford Transit an den Straßenrand und hält an, schnallt sich ab und wendet sich mir zu.

»Seid ihr etwa an dem Abend zusammengekommen?« Er schaltet den Motor aus, seine Hände zittern. »Hat er dich dort geküsst?«

»Ähm, also …«, sage ich und weiß nicht, was ich darauf antworten soll. Ich mustere Philipp und suche in seinem Gesichtsausdruck nach einem Hinweis, ob ich ihn irgendwie verärgert habe. Er legt die Stirn in Falten und sieht mich mit großen Augen an. Ist das Eifersucht? Schon wieder?

Philipp scheint zu spüren, welche Gedanken mir durch den Kopf gehen. Sofort reißt er die Arme nach oben und ruft: »O nein! Nein, ich bin nicht eifersüchtig, Mia! O Gott! Deswegen habe ich nicht gefragt!«

»Bist du nicht?«, frage ich vorsichtig.

»Ach, Quatsch, nein«, entgegnet er und schüttelt aufgeregt beide Hände, als würde er Glasscheiben sauber wischen. »Ganz im Gegenteil. Ich freue mich für dich, wirklich. O Mann, ich bin echt ein Idiot!«

Ich sehe ihn fragend an.

»Mit uns beiden, das würde doch sowieso nie klappen.« Er lacht und breitet die Arme aus. »Ich bin ständig in der Charité, und du jettest bald als erfolgreiche Schauspielerin durch die ganze Welt. Aber Webdesigner, hey, das klingt klasse. Auch ein kreativer Beruf, das passt doch super zusammen!«

»Ja«, sage ich zaghaft. »Das finde ich nämlich auch.«

Philipp atmet erleichtert aus und streicht sich demonstrativ über die Stirn. »Ich dachte eben wirklich, du glaubst, ich wäre so ein Psycho, der auf jeden eifersüchtig ist, mit dem du dich triffst.«

»Na ja«, sage ich schmunzelnd. »Ein bisschen schon.«

»O je«, lacht er. »Nein, nein, deswegen habe ich nicht gefragt.«

»Sondern?«

Er wird wieder ernst. »Viktor.«

»Wieso?«, frage ich. »Was hat der damit zu tun?«

»Der zerstochene Reifen. Es wäre doch möglich, dass Viktor euch in diesem Club gesehen hat, oder?«, sagt er. »Dich und David?«

Ich streiche mir über das Kinn. Philipp hat recht. Was, wenn es keine Vandalen waren, die mein Rad zerstört haben? Daran hatte ich noch gar nicht gedacht. An den Zusammenhang zwischen meinem Fahrradplatten und dem privaten Fahrservice, der zufällig vorbeikam und mich nach Hause fuhr.

»Falls es wirklich Viktor war, der deinen Reifen zerstochen hat«, sagt Philipp, »können wir es vielleicht beweisen.«

»Und wie?«

»Es müsste doch Fingerabdrücke an deinem Rad geben?«

»Wäre möglich«, sage ich. »Aber wie sollen wir rausfinden, dass …«

»Nicht wir«, entgegnet Philipp. »Die Polizei. Wir bringen dein Rad gleich zum nächsten Polizeirevier und melden den Schaden.« Er legt die linke Hand ans Lenkrad.

»Also gut, warum nicht«, sage ich. »Einen Versuch ist es wert. Der Club ist gleich da vorne in der übernächsten Straße, auf der linken Seite.« Ich streiche mir eine Strähne aus dem Gesicht. »Das war mal ein ehemaliges Bestattungsinstitut. Ziemlich morbide.«

»Und wie ist dieser David so? Hast du ein Foto von ihm?«, fragt er, während er zum Zündschlüssel greift.

»Nein, leider nicht«, entgegne ich enttäuscht und bereue, dass wir keine Selfies gemacht haben. Vielleicht könnte ich David texten und ihn um ein Foto bitten. Ich greife in meine Tasche und ziehe das Telefon heraus.

»Aber er muss doch eine eigene Webseite haben«, sagt Philipp und deutet auf mein Handy. »Wenn er selbstständig ist, oder?« Dann startet er den Motor. »Da gibt's bestimmt eine Webgalerie oder so was.«

»Natürlich!« Warum bin ich da nicht selbst drauf gekommen? Ich öffne den Browser auf meinem Smartphone und tippe *David Hoffmann Webdesign Berlin* in das Suchfenster ein.

Der Transporter beginnt zu ruckeln, der Motor brüllt auf.

Es ist gleich der zweite Treffer. Ich klicke auf den Link und öffne die Webseite. Sie ist schlicht und modern gehalten. Die Seitennavigation bietet unterschiedliche Reiter.

Kunden, *Auszeichnungen*, *Über mich* und *Kontakt*.

Ich scrolle nach unten und sehe mir das Kurzportfolio seiner Arbeiten an. Die meisten sind in einem klaren, fast skandinavischen Design gestaltet. David hat ein gutes Auge für Typografie und Bildgestaltung. Die Webseite für einen Getränkemarkt, die im typischen Berliner Designstil gehalten ist, wirkt auf den ersten Blick zwar rotzig, aber auf den Punkt und eigenständig. Genauso wie seine Webseiten für einen Friseur, eine Lübecker Cocktailbar, eine Yogaschule und einen privaten Fahrdienst.

Der Lieferwagen biegt nach links ab, ich werde gegen die Beifahrertür gedrückt. Als wir kurz darauf wieder geradeaus fahren, klicke ich den Menüpunkt *Über mich* an. Der Empfang schwankt, es dauert etwas, bis die Seite geladen ist.

»Ist er das?«, fragt Philipp von der Seite und deutet auf das Porträtbild auf meinem Smartphone. Der Ford Transit wird langsamer, bremst ab und hält am Straßenrand.

»Das ist er«, sage ich mit breitem Grinsen und betrachte das stylische Studiofoto. David trägt ein hellblaues Businesshemd ohne Krawatte, seine Haare sind ordentlich zur Seite gekämmt, sein Dreitagebart ist sauber getrimmt. Er wirkt sehr seriös. Aber auch irgendwie leger und offen. Von ihm würde ich mir auch die Webseite gestalten lassen, wenn ich eine berühmte Schauspielerin wäre.

Philipp beugt sich zu mir herüber. »Der sieht echt nett aus.«

»Ja, oder?«

»Wir sind übrigens da«, sagt er und schaltet den Motor des alten Transporters aus. Er deutet auf die andere Straßenseite. »Ist das der Club da drüben? Mit dem Staubsauger im Fenster?«

»Mhm, genau«, sage ich und nicke.

Er klopft gegen die Fensterscheibe. »Und wo steht dein Rad?«

Ich beuge mich über das Armaturenbrett. »Ähm, ich habe es gleich da vorne an der Laterne angeschlossen.« Ich krame nach meinen Schlüsseln und öffne die Beifahrertür.

Philipp dreht den Kopf nach links und rechts. »Und wo genau?«

Ich will ihm die Laterne zeigen, an dem es steht, und hebe die Hand. Doch dann verharre ich mitten in der Bewegung. Der Schlüsselbund gleitet mir aus den Fingern. Ein Fluch schießt mir über die Lippen.

Mein geliebtes Rennrad wurde gestohlen!

21

»Könntest du mich bitte schon hier rauslassen?«, frage ich leise und deute auf die Kottbusser Brücke, die vor uns auftaucht. »Ich möchte noch am Kanal spazieren gehen.« Es sind die ersten Sätze, die ich auf unserer Rückfahrt sage.

»Natürlich«, sagt Philipp, setzt den Warnblinker und fährt an den Straßenrand. Er hält neben einem ehemaligen Kiosk, in dem Pizza verkauft wird.

»Danke, Philipp«, sage ich.

»Tut mir echt leid mit deinem Rad«, sagt er so mitfühlend, als müsste er mir eine unangenehme medizinische Diagnose überbringen. »Aber du solltest wirklich zur Polizei gehen, Mia.«

»Mal sehen«, entgegne ich. »Auf jeden Fall war es superlieb, dass du es mit mir abholen wolltest und den Lieferwagen organisiert hast.« Ich klopfe gegen das Innenblech des Ford Transit.

»Wie lange kennen wir uns?«, fragt er schmunzelnd.

Hinter uns wird gehupt. Ich umarme ihn kurz, springe aus dem Wagen und knalle die Beifahrertür zu. Philipp knattert los und reiht sich in den fließenden Verkehr ein.

Die Luft am Landwehrkanal riecht nach Teigwaren und Haschisch. Ich strecke den Rücken durch und breite die Arme aus. Eine Gruppe Jugendlicher mit Kölner Dialekt und Rucksäcken auf den Rücken läuft grölend an mir vorbei. Sie gehen über die Brücke auf die andere Seite des Maybachufers, wo der *Markt der schönen Dinge* aufgebaut ist.

Ich blicke auf die Uhr. Gleich vier. Ich entschließe mich kurzerhand, ihnen zu folgen und mir auf dem Markt etwas Süßes zu holen, vielleicht einen Crêpe mit Zucker und Zimt, und mich damit ans Ufer zu setzen.

Der Himmel ist wolkenlos und jeansblau. Die Sonne scheint durch die Baumkronen und wirft geometrische Schatten auf den Gehsteig vor mir. Ich schlendere zwischen den aufgebauten Marktständen hindurch, vorbei an bunt gemusterten Stoffbahnen, an Knopfsammlungen in allen Größen, Reißverschlüssen, selbst gemachten Taschen und Mützen, künstlerischen Siebdrucken, bis die ersten Essensstände vor mir auftauchen. Kulinarik aus aller Welt.

Obwohl der *Markt der schönen Dinge* nur noch eine Stunde lang geöffnet hat, herrscht immer noch Hochbetrieb. Denn er ist nicht nur bei Touristen beliebt, sondern auch bei den Kiezbewohnern. Überall um mich herum wird gelacht und um Preise gefeilscht. Die Menschenmassen schieben sich so dicht wie Babyschildkröten an mir vorbei, die ihren Weg ins Meer suchen. Doch es macht mir nichts aus. Im Gegenteil, ich fühle mich geborgen. Beschützt durch ihre weichen Körper. Überall summt es wie in einem Bienenstock, in unterschiedlichen Sprachen.

Meine Laune beginnt sich zu bessern. Es war eine gute Idee, auf den Stoffmarkt zu gehen.

Ich denke kaum noch an mein Rennrad. Auf der Rückfahrt war Philipp anzumerken, wie sehr er sich geärgert hat, dass es gestohlen wurde. Und mir war es dagegen unangenehm, dass er den Lieferwagen völlig umsonst ausgeliehen hat.

Doch jetzt habe ich keine Lust mehr, mir die Laune verderben zu lassen. Ich will positiv in die Zukunft blicken. Schließlich gibt es für alles eine Lösung. Dann fahre ich eben wieder mehr U-Bahn, bis ich irgendwo ein günstiges Gebrauchtrad bekomme.

Vor mir taucht ein Stand mit frisch gepressten Obstsäften auf. Ich stelle mich in der Schlange an und krame in meiner Hose nach ein paar Münzen. Hinter mir ertönt eine Stimme. Eine Stimme, die mir bekannt vorkommt. Ich drehe mich um.

Doch ich kann niemanden entdecken, den ich kenne. Wahrscheinlich habe ich mich geirrt.

»Was darf es sein?«, fragt mich der junge Türke fröhlich und deutet auf die bunten Saftkaraffen vor mir.

»Ähm, einmal Ingwer-Orange, bitte«, sage ich und überreiche ihm das Geld.

Er füllt den Saft in einen großen Pappbecher. »Lassen Sie es sich schmecken.«

»Dank dir«, sage ich und nehme den Becher entgegen. Ich stelle mich an die Seite und drehe mich erneut um. Ich hatte das Gefühl, als hätte ich zwischen den Ständen ein vertrautes Gesicht aufblitzen sehen.

Nein, das war unmöglich *er*. Wieso sollte Viktor hier sein?

Ich gehe weiter und lasse mich durch die Menschenmasse über die enge Marktgasse treiben, die parallel zum Landwehrkanal verläuft. Irgendwo wird mit einer Bongo getrommelt. Ein dicker Mann drängelt sich an mir vorbei und verschwindet im Gedränge. Ich drücke mich unter einem tief hängenden Sonnenschirm hindurch und nippe an meinem Saft. Die scharfe Ingwersäure ist jetzt genau das Richtige für diesen wunderschönen Sommernachmittag.

An jeder Ecke duftet es köstlich nach orientalischem Essen, nach süßen Köstlichkeiten, würzigem Zigarettenrauch und stellenweise auch nach Schweiß. Der Fluss an Besuchern treibt mich weiter Richtung Neukölln.

Ich werde von einer Frau mit Baby auf dem Arm angerempelt. »Entschuldigung«, sagt sie knapp und geht weiter. Das Baby beginnt zu weinen.

Ich schaue an meinem Oberteil hinunter und versuche, mit dem Handballen den orangefarbenen Saftfleck zu entfernen, doch es ist zu spät. Die kalte, feuchte Stelle über meinem Busen klebt auf der Haut.

Das wird mir meine Freude nicht vermiesen, denke ich, das kann man schließlich waschen. Ich schlüpfe zwischen zwei

Stoffständen hindurch und tauche auf einer fast menschenleeren, schattigen Seitenstraße auf. Die Baumallee führt mich direkt durch den Bezirk Kreuzkölln. Wenn ich die nächste Straße nach rechts abbiege, komme ich wieder auf den Kottbusser Damm. Dann ist es nicht mehr weit bis nach Hause.

Ich drehe mich noch ein letztes Mal um und blicke aus weiter Entfernung auf den Markt zurück. Ich fühle mich wie eine Schauspielerin, die das Filmset verlassen hat, und genieße für einen kurzen Moment den Trubel aus der Ferne.

Plötzlich sehe ich ihn. Erkenne ihn in der Menschenmenge. Den Mann mit der schwarzen NYC-Basecap. Er blickt sich suchend um. Läuft zurück, gegen den Strom, bleibt stehen, dreht sich um die eigene Achse.

Ich habe mich nicht getäuscht. Es ist Viktor.

Mein Herz schlägt schneller. Das ist doch kein Zufall? Welchen Grund hat er, auf dem Stoffmarkt zu sein?

Ich springe mit zwei Schritten auf den Bürgersteig und verstecke mich hinter einem Baum. Seit wann verfolgt er mich schon? Ich streiche über mein Oberteil. Der Saftfleck hat mich gerettet. Mein Atem geht schneller. Ich beuge mich vorsichtig nach vorne und beobachte ihn.

Viktor hebt die Hand an die Augen und sucht nach mir.

Ich husche wieder in Deckung, presse meinen Rücken gegen den Baumstamm und schließe die Augen.

»Allet jut, Mädchen?«

Ich zucke erschrocken zusammen.

Vor mir steht eine alte Dame mit Gehstock. Sie trägt einen hellgrauen Mantel, obwohl es sommerlich warm ist.

»Danke, mir geht es gut«, presse ich hervor, versuche ein Lächeln. »Mir war nur etwas schwindelig.«

»Bei dem Wetter musste trinken, trinken, trinken«, berlinert sie. »Sonst dehydrierste wie die Wüste Gobi.«

»Ja, danke«, sage ich und erhebe meinen Pappbecher zum Gruß. »Es geht schon wieder.«

»Fein«, sagt die Dame und humpelt weiter.

Ich schiele zum Stoffmarkt hinunter. Dort herrscht immer noch ein wuseliges Menschengetümmel. Doch von Viktor ist keine Spur zu sehen. Er scheint weitergegangen zu sein. Ich bleibe sicherheitshalber noch einen Moment in meiner Deckung und trinke den letzten Rest meines Ingwersafts, bis die alte Dame in einem Hauseingang verschwunden ist.

Die schattige Allee ist menschenleer.

Ich springe einen großen Schritt nach vorne und renne den Bürgersteig entlang. An der Häuserecke biege ich nach rechts ab. Die tief stehende Sonne knallt mir ins Gesicht, ich kneife die Augen zusammen und laufe langsamer. Immer geradeaus, Richtung Kottbusser Damm, bis ich einen Späti erreiche, vor dem zwei junge Frauen auf einer Holzbank sitzen. Sie lachen, rauchen und trinken Flaschenbier. Ich habe Lust, sie um eine Kippe anzuschnorren. Doch ich bleibe stark.

Ich schlendere grüßend an ihnen vorbei und betrachte die Autos, die hier in der Straße parken. Ungewöhnlich viele Luxuskarossen. Hier scheint jemand richtig viel Geld zu verdienen. In diesem Moment muss ich wieder an Viktor denken und drehe mich panisch um. Doch niemand verfolgt mich. Kein Viktor, der Bürgersteig ist leer.

Plötzlich fällt mir das eierschalenfarbene Auto auf, das wenige Meter vor mir am Straßenrand parkt. Eine leicht verbeulte Limousine. Ich gehe näher heran und betrachte die vergilbte Werbebeklebung auf der rechten Seitentür. Sie kommt mir bekannt vor. Wo habe ich das schon einmal gesehen?

TiMü-Taxi. Ihr Berlin City-Twister!

Plötzlich schießt mir Davids Webdesign-Seite in den Sinn. War da nicht auch eine Homepage für einen privaten Fahrdienst dabei?

Eigentlich kann ich es mir kaum vorstellen, denn Davids Verständnis für Design ist modern und klar. Diese Autobeklebung sieht dagegen aus, als wäre sie mit einem billigen Schreibprogramm zusammengeschustert. Ich will gerade mein Smartphone herausziehen, um es zu überprüfen, als mich die Erkenntnis wie der Blitz trifft.

Nein, ich habe es nicht auf Davids Webseite gesehen.

Sondern ich stand schon einmal direkt davor. Und zwar gestern Nacht, als ich nicht wusste, wie ich nach Hause kommen sollte. Als dieses Taxi am Straßenrand gehalten und mich bis vor unsere Haustür gefahren hat, obwohl ich mir sicher bin, dem Fahrer nicht meine Hausnummer genannt zu haben.

Kein Zweifel. Es war dieses Auto. Aber wieso steht es hier? Wohnt der Besitzer in dieser Straße? Oder hat er nur kurz geparkt?

Ich trete an die Seitenscheibe und blicke in das Innere des Wagens. Im Fußraum der Fahrerkabine ist nichts Ungewöhnliches zu erkennen. Eine halb volle Flasche Wasser, eine Packung Kaugummis sowie die Reste eines Döners in Alufolie. Ich lege beide Hände an die Scheibe, um besser sehen zu können, und blicke auf den Beifahrersitz. Dort liegt er, tatsächlich. Der grün karierte Schal, den der Fahrer großzügig um sein Gesicht geschlagen hatte. Ich erkenne das Muster sofort wieder.

Sein Basecap kann ich allerdings nirgends sehen.

Vielleicht auf der Rückbank? Ich rutsche einen Schritt nach links und blicke in den schummrigen Fahrgastbereich hinein.

Und erstarre.

Nur wenige Zentimeter vor mir, hinter der Glasscheibe, da liegt es. Auf dem Rücksitz. Die durchtrennte Stahlkette, mein zerstörtes Fahrradschloss, mit dem ich das Rennrad an die Laterne geschlossen hatte.

Ich drehe mich nach allen Seiten um. Steht der Dieb vielleicht in diesem Moment hinter einem der Fenstervorhänge und beobachtet mich?

Wieso zersticht er den Reifen, bringt mich nach Hause, um das Rad kurz darauf zu stehlen? Das alles ergibt für mich keinen Sinn.

Ich sehe die Straße hinunter. Plötzlich taucht an der Ecke ein groß gewachsener Mann auf. Er hat den Blick auf den Boden gerichtet, die Hände tief in den Hosentaschen vergraben und eine schwarze Baseballcap ins Gesicht gezogen. Ich erkenne ihn sofort. An seinem Gang und den gestickten Buchstaben *NYC*.

Viktor.

Das ist kein Zufall.

Meine Füße beginnen zu laufen. Noch hat er mich nicht gesehen. Ich renne. Drehe mich nicht um. Die Fußgängerampel springt auf Grün, ich haste über den Kottbusser Damm, überhole eine arabischstämmige Frau mit Kinderwagen und biege vor dem Eckcafé in die Seitenstraße ein, vorbei an der beleuchteten Shisha-Bar, tauche durch eine blickdichte Kirschwolke, passiere meinen Späti.

Nur noch am *Mokka Me!* vorbei, dann bin ich zu Hause. In Sicherheit. Meine Lungenflügel brennen.

»Mia?«, ruft es hinter mir.

Ich laufe weiter. Auch in meinem Kopf rennen die Gedanken weiter.

»Alles in Ordnung?«, ruft die Frauenstimme erneut. »Mia! Bitte, warte doch mal!« Es ist Elif. Ich drehe mich ruckartig zu ihr um und hebe die Hand. Sie blickt mir besorgt hinterher. Mir wird schummrig.

»Mia!«

»Ja, ja, alles guuu–«, rufe ich zurück, doch da knicken meine Beine ein. Kopfüber stürze ich auf den gepflasterten Bürgersteig.

Hinter mir ertönt ein Aufschrei. Elif lässt das Tablett fallen und rennt auf mich zu. »O Allah!« Sie kniet sich neben mich. »Hast du Schmerzen?«

»Geht schon«, presse ich hervor und versuche, mich aufzurichten.

»Warte, ich helfe dir«, sagt sie, und schon ist ihr Arm hinter meinem Rücken, während sie mir mit der anderen Hand aufhilft. »Mach langsam.«

»Danke«, sage ich, als ich wieder auf den Beinen stehe. Meine Knie und Handflächen brennen so fürchterlich, als hätte jemand mehrmals mit Reißzwecken hineingestochen. »Nur ein kleiner Schwächeanfall.«

»Du bist einfach umgekippt«, sagt Elif und führt mich zu ihrem Café. Sie hilft mir in einen Stuhl. »Bitte setz dich, ich bring dir was zu trinken.«

Kurz darauf kommt sie mit einem nassen Waschlappen und einem großen Glas Wasser zurück. Ich trinke es in einem Zug aus.

»Was ist los, Mia? Du kannst mir vertrauen«, sagt Elif mit einer Ruhe, als wäre sie Meditationsmeisterin. »Gibt es etwas, das dich bedrückt?«

Ich nicke schwach.

»Der Stalker?«, fragt sie, als könnte sie Gedanken lesen, während sie mir über den Rücken streicht.

Ich hole tief Luft und will ihr antworten. Doch statt Worten kommen Tränen. Sie fließen über meine Wangen, und es ist mir egal, was die anderen Gäste von mir denken.

»Alles wird gut«, sagt sie leise. Sie nimmt mich in den Arm und drückt mich gegen ihren Oberkörper. Es fühlt sich vertraut an. Ich lasse mich fallen. Und Elif fängt mich auf.

»Was ist passiert, Mia?« Sie reicht mir ein Taschentuch.

Und dann erzähle ich ihr alles. Angefangen von meinem gestohlenen Rennrad über die unheimliche Taxifahrt bis zu der Angst, dass Viktor nicht nur meinen Wohnungsschlüssel nachgemacht haben könnte, sondern mich im Club *Tür Dreizehn* und auf dem Stoffmarkt verfolgt hat.

Elif hört mir aufmerksam zu. »Und du bist dir ganz sicher, dass das Fahrradschloss auf dem Rücksitz dir gehört?«

»Zu einhundert Prozent«, sage ich und tupfe mir die Wange.

»Okay, gut«, sagt sie. »Also, nach allem, was du mir gerade erzählt hast, wäre es möglich, dass Viktor Engel dein Fahrrad gestohlen hat.« Sie beißt sich auf die Unterlippe. »Er taucht in diesem *Speakeasy* auf, er verfolgt dich auf dem Stoffmarkt und sogar in der Straße, in der das Taxi parkt. Das sind tatsächlich ziemlich viele Zufälle.«

»Aber aus welchem Grund?«, frage ich. »Wenn Viktor wirklich so viel Geld hat, dann braucht er doch nicht mein Rad zu klauen, oder?«

Elif streicht sich über das Kinn. »Dein Mitbewohner Philipp hat recht. Auf dem Fahrrad sind Fingerabdrücke, deshalb wurde es gestohlen. Es geht nicht ums Geld, Mia.« Sie beugt sich zu mir vor. »Jemand hat deine Reifen zerstört und vor dem Club auf dich gewartet, um dich dann mit dem Taxi mitzunehmen.«

»Aber warum?«

Elif zögert. Sie senkt den Kopf. »Ich denke, dass er etwas Bestimmtes mit dir vorhatte, also, dass er dich …« Sie sieht mir in die Augen. Ihr Blick strahlt große Sorge aus. »Doch dann hat er kalte Füße bekommen.«

Ich halte mir die Hand vor den Mund. »Du glaubst wirklich, Viktor wollte mich vergewaltigen?« In meinem Kopf dreht sich alles. »Aber wie sollen wir das beweisen?«

»Wir nicht«, sagt Elif. »Aber mein Bruder.«

Ich starre sie an.

Sie legt die Hand auf meinen Arm und lächelt. »Tarik ist bei der Kripo. Er ist Hauptkommissar«, erklärt sie. »Du hast doch bestimmt ein Foto vom Kennzeichen gemacht?«

Verdammt. Das habe ich natürlich nicht. Wie blöd kann man sein? Warum bin ich da nicht selbst drauf gekommen? Ich schüttle verärgert den Kopf. »Nein, habe ich leider nicht. So ein Mist!«

»Schon okay, Mia«, sagt sie einfühlsam. »Nach so einem Schock denkt man nicht dran, noch das Handy rauszuholen und Fotos zu machen.«

Es tut gut, jemanden wie Elif zu kennen.

»Aber da waren Aufkleber auf dem Auto«, sage ich plötzlich und richte mich zu voller Körpergröße auf. »Irgendwas mit *Tümi-Taxi* oder so.« Ich verspüre ein hoffnungsvolles Kribbeln. »Das könnte ich googlen.«

»Sehr gut!«, entgegnet Elif, greift nach dem leeren Wasserglas und steht vom Stuhl auf. »Mach das. Und sobald du was im Netz gefunden hast, informieren wir meinen Bruder Tarik, okay?«

Ich nicke und beuge mich über mein Smartphone.

22

Zehn Minuten später schließe ich verbittert das Browserfenster. Ich habe alle Wortkombinationen eingegeben, an die ich mich erinnern kann. Von *Tümitaxi* bis *Tamitütaxi*, doch es hat keinen Zweck. Es gibt einfach zu viele Fahrdienste in Berlin, und keiner davon klingt irgendwie ähnlich. Ich weiß nur, dass der Buchstabe Ü im Namen zu lesen war. Bei der Suche tauchten viele türkischstämmige Fahrdienste auf, die jedoch alle ein anderes Logo hatten. Meine Ergebnisse sind zu schwammig, um Elifs Bruder etwas melden zu können. Ich brauche das Autokennzeichen.

Ich trinke den letzten Schluck meines Pfefferminztees aus, den mir Elif freundlicherweise spendiert hat, und öffne ein weiteres Browserfenster. Ich gebe einen neuen Suchbegriff ein: *Kampfsport Schule Berlin*.

Elif hat mir die Augen geöffnet. Was hätte mir alles passieren können, wenn mich der Fahrdienst woanders hingebracht hätte? Ich sollte mich selbst verteidigen können. Mit Yoga komme ich da nicht weit.

»Und? Hast du schon was rausgefunden?«

Ich blicke auf. Elif steht mit einem Tablett vor mir und räumt das leere Teeglas ab. Alle Tische um mich herum sind belegt. Es wird gelacht.

»Leider nein«, sage ich. »Ich kann mich nicht mehr an den genauen Namen erinnern.«

»Soll ich meinen Bruder trotzdem anrufen?«

Ich blicke zur Eingangstür des Cafés. An der Treppe warten

fünf neue Gäste auf einen freien Tisch. Ich stecke mein Handy in die Tasche und erhebe mich. »Nein, danke. Das brauchst du nicht. Zumindest *noch* nicht.«

Elif legt den Kopf schief.

»Solange wir noch nichts in der Hand haben«, sage ich, »würde mich das bei der Polizei nur panisch wirken lassen. Verstehst du?«

»Na ja«, sagt sie zögerlich. »Du hast ja allen Grund dazu. Auch wenn deine Mitbewohnerin Yvonne das lockerer sieht.«

»Ich werde garantiert nicht Viktors Opfer werden«, erkläre ich. Es macht mir tatsächlich Mut, mich selbst so reden zu hören. Ich schultere meine Tasche. »Und oft ist es besser, in den Angriff überzugehen.«

»Was hast du vor?«, fragt sie.

»Wieder zurückgehen«, sage ich. »Zu diesem Taxi. Wir brauchen das Kennzeichen.« Ich umarme sie zur Verabschiedung. »Ohne das wird dein Bruder nicht ermitteln können.«

»Soll ich mitkommen?«, fragt sie. »Ich könnte in einer halben Stunde fertig sein, dann löst mich Nursen ab und …«

»Kümmere du dich um deine Gäste, Elif«, sage ich im Gehen. »Du hast mir schon genug geholfen. Ist ja nur ein Handyfoto! Danke!« Ich winke ihr zum Abschied.

»Melde dich!«, ruft sie mir hinterher, und ich biege um die Straßenecke.

An der Fußgängerampel blicke ich mich nach allen Seiten um. Mütter mit Lastenrädern, Junkies, die bettelnd von Straßencafé zu Kneipe wandern, drei Schulkinder, die auf ihre Handys starren, ein Raucher vor einem Barbershop. Ich halte nach Viktor Ausschau und versuche, dabei nicht in Panik zu verfallen. Schließlich produziert die eigene Fantasie die schlimmsten Ängste.

So wie damals im Odenwald, als wir als fünfzehnjährige Teenager durch den stockfinsteren Wald liefen, um von einer Geburtstagsparty im Nachbarort zurück nach Lindenfels zu kommen. Wir waren zu fünft, zwei Jungs und drei Mädchen. Die ersten zwanzig Minuten hatten wir nur rumgealbert, etwas geknutscht und viel gelacht, bis einer der Jungs uns anzischte, wir sollten augenblicklich still sein. Wir dachten, er machte Spaß. Doch er schwor beim Leben seiner Mutter, dass er ein seltsames Geräusch hinter den Bäumen gehört habe. Ein Knacken oder Schritte durch das Unterholz. Wie von einer überlebensgroßen Spinne. Wir blieben dicht beieinander stehen und leuchteten mit der Taschenlampe zwischen die Tannen und Büsche. Plötzlich schrie eines der Mädchen auf und behauptete, das bleiche Gesicht eines jungen Mannes gesehen zu haben. Ein Geist? Wir rannten und schrien um unser Leben. So schnell waren wir noch nie zu Hause. So viel zur Macht der Fantasie.

Die Ampel wird grün.

Ich überquere den Kottbusser Damm und laufe in die schmale Seitenstraße hinein. Ich bin auf alles vorbereitet. Meine Hand umklammert das Handy in meiner Tasche. Der Bürgersteig ist menschenleer. Aus einem offenen Fenster kann ich einen Streit zwischen einem Mann und einer Frau hören. Ein Teller wird gegen die Wand geworfen. Ich gehe schneller und wechsle die Straßenseite. Die Sonne steht tief über den Dächern von Kreuzkölln. Ich kann die Bänke vor dem Späti schon erkennen. Die zwei rauchenden Frauen sind nicht mehr da. Genauso wenig wie Viktor.

Mein Blick schweift über die parkenden Fahrzeuge am Straßenrand. Jede Automarke, jedes Modell, jede Farbe ist vertreten. Doch keines davon ist eierschalenfarbig. Am Späti drehe ich mich um. Laufe wieder zurück.

Der Wagen stand doch hier? Gleich hinter dem Mercedes.

Ein schlaksiger Mann tritt aus dem Späti, unter dem Arm ein Sixpack Bier. Er schwankt in meine Richtung. Ich drehe mich erneut zu dem roten Toyota Prius, der jetzt an der Stelle parkt, an dem das Taxi vorher stand. Ich bin zu spät.

Wütend knalle ich meine Tasche auf den Boden.

Der Späti-Verkäufer streckt den Kopf heraus. »Alles gut?«

»Jaja«, sage ich und gehe auf ihn zu. »Haben Sie rote Gauloises?«

Der Verkaufsraum ist leer. Er dreht sich zur Zigarettenwand, zieht die Packung heraus und legt sie vor mich auf den Tresen. Um mich herum stehen gestapelte Getränkekisten.

»Und noch ein Feuerzeug für einen Euro.«

Er hält mir ein kugelförmiges Glas hin, in dem bunte Feuerzeuge schwimmen. »Such dir eins aus.«

Ich greife mir ein gelbes und zücke mein Portemonnaie. »Wissen Sie zufällig, wem das Taxi da draußen gehört?«

Er schlägt das Kassenfach zu. »Welches?«

»Na ja. Es steht leider nicht mehr da«, sage ich und zucke mit den Schultern. »Das war ein privater Fahrdienst. Das Auto hatte eine hellgelbe Lackierung, irgendwas mit *Tümü-Taxi* oder so«, sage ich.

Er kratzt sich den schwarzen Bart und starrt an die Zimmerdecke, als würde dort oben die Antwort kleben. »Ähm, weiß nicht genau.«

Die Leuchtstoffröhre über uns flackert. Ich gehe ein paar Schritte in den Innenraum, deute zur Eingangstür hinaus. »Der Wagen stand gleich da vorne. Haben Sie den vielleicht schon mal gesehen?«

»Bulle?«, fragt er und lehnt sich über den Tresen.

»Ähm, was? Nein«, lache ich verlegen. »Ich ... ich hab nur etwas in dem Wagen liegen lassen, und nun wollte ich ...«

»Dann ruf doch einfach die Taxifirma an«, mault er.

»Wenn ich eine Nummer hätte, würde ich das sofort tun«, sage ich schnell und schultere meine Tasche. »Aber im Internet habe ich nichts gefunden.«

»Hm«, macht er und scheint zu überlegen. Er lehnt sich wieder zurück und steckt die Hände in die Taschen. Sein Bauch drückt gegen den Tresen. »Ja, der Wagen steht tatsächlich manchmal hier in der Straße.«

»Wirklich?«, entfährt es mir. Ich stelle mich wieder zu ihm an die Kasse. »Sie haben nicht zufällig den Fahrer gesehen?« Meine Stimme zittert. »Wissen Sie, wie er aussieht?«

Er sieht mich lange an, dann schüttelt er bedauernd den Kopf. »Nee, lediglich das Auto. Das parkt hier manchmal.«

»Oh, okay«, sage ich. »Das ist gut zu wissen, vielen Dank.« Hoffnung durchströmt mich. Vielleicht bekomme ich so die Chance, in den nächsten Tagen ein Foto vom Nummernschild zu machen. Ich greife wahllos in eines der Süßigkeitenfächer vor mir und lege einen Karamellriegel auf den Verkaufstresen. »Und den bitte noch.«

Nachdem er abkassiert hat, zieht er einen dünnen Kellnerblock mit Kugelschreiber unter dem Tisch hervor und reicht mir beides. »Schreib mir doch einfach deine Nummer auf.« Er lächelt mit offenem Mund, ich erkenne, dass ihm ein Frontzahn fehlt. »Die übergebe ich dann dem Fahrer, wenn ich ihn sehe. Dann kann er sich bei dir melden, okay?«

Ich starre auf seine haarige Hand.

»Was ist?«

Zögernd nehme ich Block und Stift entgegen. »Ähm, wäre es vielleicht möglich, dass Sie sich lieber direkt bei *mir* melden?«, sage ich und sehe ihn nervös an. »Wenn er wieder hier parkt?«

Er legt den Kopf schief. Ich sehe, dass es in seinem Kopf zu rattern beginnt. »Hat dir der Scheißkerl etwa was angetan?«

»Nein, nein«, sage ich schnell und schreibe die Festnetznummer unserer WG auf den Zettel. »Ich will ihn nur nicht unnötig nerven, verstehen Sie? Ich sehe ja dann durch die Autoscheibe, ob ich mein Portemonnaie auf der Rückbank habe liegen lassen oder ob ich …«

Er kneift die Augenbrauen zusammen und blickt auf die Tasche, die mir über der Schulter hängt. Darin ist meine Geldbörse, mit der ich vor wenigen Minuten die Zigaretten und den Karamellriegel bezahlt habe. Hätte mir nicht eine bessere Ausrede einfallen können? Er zieht demonstrativ die Nase hoch und lehnt sich gegen den Kassentresen.

Wortlos öffne ich die Tasche, ziehe mein Portemonnaie heraus und entnehme einen Fünfzig-Euro-Schein. Ich reiche ihm Block, Stift und Geldschein. »Also, das hier ist meine Nummer«, sage ich. »Würden Sie mich bitte jederzeit anrufen, wenn der Wagen wieder in der Straße auftaucht?«

»Auch nachts?« Er steckt den Fünfziger in die Hosentasche.

»Auch nachts.«

Ich schließe das Eingangstor des Vorderhauses auf und gehe durch das Steinportal in den Innenhof. Hinter mir fällt die Metalltür mit einem Schlag ins Schloss. Ich zucke zusammen, der Schlüsselbund klirrt in meiner Hand. Die Sommersonne ist seit wenigen Minuten hinter den Häuserblocks verschwunden, unser Innenhof liegt im Schatten. Es wird kühl. Ich streiche mir über die Oberarme und blicke zu den Fahrradständern.

Im Treppenhaus riecht es nach warmem Abendessen. Mein Magen beginnt zu knurren. Ich bekomme Lust auf Lasagne. Vielleicht sollte ich heute ausnahmsweise mal den Lieferdienst bestellen.

Als ich die Treppenstufen weiter nach oben steige, öffnet sich hinter mir die Wohnungstür. »Frau Richter?«

Ich drehe mich um. Es ist Frau Klinkebiel aus dem zweiten Stock. »Ja?«

»Haben Sie zufällig Nero gesehen?«

»Ähm, also unten im Hof war er nicht. Wieso? Was ist los?«

»Er ist nicht zum Essen gekommen«, sagt sie düster. »Das ist ganz untypisch für meinen Kater. Nero ist so verfressen, nach ihm kann man die Uhr stellen.«

»Nero wird schon wiederkommen, Frau Klinkebiel«, sage ich, um sie zu trösten. Der Verkehr in der Dieffenbachstraße ist eigentlich moderat, eine verkehrsberuhigte Zone. Doch es gibt immer Idioten, die sich nicht daran halten.

»Und wenn er irgendwo in ein Loch oder in einen offenen Kanal gefallen ist? Und jetzt nicht mehr rauskommt?«

»Nero ist intelligent«, sage ich. »Er wird bestimmt bald auftauchen.«

»Hoffentlich haben Sie recht«, sagt sie und verschwindet in ihrer Wohnung.

Ich bleibe noch ein paar Sekunden stehen und horche, ob ich irgendwo ein Maunzen vernehme. Aber im Treppenhaus ist es still.

In unserer Wohnung riecht es nach gekochten Spaghetti mit Tomatensoße. Ich schlüpfe aus meinen Sneakern und gehe in die Küche. »Hallo«, begrüße ich Yvonne, die in Kochschürze vor einem Kochtopf steht und umrührt. Unter der Schürze trägt sie ein dunkelblaues, teuer aussehendes Sommerkleid, das ich noch nie zuvor an ihr gesehen habe. »Mmm, riecht lecker«, sage ich und ziehe schnuppernd Luft ein.

»Reicht nicht für zwei«, entgegnet sie knapp und widmet sich wieder der Tomatensoße.

»Nicht schlimm, ich hab sowieso keinen Hunger«, lüge ich und hebe abwehrend die Hände nach oben. Dann stelle ich mich zu ihr an den Herd. »War nur ein Kompliment, dass dein Essen gut …«

»Was willst du, Mia?«, fragt sie, ohne mich anzusehen.

»Ähm, eigentlich nichts«, sage ich und greife wahllos nach dem Salzstreuer, drehe ihn in meiner Hand. »Ich … ich dachte nur, vielleicht sollten wir zwei mal in Ruhe darüber sprechen, was da zwischen uns im Café gelaufen ist.«

»Ich wüsste nicht, was es da zu bereden gibt«, sagt Yvonne und öffnet den Küchenschrank. Sie nimmt einen tiefen Teller heraus. »Das war einfach nur peinlich. Musst du vor Elif immer die Hauptrolle spielen?«

»Wie bitte?« Ich stelle den Salzstreuer zurück.

»Ach, tu nicht so, als wüsstest du nicht, was ich meine«, sagt sie, reißt die Besteckschublade auf, nimmt Gabel und Löffel heraus und knallt sie auf die Arbeitsplatte. »Von wegen, dass dich Viktor stalken würde und dich in einem Taxi nach Hause fährt, weil er unsere Hausnummer kennt. Wirklich?« Sie schiebt die Schublade wieder zu. »Musst du echt immer so ein Drama machen? Sind alle Schauspielerinnen so?« Sie schnaubt. »Das ist so was von lächerlich. Und Elif hat dir auch noch geglaubt. Unfassbar.«

»Was ist dein Problem, Yvonne?«, frage ich irritiert. »Wieso fängst du schon wieder damit an?«

Wortlos schaltet sie den Herd aus, schüttet das Pastawasser in die Spüle und die Spaghetti in den Topf mit der Tomatensoße, rührt um. Dann richtet sie ihren Teller an.

»Yvonne?«

Doch sie reagiert nicht. Zieht ihre Schürze aus, greift nach dem Teller Pasta und drängt sich an mir vorbei. »Darf ich mal?«

»Jetzt lass uns doch bitte mal reden, Yvonne!«, rufe ich ihr hinterher, als sie ihre Zimmertür öffnet. »Du kannst doch nicht einen Streit anfangen und dann flüchten!«

Ein Schlüssel wird in unsere Wohnungstür gesteckt. Die Tür springt auf, und Philipp betritt den Flur.

Yvonne knallt die Zimmertür hinter sich zu.

»Was ist denn hier los?«, fragt Philipp überrascht, hängt seine Jacke an die Garderobe und zieht das grüne OP-Hemd aus. Darunter trägt er ein schwarzes *Metallica*-T-Shirt.

Ich zucke mit den Schultern und deute auf Yvonnes Zimmertür.

Er legt die Stirn in Falten und schleicht an ihre Tür und lauscht. »Sie scheint Besuch zu haben«, flüstert er.

»Komm, lass«, sage ich leise und winke ab.

»Einen Typen.«

»Wirklich?« Ich schleiche auf Zehenspitzen über den Dielenboden, stelle mich neben Philipp an die Tür und lege mein Ohr ans Türblatt. Ich höre helles Kratzen auf Porzellan, eine Gabel dreht Spaghetti auf. »Sie ist alleine und isst Nudeln«, flüstere ich.

Philipp hebt den Zeigefinger vor seine Lippen. Wir lauschen weiter. Ich fühle mich unwohl dabei.

»Die ist wirklich total schön, genauso wie das Kleid«, höre ich Yvonne plötzlich sagen. »Ist die Kette selbst gemacht?«

»Ich habe sie vorhin auf dem Markt der schönen Dinge gefunden«, antwortet eine Männerstimme dumpf durch die Tür. »Auf diesem Stoffmarkt, bei euch unten am Maybachufer.«

Mein Herz pocht. Ich erkenne die Stimme sofort.

»Ich hab sie gesehen und wusste, dass sie dir gefällt.«

Philipp bemerkt, dass ich beunruhigt bin, und sieht mich fragend an.

Ich schlucke den Kloß in meinem Hals hinunter. »Er ... er ist hier«, murmele ich. »Bei Yvonne. Bei uns.«

»Wer?«

Doch ich muss ihm die Frage nicht mehr beantworten, Philipp scheint augenblicklich zu verstehen. Seine Augen weiten sich. »Das ... *das* da drin ist Viktor?«

»Ja.«

Er reißt die Tür auf und stürmt in Yvonnes Zimmer.

23

Ich versuche, ihn aufzuhalten, kralle mich an seinem T-Shirt fest, doch zu spät. Wir stolpern wie schwankende Bowlingkegel in Yvonnes Zimmer.

Viktor sitzt neben Yvonne auf dem Bett. Auf dem Kopf die NYC-Basecap, auf den Beinen einen Teller Pasta. Aus seinem Mund baumeln Spaghetti. Überrascht blicken sie uns an. Er legt die Gabel auf den Teller und lächelt. »Mia«, sagt er mit vollem Mund. »Hallo.«

»Was macht der hier?«, zischt Philipp.

Viktor stellt den Nudelteller vor sich auf dem Fußboden ab. »Ich besuche eine Freundin. Ist das in eurer WG etwa verboten?«

»Erzähl keine Märchen.« Philipp baut sich vor ihm auf. »Du bist doch nicht wegen Yvonne gekommen.« Er stellt sich neben mich, überragt mich fast um einen Kopf. »Sondern wegen Mia.«

»Hey, was soll denn der Scheiß?«, wiehert Yvonne und greift sich an den tomatenroten Hals, umklammert eine silberne Kette mit Totenkopf-Anhänger. »Raus aus meinem Zimmer! Alle beide!«

Philipp fuchtelt mit dem Zeigefinger vor Viktor Gesicht. »Halt dich bloß fern von ihr! Hast du verstanden?«

Viktor hebt beide Handflächen in die Höhe, als wollte er zeigen, dass er unbewaffnet ist. Ein schiefes Lächeln auf den Lippen. »Spielst du jetzt den großen Bruder, Doktor?« Er beugt sich nach vorne, leckt sich über die Lippen. »Oder ihren … Freund?«

Philipp springt einen Satz nach vorne.

»Komm, lass ihn«, sage ich und ziehe an seinem Ärmel. »Wir gehen wieder.« Ich will keine Sekunde länger in Viktors Gegenwart sein.

Doch stattdessen bedeutet mir Philipp, zu warten. »Ja, ganz recht. Mia hat einen Freund!«, zischt er. »Du brauchst dir also keine Chancen auszumalen. Verschwinde aus unserer WG!«

»Mensch, Philipp!« Yvonne stampft mit den Füßen auf.

»Einen Freund?« Viktor legt den Kopf schief. »Tatsächlich?« Er sieht mich überrascht an. »Ist das wahr, Mia? Seit wann?«

»Ähm, ich …« Ich weiß nicht, was ich darauf antworten soll. Die ganze Situation kommt mir vor wie in einer billigen Telenovela.

»Er heißt David und ist erfolgreicher Webdesigner«, sagt Philipp und stemmt die Fäuste in die Seite.

Meine Mitbewohner haben anscheinend beide die Angewohnheit, für mich zu antworten. Doch in diesem Fall bin ich Philipp sehr dankbar.

»Hast du dir das eben gerade ausgedacht, Doktor?« Viktor verschränkt die Arme vor der Brust. »Um Mia zu beschützen?« Er lacht. »Etwa vor mir?« Dann blickt er mich an, wird wieder ernst. »Was soll das, Mia? Wenn du in einer Beziehung bist, warum hast du mir nichts davon gesagt? Am Donnerstag, als wir essen waren?«

Yvonne springt von ihrem Bett auf. »Aber Mia hat doch gar keinen Freund. Sie lügt!«

Ich könnte sie würgen. Warum hat sie so ein großes Interesse daran, mich als Single anzupreisen? Sind denn hier alle verrückt geworden?

»Er heißt David Hoffmann«, kommt mir Philipp zu Hilfe. »Mia hat mir seine Webseite gezeigt. Du kannst ihn gern googlen.« Er legt den Arm um meine Schultern. »Mia ist vergeben. Also, verzieh dich besser.«

Viktor erhebt sich. Augenblicklich stehen wir uns wie aufgebrachte Gangmitglieder gegenüber. Wie in einer Filmszene aus

4 Blocks, der berühmten Neuköllner Gangsterserie. Doch statt eine Waffe zu ziehen, greift Viktor nach seinem Jackett, das über Yvonnes Bettkante liegt. Er dreht sich zu ihr um. »Danke für die Nudeln. Aber ich glaube, es ist besser, wenn ich jetzt gehe.«

»Das denke ich auch«, fügt Philipp hinzu und deutet auf die Tür.

Ich trete einen Schritt zurück, um Viktor vorbeizulassen.

Auf meiner Höhe bleibt er stehen, blickt mich aus stahlblauen Augen an. »Bis ganz bald«, sagt er leise, dann drückt er sich an uns vorbei.

»Viktor!«, ruft Yvonne aufgeregt. »Warte!«

Er hebt die Hand zur Verabschiedung. »Ich ruf dich an.«

»Danke für das Kleid und die Kette! Die sind echt superschön.«

Viktor nickt, zieht ein Smartphone aus der Hosentasche und betritt unsere schmale Küche. »Also ein Webdesigner? David Hoffmann, ja?«

Er tippt auf das Display und hält sich den Hörer ans Ohr. »Ja, richtig. Ich bin jetzt wieder erreichbar ... Nein, nein ...« Er dreht mir den Rücken zu und schlendert durch unseren Flur, streicht mit den Fingern über das Filmplakat an meiner Zimmertür. »Und wieso ist das noch nicht erledigt?«

Dann knallt hinter ihm die Wohnungstür zu.

Ich lasse mich erschöpft auf den Küchenstuhl fallen.

»Alles okay?«, fragt Philipp leise, füllt ein Glas unter dem Wasserhahn randvoll auf und setzt sich zu mir an den Esstisch. Er schiebt mir das Wasser herüber.

»Ich weiß nicht«, sage ich und trinke einen Schluck. Es war also wirklich Viktor, den ich auf dem *Markt der schönen Dinge* am Maybachufer gesehen hatte. Ich stütze meinen Kopf auf die Hände.

Viktor Engel ist erst vor ein paar Tagen in mein Leben getreten, und ich habe das Gefühl, dass es komplett aus den Fugen gerät. Ich muss das so schnell wie möglich unter Kontrolle bringen. Wieder zu meiner inneren Mitte finden und meine Yogapraxis intensivieren. Ich streiche mir über die Narbe am Handgelenk, über die kleine Vogeltätowierung.

Konzentriere dich auf all die Dinge, die dir Freude bereiten, denke ich. Auf die Schauspielerei, Mia. Auf das Casting. Und auf David, den du morgen Abend endlich wiedersiehst.

»Verdammt noch mal, was fällt euch ein?«, zischt Yvonne, an den Türrahmen gelehnt. »Behandle ich eure Gäste etwa genauso?«

Statt einer Antwort schüttelt Philipp den Kopf. »Merkst du eigentlich gar nichts, Yvonne?« Er lässt sich in den Stuhl zurückfallen. »Mia fühlt sich von Viktor verfolgt und bedroht. Und du lädst ihn zu dir ein?«

»Lass gut sein«, sage ich. »Sie wird dafür bezahlt.«

»Ich … ich werde was?«, gackert sie, wirft die blonden Haarsträhnen über ihre Schulter. »Fängst du schon wieder damit an?«

»Schickes Kleid«, entgegne ich trocken und erhebe mich. »Und schicke Kette.«

Sie stampft davon und verschwindet in ihrem Zimmer. Die Tür wird zweimal abgeschlossen.

Ich streiche über Philipps Schulter. »Danke.«

Den restlichen Nachmittag verbringe ich mit Lesen. Doch ich kann mich nicht auf die Zeilen konzentrieren, überfliege die Abschnitte zweimal, bis ich den Inhalt verstehe.

Ich lege meine rosafarbene Yogamatte vor dem Bett aus und mache zehn Sonnengrüße, um den Stress aus meinem Körper herauszukriegen. Ich rolle mich in der Haltung des Kindes zusammen und versuche, meine Gedanken zu beruhigen.

Erst im *Savasana* gelingt mir das endlich.

Punkt zwanzig Uhr sehe ich mir die *Tagesschau* auf dem Laptop an. Allerdings nur fünf Minuten, dann wechsle ich zu einer Streaming-App, da mich die negative Nachrichtenlage zu sehr nach unten zieht.

Ich zappe mich gelangweilt von Film zu Serie, ohne zu wissen, auf was ich eigentlich Lust habe. Irgendwann bleibe ich bei einem Thriller über ein sechzehnjähriges Mädchen hängen, das mit ihrer Familie auf einer einsamen Insel in Schweden lebt und komplett von der Außenwelt abgeschlossen ist. Angeblich beruht der Film auf einem wahren Fall.

Plötzlich vibriert das Handy auf dem Nachttisch. Ich drücke das Video auf Pause und sehe nach, wer mir getextet hat. Die Nachricht ist von David. Augenblicklich steigert sich meine Laune.

Hey, was machst du gerade? :-)

Ich klappe den Laptop zu, mache es mir im Schneidersitz gemütlich und antworte: *Schön, dass du dich meldest. :-) War ein ziemlicher Sch… Tag! Viktor war da.*

Was war so schlimm?

Hatte ich ihm nicht davon erzählt? Im Club, als wir im Séparée saßen? Richtig, ich hatte David gar keinen Namen genannt.

Viktor ist der Stalker, von dem ich dir erzählt habe.

Es vergeht ein kurzer Moment.

Sorry, stand kurz auf dem Schlauch. Der Typ in dem Anzug, oder?

Genau!, antworte ich.

Bist du dir sicher, dass er dich stalkt?

Für einen Moment habe ich das Gefühl, dass ich mit Yvonne texte, die Viktor in Schutz nimmt. Wahrscheinlich werde ich schon paranoid.

Er war heute bei meiner Mitbewohnerin zu Besuch! Er hat ihr ein Kleid und eine Kette geschenkt. Aber lass uns morgen darüber sprechen, okay? Bin froh, dass er weg ist. Was machst du gerade? Habe deine Webseite gesehen. Tolles Design! :-)

David scheint eine lange Antwort zu tippen. Es dauert, bis das Telefon in meiner Hand vibriert.

Vielen Dank für das Lob. Was ich den ganzen Tag mache? Das ist einfach! An dich denken! :-) Wie ist eigentlich dein Vorsprechen gelaufen?

Hatte ich ihm von meinem Casting erzählt? Ich kann mich nicht erinnern. Sicher scheint nur, dass ich an dem Abend für meine Verhältnisse zu viel getrunken habe.

Ich hab eigentlich ein gutes Gefühl. Aber die endgültige Entscheidung liegt jetzt bei den Produzenten. Also, Daumen drücken! ;-)

Davids Antwort kommt schnell: *Du hättest es definitiv verdient!*

Ich schicke einen Smiley mit roten Wangen.

Muss jetzt leider los, Geschäftsessen. CU

Schade, denke ich. Ich hätte den ganzen Abend mit ihm weitertexten können. Oder telefonieren. Warum habe ich ihn nicht einfach angerufen? Aber dafür sehen wir uns morgen.

Viel Erfolg beim Meeting!, tippe ich hastig in der Hoffnung, dass er es noch sieht.

Tatsächlich antwortet er. *Mach dir keine Sorgen um die Hauptrolle. Und auch nicht um Yvonne. Sie ist bestimmt nur eifersüchtig. Alles wird gut, du bist die Beste!*

Ich tippe ein Herz-Emoji ein.

Doch dann ändere ich es in ein *Betende-Hände*-Symbol, versende die Nachricht und warte auf eine Gegenreaktion.

Es kommt keine.

Eine Viertelstunde später hänge ich das Handy an den Strom, klappe meinen Laptop auf und drücke wieder auf *Play*.

Ein Kameraflug über skandinavische Wälder, über einen dunklen See, eine Blockhütte auf einer einsamen Insel. Dramatische Streichermusik, das Intro startet.

Es klopft an meiner Tür. Zaghaft, wie von einer Kinderhand.

»Ja?«

Yvonne betritt mein Zimmer. Sie hat sich umgezogen und das neue Sommerkleid gegen ein schlabbriges *Nirvana*-T-Shirt, blaue Leggins und Ringelsocken ersetzt.

Ich ziehe geräuschvoll Luft durch die Nase. Ich habe keine Lust auf einen erneuten Streit mit ihr.

»Darf ich reinkommen?«, fragt sie mit einem Gesichtsausdruck, den ich nicht deuten kann. Fast so, als wäre ihr Computer kaputtgegangen.

»Was gibt's?«, frage ich und pausiere das Video.

Sie räuspert sich. »Also ich … ich wollte mich bei dir entschuldigen.«

Ich traue meinen Ohren kaum. »Aha«, sage ich. »Und für was genau?«

»Dass ich dich so übergangen habe«, erklärt sie mit nervöser Stimme, umklammert ihren Oberkörper. Sie hat sogar die Totenkopfkette abgelegt, die Viktor ihr geschenkt hat. »Und auch dafür, ähm, dass ich Viktor immer so verteidigt habe. Das war bescheuert.«

»Okay.«

»Ich glaube, ich war nur etwas eifersüchtig«, sagt sie und geht einen Schritt auf mich zu. »Ich werde in Zukunft damit aufhören.« Sie kreuzt die Finger zu einem Schwur. »Versprochen, Mia.«

Am liebsten würde ich sie fragen, woher ihr plötzlicher Sinneswandel kommt. Ob Viktor sie angerufen und ihr dazu geraten hat. Aber ich ahne, dass wir dann wieder aneinandergeraten. Und ich bin froh, dass wir wieder normal miteinander umgehen.

»Nimmst du meine Entschuldigung an?«, fragt sie unsicher.

Ich schiebe den Laptop zur Seite und stehe vom Bett auf. Yvonne knabbert an ihrer Unterlippe, was irgendwie niedlich aussieht. Ich gehe auf sie zu. »War wirklich etwas uncool, aber …« Ich breite die Arme aus. »Wir sind doch Freundinnen, oder nicht? Na, klar verzeihe ich dir.«

Wir umarmen uns, ich drücke sie fest an mich. »Alles wieder gut.«

»Alles wieder gut«, wiederholt Yvonne leise, und ich muss an Davids Textnachricht denken. Wie recht er doch hatte.

Wir lösen uns voneinander und lachen.

»Ich wollte mir gerade einen Thriller ansehen«, sage ich und deute auf meine Matratze. »Hättest du nicht Lust mitzugucken?«

Eine halbe Stunde später liegen wir auf meinem Bett, dicht aneinandergekuschelt, löffeln einen großen Eiscremebecher, den wir im Späti gekauft haben, und gucken eine französische Liebeskomödie.

24

Vor sieben Jahren

Er dachte kaum noch an Melli, seit er die Tore der Justizvollzugsanstalt hinter sich gelassen hatte. Dieses Kapitel in seinem Leben war abgeschlossen. Nun wollte er nur noch nach vorne blicken. Vorsichtiger sein. Unsichtbar. Wie ein Chamäleon.

Also begann er, durch die Nacht zu streifen. *Fensterjagen* nannte er das. Mit einem Fernglas, das er dem Förster aus dem offenen Geländewagen gestohlen hatte. Jeden Abend schlich er vom Hof und versteckte sich in den Büschen.

Er sah alleinstehende Damen, die vor dem Fernseher eingeschlafen waren, Schichtarbeiter, die zur Arbeit fuhren, Kleinkinder, die ins Bett gebracht wurden, und manchmal sogar Pärchen, die auf dem Wohnzimmersofa Sex hatten. Und dann, eines Nachts, unter einem sternenklaren Novemberhimmel, entdeckte er seinen Vater. Sein alter Herr schien ebenfalls heimlich durch die Nacht zu schleichen.

Irritiert folgte er ihm durch die Straßen …

Und so trat Mia in sein Leben.

Ab diesem Moment beobachtete er sie. Er musste ihr nah sein. Wollte wissen, wann sie nach Hause kam und wie lange sie blieb. Ab und zu klingelte er nachts Sturm, weil er herausfinden wollte, ob sie in der Wohnung war. Wenn das Licht anging, war er erleichtert. Er verspürte deswegen keine Reue. Es musste einfach sein, damit er sich normal fühlte.

Doch dann, an einem trüben Freitag im November, war Mia plötzlich verschwunden.

Es machte ihn wahnsinnig, nicht zu wissen, wohin sie gezogen war. Er wurde unruhig und begann, sich selbst zu bestrafen. Er schob sich Nähnadeln unter die Fingernägel, immer tiefer ins Fleisch, bis sich seine Gedanken nicht mehr um Mia drehten. Monatelang waren seine Fingerkuppen dunkelblau angeschwollen.

Sein Zimmer war kaum noch zu betreten. Chipstüten, Glasflaschen und Dutzende leerer Pizzakartons stapelten sich die Wände entlang, bis nur noch ein schmaler Trampelpfad durch den ganzen Müll führte. Es roch nach vergorener Milch, schalem Bier und Körperfett.

So hätte es für ihn enden können.

Doch dann kam sie an Ostern plötzlich zurück und blieb für zwei Wochen bei ihrer Großmutter. Das war seine Chance.

Er entrümpelte seine Wohnung, kaufte sich ein weißes Hemd, einen dunkelblauen Anzug und Krawatte, parfümierte sich und lauerte ihr auf.

Er beobachte sie täglich, von morgens bis abends, bis sie vierzehn Tage später wieder ihren Koffer packte. Dann wartete er am Bahnhof, schlich sich unbemerkt an Mia und ihre Großmutter heran. So bekam er einige Bruchstücke ihres Gesprächs mit. Und zu seinem Glück die wichtigsten. So sagte ihre Großmutter während der Verabschiedung: »Und melde dich, wenn du in Kreuzberg angekommen bist. Ja, Mäuschen?«

Es dauerte nur zwei Monate, bis er ihre Adresse in Berlin herausgefunden hatte.

25

Die Sonne strahlt durch die Gardinen, wie es sich für einen anständigen Sonntagmorgen gehört, und erfüllt mein Zimmer mit orangenfarbenem Licht.

Ich schlage die Bettdecke zur Seite, reibe mir die Augen und setze mich auf. Gestern Abend wurde es spät, Yvonne hatte noch eine halb volle Flasche Weißwein im Kühlschrank, die wir während der Filmnacht leerten. Es war ein ausgelassener, vertrauter Abend unter Freundinnen, fast so wie in der Anfangszeit unserer WG, als wir beinahe jeden Abend miteinander verbrachten.

Ich bin dankbar, dass sich Yvonne gestern bei mir entschuldigt hat. Denn mit ihrer provokanten Art hat sie mich die letzten Tage so auf die Palme gebracht, dass ich den Kontakt vorerst auf das Nötigste herunterfahren wollte. Aber David hatte mit seiner Textnachricht recht behalten: *Alles wird gut.*

Ich habe mich wieder mit Yvonne vertragen, Philipp hat Viktor in seine Schranken verwiesen, und heute Abend treffe ich mich mit David.

Was soll ich bloß anziehen? Ich stehe vor meinem geöffneten Kleiderschrank und schiebe ein paar Klamotten zur Seite. Das schwarze Chiffonkleid? Zu schick. Vielleicht das Cocktailkleid, das mir Oma zum bestandenen Abitur geschenkt hat? Zu förmlich. Ich greife nach dem Kleid, das ich mir für das Casting gekauft habe, in einem Secondhandladen um die Ecke. Am Freitag hat es mir Glück gebracht. Vielleicht auch heute?

Ich breite es auf meinem Bett aus und lege einige Oberteile daneben, mit denen ich es kombinieren könnte. Dazu die passenden Schuhe.

Stiefel, Ballerinas oder Sneaker?

David ist Webdesigner. Seine Grafikarbeiten wirken zeitlos, und doch besitzen seine Webseiten immer das gewisse Etwas – etwa durch grelle Neonfarben oder eine Art analoge »Schnappschuss«-Fotografie.

Die Ballerinas könnten zu konservativ wirken, zu brav. Ich stelle sie in den Schrank zurück. Und meine Sneaker habe ich schon das letzte Mal getragen. Also entscheide ich mich für die klassischen schwarzen Stiefel. Die Boots setzen sofort ein Statement, dass mit mir nicht zu spaßen ist. Schmunzelnd lege ich meine Ausgehkombination auf den Korbsessel und springe unter die Dusche.

Als ich wieder in mein Zimmer zurückkehre, ein großes Handtuch um den Körper geschlungen, ein weiteres um die nassen Haare, vibriert mein Mobiltelefon auf dem Nachttisch.

Eine Nachricht.

Ich ziehe das Handy vom Strom und lasse mich auf dem Stuhl vor meinem Schminktisch nieder. Ein kurzer Blick aufs Display verrät mir, dass David geschrieben hat. Eine leichte Brise weht durch das gekippte Fenster. Ich reibe mir über die nackte Schulter.

Mia. Ich weiß nicht, wie ich es dir sagen soll. Aber es geht um heute Abend.

Mein Herz beginnt zu pochen. Hoffentlich sagt er nicht im letzten Moment ab. Ich blicke zu meinem Abenddress, der vor mir auf dem Sessel liegt, und tippe eine Antwort.

Hi David. Was ist los?

Seine Antwort erscheint nur fünf Sekunden später. *Ich weiß nicht, ob ich kommen kann. Es tut mir leid.*

Die Gedanken rasen wie Miniraketen durch meinen Kopf. So schnell, dass mir schwindelig wird.

Wieso? Was ist passiert?, tippe ich mit zitterndem Zeigefinger und starre auf das Display.

Die Sekunden vergehen wie Stunden. Meine Handflächen beginnen zu schwitzen. Ich reibe sie am Handtuch trocken. Dann endlich trifft die Antwort ein. Sie gleicht einer Supernova.

Es gibt da etwas, das ich dir beichten muss.

Beichten? Ich wische mir über die Stirn. Steht er etwa auf Männer? Hat er eine feste Freundin? Ist David verlobt, verheiratet?

WAS musst du mir sagen, David??

Ich drücke auf Senden.

Und warte.

Mein Handy vibriert.

Die Wahrheit. Über mich.

Der Kloß in meinem Hals wird größer. Das Atmen fällt mir schwer. Am liebsten würde ich David sofort anrufen und ihn fragen, was er mir zu sagen hat. Doch ich würde keinen einzigen Ton herauskriegen. Dafür bin ich zu aufgebracht.

Bist du in einer Beziehung?

Seine Antwort kommt prompt.

Nein! Erkläre ich dir heute Abend.

Erst sagt er mir fast ab, dann lockt er mich wieder zum Treffpunkt? Wütend werfe ich das Telefon auf den Schminktisch. Es trifft das offene Fläschchen Nagellack, das über die Tischplatte rollt. Hastig greife ich nach den Wattepads und sauge den roten Lack auf, der sich wie eine Blutlache über den Tisch verteilt.

Zum Glück habe ich schnell reagiert. Wie immer. Seit Tagen fühle ich mich, als würde von allen Seiten an mir gezerrt, als würde ich nur noch auf Situationen reagieren. So kann es nicht weitergehen. Es wird Zeit, die Zügel meines Lebens wieder in die Hand zu nehmen und zu handeln.

Ich hänge meine schicke Abendgarderobe in den Schrank zurück und ziehe mir eine einfache schwarze Jeans sowie ein schwarzes T-Shirt an.

Dann stopfe ich meinen Jogginganzug in die Sporttasche, gehe ins Bad und föhne mir die nassen Haare.

Allmählich lichtet sich der Nebelschleier am Badezimmerspiegel. Stück für Stück kommt eine junge, stolze Frau zum Vorschein. Sie streckt kämpferisch den Rücken durch. Ich sehe sie aufmunternd an. Egal, was er dir heute Abend sagen wird, du wirst nicht die Verständnisvolle spielen und dich auf Dinge einlassen, die dir nicht koscher vorkommen. Hast du das verstanden, Mia?

Ich trete auf unseren Flur. Die Tür zu Yvonnes Zimmer öffnet sich.

»Morgen!«, sagt sie gut gelaunt, zieht den Gürtel ihres Morgenmantels enger und lehnt sich gegen den Türrahmen.

»Guten Morgen.«

»War echt ein toller Abend gestern.«

»Ja, fand ich auch«, sage ich und gehe in unsere Küche. Yvonne folgt mir und setzt sich zu mir an den Tisch. Ich greife mir einen rotgelben Apfel aus der Obstschale und wische ihn an meinem T-Shirt sauber.

»Wollen wir das heute Abend wiederholen?«, fragt sie.

»Geht leider nicht«, sage ich und beiße in den Apfel. »Ich bin schon verabredet. Glaube ich.«

»Mit diesem David?«

Ich nicke kauend. »Aber so, wie es aussieht, könnte der Abend vielleicht schneller zu Ende sein, als ich dachte.«

»Wieso?«

»Das weiß ich noch nicht.« Ich beiße ein großes Stück ab. »Eigentlich dachte ich, das könnte wirklich was zwischen uns werden. Zwischen mir und David.« Ich wische mir den Fruchtsaft aus dem Mundwinkel. »Aber irgendwie scheinen sich gerade die Enttäuschungen zu häufen.«

»Aber Viktor ist keine Enttäu-« Yvonne verharrt mitten im Satz. Sie beißt sich auf die Unterlippe, hebt beide Hände. »Sorry, Mia! Ist mir nur so rausgerutscht.«

»Schon gut«, sage ich. »David hat mir getextet, dass er mir heute Abend etwas Wichtiges beichten müsse.«

»Und was?«

»Angeblich die Wahrheit. Was auch immer das bedeuten mag.«

»Die Wahrheit, aha.«

»Ähm, streamst du heute Nacht wieder?«, sage ich, um unauffällig das Thema zu wechseln. Ich will mir nicht länger den Kopf über David zerbrechen. Dabei könnte auch mein Herz Schaden nehmen.

»Nope!«, sagt Yvonne und lacht. »Das muss ich zum Glück nicht mehr.« Sie fährt sich stolz durch ihre blonde Haarmähne. »Zumindest nicht in den nächsten Monaten.« Sie springt vom Stuhl auf und stürmt in ihr Zimmer.

»Äh, Yvonne?«

Keine zwanzig Sekunden später steht sie wieder vor mir am Esstisch. Sie greift in die Taschen ihres Morgenmantels und überreicht mir ein dickes Bündel Geldscheine. »Hier, bitte schön, Mia. Die restlichen Mietschulden. Und für die nächsten Monate.«

»Ähm, okay. Wow, danke«, sage ich überrascht und nehme die Scheine entgegen. »Woher … woher hast du so viel …?«

»Jetzt nicht böse werden, ja, Schatz?«, sagt Yvonne und wippt von einem Bein auf das andere, als müsste sie dringend aufs Klo. »Das Geld hat mir Viktor gegeben.«

»Das habe ich mir schon gedacht«, sage ich und blättere durch die Scheine. »Vielen Dank, Yvonne. Danke, dass du so ehrlich bist.«

»Es ist aber nicht so, wie du vielleicht denkst«, fügt sie schnell hinzu. »Viktor hat mich nicht für irgendetwas bezahlt. Also, für was Sexuelles oder so.« Sie knetet ihre Finger. »Er hat es mir nur geschenkt, um mir etwas über die Runden zu helfen, sagt er.«

»Und das kommt dir nicht komisch vor?«, frage ich. »Ohne irgendeine Gegenleistung?«

»Na ja, Viktor ist Millionär. Für ihn ist das Kleingeld«, sagt Yvonne. »Außerdem macht das doch eine gute Freundschaft aus, oder?«

Ich kann nicht einschätzen, ob sie das ernst meint. »Du kennst Viktor erst seit zwei Tagen«, sage ich, falte das Geldbündel zusammen und stecke es in meine Hosentasche.

»Ja und?«, sagt sie und zuckt mit den Schultern. Wenn ein Gesicht die Form eines Fragezeichens annehmen könnte, würde es sicherlich wie ihres aussehen.

»Schon gut«, sage ich und erhebe mich. Manchmal muss man einfach akzeptieren, dass es Menschen gibt, denen man nicht helfen kann. »Freut mich für dich, Yvonne.«

»Danke, Mia«, sagt sie und wirbelt herum. »Ich guck mir dann jetzt mal ein paar neue *Let's Plays* an.« Sie geht zu ihrer Zimmertür, bleibt im Türrahmen stehen, wirft lachend die Haare in den Nacken. »Man sollte sich schließlich immer weiterbilden in meinem Business.«

Ich rufe ihr ein knappes *Na klar!* hinterher, dann ist sie auch schon in ihrer Gaming-Höhle verschwunden.

Keine zwei Minuten später öffnet sich Philipps Zimmertür. Er taumelt mit T-Shirt und Boxershorts aus seinem verdunkelten Zimmer. Man kann unserem Mitbewohner ansehen, dass die Nacht im Krankenhaus anstrengend war.

»Haben wir dich geweckt?«, frage ich leise und schalte vorsorglich die Espressomaschine an, die mindestens fünfzehn Minuten aufwärmen muss.

Er schüttelt den Kopf, die Augen zu zwei dünnen Strichen gezogen. »*Du* nicht. Guten Morgen.«

»Morgen«, sage ich und ziehe den blauen Holzstuhl hervor. »Kaffee?«

»Wieso muss sie immer so gackern?«, sagt er und lässt sich auf den Stuhl fallen. »Sie ist doch nicht auf dem Bauernhof aufgewachsen, oder?«

Darüber müssen wir beide lachen.

»Musst du heute wieder arbeiten?« Ich öffne den Geschirrschrank und hole meine alte Janosch-Tasse heraus.

»Spätschicht«, murmelt er und legt seinen Kopf auf die Tischplatte.

»Warum bleibst du dann nicht im Bett?«

»Mhm«, grummelt er mit geschlossenen Augen. Wahrscheinlich schläft er jeden Moment wieder ein. Direkt vor mir am Esstisch. Es wäre zumindest kein Wunder, schließlich arbeitet Philipp viel zu viel. Er kann einfach nicht Nein sagen und ist fast jeden Abend in der Charité. Ich weiß nicht, ob aus Nächstenliebe oder falschem Ehrgeiz.

»Und danke noch mal«, sage ich leise. Philipp murmelt etwas. Ich setze mich zu ihm an den Tisch. »Das war wirklich lieb von dir gestern. Als du mich vor Viktor verteidigt hast.« Ich lege die Hand auf seinen Arm. »Das hat mir viel bedeutet. Ich weiß nicht, was ich ohne dich …« Ich lege den Kopf schief. »Philipp?«, flüstere ich.

Ich höre ein leises Schnarchen.

26

Die geballte Faust rast auf mein Gesicht zu. Nur wenige Zentimeter vor meiner Nase kommt sie zum Stehen. Ein leichter Luftzug, ich verliere das Gleichgewicht und schwanke nach hinten. Jemand fängt mich auf.

»Seht ihr, der Schlag zielt direkt aufs Nasenbein. In ungefähr drei, vier Monaten könnt ihr das auch«, sagt die arabischstämmige Trainerin und dreht sich zu den anderen Kursteilnehmerinnen um. »Genauso wirksam sind Kinn, Adamsapfel und Solarplexus. Mia, kommst du bitte noch mal?«

Ich gehe einen Schritt auf die Ausbilderin im weißen Karateanzug zu. Sie greift nach ihrem schwarzen Gürtel und zieht ihn stramm. Markante Gesichtszüge, durchtrainierter Körper. Die dunklen Haare sind zu einem Pferdeschwanz zusammengebunden.

»Aber ihr wollt sicherlich nicht noch Monate warten, bis ihr euch verteidigen könnt, oder?« Sie schmunzelt und greift mit beiden Händen nach meiner Trainingsjacke. Ich spüre ihre spitzen Handknochen durch den Stoff. »Deshalb ist die wirkungsvollste Waffe gegen Männer immer noch …« Ihr Knie schießt überraschend nach oben und verharrt kurz vor meinem Genitalbereich. Ich zucke zusammen. »… ein kräftiger Kick in ihr kostbarstes Gut. Dort sind sie am verletzlichsten. Stellt euch einfach vor, ihr macht den Männern Rühreier.«

Wir lachen.

Die Trainerin lässt von mir ab und nickt mir freundlich zu. »Danke, Mia.«

Die Webseite der Kreuzberger Kampfsportschule, die ich im Internet gefunden habe, hat eindeutig nicht zu viel versprochen. Einen speziellen Selbstverteidigungskurs nur für Frauen, aus einem Best-of aus Karate, Krav Maga und WingTsun. Man kann jederzeit in einen zweiwöchigen Schnupperkurs einsteigen und lernen, sich in Extremsituationen gegen Angreifer zu wehren.

»Vielleicht wirkt der Eierkick für euch nicht überraschend«, sagt sie und stemmt die Arme in die Seiten. »Aber bei uns lernt ihr, den Ablauf zur Routine werden zu lassen. Es ist immer derselbe Bewegungsablauf. Knie hoch und mit aller Wucht zwischen die Beine treten. Nur so kann euer Unterbewusstsein im Ernstfall reagieren und den Tritt abrufen.«

Das leuchtet mir ein. Bei der Schauspielerei ist es ähnlich. Um meinen Texten die nötige Tiefe zu verleihen, muss ich sie vorher auswendig lernen und die Dialoge so lange üben, bis sie mir ins Blut übergegangen sind. Erst dann kann ich mein Schauspiel variieren und die Rolle mit Leben erfüllen.

»Stellt euch bitte in Zweiergruppen zusammen und übt nacheinander den Bewegungsablauf«, sagt die Trainerin. »Das machen wir ungefähr zwanzig Minuten. Und danach lernt ihr eure erste Schlagtechnik.«

Anderthalb Stunden später stehe ich mit den anderen Frauen im hellblau gefliesten Duschraum und seife meinen Körper ein. Ich spüre jeden meiner Muskeln. Es fühlt sich gut an. Das heiße Wasser fließt über meine Haare, über meine Haut. Der Duft der verschiedenen Duschgels vermischt sich zu einem würzig-frischen Potpourri aus Pfirsich, Vanille und Ylang-Ylang. Ich will versuchen, zweimal die Woche zum Trainieren zu kommen. Schon nach der ersten Kursstunde fühle ich mich sicherer, auch wenn das natürlich Quatsch ist. Aber in meinem Kopf habe ich den ersten Schritt gegen meine Angst getan.

Ich trete durch den feinen Wassernebel in die Sammelumkleide und trockne mich ab. Dabei beobachte ich die kurzhaarige russische Studentin aus meinem Kurs. Sie hat ihr Handtuch über die offene Spindtür gelegt und cremt sich den nackten Körper mit Bodylotion ein. Ihre wunderschöne, makellose Haut glänzt wie Porzellan. Ihr Intimbereich ist zu einem kleinen Rechteck rasiert. Ich ertappe mich dabei, dass ich mir in Gedanken ausmale, wie sie Sex hat. Wie sie sich dabei bewegt, ihre Beine und Arme um meinen Körper schlingt und leise stöhnt.

Verschämt blicke ich nach unten, schlüpfe in meine Jeans und ziehe das enge schwarze T-Shirt über den Kopf, stelle mich an den wandbreiten Spiegel und föhne mir die Haare. Augenblicklich verweht der schrill dröhnende Heizlüfter die Fantasien in meinem Kopf. Es irritiert mich. Wahrscheinlich hat mein Körper durch das Training einiges an Dopamin und Endorphin ausgeschüttet.

Ich verlasse das Kampfsportstudio und laufe zur U-Bahnstation. In zwanzig Minuten bin ich mit David verabredet. Vor dem *Speakeasy*. Die Türen des sonnengelben U-Bahn-Waggons öffnen sich. Es zischt. Und es stinkt nach Bremsklötzen, nach verbranntem Gummi und Holzkohle. Noch immer erinnert mich dieser Geruch an unseren Obenstufenausflug nach England, bei dem ich das erste Mal in meinem Leben das eigenartig teerige Aroma der *London Underground* gerochen haben. Damals war ich vor den Augen des Englischlehrers und meiner Klassenkameradinnen in einen nicht enden wollenden Heulkrampf ausgebrochen. Der beißende Geruch hatte die Erinnerung an unseren Autounfall wachgerufen.

An den Unfall, bei dem meine Eltern zu Tode kamen.

Ich klemme meine Sporttasche zwischen die Beine und quetsche mich auf den freien Platz zwischen eine verschleierte Frau mit bunten Einkaufstüten und einen Afrikaner. Aus seinen In-Ear-Kopfhörern dringt rhythmische Musik, er wippt mit dem Kopf. Beide rutschen wortlos zur Seite und machen mir Platz.

Ich ziehe mein Handy aus der Hosentasche und scrolle mich durch meine Foto-App, öffne den alten Bilderordner aus Lindenfels. Der wunderschöne Garten meiner Großeltern, umgeben von dichtem Wald, mit Blick ins Tal. Unsere Scheune, daneben Opas altes BMW-Motorrad. Selfies mit meiner damaligen besten Freundin Kerstin am Felsenmeer. Bikinibilder im Freibad beim Mau-Mau-Spielen. Ich scrolle weiter. Die nächsten Bilder habe ich aus Omas vergilbtem Fotoalbum abfotografiert. Sie sind alle lange vor meiner Geburt entstanden. Ich liebe die pastelligen Farben der Polaroids: das Geburtshaus meiner Mutter in Lindenfels, ein Fachwerkhaus mit ochsenblutroten Balken, die antike Postkutsche oder Großvaters ehemalige Kfz-Werkstatt in der Nibelungenstraße, die er 1987 an ein junges Pärchen aus Salzgitter verkauft hat.

Heimweh steigt in mir auf, ich schließe die App.

Vier Stationen später steige ich aus und gehe die steilen Treppenstufen nach oben. Mich empfangen klare Sommerluft, zwitschernde Schwalben. Ein orangefarbener Sonnenball wandert über die Dächer Berlins.

Ich gehe die Alleestraße zum Bestattungsinstitut hinunter und blicke auf meine Micky-Maus-Uhr. Die Arme zeigen kurz vor acht an. Ich bin überpünktlich. Doch von David ist weit und breit nichts zu sehen. Eine Radfahrerin fährt an mir vorbei, auf dem Gepäckträger einen Kindersitz, auf dem ein Sixpack Weizenbier befestigt ist. Ich blicke ins Schaufenster und betrachte die skurrile Katzen-Staubsauger-Installation. Seit meinem letzten Clubbesuch kann ich Staubsauger nicht mehr mit normalen Augen ansehen.

Kurzerhand entscheide ich mich, die Straßenseite zu wechseln und mich gegenüber in einen dunklen Hauseingang zu stellen. Es soll nicht so aussehen, als würde ich auf David warten. Ich lasse die Sporttasche zu Boden fallen und lehne mich gegen die Mauer.

Was wird er mir wohl beichten? Ich knabbere an meiner Unterlippe und beobachte aus der Ferne die Eingangstür des *Speak easy*.

Ein aufgetakeltes Pärchen taucht vor dem Club auf, sieht sich kurz nach allen Seiten um, dann verschwindet es hinter der Milchglastür. Ein Krankenwagen rast vorbei. Ein Hund bellt.

Ich gehe in die Hocke und setze mich auf meine Tasche, ziehe mein Mobiltelefon aus der Hose. Zwei rauchende Mittvierziger in Lederjacken laufen an mir vorbei, mustern mich. Es riecht nach Gras.

Das Handydisplay zeigt mir an, dass es fünf nach acht ist.

Keine SMS von David, kein Anruf. Zumindest hat er nicht abgesagt. Mein Akku sagt siebenundsechzig Prozent, obwohl ich ihn zu Hause voll aufgeladen hatte. Ich sollte mich wirklich bald um ein neues Handy kümmern. Dank Yvonnes Mietvorschuss kann ich mir sogar ein gutes gebrauchtes leisten.

Ich tippe auf die YouTube-App und klicke mich gelangweilt durch ein paar Lifehack-Videos. Bei *30 praktische Livehacks, die du nicht glauben wirst* bleibe ich hängen und sehe mir an, wie man sich mit einem Lineal und vier Wäscheklammern eine Handyhalterung baut, wie man mit einem Schnürsenkel Kabelbinder öffnen kann oder Konservendosen nur mithilfe eines Löffels. Verrückt.

Ich blicke auf.

Reflexartig drücke ich mich gegen den Mauervorsprung und rutsche tiefer in den Hauseingang hinein. Auf der gegenüberliegenden Straßenseite steht ein Mann, breitbeinig. Vor dem Schaufenster des Bestatters. Schwarze NYC-Basecap, schwarzer Kapuzenpullover. Er trägt dasselbe Outfit wie in der Nationalgalerie, als er mich angesprochen hat.

Viktor blickt auf seine Uhr.

Verdammt noch mal, wieso ist er hier?

Jeden Moment könnte David auftauchen.

27

Vor einem Jahr

Der Schnee knirschte unter seinen Stiefeln. Schon seit einer Stunde beobachtete er Mia und ihr neuestes Internetdate von der anderen Straßenseite aus, während er, geschützt und die Mütze tief ins Gesicht gezogen, hinter einem überquellenden Müllcontainer umherstreunte und fror. Wie sie dort drüben in diesem Café saßen und lachten!

Wahrscheinlich hatte die Bohnenstange einen schlechten Witz gemacht. Und Mia fiel auf ihn herein. Widerlich. Es war immer dasselbe. Verzweiflung legte sich auf seinen Brustkorb, er musste erneut würgen, stützte sich an der Mülltonne ab. Magensäure kroch ihm die Speiseröhre herauf. Was für ein Möchtegern-Punk! Was fand Mia bloß an dem – mit seinem Nasenpiercing, den Tunnelohrringen, den Tattoos und dem Zahnpastalächeln?

Jetzt strich Mister Möchtegern auch noch über Mias Hand! Am liebsten würde er aus seinem Versteck springen und dem Typen den Hals aufschlitzen, von Ohr zu Ohr. Doch er musste sich beruhigen. Noch war nichts passiert. Kein Kuss, kein Sex. Obwohl das immerhin schon das zweite Treffen zwischen den beiden war. Ja, er wusste das.

Schließlich musste er immer wissen, wo Mia war. Er brauchte diese Kontrolle. Denn das verlieh ihm selbst die Kontrolle – über das eigene Leben. Es gab nur wenig, worauf er wirklich stolz sein konnte.

Plötzlich blieb ihm das Herz stehen. Sie verließen das Café.

Standen sich wortlos gegenüber. Fünf Sekunden, sechs, sieben. Er stoppte die Zeit. Fünfzehn Sekunden. Zu lange. Das sagte ihm der Instinkt. Jeden Moment könnten sie …

Verflucht, jetzt küsste er sie! Es schien ihr zu gefallen, ihre Lippen verschmolzen zu einem Stück Fleisch. Er ballte die Hand zur Faust. Warum hatte er dieses Mal so lange gewartet? Nun hatte sich Mia in diesen Typen verknallt, ganz sicher. Das musste er sofort unterbinden. Aus Erfahrung wusste er, dass sie nach dem zweiten Date niemals Männer mit in ihre WG nahm, zum Glück. Also noch genug Zeit, um das Geschwür herauszuschneiden, bevor es weiterwucherte. So wie immer.

Er umklammerte den Elektroschocker in seiner Manteltasche und wartete, bis sie sich mit einer kurzen Umarmung voneinander verabschiedeten. Er hatte recht, die beiden gingen getrennte Wege.

Unauffällig folgte er dem Tattootypen durch die verschneiten Seitenstraßen Berlins, zog sich den Schal über die Nase und beschleunigte seinen Gang. Wenig später setzte sich der Möchtegern an eine Haltestelle und wartete auf die Straßenbahn. Die Lichtreklame einer Online-Partnerbörse beleuchtete das ansonsten menschenleere Wartehäuschen. Er war allein, sehr gut.

Eilig setzte er sich zu ihm auf die Bank. Der Typ war zu blöd, um irgendetwas zu bemerken, glotzte auf sein Handy. Er betrachtete ihn aus den Augenwinkeln. Was fand sie bloß an diesem Spargelpunk, der sich in diesem Moment durch *Tinder* wischte? Reichte ihm Mia nicht? Die albernen Tunnelohrringe waren ihm schon beim ersten Date aufgefallen. Wollte er damit aller Welt zeigen, wie hip er war? Gut, das konnte er haben.

Er drehte sich ruckartig zu ihm um und wartete, bis sein Gegenüber auf sein wortloses Starren reagierte. Er musste nicht lange darauf warten.

»Ist was?«

»Kann man wohl sagen.«

»Häh? Scheiße, was willst du von mir?«, entgegnete der Typ

großspurig. Doch jeder Einfaltspinsel konnte spüren, dass es nur gespielt war. Der Pisser machte sich gleich in die Hose.

»Lass Mia in Ruhe.«

»Was?«

»Du wirst dich nie mehr mit ihr treffen. Dich nie mehr bei ihr melden. Ab sofort ist Mia tot«, sagte er kühl. »Zumindest für dich.«

»Was ... was bist du denn für ein Freak?«

Statt einer Antwort schoss seine Hand nach vorne und klemmte einen kleinen Karabinerhaken in den Tunnelohrring seines Opfers. Mit einem hellen Klicken verankerte er das Ding, an dem eine lange Kette hing.

Sein überraschtes Gegenüber glotzte blöd. »Hey, verflucht, was soll das?«, rief der Tattootyp und griff sich überrascht ans rechte Ohr.

»Wie ist dein Name?«, zischte er und riss an der Kette.

Der Kopf seines Sitznachbarn ruckte zur Seite, er schrie schmerzerfüllt auf.

»Dein verdammter Name?«

»To-or... Torben.«

»Gut, Torben. Lass uns ein Stück gehen, komm!« Er stand auf und schleifte den Tattoomann hinter sich her. Wie einen Bullen, eben nur nicht an der Nase. Die spitzen Schreie hinter ihm erinnerten ihn an seine Kindergartenzeit, an Aylin und ihr dämliches Ohrläppchen.

Wer nicht hören will ...

Wenige Minuten später hatte er Mias neuen Online-Verehrer an die Ampel gezerrt. Jetzt mussten sie nur noch auf den richtigen Moment warten.

»Verdammt! Mach das Scheißding von meinem Ohr!«, schrie Torben und fummelte an dem kleinen Karabiner. Doch immer, wenn er es fast geschafft hatte, das Ding zu öffnen, wurde an der Kette gerissen. Der Schmerz schien sehr unangenehm zu sein. »Was ... was willst du von mir? Arrrh ...Wer bist du?«

»Du bist nicht der Erste, um den ich mir kümmere.«

»Wovon redest du, Mann?«

»Du und ihre ganzen Verehrer, ihr seid nicht gut genug für Mia. Ich muss sie vor euch beschützen«, erklärte er und zog die Mütze tiefer ins Gesicht.

»Bist du ihr beschissener Schutzengel?«

»Wie man es nimmt. Auf jeden Fall brauchst du jetzt einen Engel«, entgegnete er grinsend und riss erneut an der Kette. »Hauptsache, du vergisst mich und meine Botschaft nie.«

Ein Motorengeräusch, Autoreifen auf Schnee. Endlich kamen zwei Fahrzeuge – heute war wohl sein Glückstag –, ein alter VW Golf sowie ein rostiger Lieferwagen mit Plane, polnisches Kennzeichen. Schnell schlug er auf den Ampelknopf, Sekunden später wurde es Rot.

Torben klammerte sich immer noch an sein Ohr und wimmerte. Die Fahrzeuge kamen vor ihnen zu stehen. Das berühmte Ampelmännchen schaltete auf Grün. Torben setzte einen Schritt nach vorne, um die Hauptstraße zu überqueren. Doch er wurde an der Schulter zurückgehalten.

»Hey, wo willst du denn hin?«

»Die … Ampel!?«

»Einen Moment noch.«

»Aber die wird gleich Rot.«

»Eben«, kicherte er, sprang nach vorn und hängte das andere Ende der Kette ebenfalls mit einem Karabinerhaken in einer Öse der Lkw-Plane ein.

Torben verstand sofort, was gleich passieren würde. Doch er reagierte zu spät. Die Ampel sprang um, der Lastwagen fuhr an, beschleunigte. Torben rannte japsend hinterher. Plötzlich geriet er ins Stolpern. Ein jämmerlicher Aufschrei. Dann lag Torben einfach da, wie ein hilfloser Käfer, mitten auf der Straße, und hielt sich das Ohr. Oder was davon übrig geblieben war.

Erst als sich der Schnee hellrot färbte, verschwand Mias Schutzengel in der Dunkelheit.

28

Schockstarre. Ich lasse ihn nicht aus den Augen. Viktor tigert auf und ab, zieht ein Handy aus der Jackentasche. Er scheint auf jemanden zu warten. Was mache ich jetzt bloß? Ich muss David eine Nachricht schicken, ihn warnen, dass mein Stalker vor dem Club steht. Ich ducke mich tiefer in den Hauseingang, öffne die Nachrichten-App und tippe hastig:

David, wo bleibst du? Bin schon da!

Seine Antwort kommt prompt. Als hätte er nur auf ein Lebenszeichen von mir gewartet. *Ich auch. Wo bist du??*

Ich lehne mich nach vorne und blicke vorsichtig die Straße hinunter. Außer einem Fünfzigjährigen mit Vollbart, der einen kleinen, zotteligen Mischlingshund ausführt, ist niemand zu sehen. In meiner Hand vibriert das Mobiltelefon. Eine neue Nachricht.

Bist du an der Bar? Ich sehe dich nicht!?

Verdammt! Daran hatte ich nicht gedacht. David muss schon vor mir gekommen sein und wartet unten auf mich. Wahrscheinlich im Séparée.

Was mache ich denn jetzt? Ich streiche mir eine feuchte Strähne aus der Stirn. Auf keinen Fall gehe ich an Viktor vorbei.

Nein, bin noch oben. Verstecke mich.

Viktor steht vor der Tür. :-(

Kaum habe ich die Nachricht abgeschickt, da dreht sich Viktor in meine Richtung um. Als hätte er meine Gedanken gelesen. Ich springe ruckartig nach hinten und knalle mit dem Hinterkopf gegen die gläserne Eingangstür des Mehrfamilienhauses.

Glücklicherweise scheint er mich nicht bemerkt zu haben. Er blickt die Hauptstraße hinunter und wendet sich wieder dem Schaufenster zu, starrt auf sein Handy.

Ich reibe mir über den brennenden Schädel. Ich brauche ein besseres Versteck. Im Hauseingang kann ich unmöglich bleiben. Hier kann mich Viktor zu leicht entdecken. Noch immer dreht er mir den Rücken zu. Gut. Ich greife nach meiner Sporttasche und rutsche auf meinem Hintern aus dem Schatten, über die Waschbetonplatten bis zu den Treppenstufen, dann sprinte ich los. Renne über den Bürgersteig, zwei Meter, drei Meter, haste durch dichtes Gebüsch und lasse mich hinter zwei Müllcontainern in Deckung fallen. Es stinkt nach fauligen Bioabfällen, die zu lange in der Sonne standen.

Das Telefon vibriert, David hat getextet.

Er wird dir schon nichts tun. Komm einfach runter. Cocktailbar, linke Ecke. Dann reden wir.

Wie bitte? Hat er denn nicht verstanden? Ich kann nicht runtergehen. Nicht, wenn Viktor Engel weiterhin am Eingang steht. Viktor würde mir folgen. Und mich dann zusammen mit David sehen.

Nein, ich darf kein Risiko eingehen.

Möglich, dass Viktor eifersüchtig reagiert. Und vielleicht gewalttätig wird. Keine Ahnung, zu was dieser Stalker alles fähig ist.

Ob er weiß, wie David aussieht?

Zumindest kennt er seinen vollen Namen und den Beruf. Dank Philipp, der mir nur helfen wollte. Viktor braucht nur ein paar Klicks im Internet, um die Webseite sowie Fotos von David Hoffmann zu finden.

Ich will David gerade schreiben, dass wir besser noch warten sollten, bis Viktor weitergeht, da reißt dieser schon die Eingangstür des Bestattungsunternehmens auf und verschwindet im Club.

Die Tür fällt hinter ihm zu. Wie in Zeitlupe. Ich sehe weiterhin Viktors schemenhafte Umrisse vor meinem inneren Auge. Dann löse ich mich aus meiner Lähmung. *Oh nein! Er kommt zu dir runter!!!*

Meine Finger zittern, als ich auf Senden drücke. Mit angehaltenem Atem starre ich auf das Display.

David?

???

Doch David antwortet nicht.

Es vergehen zehn ewig lange Sekunden. Dann Minuten, zwei, vier, sieben, acht.

Endlich eine Nachricht.

David schreibt: *Wo bleibst du, Mia? Willst du denn gar nicht wissen, was ich dir zu sagen habe?*

Ungläubig starre ich auf das Display in meiner Hand.

Ist das sein Ernst?

Wirklich?

Genervt trete ich aus meinem Versteck hinter den Mülltonnen heraus und schultere meine Sporttasche. Es scheint ihn kein Stück zu interessieren, was ich ihm geschrieben habe. Meine Sorgen, was ich fühle. Ein Streifenwagen heult an mir vorbei. Ich sehe ihm nach.

Ich bin wütend.

Verdammt wütend.

Glaubt er tatsächlich, dass er mich auf diese Weise dazu bringt, mich mit ihm zu unterhalten? Wenn er ein Geheimnis daraus macht?

Ich hatte David eigentlich anders eingeschätzt. Aber anscheinend habe ich mich in ihm getäuscht. Er ist kein Stück besser als Viktor. Er ist wie all die anderen Männer, die denken, sie könnten ihre Spielchen mit mir treiben. Wie ich das hasse. Soll er den Abend doch alleine verbringen.

Ich stopfe das Smartphone in meine Jeans und laufe auf die nächste U-Bahn-Station zu.

29

Wie ein warmes Kirschkernkissen legen sich die Sonnenstrahlen über mein Gesicht. Ich reibe mir die Augen und wälze mich zu meinem Handy, das auf dem Nachttisch liegt und auflädt. Das Display leuchtet auf.

Es ist Montagmorgen, erst kurz vor sieben. Doch ich kann nicht mehr einschlafen. Meine Gedanken halten mich wach.

Gähnend rolle ich mich auf den Rücken, starre an die Zimmerdecke. Wieder und wieder lasse ich den gestrigen Abend Revue passieren. Denke an David und die Zeilen, die er mir geschickt hat. Warum hat er sich so seltsam verhalten? Fast so, als wären er und Viktor Komplizen. Aber dafür gibt es keinen Grund. Oder ich verstehe ihn nur nicht.

Ich richte mich im Bett auf.

Wem kann ich überhaupt noch trauen?

In der Küche brummt die Espressomaschine. Philipp ist von seiner Nachtschicht zurück. Ich liebe das satte Geräusch unserer italienischen Siebträgermaschine. Es weckt ein Gefühl von Zuhause. Auch wenn die letzten Tage turbulent waren, ist wenigstens in unserer WG wieder Normalität eingekehrt. Yvonne und ich haben uns ausgesprochen. Und mit Philipp ist auch alles geklärt. Zeit, mich endlich wieder auf meine Schauspielkarriere zu konzentrieren.

Ich schlage die Bettdecke zur Seite und schlüpfe in meinen Kimono, in die Birkenstocks, schlendere zu meinem Schminktisch und rieche an den farbigen Blüten des wunderschönen Dahliensträußes.

»Guten Morgen«, sage ich, als ich die Küche betrete, und setze mich auf die Eckbank.

»Moin«, trällert Philipp und stellt eine dampfende Tasse Kaffee vor mir ab. Er riecht köstlich. Wie schafft er es bloß, morgens immer so gut gelaunt zu sein?

Ich gehöre eher in die Kategorie Morgenmuffel.

»Frühstück?«, fragt er und stellt ein Tablett mit Brötchen, Croissants, Marmelade, Honig, Nougatcreme und Käse vor mir ab. »Die Croissants sind sogar noch warm.«

»Du bist ein Schatz«, sage ich und greife nach dem Hörnchen. »Woher nimmst du bloß diese ganze Energie?« Ich beiße in das knusprige Gebäck, es schmeckt butterzart und saftig.

Philipp schmunzelt. »Na ja, am Ende der Nachtschicht werde ich meistens wieder wach. Aber du solltest mich mal gegen vier sehen.« Er streckt beide Arme nach vorne und taumelt um den Tisch. »Da ist Zombie-Alarm angesagt. Mein absolutes Tief.«

Ich muss lachen. Dabei fällt mein Blick auf die blaue Kühlschranktür. Entsetzt schreie ich lauthals auf. Ich ziehe die Beine an den Oberkörper und umklammere sie mit beiden Armen.

»Was ... was ist los?«, fragt Philipp und sieht mich besorgt an.

»Da – da!«, stotterte ich und deute auf die Lieferdienstkarte, die mit einem Magneten an unserem Kühlschrank befestigt ist. Meine Fröhlichkeit ist auf einen Schlag ausgelöscht.

Philipp folgt meinem Finger und erkennt die fette schwarze Spinne, die bewegungslos auf dem Papier sitzt.

»Spi-nn-ne!«

Er wirkt irritiert. »Das ist nur eine ganz normale Winkelspinne, Mia. Da musst du keine Angst haben. Die ist nicht gefährlich.«

Ich zittere am ganzen Körper.

Er greift hinter sich und nimmt die aktuelle Tageszeitung, die er aus der Charité mitgebracht hat.

»Nein, bitte ... nicht ... töten«, stoße ich hervor.

»Natürlich nicht«, sagt Philipp, reicht mir die Zeitung, öffnet den Oberschrank und zieht ein Glas heraus. Behutsam stülpt er es über die Spinne, löst den Magneten und trägt das langbeinige Monster auf der Lieferdienstkarte zum Fenster. »Könntest du bitte mal öffnen?«

Ich löse mich aus meiner Starre und betätige den Fenstergriff, reiße das Fenster sperrangelweit auf. Warme Luft dringt zu uns herein.

Philipp beugt sich weit nach vorne und hält die Speisekarte über den Innenhof. »Mach's gut, Kleiner«, sagt er und lässt die zappelnde Spinne fallen. Sie wird vom Wind fortgetragen.

Ich muss mich schütteln. Es kitzelt mich am ganzen Körper. »Danke«, sage ich leise, nachdem Philipp das Fenster geschlossen hat.

»Ich wusste gar nicht, dass du so eine Angst vor Spinnen hast«, sagt er und räumt das Glas zurück in den Schrank.

»Ich … ich habe mich nur erschrocken«, entgegne ich. »Es ist alles gut.« Dabei ist es das nicht. Es hat seine Gründe, warum ich so panisch reagiere. Aber ich will jetzt nicht länger über Spinnen reden oder nachdenken.

»Wirklich?«, fragt er.

Ich erkenne an seinem Gesichtsausdruck, dass sich Philipp tatsächlich Sorgen um mich macht. Auf seiner Stirn bilden sich Falten.

»Ja, halb so wild«, sage ich so ruhig wie möglich und deute auf den Korb mit Backwaren. »Und danke für das liebe Frühstück, mit dem du mich viel zu oft verwöhnst.« Ich nehme einen Schluck von meinem Kaffee. »Das wird mich ganz sicher ablenken.«

»Ganz sicher?«, fragt er erneut.

»Geh ruhig schlafen, Philipp. Du bist bestimmt todmüde. Los, los!«, sage ich und verscheuche ihn wie eine Fliege mit der Tageszeitung. »Außerdem ist dieses Ekelding ja jetzt beim Bungee-Jumping.«

Darüber muss er schmunzeln. »Also gut, Frau Richter. Wenn das so ist, dann überlasse ich Sie mal Ihrem Frühstück. Ich wünsche Ihnen noch einen schönen Start in die Woche.« Philipp nimmt einen unsichtbaren Hut vom Kopf und verbeugt sich vor mir. »Dann wird sich der Herr Doktor nun zur Ruhe betten.«

»Tun Sie das, Professor«, sage ich und beiße herzhaft in das warme Croissant.

Er hängt die Lieferdienstkarte zurück an den Kühlschrank und geht zu seiner Zimmertür. »Bis später!«

»Schlaf gut«, rufe ich ihm mit vollem Mund hinterher. Normalerweise bin ich überhaupt keine Frühstückerin. War ich noch nie. Schwarzer Kaffee reicht mir.

Nach dem mit Butter und Marmelade bestrichenen Croissant habe ich Lust auf Herzhaftes. Es ist wie auf dem Jahrmarkt. Nach süß kommt salzig. Oder umgekehrt. Das Brötchen belege ich mit Gouda.

Ich klappe die Tageszeitung auf. Philipp lässt seine Rollläden herunter. Zuerst blättere ich zum Kulturteil und lese einen interessanten Artikel über *Der Garten der Lüste*, eine Aufführung am Deutschen Theater. Die Kritik ist fair geschrieben und schafft Lust, sich das Stück anzusehen. Vielleicht bekomme ich noch Karten für diese Woche.

Dann fällt mir die kleine Zeitungsnotiz darunter auf.

*Berlin. Deutsch-Amerikanische Co-Produktion will das Leben von Caspar David Friedrich inszenieren. Nächstes Frühjahr beginnen die Dreharbeiten auf Rügen. Aktuell werden die deutschen Hauptrollen gecastet, die Produktion sucht noch über fünfzig Kompars*innen (m/w/d). Interessierte Kleindarsteller*innen melden sich bitte direkt bei Redmax-Angelus Filmproduktion GmbH oder auf deren Webseite. Wir werden in den nächsten Wochen weiter berichten.*

Mich überfällt ein Gefühl von Stolz. Es ist der erste offizielle Bericht über unsere Produktion. Zwar habe ich noch keine Zusage für die Hauptrolle, aber dafür bin ich sicher in der Endrunde. Und meine Chancen stehen gut. So gut wie schon lange nicht mehr.

Ich streiche mit der Hand über die Zeitungsseite und beiße in das Käsebrötchen. Feine Krümel schneien auf das Papier.

Irgendwann wird auch mein Name in der Zeitung stehen. Dann wird ihn ganz Berlin, ach was, ganz Deutschland lesen. Und ich kann endlich zeigen, wie gut ich schauspielern kann. Ich trinke einen Schluck Kaffee.

Vielleicht komme ich sogar auf die Titelseite?

Ich klappe die Zeitung zu und träume mich in eine mögliche Zukunft. Wandle neben deutschen Stars über den roten Teppich, gebe zahlreiche Interviews, überall Blitzlichtfeuerwerk, Preisübergaben auf der Berlinale und in Cannes, die ersten Angebote aus Hollywood.

Ich tauche immer tiefer in meine Fantasiewelt ab, während sich meine Lippen zu einem breiten Grinsen verziehen.

Bis mir plötzlich die Schlagzeile auffällt. Im unteren Teil der Titelseite. Ich ziehe das Papier näher an mich heran.

Kreuzberg. Die Polizei beschäftigt ein rätselhaftes Tötungsdelikt am Landwehrkanal. Am späten Sonntagabend wurde die Leiche eines jungen Mannes (28) am Ufer gefunden. Die Mordkommission untersuchte den Tatort, Kriminaltechniker sicherten Spuren. Auch die Staatsanwaltschaft war vor Ort. Nach Aussage der Polizei wurde das Opfer erdrosselt. Die Polizei sucht nach Zeugen.

Mein Atem setzt aus, ich schmecke Magensäure.

Ich lese die furchtbare Headline wieder und wieder.

Berliner Webdesigner tot am Paul-Lincke-Ufer aufgefunden.

ZWEITER AKT

30

Nach zehn Minuten Fußweg bin ich am Paul-Lincke-Ufer angekommen. Die linke Seite des Landwehrkanals wurde großflächig mit Polizeibändern abgesperrt. Noch immer stehen zahlreiche Gaffer auf der Hobrechtbrücke und fotografieren mit ihren Handys. Ich gehe schneller. Vereinzelt parken Polizeiwagen und Einsatzfahrzeuge am Straßenrand, Krankenwagen sind keine zu sehen.

Im Schatten eines hohen Baumes setze ich mich auf eine freie Parkbank. Ich hole die olivgrüne Armeejacke aus der Messengerbag sowie Großvaters analoge Spiegelreflexkamera. Einen Kleinbildfilm habe ich nicht eingelegt. Hauptsache, die Kamera passt zu meinem Outfit, das ich um eine Modebrille mit runden, klaren Fenstergläsern ergänze.

Mit etwas schauspielerischem Geschick glauben mir die zuständigen Polizeibeamten meine Rolle als Reporterin – auch ohne Presseausweis. Doch es ist meine einzige Möglichkeit, mehr über den unbekannten Toten zu erfahren.

Ich muss wissen, ob David das Opfer ist.

Ich öffne die Nachrichten-App auf meinem Handy in der Hoffnung, dass er mir mittlerweile geantwortet hat. Auf meine flehenden Zeilen, die ich ihm sofort schickte, nachdem ich den Zeitungsartikel gelesen hatte.

David! Bitte melde dich bei mir!!!
Mache mir großen Sorgen um dich!
Es gab einen Mordfall am Kanalufer
David???

Doch nichts. Kein Text, kein Emoji. Ich sehe zwar, dass David meine Nachrichten empfangen hat, aber keinerlei Reaktion von ihm.

Ich bete, dass mein Bauchgefühl unrecht hat.

Am Ufer stecken unzählige kleine Schilder in der Erde, als würden gelbe Pilze aus dem Boden sprießen. Einer der Ermittler beugt sich über eine abgesteckte Fläche.

Ich schultere meine Ledertasche, hänge mir die Kamera um den Hals und gehe ebenfalls auf die Absperrung zu. Ich folge dem rot-weißen Band. Ungefähr zwanzig Meter weiter stoße ich auf eine blonde Frau in einer Lederjacke, deren Gesicht von einem riesigen weißen Zoomobjektiv verdeckt wird. Sie fotografiert den Tatort. Ich stelle mich direkt neben sie. Jede Wette ist sie Reporterin. Ihre Kamera löst mehrmals geräuschvoll aus, wie Pistolenschüsse mit Schalldämpfer.

Ich ziehe Kugelschreiber und Block aus meiner Messengerbag und gebe vor, mir Notizen über den Tathergang zu machen.

Um uns herum eilen Polizistinnen und Polizisten über die Wiese, die mit ausgebreiteten Armen die Schaulustigen weiter nach hinten drängen. Uns dagegen lassen sie in Ruhe. Die Reporterin neben mir scheint mich nicht wahrzunehmen, schießt unablässig Fotos. Dann ruft sie etwas zum Kanalufer hinunter.

Ein untersetzter Polizist hebt die Hand und kommt auf uns zugewatschelt. Er sieht aus, als hätte man ihn direkt aus einem *Tatort* aus den Achtzigern hierher katapultiert. Buschiger Oberlippenbart, buschige Augenbrauen. Er kaut Kaugummi. Mehr Klischee geht nicht. »Bis jetzt … noch … nicht«, schnauft der Polizist auf die Frage, die die Fotografin ihm gestellt haben muss.

»Und kann man schon sagen, womit das Opfer erdrosselt wurde?«

»Tut mir leid, Doro«, antwortet der Beamte. »Auch dazu darf ich dir noch nichts sagen.«

»Jetzt komm schon, Detlef«, entgegnet sie lächelnd und stülpt einen Objektivdeckel auf das Tele. »Gib mir ein bisschen mehr.«

Er schüttelt den Kopf.

Ich nutze meine Chance. »Aber Sie können uns doch sicherlich sagen, ob man die Tatwaffe schon gefunden hat?«

Der Polizeibeamte blickt mich zögernd an.

Die Fotografin dreht sich überrascht zu mir um, mustert mich von oben bis unten. Als hätte sie mich erst jetzt bemerkt.

»Ähm, nein«, antwortet er knapp und kratzt sich an der Schläfe.

»Aha«, sage ich und notiere etwas in mein Heft. »Und gibt es schon offizielle Angaben zum Opfer? Kennen Sie den Namen?« Das Herz pocht in meiner Brust. »Wer war der Mann?«

»Wir haben das Opfer identifiziert«, sagt er und dreht sich nach allen Seiten um. Er beugt sich zur Fotografin vor und flüstert: »Er hatte seinen Personalausweis bei sich. So ein junger Webdesigner.«

Mein Herz bleibt stehen. Der Moment der Wahrheit ist gekommen. Bitte, sag nicht *David*. Nicht *David Hoffmann*.

Jetzt dreht sich auch die Reporterin nach allen Seiten um. »Die Info haben wir doch schon lange, Detlef. Ich brauche einen Namen! Gib mir einen Namen, damit ich mehr über das Opfer rausfinden kann.«

»Hieß er vielleicht … *Hoffmann*?«, gehe ich dazwischen.

Die Fotografin sieht mich verwundert an.

»Detlef!«, ruft ein Mann in weißem Overall. »Komm mal!«

Der Beamte legt den Kopf schief und zieht die buschigen Augenbrauen zusammen, starrt mich an. »Tja, da müssen Sie wohl bis zur PK warten.«

»Bedeutet das *Ja*?«, frage ich und kaue nervös auf meinem Stift.

»Detlef!« Die Stimme wird dringlicher. »Jetzt komm schon! Das musst du dir ansehen! Wir haben was gefunden!«

Wortlos dreht sich Schnauzbart um und schlurft zum Kanalufer.

»Du bist neu, was?« Die Fotografin verschränkt die Arme.

Ich nicke und gehe einen Schritt auf sie zu. Ihre Nase und Wangen sind mit zahlreichen Sommersprossen bedeckt. Sie lächelt mich an. Eine breite Zahnlücke zwischen den Frontzähnen.

»Die Pressekonferenz ist für vierzehn Uhr angekündigt«, sagt sie.

»Oh, danke schön«, sage ich und strecke ihr freundlich die Hand hin. »Danke für die Info, echt nett. Ich bin übrigens Mia. Und du bist ...«

Verächtlich betrachtet sie meine ausgestreckte Hand, als hätte ich eine ansteckende Krankheit. Sie schultert ihre Profikamera. »Also, Hoffmann, ja?«, entgegnet sie kühl. »Na dann, besten Dank. Und viel Erfolg noch, Frischling.« Dann geht sie davon.

»Hier bitte schön, dein Latte mit Hafermilch«, sagt Elif und stellt mir den Kaffee auf den Tisch. Ich greife nach dem Glas und trinke einen großen Schluck. Das Koffein tut gut. Das *Mokka Me!* ist gut besucht, jeder Sitzplatz im Schatten ist belegt. Ich lasse meinen Blick über die Tische schweifen, die meisten Gäste kenne ich vom Sehen.

»Danke, Elif«, sage ich und stelle das Glas auf den Tisch.

»Ich hatte dich etwas früher erwartet«, sagt sie.

»Weswegen?«, frage ich überrascht.

»Wolltest du nicht das Kennzeichen fotografieren, damit mein Bruder diesen Taxifahrer überprüfen kann?« Sie deutet auf meine analoge Spiegelreflexkamera, die neben dem Zuckerstreuer liegt. Ihren Blick, die hochgezogenen Augenbrauen kenne ich von meiner Oma, wenn ich vom Einkaufen nach Hause kam und das Mehl vergessen hatte.

»Ach so, nee ...«, sage ich zögernd. »Die hat gar keinen Film drin.« Ich deute auf den freien Stuhl mir gegenüber. »Ähm, hättest du vielleicht eine Sekunde für mich?«

Elif sieht mich besorgt an, dann dreht sie sich zu einer jungen Frau mit Schürze um. »Derya, könntest du bitte mal die Tische übernehmen?«

Ihre Mitarbeiterin hebt die Hand, und Elif setzt sich zu mir. »Also, was ist passiert, Mia?«

»Das Taxi stand nicht mehr da, als ich es fotografieren wollte«, sage ich. »Kein Auto, kein Kennzeichen.«

»*Lanet olsun*!«, flucht Elif leise. »So ein Mist.«

»Aber da ist etwas, das mir viel mehr Sorgen bereitet«, sage ich und streiche über das Objektiv meiner Kamera.

Elif beugt sich zu mir vor, ich spüre ihre volle Aufmerksamkeit.

»Hast du zufällig von der Leiche gehört, die sie gestern Nacht am Ufer des Landwehrkanals gefunden haben? Ein Achtundzwanzigjähriger, der erdrosselt wurde?«

»Na klar«, sagt sie und nickt. »Läuft die ganze Zeit im Radio. Das ist echt beängstigend. Ein Mord, fast vor unserer Haustür.«

»Ich glaube, ich … kenne …« Doch weiter komme ich nicht.

Elif spürt meine Anspannung. Sie legt ihre Hand auf meine.

Der Druck hinter meinen Augen wird stärker. Ich atme tief durch und versuche einen neuen Anlauf. »Es wäre möglich, dass ich das Opfer kenne.«

»Was, wirklich?« Elif streicht über meine Hand. »Aber die Polizei hat doch noch gar keinen Namen veröffentlicht?«

»In der Zeitung steht, dass er Webdesigner war. Und das Alter passt auch«, sage ich und ziehe mein Handy aus der Jeanstasche, öffne die Nachrichten-App. »Ich habe einfach so ein seltsames Gefühl.« Ich zeige ihr unseren Chatverlauf. »Hier, lies mal. Das ist von ihm. Von David. Ich habe ihn am Freitagabend kennengelernt. Seitdem texten wir uns.«

»Darf ich?«

Ich übergebe Elif mein Telefon, sie scrollt sich durch unsere

Zeilen. »Soso, *Lovely* David«, sagt sie schmunzelnd und beißt sich auf die Unterlippe. »Du scheinst wirklich in ihn verknallt zu sein.« Ihr Zeigefinger wischt in sanften Bewegungen über das Glas, sie liest jeden unserer Beiträge bis hin zu den letzten Nachrichten. »Und gestern Abend wart ihr also in diesem Club verabredet.«

»Genau.«

»Doch dann ist Viktor aufgetaucht. Dein Stalker?«

Ich nicke.

»Verstehe. Und nun denkst du, dass …« Sie macht eine kurze Pause, als überlegte sie, ihre Vermutung überhaupt laut auszusprechen. »Dass Viktor ein Mörder ist. Und David erdrosselt hat?«

Ich nicke erneut. Allerdings schwächer. »Ich kann es nicht beweisen. Aber es ist doch seltsam, dass ich David gewarnt habe, als Viktor zu ihm nach unten in den Club kam. Und seitdem antwortet er nicht mehr …«

»Mia«, sagt Elif ruhig und gibt mir das Handy zurück. »Die Funkstille kann viele Gründe haben. Schließlich wollte er dir anscheinend irgendetwas beichten. Vielleicht hat das was damit zu tun.« Aufmunternd lächelt sie mich an. »Da muss nicht gleich ein Mord dahinterstecken.«

»Ähm, ja. Vielleicht hast du recht.« Ich streiche mir eine Strähne aus der Stirn. »Aber sag mal …«, druckse ich herum. »Könntest du eventuell deinen Bruder fragen, wie das Mordopfer heißt? Dann würde es mir gleich besser gehen. Ich kann unmöglich bis zur Pressekonferenz warten.«

»Natürlich, klar. Ich schick Tarik eine SMS«, sagt Elif und zieht ein Smartphone aus ihrer Schürze. »Mach ich gern. Wie ist sein vollständiger Name?«

»David Hoffmann«, sage ich, während ich ihr beim Tippen zusehe. »Mit Doppel-F.«

Ein kurzes Pling bestätigt das Versenden ihrer Nachricht. »Tarik wird sich bestimmt gleich melden«, sagt Elif und legt ihr

Handy auf den Tisch. »Mach dir keine Sorgen, es wird alles gut.«

»Danke, Elif«, sage ich und trinke einen Schluck von meinem Haferlatte. Er ist schon kalt geworden.

»Hast du ihn eigentlich schon angerufen?«

»Wen? David?«, frage ich und lecke mir den Schaum von den Lippen.

»Ja.«

»Hm. Bis jetzt noch nicht.«

»Was? Wieso nicht?«

»Na ja, ich mag es einfach lieber, zu schreiben«, sage ich und stelle das Glas ab. »Am Telefon sagt man manchmal Dinge, die man dann nicht mehr zurücknehmen kann. Doch beim Texten kann ich mir genau überlegen, was ich sagen will. Und im Notfall kann ich die Nachricht noch ändern, bevor ich sie verschicke.« Ich räuspere mich gespielt, kratze mich am Kinn. »Außer man hat zu viel Champagner im Blut.«

»Ihr habt also noch nie miteinander telefoniert?«

»Nee, noch nie«, bestätige ich und lehne mich nach vorne. »Seit ich so bescheuerte Erfahrungen bei den Dating-Apps gemacht habe. Ständig wollen die Jungs mit dir telefonieren, Tag und Nacht. Die wirst du dann nie mehr los.«

»Aber an der Stimme merkt man doch sofort, ob man sich sympathisch ist oder nicht?«, sagt Elif überzeugt. »Also ich persönlich habe lieber gleich jemanden am Ohr. Ich telefoniere total gern.«

Ich starre gedankenverloren auf ihr Handy. Hoffentlich meldet sich ihr Bruder bald.

Elif bemerkt meinen Blick und legt den Kopf schief. »Vielleicht solltest du ihn einfach mal anrufen?«, sagt sie und schiebt mir mein Telefon hin, als wäre es ein Kartenstapel beim Pokern. »Und mit etwas Glück klärt sich alles auf.«

»Meinst du wirklich?«, sage ich.

»Ganz sicher.«

Mein Herz beginnt zu pochen. »Okay, also gut«, sage ich leise und tippe auf die gespeicherte Nummer in meinem Adressbuch: *Lovely David Hoffmann.*

Es tutet.

»Und?«

»Freizeichen«, stammle ich in panischer Erwartung, jeden Moment einen Polizeibeamten am anderen Ende der Leitung zu hören, der mir in knappen Worten mitteilt, dass David umgebracht wurde.

Es tutet noch immer.

Wie das Ticken einer Zeitbombe.

»Das ist doch ein gutes Zeichen, wenn es klingelt«, flüstert Elif und sieht mich erwartungsvoll an.

Ich stimme ihr nickend zu.

Dann springt die Mailbox an.

»Guten Tag«, begrüßt mich eine vertraute Stimme auf Band. »Dies ist der Anschluss von Viktor Engel.«

31

»Wie … wie verdammt ist das nur möglich?«, frage ich fassungslos, als Elif wieder aus dem Innenbereich ihres Cafés zurück ist und uns eine Flasche Wasser sowie zwei Schnapsgläschen Raki auf den Tisch stellt. »Wieso geht Viktors Mailbox ran, wenn ich bei David anrufe?«

Ich gieße uns Mineralwasser ein, meine Finger zittern. Ich nehme einen großen Schluck, doch mein Mund bleibt trocken. Das alles ergibt keinen Sinn.

»Vielleicht hat David eine Weiterleitung eingerichtet?«, sagt Elif und setzt sich an den Tisch. Sie reicht mir den Raki.

»Auf Viktors Handy?«, frage ich skeptisch und erhebe mein Glas. »Warum sollte er das tun? Er kennt ihn doch überhaupt nicht.«

Elif zuckt mit den Schultern, dann stoßen wir an und stürzen den türkischen Anisschnaps hinunter. Er brennt in meinem Rachen.

»Oder Viktor hat dein Handy manipuliert«, sagt Elif und stellt das Schnapsglas vor sich ab. »Wobei, das kann ich mir kaum vorstellen. Der Typ ist ja schließlich kein Hacker, oder?«

»Aber steinreich. Zumindest laut Yvonne«, sage ich. »Er könnte Leute dafür haben.«

Wir blicken uns kurz an und schweigen. Wir ahnen beide, dass das totaler Blödsinn ist und uns sicherlich kein nachvollziehbarer Grund einfallen wird, wieso ich plötzlich auf dem Anrufbeantworter von Viktor Engel gelandet bin. Es ist einfach nur surreal und unheimlich.

»Bei einer Telefonweiterleitung hättet ihr euch allerdings keine Nachrichten schicken können«, sagt Elif plötzlich. »Das geht technisch gar nicht. Du musst also wirklich Viktors Mobilnummer in dein Handy gespeichert haben. Vielleicht, als ihr Nummern getauscht habt.«

»Ähm, nein«, stoße ich hervor. »Warte mal! Es war andersherum.«

»Wie, andersherum?«

»David hat gar nichts eingespeichert im Club«, erinnere ich mich und richte mich kerzengerade auf. »Mein Handy lag nämlich zu Hause. Der Akku war leer. Deshalb habe ich *meine* Kontaktdaten in sein Handy getippt.«

»Du hattest Davids Nummer also gar nicht?«

»Nein. Erst, als er mir die SMS gesendet hat«, erkläre ich und öffne die Nachrichten-App. »Daraufhin habe ich ihn in mein Adressbuch mit *Lovely David* eingespeich–«

»Moment! Und woher wusstest du dann, dass die Nachricht von ihm kam?«, unterbricht Elif mich. »Die hätte doch von jedem sein können?«

»Na ja, weil er ...«, beginne ich, doch verstumme augenblicklich. Elif hat recht. Natürlich. Der Absender war eine anonyme Zahlenreihenfolge. Doch ich war davon ausgegangen, dass es David war – nur David sein *konnte*, weil wir uns nur kurz zuvor im *Speakeasy* kennengelernt hatten.

Wortlos scrolle ich zur allerersten Message, die bei mir eintraf.

Hallo Mia!?

»Damit hat alles angefangen«, sage ich und scrolle weiter nach unten. »Und darauf habe ich geantwortet: *War wirklich ein schöner Abend.*«

»Aha, okay«, sagt Elif nachdenklich und deutet auf den nächsten Satz, der mir gesendet wurde: *Ja, findest du?*

»Ist das nicht eine merkwürdige Antwort, wenn ihr euch eigentlich so gut verstanden habt?«, fragt Elif und spitzt die

Lippen. »Außerdem schreibt er mit keinem Wort, dass er David ist.«

Ich spüre den Ernst in ihrer Stimme.

»Aber Viktor und du, ihr hattet doch auch ein Date, oder?«, sagt sie, beugt sich zu mir vor. »In diesem Edelrestaurant auf der Dachterrasse des Reichstags? Wäre es da nicht möglich, dass *er* dir vielleicht diese Nachrichten …«

Weiter kommt sie nicht.

Ich muss würgen. Bekomme keine Luft.

Mir wird schwindelig, mein Herz rast.

Elif springt von ihrem Stuhl auf und stützt mich mit beiden Händen. »Mia! Atmen! Du musst atmen!«

Ich hebe zitternd die Hände und sage schwach: »Es geht schon. Geht schon wieder.« Ich atme tief aus. Und wieder ein, greife mir an den Hals. »Nur eine kleine Angstattacke.« Der Schweiß steht mir auf der Stirn. Ich wische ihn mit der Serviette trocken. Das T-Shirt klebt mir am Rücken.

Elif reicht mir das Wasserglas. »Hier, Mia. Trink etwas!«

»Danke«, sage ich und lasse das Wasser die Kehle hinablaufen. Mein Körper beginnt sich langsam wieder zu entspannen.

»Geht's wieder?«

Ich nicke. »O Gott, Elif. Du hast recht. Ich … ich habe ihn falsch eingespeichert«, stammle ich und wische mir über die Schläfen. »Weißt du, was das bedeutet?«

Elif sieht mich mit großen Augen an.

»Dass ich die ganze Zeit mit Viktor gechattet habe!«, sage ich und greife nach meinem Handy. »Obwohl ich dachte, es wäre David.« Ich öffne meine Nachrichten-App. »Plötzlich macht jede seiner Zeilen Sinn. Wenn man weiß, dass sie eigentlich von Viktor stammen …« Ich scrolle durch unseren Chat. »Das … das ist echt gruselig.«

»Und total krank. Unfassbar, dass er das Missverständnis nie aufgeklärt hat«, bemerkt Elif angewidert. »Viktor hat seine

Rolle als David einfach weitergespielt und heimlich gelesen, was du denkst und fühlst.«

Ich unterdrücke den erneut aufkommenden Würgereiz, als ich an gestern Abend denken muss. Wie ich mich auf der gegenüberliegenden Straßenseite von Club *Tür Dreizehn* versteckte und dabei das Gefühl hatte, dass Viktor meine Gedanken lesen könnte.

Kein Wunder, Viktor hat meine Gedanken gelesen.

Von Anfang an.

Ich sehe ihn noch immer bildlich vor mir, am Schaufenster des ehemaligen Bestatters, wie er breitbeinig dasteht und auf sein Handy starrt. Und dabei meine Nachrichten liest.

»Viktor hat diesen Treffpunkt ausgemacht«, sage ich. »Und ich hatte mich schon gewundert, warum David unbedingt wieder dahin wollte. Obwohl uns beiden der Ort unangenehm war.« Ich zeige Elif den Chatverlauf, in dem er mir *Tür Dreizehn* vorschlägt.

»Du konntest ja nicht ahnen, dass Viktor dahintersteckt.«

Ich starre auf den bunten Tonaschenbecher, der vor mir auf dem Tisch steht. Am liebsten würde ich jetzt eine rauchen. Doch ich habe das Päckchen, das ich mir im Kiosk gekauft hatte, immer noch in der Schublade meines Schminktischs liegen. Vielleicht auch besser so.

Erneut scrolle ich mich durch den gesamten Chatverlauf der letzten Tage. Augenblicklich stellen sich alle Haare an meinem Körper auf, als mir bewusst wird, dass ich mit Viktor getextet habe. Und mit einem Mal geht mir auf, was seine letzten Chatnachrichten zu bedeuten haben.

ER: *Ich weiß nicht, ob ich kommen kann. Es tut mir leid.*
ICH: *Wieso? Was ist passiert?*
ER: *Es gibt da etwas, das ich dir beichten muss.*
ICH: *WAS musst du mir sagen, David??*
ER: *Die Wahrheit. Über mich.*

Die Wahrheit über mich wiederhole ich in Gedanken und schiebe Elif mein Handy hinüber. »Sieh mal, dieser Satz. Ich glaube, er wollte mir vielleicht gestern Abend sagen, dass er gar nicht David ist.«

Elif blickt nachdenklich auf das Display.

»Oder was denkst du?«, frage ich.

»Nun ja«, sagt sie tonlos und nickt. »Das wäre schon möglich. Sicher hatte er genug von seinem Versteckspiel. Und irgendwann musste er ja wohl oder übel mit der Wahrheit rausrücken. Spätestens, als du dich mit David – dem angeblichen David – verabredet hast.«

»Hm, das ist wahr«, stimme ich ihr murmelnd zu und greife nach dem Zuckerstreuer. Die Sonne blendet mich im glänzenden Edelstahldeckel.

»Mia? … Was denkst du?«

»Eine Sache verstehe ich nicht«, sage ich und streue etwas Zucker auf meine Handfläche. »Wenn es die ganze Zeit Viktor war, mit dem ich geschrieben habe, was ist dann mit David?«

»Mit David? Wie meinst du das? «

»Warum hat er sich nie bei mir gemeldet?«, sage ich enttäuscht und lecke meine Hand ab. »David hat doch meine Nummer. Hätte er mir nur einmal geschrieben, wäre mir die Verwechslung mit Viktor sofort aufgefallen.«

»Vielleicht …«, sagt Elif leise, »… war er da schon … tot?«

Ich schlucke. »Noch ist nicht geklärt, ob David das Opfer vom Landwehrkanal ist«, sage ich unsicher und blicke auf Elifs Handy. Wann meldet sich endlich ihr Bruder?

»Tut mir leid«, sagt sie und bemerkt meinen Blick auf ihr Telefon. »Du hast recht. Wir sollten erst einmal abwarten, was Tarik dazu sagt.«

»Oder Alice«, murmle ich.

»Alice?«

»Meine Casting-Bekanntschaft. Die Schauspielerin, mit der ich im Club verabredet war, wo ich David kennengelernt habe«, erkläre ich. »Sie war die Letzte, die ihn an diesem Abend gesehen hat. Vielleicht weiß sie etwas?«

»Dann solltest du sie gleich anrufen.«

»Wenn ich ihre Nummer hätte.«

»Oh. Okay.«

»Wir haben vergessen, unsere Kontakte auszutauschen.«

»Wie ärgerlich ...«, sagt Elif leise und streicht gedankenverloren über ihr Handy. »Das kenne ich gut. Das Gefühl von Machtlosigkeit.« Sie steckt das Telefon in die Vordertasche ihrer Schürze.

Sie wirkt plötzlich zerbrechlich, fast wehmütig. »Mir ist das Gleiche passiert. Vor vier Jahren, als ich in Südfrankreich war.«

»Südfrankreich?«

»Ich hatte eine wahnsinnig faszinierende Frau kennengelernt, in der letzten Woche meines Sommerurlaubs«, sagt Elif. »Natasha. Wir haben den ganzen Tag in Marseille verbracht, waren zusammen im *Musée des Beaux-Arts* und abends in einer romantischen Bar. Wir verabredeten uns für den nächsten Morgen. Auf der Terrasse der Basilika *Notre-Dame de la Garde*. Doch ich hatte meinen blöden Hotelwecker nicht gehört und verschlafen.« Elif schnauft hörbar. »Es war furchtbar. Ich konnte Natasha einfach nicht erreichen. Da wir aus purer Verliebtheit vergessen hatten, unsere Nummern zu tauschen.«

»Tut mir wirklich sehr leid«, sage ich und lege die Hand auf mein Herz. »Das ist wirklich tragisch.«

»Oder Kismet, Schicksal«, sagt Elif und versucht ein zaghaftes Lächeln. »Denn wäre ich mit Natasha in Frankreich geblieben, würde es dieses Café niemals geben.« Sie breitet die Arme aus und schmunzelt. Über uns gurrt ein Taubenpärchen im Baum. »Zumindest nicht in Kreuzberg.«

Obwohl sie lacht, erkenne ich den Schmerz in ihrer Stimme.

»Und auch nicht den weltbesten veganen New York Cheesecake«, stimme ich in ihre gespielte Fröhlichkeit mit ein. »Was würde ich nur ohne deinen Käsekuchen tun?«

»Oh, möchtest du ein Stück?«, fragt sie und springt von ihrem Stuhl auf. »Was bin ich nur für eine Gastgeberin!«

»Nein, nein, danke«, sage ich lächelnd und erhebe mich ebenfalls. »Das ist wirklich lieb. Aber du hast heute schon genug für mich getan, Elif. Ich werde gleich mal zur Produktionsfirma fahren. Da, wo ich mein Vorsprechen hatte. Ich brauche Klarheit. Vielleicht habe ich Glück, und sie geben mir Alices Handynummer.«

Ich umarme Elif und rufe mir ein Taxi.

32

Er blickt auf das Smartphone in seinen Händen.

Anruf in Abwesenheit. Vor weniger als zehn Minuten hat sein Telefon geklingelt und damit unweigerlich die Lawine ins Rollen gebracht. Er hat es schon geahnt, als der *Walkürenritt* von Richard Wagner in seiner Hosentasche ertönte. Der Lieblingsklingelton auf seinem geheimen Zweithandy. Doch er ist nicht rangegangen. Hat es einfach klingeln lassen. Bis es endlich, endlich verstummte.

Mia Richter. Hat sie ihn also wirklich angerufen. Zum allerersten Mal. Seit ihrem Kennenlernen, seit sie sich täglich Nachrichten schicken. Das kam überraschend. Viktor wäre jede Wette eingegangen, dass sie zu dem Typ Frau gehört, der lieber den Hörer ans Ohr nimmt als chattet.

Oh, da hat er sich kräftig geirrt.

Mit verkrampften Fingern lauschte er dem Crescendo der Posaunen, Trompeten und Hörner. In der stillen Hoffnung, dass Mia noch vor dem lebhaften Fanfaren-Vorspiel wieder auflegt. Denn spätestens dann würde seine Mailbox anspringen.

Doch weit gefehlt. Der Schlachtruf der Blechbläser wurde lauter und schärfer. War Mia so lange in der Leitung geblieben, dass sie seine Mailbox-Ansage hören konnte? Gut möglich. Und er kann es auch nicht überprüfen. Warum hat er die Ansage überhaupt besprochen? Das war höchst unprofessionell, maßregelt er sich.

Jetzt weiß Mia über alles Bescheid.

Dass er nicht dieser bescheuerte David ist.

Verärgert klemmt Viktor Engel das Smartphone in die Sporthalterung seines Armbands, drückt die weißen Kopfhörer tief ins Ohr und rennt los.

Der Schlagzeugbeat seiner *Nu-Metal-Playlist* gibt ihm das Tempo vor. Er zieht sich die Kapuze seines schwarzen Sweatshirts in die Stirn und joggt und schwitzt sich die Wut aus dem Körper. Ziellos irrt er durch den Volkspark Friedrichshain, weiter den Bunkerberg hinauf.

Er muss eine Ausrede finden, eine richtig gute. Und zwar bald. Sie wird ihm niemals verzeihen, wenn er keine einleuchtende Erklärung parat hat, warum er sich nicht von Anfang zu erkennen gab.

Hat er dadurch seine Chancen verspielt?

Nein, nein, nein, wiederholt er im keuchenden Rhythmus seines Atems, das hat er nicht. Ein Viktor Engel gibt nicht auf. Es gibt immer einen Weg. Das ist sein Mantra, seine Lebensphilosophie. *Niemals aufgeben.* Nur so ist er überhaupt so weit gekommen.

Im Leben, im Job und in der Liebe.

Vielleicht sollte er erneut Yvonne um Hilfe bitten. Sie könnte ein gutes Wort für ihn einlegen, so wie die letzten Male. Obwohl er das schleichende Gefühl nicht loswird, dass Mia eventuell Verdacht geschöpft hat.

Eine Frau mit Kinderwagen kreuzt seinen Weg. Fluchend umrundet er das nervige Gespann und reißt die Arme nach oben. Dabei stolpert er fast über den ekligen Mülleimer. Die Mutter schreit ihm auf Arabisch hinterher. Am liebsten hätte er den Kinderwagen umgetreten. Ein deutliches Warnzeichen, dass er sich wieder beruhigen muss.

In diesem Zustand kann er Mias Herz niemals gewinnen.

Never ever.

33

Ich blicke aus dem Seitenfenster. An mir rauschen bunte Häuserfassaden vorbei, blinkende Neonschilder, Parkanlagen, U-Bahn-Stationen. Ähnlich dem Gedankengewitter in meinem Kopf. Ist David noch am Leben? Kann mir Alice sagen, warum er sich nie bei mir gemeldet hat? Warum habe ich nicht früher angerufen? Wieso bin ich nicht sofort zur Polizei gegangen?

Der Wagen hält vor der rund gemauerten Hofeinfahrt, ich reiche dem Fahrer das Geld und steige aus.

In der Luft liegt der aromatische Duft einer Großküche, wahrscheinlich die Kantine. Es riecht nach angebratenen Zwiebeln und brauner Fertigsoße. Ich gehe durch die Halle in den Innenhof. Alle Tische und Stühle des italienischen Restaurants sind belegt, ich komme mitten in der Mittagspause. Die temperamentvollen, stakkatohaften Gesprächswolken der Gäste dröhnen durch den Innenhof.

Der Eingang zur Filmproduktion liegt rechter Hand. Hier hatte vor wenigen Tagen noch eine meterlange Warteschlange bis zur letzten Betonsäule gestanden. Die Glastür quietscht, als ich sie aufziehe. Ich schreite durch den riesigen Vorraum, weit und breit ist niemand zu sehen.

»Hallo?« Meine Stimme hallt wie durch eine Kirche. »Jemand da?«

Zielstrebig gehe ich auf die Tür neben dem Fenster zu und betrete einen schmalen Flur. War ich schon einmal hier? Ich gehe weiter, bis ich vor einer grau gestrichenen Stahltür zu stehen komme. Ein ausgedruckter DIN-A4-Zettel klebt daran: *Redmax-Angelus Filmproduktion GmbH.*

Endlich. Ich klopfe an und öffne die schwere Tür. Erneut ein kahler Flur, lang und breit. Unglaublich, das ist wie ein Labyrinth. Von der Decke baumeln schwarz glänzende Industrielampen. Zu meiner Überraschung höre ich zum ersten Mal Geräusche: Stimmen und Computertastaturen. Ich folge dem Klacken und stehe plötzlich vor einer geöffneten Bürotür. Auf dem Sideboard an der Wand türmen sich stapelweise Papiere, wahrscheinlich Dialogbücher. Darüber hängen Plakate von Filmen, die ich nicht kenne.

»Ähm, Entschuldigung«, sage ich zu der Frau Mitte fünfzig, die hinter einem knallgelben iMac sitzt.

Sie unterbricht ihre Arbeit und sieht mich über ihre flache Computerbrille an. »Ja?«

»Ich war letzte Woche bei Ihrem Casting.«

»*Friedrichs Erlösung*? Oder bei *Rosen auf Asphalt*?«

»Friedrich«, sage ich.

»Name?«

»Mia Richter.«

»Richter wie der Henker?«

»Wie der Maler.«

»Na, passt auch.« Sie dreht sich auf ihrem futuristischen Bürostuhl zu dem deckenhohen Stahlregal um und fährt dabei mit dem Zeigefinger über die verschiedenen Ordner. Ich höre, wie sie dabei das Alphabet murmelt. »O, P, Q … und R wie Richter«, sagt sie und zieht den prall gefüllten Ordner heraus, lässt ihn auf ihren Tisch knallen. Vereinzelt springen Büroklammern über die Tischplatte. »Dann wollen wir mal sehen.«

»Eigentlich bin ich nur hier …«, sage ich zögernd und gehe einen Schritt in ihr Büro hinein, »weil ich beim Casting jemanden kennengelernt habe.«

»Moment, ich hab's gleich.«

»Eine Schauspielkollegin. Als wir draußen in der Warteschlange standen«, erkläre ich. »Sie heißt Alice. Mit feuerroten Locken, kaum zu übersehen. Ihren Nachnamen habe ich leider vergessen.« Ich kratze mich am Hinterkopf. »Irgendwas mit … ach, ja, Wolff. Alice Wolff.«

»Hm, aha«, sagt die Fünfzigjährige knapp und blättert eifrig weiter. »Und was hat das mit mir zu tun?«

»Na ja, ich müsste mich ganz dringend bei ihr melden. Und da dachte ich, vielleicht würden Sie mir freundlicherweise ihre Nummer aus den Bewerbungsunterlagen heraussuchen.«

Die Produktionsassistentin verharrt mitten in der Bewegung, dann dreht sie sich ruckartig zu mir um. »Was?«

»Alices Handynummer?«, frage ich nervös.

»Nee, das geht nicht«, lacht sie und widmet sich wieder ihrem Castingordner. »Schon mal was von Datenschutz gehört? Ich darf doch keiner Wildfremden eine private Telefonnummer rausgeben.«

»Tja, das sieht anscheinend nicht jeder so«, murmle ich leise vor mich hin und denke an die Servicekraft des Edelrestaurants, die Viktor einfach meinen Wohnungsschlüssel mitgegeben hat.

»Haben Sie was gesagt?«

»Ich sagte nur, vielleicht können Sie Alice Wolff einfach kurz anrufen und nachfragen, ob es in Ordnung wäre, wenn Sie mir ihre Nummer geben?«, frage ich laut und höflich.

»Bin ich etwa die Vermittlung?«, sagt sie gereizt und blättert im Ordner vor und zurück. Dann schlägt sie den Aktenordner geräuschvoll zu und schüttelt den Kopf. »Also, Richter gibt's nicht.«

»Ähm, wie bitte?«

»Ist nicht hier drin«, sagt sie lapidar und klopft mit der Faust auf den Stapel Bewerbungen. »Tut mir leid, aber Sie sind als Schauspielerin nicht bei uns geführt.«

»Aber … Moment, das kann nicht sein.« Ich sehe mich in dem Büro um, als würde es hier irgendwo einen Beweis meiner Existenz geben. »Mia Richter. Ich habe am Freitag für die Rolle vorgesprochen. Hier, in diesem Gebäude.«

»Unmöglich«, entgegnet die Assistentin und lehnt sich mit hochgezogenen Augenbrauen gegen die Lehne ihres Bürostuhls. »Wären Sie wirklich beim Vorsprechen dabei gewesen«, sie deutet auf den Castingordner, »dann wären Sie auch hier drin.«

»Aber ich habe für die Hauptrolle vorgesprochen, für die Rolle von Julia Stoye«, protestiere ich. Es fühlt sich an, als wäre ich mitten in einem surrealen Albtraum gelandet. »Jetzt am Freitag«, sage ich erneut, in der irrwitzigen Hoffnung, mein Name könnte dadurch in den Unterlagen auftauchen. »Sehen Sie doch bitte noch einmal nach. Der Name der Dame, die unser Vorsprechen geleitet hat, war … ähm …« Ich beiße mir auf die Unterlippe, doch ich kann mich beim besten Willen nicht mehr an ihren Namen erinnern. »Frau … Rehbein?«

Die Fünfzigjährige starrt mich über ihren Brillenrand hinweg an. Auf ihrer Stirn bilden sich tiefe Falten. »Sie meinen … Hirschfeld?«

»Ja«, sage ich erleichtert. »Ganz genau, Frau Hirschfeld.«

Wortlos greift die Assistentin zum Hörer ihres Festnetztelefons. »Ja, hallo, Simone. Ich bin's, Tanja«, spricht sie mit vorgehalter Hand in den Hörer. »Sag mal, ich suche eine Mia Richter in unserem Ordner. War die zufällig am Freitag bei euch?« Sie schaukelt in ihrem Bürostuhl. »Aha, mhm«, sagt sie und dreht mir den Rücken zu. »Okay. Ja, ja, das erklärt natürlich alles.« Sie lacht laut auf, es wirkt künstlich. »Nee, schon klar. Nein, nein, mir hat keiner was gesagt. Natürlich nicht, wie immer. Das ist so typisch.«

Die Fünfzigjährige nickt eifrig mit dem Kopf, dann gackert sie weiter. »Sie ist nämlich gerade hier. Steht direkt vor mir.« Kurze Pause. »Ja, ja, in meinem Büro.« Sie dreht sich wieder zu mir um und zieht skeptisch die Augenbrauen nach oben. »Verstehe. Natürlich, in Ordnung. Vielen Dank, Simone. Bis später!« Sie legt den Hörer auf und mustert mich.

»Und?«, frage ich, als die Assistentin keinerlei Anstalten

macht, mir die Situation zu erklären. »Konnten Sie etwas in Erfahrung bringen?«

Sie schüttelt den Kopf. »Nein, tut mir leid, Frau Richter. Darüber darf ich nicht sprechen«, sagt sie, fast mitleidig. »Zumindest *noch* nicht.« Dann beginnt sie plötzlich zu lächeln und zieht mit den Fingern einen imaginären Reißverschluss an ihrem Mund zu.

»Und was ... was soll das bedeuten?«

Sie legt den Kopf schief und grinst. »Nun ja. Es gibt einen guten Grund, warum Ihre Casting-Unterlagen nicht mehr bei uns liegen, Frau Richter.«

Ich schlucke.

»Sondern im Büro des Produzenten«, flüstert sie. »Verstehen Sie?«

Nein, ich verstehe nicht. Will sie etwa damit andeuten, dass ich ...?

Pfeifend greift die Assistentin nach dem zentnerschweren Ordner und sortiert ihn zurück ins Regal. »Es wird sich sicherlich bald jemand von der Produktion bei Ihnen melden.«

Ich glaube, ich werde jeden Moment ohnmächtig. »Mhm, ja. Vielen Dank, danke«, sage ich leise und halte mich am Türrahmen fest.

»Schließen Sie bitte die Tür, wenn Sie gehen«, sagt sie und zwinkert mir zu. »Und stellen Sie schon mal Champagner kalt.«

34

Im Innenhof lehne ich mich gegen eine Betonsäule und schnappe nach Luft. Wenn ich das eben richtig verstanden habe, dann werde ich die Hauptrolle bekommen. Ich kann es nicht fassen, die Hauptrolle!

Ich blicke mich um und sehe in die Gesichter der Restaurantgäste. Es fühlt sich alles unwirklich an. Am liebsten würde ich in die Luft springen und laut jubeln. Doch besser nichts überstürzen und den Tag nicht vor dem Abend loben, wie Großvater immer sagte. Trotzdem ist es ein einmaliges, befreiendes Gefühl. Und das sollte ich für einen kurzen Moment genießen. Schließlich habe ich jahrelang darauf gewartet. Oma wird stolz auf mich sein.

Ich entdecke einen freien Tisch in der Nähe und nehme Platz. Vielleicht bestelle ich mir sogar einen Sekt. Die Nachricht sollte gefeiert werden. Wenn auch vorerst nur mit mir alleine, da ich mit keinem darüber reden darf. Das bringt Unglück. Da bin ich abergläubisch.

Der italienische Kellner kommt an meinen Tisch, und ich bestelle einen Apérol Spritz. Den unverschämt teuren Champagner auf der Getränkekarte hebe ich mir besser für die Vertragsunterschrift auf.

Ich lehne mich zurück und betrachte die Menschen, die um mich herum speisen und trinken. Mittelalte Männer in Anzügen, junge Frauen in Kostümchen. Vereinzelt auch Kapuzenpullis, schwarze T-Shirts und weiße Turnschuhe. Die Kreativbranche. Alle schön uniform in ihrer Welt. Ich frage mich, wie viele von ihnen mich bald im Kino sehen werden. Und ob sich jemand daran erinnert, wie ich mutterseelenalleine an diesem Tisch gesessen und auf meinen Erfolg angestoßen habe.

Mauersegler kreisen zwitschernd über uns.

»Hej!«, haucht plötzlich eine Stimme ganz dicht neben mir.

Ich drehe mich erschrocken um und blicke in das fein geschnittene Gesicht des dänischen Schauspielers, mit dem ich am Freitag meine Castingszene gespielt hatte. »Oh, ähm, hallo«, sage ich und blicke an ihm herab. Heute trägt er keine Jogginghose, sondern eine dunkelblaue Stoffhose und darüber ein luftiges weißes Hemd. »Mads, richtig? Mads … Larsen?«

»Du hast dir meinen Namen gemerkt?«, sagt er mit leicht dänischem Akzent und streicht sich über den Oberlippenbart. »Nicht schlecht.«

»Du bist ein Freund von Alice«, sage ich.

»Oh, Alice. Ja, richtig«, sagt er.

»Ich bin Mia.«

»Ich weiß«, sagt er grinsend. Wir geben uns die Hand. »Mia Richter. Du hast die Rolle der Julia Stoye bekommen. Glückwunsch, Kollegin.«

»Woher … woher weißt du das?«, flüstere ich überrascht und drehe mich nach allen Seiten um.

»Der Produzent hat es mir gesagt.«

»Wie bitte? Aber das ist doch noch gar nicht offiziell.«

»Keine Sorge, von mir erfährt niemand etwas«, sagt er und deutet auf den freien Stuhl. »Darf ich?«

Ich nicke.

Mads setzt sich mir gegenüber.

»Und Alice?«, frage ich nervös. »Weiß sie es schon?«

»Ja, sie weiß es.« Er beugt sich zu mir vor. »Aber nur, dass die Hauptrolle schon an jemand anderen vergeben wurde.« Er kratzt sich am Kinn. »Sie war ziemlich deprimiert deswegen. Alice hatte sich ziemlich große Hoffnungen gemacht, verstehst du?«

»Das … das tut mir leid«, sage ich leise.

»Muss es nicht«, entgegnet Mads. »So ist das Business. Aber du solltest ihr vielleicht nur nicht gleich sagen, dass *du* ihre Traumrolle ergattert hast. Keine Ahnung, wie sie darauf reagiert.«

»Ja«, entgegne ich. »Natürlich.« Obwohl das die Sache nicht leichter macht. Wie kann ich ihr jetzt noch entspannt gegenübertreten und sie über David ausfragen? Was, wenn sie sich bei mir nach der Hauptrolle erkundigt?

»*Prego*, einen Apérol Spritz.« Der Kellner stellt den Aperitif vor mir ab. Die Eiswürfel klirren gegen das hauchdünne Glas.

»Vielen Dank«, sage ich und widme mich wieder Mads, der sich gedankenverloren einen Flusen vom Hemd wischt. Ich muss leider das Risiko eingehen, Alice zu enttäuschen. Schließlich will ich wissen, was nach dem Abend im Club mit David passiert ist. »Ähm, Mads, ich würde mich gern bei Alice melden. Hast du zufällig ihre Handynummer?«

»Klar, sicher«, sagt er und diktiert mir ihre Nummer.

»*Tak*!«, sage ich. Es ist das einzige dänische Wort außer *Farvel*, das ich kenne.

Er steht vom Stuhl auf und reicht mir die Hand. »Es war schön, dass wir uns getroffen haben.« Er lächelt verschmitzt, leicht verschwörerisch. »Also dann. Wir sehen uns bei den Proben, Mia.«

»Ja, das hoffe ich«, sage ich und erhebe die Hand. »*Farvel*!«

»*Farvel*«, verabschiedet auch er sich und verschwindet im blütenweiß gedeckten Tischemeer.

Aus einer Mischung aus Aufregung und Zufriedenheit greife ich nach meinem Glas und stoße auf mich an – auf meine erste Hauptrolle. Nie hat mir Apérol Spritz besser geschmeckt.

Ich wähle Alices Nummer, es tutet.

»Ja, hallo?«

»Alice?«

»Wer ist da, bitte?«

»Hier ist Mia.«

»Entschuldigung. Wer?«

»Mia, Mia Richter«, sage ich erneut. Diesmal mit mehr Nachdruck. »Der Club, das *Speakeasy*? Wir waren am Freitagabend zusammen in *Tür Dreizehn*?«

»Ach, Gott. Du?«, ruft sie aus. Endlich scheint sie mich erkannt zu haben. »Das ist allerdings eine Überraschung. Wie komme ich zu der Ehre? Woher hast du meine Privatnummer?«

»Die … die habe ich von Mads Larsen«, sage ich zögernd in der Hoffnung, dass sie mich nicht sofort auf das Casting anspricht. Zumindest nicht, bevor ich sie nach David fragen konnte.

»Aha, von Mads. Verstehe«, sagt sie und wirkt plötzlich kühl und distanziert. Ich höre ein Feuerzeug zünden. »Und wir dachten schon, du wolltest keinen Kontakt mehr zu uns.«

»Was? Wieso?«, sage ich irritiert. Am Nachbartisch lacht jemand laut auf. »Wie … wie kommst du darauf?«

Alice zieht lautstark an einer Zigarette. »Es wäre fairer gewesen, wenn du den Mut gehabt hättest, es uns einfach direkt ins Gesicht zu sagen. Dass du dich lieber auf deine Schauspielkarriere konzentrierst, als dich mit uns zu treffen. Glaub mir, David war deswegen echt niedergeschlagen. Das war eine Scheißaktion, Mia.«

»Wie bitte? Von was redest du da?«

Sie stößt genervt Rauch aus. »Na ja, welchen Grund solltest du sonst haben, ihm eine falsche Handynummer zu geben?«

35

Wir sitzen in Liegestühlen vor der Museumsinsel, im Schatten eines großen Baumes. In der Hand ein eiskaltes Bier, im Hintergrund spielt ein Straßenmusiker kubanische Songs auf einer E-Gitarre. Um uns herum hängen Menschen auf bunten Decken rum oder ebenfalls in Liegestühlen, machen Selfies oder telefonieren. Vor uns am Wasser wartet eine Touristenschlange auf den Einlass für die Spreefahrt. Es geht ein kühler Wind. Die Mittagssonne spiegelt sich in den kleinen Glasscheiben des Museumsgebäudes vor uns.

»Kommst du oft hierher?«, fragt Alice und öffnet die oberen Knöpfe ihrer Bluse. »Das ist ja voll mit Touristen.«

Ich nippe an meinem Bier. »Gelegentlich. Ich mag die Stimmung.«

Alice streift ihre Stilettos ab, dreht sich zu mir und mustert mich. »Lass mich raten. Wahrscheinlich schlenderst du auch gern mal Unter den Linden entlang zum Brandenburger Tor, was?«

»Ja, manchmal«, sage ich und stelle das Bier neben mir im Gras ab. »Es erinnert mich an die Zeit, als ich nach Berlin gezogen bin. Als alles noch so neu und groß für mich war.«

»Hm.«

»Ich komme aus einem sehr kleinen Dorf im Odenwald«, sage ich und muss schmunzeln. »In Lindenfels kennt man solche Dimensionen nur aus dem Fernsehen«.

»Verstehe.«

»In den ersten Wochen war ich oft hier. An der Spreeinsel

und in Mitte. Habe mir jede Sehenswürdigkeit angesehen. Doch seltsamerweise fühlte ich mich dabei nicht wie eine Touristin, sondern wie eine echte Berlinerin, die in Kreuzberg lebt.« Wir lachen. »Was natürlich absoluter Quatsch war.«

Alice nippt an ihrer Flasche, wird wieder ernst. »Ich bin nur froh, dass du dich gemeldet hast. War eine gute Idee, Mads nach mir zu fragen.« Sie wischt sich über den Mund. »Das mit der falschen Telefonnummer konnte ja keiner ahnen.«

Als wir uns am Eingang der U-Bahn-Station trafen, haben wir als Erstes meine Handynummer in Alices Kontakt-App überprüft. Sie hatte meine Nummer von David bekommen. Noch am selben Abend im Séparée.

Schnell stellten wir fest, dass sie falsch war. Nicht komplett falsch, ich hatte lediglich die letzten beiden Zahlen miteinander vertauscht, 89 statt 98. Schuld daran waren sicherlich meine schüchterne Verliebtheit und zu viel Champagner. Sogar meinen Nachnamen hatte ich fehlerhaft in seinem Mobiltelefon eingetragen: Mia *Rochter*.

Kein Wunder, dass David mich nie erreichen konnte.

Genauso wenig wie Alice.

»Sag mal, wann hast du eigentlich das letzte Mal mit ihm gesprochen?«, frage ich so beiläufig wie möglich, damit sie die aufkommende Sorge in meiner Stimme nicht erkennt. Ich habe ihr noch nichts von dem unbekannten Mordopfer am Landwehrkanal erzählt.

»Ich glaube, Samstagabend.« Sie streicht sich eine rote Locke von der Wange. »Wir haben telefoniert. David wollte wissen, ob ich etwas von dir gehört hätte, weil er dich nicht erreichen konnte. David ist echt krass in dich verknallt.«

Und ich in ihn, denke ich.

»Und danach gar nicht mehr?«, frage ich nervös, greife neben mich ins Gras. Meine Finger streifen über die Halme und suchen die Bierflasche.

»Doch, doch, heute erst«, entgegnet sie achselzuckend. »Vor

ungefähr einer Stunde, da habe ich David angerufen. Kurz nachdem du nach ihm gefragt hast.«

»Was?« Mein Herz setzt aus. »Du hast mit ihm gesprochen?«

Hinter uns fährt die S-Bahn über die Brücke. Die Waggons krümmen sich in die Kurven, quietschendes Metall auf Metall. Alice wartet den Lärm ab, lehnt sich in ihren Liegestuhl zurück und kramt eine Schachtel französische Zigaretten aus der Handtasche. Sie blickt in den wolkenlosen Himmel und zündet sich eine an.

»Und was hat er gesagt?«, frage ich.

Sie stößt Rauch aus. »War nur seine Mailbox dran.«

»Nur die Mailbox?«, wiederhole ich und umklammere die scharfkantige Plastiklehne. Meine Fingerknöchel werden weiß. »Wie meinst du das? Ging sie sofort an oder hattest du vorher ein Freizeichen?«

»Wieso ist das so wichtig?« Sie dreht den Kopf zu mir.

»Alice«, sage ich flehend. »Hattest du ein Freizeichen?«

Sie blickt mich überrascht an. »Nein, es ging gleich die Mailbox …«

»Verdammt. Du musst ihn anrufen!«, flehe ich. »Jetzt sofort! Bitte!«

Sie nickt, öffnet ihre Handtasche und zieht das Mobiltelefon heraus. »Vielleicht hat er keinen Empfang.« Die Zigarette baumelt zwischen ihren Lippen. »Mia, was ist denn überhaupt los?«

Und dann erzähle ich ihr alles. Alles über den vermeintlichen Chat mit David, hinter dem eigentlich Viktor stand. Und über den Zeitungsartikel. Den Mord an einem achtundzwanzigjährigen Berliner Webdesigner, der Sonntagabend erdrosselt am Paul-Lincke-Ufer gefunden wurde. Und über meine Angst, dass es sich bei dem Opfer um David handeln könnte.

Alice schüttelt besorgt den Kopf. »Immer noch Mailbox.«

Ich fasse mir an den Hals.

»Das muss nichts bedeuten«, flüstert sie, immer noch das Telefon am Ohr, und nimmt einen tiefen Zug. Dann spricht sie lauter in den Hörer. »Ja, hallo, David. Hier ist Alice. Könntest du mich bitte mal zurückrufen, wenn du das hier abhörst? Mia und ich machen uns große Sorgen. Danke, tschüss!«

Wir lehnen uns in unsere Liegestühle zurück und schweigen.

Vor uns rauschen Schwärme von E-Scootern am Spreeufer entlang. In weiter Ferne schreit ein Baby. Die Sonne spiegelt sich schillernd auf der Wasseroberfläche. Ein Saxofonspieler interpretiert hinter seinem aufgeklappten Koffer berühmte Filmmusiken. Es könnte gut klingen, würden seine Stücke nicht mit der E-Gitarre des kubanischen Straßenmusikers, nur wenige Meter neben ihm, zu einem surrealen Freejazz-Brei verschmelzen. Feiner, würziger Zigarettenduft zieht an meiner Nase vorbei.

Mein Telefon klingelt in der Hose.

»Wer ruft dich an?«, fragt Alice.

»Weiß nicht«, antworte ich und blicke auf das Display in meiner Hand. Eine unbekannte Handynummer. »Anonym.«

»Vielleicht … dieser Viktor Engel?«, sagt sie stockend.

»Oder David?«

»Mit was fängt die Nummer denn an?«

»Null eins fünf eins …«, sage ich.

»Dann ist es nicht David.« Sie schüttelt energisch den Kopf. »Der hat null hundertsechzig. Geh besser nicht ran.«

Ich nicke und stelle das Telefon auf stumm. Soll der Anrufer doch auf die Mailbox sprechen. Ich habe genug von anonymen Kontaktversuchen. Wenn es wichtig ist, kann ich ja zurückrufen.

»Wobei … Hast du nicht gesagt, dass du Viktor Engel unter Davids Namen abgespeichert hast?«, fragt sie und drückt ihre Kippe auf dem Erdboden aus. »Dann kann es also auch nicht Viktor sein.«

»Stimmt«, sage ich und warte auf die Mitteilung, dass mir jemand auf die Mailbox gesprochen hat. »Ich sollte das besser gleich ändern.«

Ich öffne das Adressbuch meines Handys und lösche Davids

Vor- und Nachnamen. Es fühlt sich mies an. Dann trage ich über die Telefonnummer *Viktor Engel* ein.

Ich habe soeben das Opfer durch seinen Mörder ersetzt.

Verdammt, Mia, hör auf, so etwas zu denken!

Das Telefon vibriert, während sich von oben eine Benachrichtigung hereinschiebt. Jemand hat tatsächlich auf meine Mailbox gesprochen. Ich schließe das Adressbuch und höre mir die anonyme Sprachnachricht an.

»Hallo, Frau Richter«, sagt eine angenehm tiefe Männerstimme. »Mein Name ist Tarik Ünal. Ich habe Ihre Nummer von meiner Schwester Elif bekommen. Sie hat mich gebeten, sich bei Ihnen zu melden.« Er räuspert sich. »Ich arbeite als Kriminalkommissar bei der Berliner Polizei. Elif hat mir berichtet, dass Sie heute Morgen nach dem Namen des Mordopfers vom Paul-Lincke-Ufer gefragt haben. Ist das richtig?« Im Hintergrund der Aufnahme heult eine Polizeisirene. Tarik Ünal spricht lauter. »Darüber hinaus hat sie mir gesagt, dass Sie das Gefühl hätten, von einem Stalker verfolgt zu werden. Auch darüber würde ich mich gern mit Ihnen unterhalten. Rufen Sie mich doch bitte zurück.« Dann nennt Tarik Ünal seine Telefonnummer und verabschiedet sich.

»Und?«, fragt Alice neben mir.

»Polizei.«

»Kripo?«

Ich nicke.

»Die Leiche?«, fragt sie und richtet sich auf, stellt die Beine aufs Gras. Ihre Stimme bricht. »Hat er was gesagt? Ist es … David?«

Ich schüttle den Kopf. »Der Kommissar will mit mir über Viktor Engel reden. Elif scheint ihm von meinem Stalker erzählt zu haben.«

»Das sind doch gute Nachrichten«, sagt Alice erleichtert. »Wenn die Polizei mit im Spiel ist, dann bist du vorläufig in Sicherheit.«

Das Aussichtsboot legt vom Steg ab.

»Ja, mal sehen«, sage ich leise. Ich bin mir da nicht so sicher. In den meisten *True-Crime*-Geschichten, die ich kenne, muss den Stalking-Opfern erst was Lebensgefährliches passieren, bevor die Polizei etwas unternimmt. »Du sagst mir doch Bescheid, wenn sich David bei dir meldet?«

»Na klar«, sagt sie.

Ein Obdachloser taucht neben uns auf und fragt nach Geld. Ohne aufzublicken, schüttelt Alice den Kopf. Ich reiche ihm zwei Euro und siebzehn Cent. Die einzigen Münzen, die ich in meiner Jeans finde. Er bedankt sich mit einem zahnlosen Lächeln und versucht sein Glück bei den nächsten Liegestühlen. Ich sehe ihm minutenlang nach, wie er durch das Schattenlabyrinth der Baumreihen wankt, sich von Stuhl zu Stuhl bittet. Doch niemand will ihm etwas geben.

»Hast du eigentlich schon was vom Casting gehört?«, fragt Alice in die nachdenkliche Stille hinein. »Ich habe gehört, die Hauptrolle wurde schon vergeben.«

»Echt, wirklich?«, entgegne ich gespielt überrascht und zögere. »Das … wusste ich nicht.« Ich blicke demonstrativ auf meine Uhr. Ich sollte besser gehen, bevor sie tiefer in das Thema einsteigt. »Ähm, weiß man denn schon, wer die Rolle bekommen hat?«

»Nee, da ist noch nichts offiziell«, raunzt sie. »Wahrscheinlich eine, die mit dem Produzenten ins Bett steigt.«

Ich winde mich aus dem Liegestuhl und schultere meine Tasche. »Also, das glaube ich kaum«, sage ich und stecke mir eine Haarsträhne hinter das Ohr. »Diese Zeiten sind doch zum Glück vorbei, oder?« Ich räuspere mich. »Ähm, es ist schon spät, ich muss dann mal los.«

Sie steht ebenfalls auf. »Wir sollten uns öfter treffen, Mia.«

»Definitiv«, sage ich und umarme sie zum Abschied. Ihr Parfum riecht sehr elegant. Für meinen Geschmack nur ein wenig zu schwer für nachmittags. »Danke, Alice.«

»Melde dich!«, ruft sie mir hinterher und lacht. »Jetzt haben wir ja die richtigen Nummern!«

Ich gehe an den fremdsprachigen Touristen vorbei über die Brücke, hinüber auf die Museumsinsel und drehe mich zu Alice um, um ihr zu winken. Doch die Menschenmenge hat sie längst verschluckt.

Der Weg führt mich durch den Kolonnadenhof, rechter Hand erhebt sich die Alte Nationalgalerie hinter einer Parkanlage. Jeder Schritt knirscht unter meinen Füßen. Ich steuere auf die alten Säulen zu und setze mich im Schneidersitz auf den Steinboden, den Berliner Dom in meinem Rücken. Hier im Schatten, mit Blick auf das tempelartige Museumsgebäude, habe ich die nötige Ruhe, um Elifs Bruder zurückzurufen.

»Kriminalhauptkommissar Tarik Ünal am Apparat«, meldet sich sogleich die sonore Stimme, die ich von meiner Mailbox kenne.

»Ähm, ja. Hallo«, sage ich. »Hier spricht Mia Richter. Die Bekannte Ihrer Schwester. Sie hatten mich angerufen.«

»Ah, Frau Richter. Danke für Ihren schnellen Rückruf. Ja, Elif hat mir schon einiges erzählt«, sagt er. »Ich hätte da ein paar Fragen.«

»Ich auch«, rutscht es mir über die Lippen.

»Die Identität des Mordopfers«, sagt er unbeirrt. »Wie kommen Sie darauf, dass es sich dabei um David Hoffmann handelt? Sie haben meine Schwester gebeten, mich danach zu fragen.«

»Nun ja, es war nur eine Vermutung, weil …«, beginne ich zögernd. Und dann wiederhole ich, was ich zuvor Alice erzählt habe: das Kennenlernen im Club, das erste Date mit Viktor, der verloren geglaubte Wohnungsschlüssel, die mysteriöse Taxifahrt, mein gestohlenes Rennrad und das ständige Gefühl, verfolgt zu werden. Ich beende meinen Bericht mit Viktors Nachrichtenchat, bei dem er mich in dem Glauben ließ, er wäre David.

Ich fürchte, dass Tarik Ünal jeden Moment loslachen wird.

Auch in meinen Ohren klingt das plötzlich total verrückt und panisch. Was reimst du dir da bloß zusammen, Mia?

Doch Tarik Ünal hört mir aufmerksam zu. »Hm, verstehe«, sagt er schließlich nachdenklich. »Sie sagen also, dass sich Herr Engel in Ihrem Chat als David Hoffmann ausgab?«

»Seit Freitagabend.«

Ich höre ihn durchatmen. Es klingt so schwer, als hätte er Gewichte gehoben. »Wenn ich ehrlich bin, Frau Richter, gefällt mir das nicht«, sagt Tarik Ünal. »Ganz und gar nicht.«

»Wieso?«

»Wir haben am Tatort einen Hinweis gefunden, der nun in einem ganz anderen Licht betrachtet werden muss«, sagt er ernst. Sein Bürostuhl quietscht. »Hören Sie, ich darf nicht darüber sprechen, aber Sie sollten sich in den nächsten Tagen von Viktor Engel fernhalten.«

»Was?«, sage ich irritiert. »Wie meinen Sie das?«

»Keine Sorge, Frau Richter. Ich werde diesem Viktor Engel heute noch einen Besuch abstatten und sein Alibi überprüfen«, sagt Tarik Ünal. »Ich nehme ihn genauestens unter die Lupe, glauben Sie mir.«

Ich spüre, dass mich seine Worte beruhigen sollen. Doch das Gegenteil ist der Fall. »Was hat die Spurensicherung gefunden?«, frage ich mit zitternder Stimme. »Was war das für ein Hinweis?«

»Die Leiche am Landwehrkanal, Frau Richter, der tote Webdesigner«, sagt Tarik Ünal ernst. »Das Mordopfer ist tatsächlich David Hoffmann.«

36

Ich betrete den Flur unserer Wohnung. In der Küche läuft das Radio, die Zwanzig-Uhr-Nachrichten. Ich schlüpfe aus meinen Schuhen und hänge meine Tasche an die Garderobe. Es riecht nach Königsberger Klopsen.

Philipp steht am Herd und kocht Kartoffeln. Er hebt den Deckel des Topfs und rührt die Soße für die Klößchen um. Wasserdampf steigt empor. »Guten Abend, Mia«, begrüßt er mich und hält mir den Holzlöffel hin. »Muss da noch mehr Salz ran?«

Ich puste kurz und lecke die Soße ab. »Mmmh«, sage ich. »Lecker.« Dann lasse ich mich wortlos auf die Eckbank fallen. Der Esstisch ist für zwei Personen eingedeckt. Es stehen Kerzen und eine Vase mit Tulpen in der Mitte des Tisches. Und eine Flasche Rotwein.

Den restlichen Nachmittag war ich über die Museumsinsel geirrt. Ich hatte mein Handy auf Flugmodus gestellt, denn ich brauchte ungestörte Zeit, um die Nachricht von Davids Tod zu verarbeiten. Auch wenn ich David nur kurz kannte und wir nicht einmal zusammen waren – er hatte mein Herz berührt. Und dieser Teil war nun herausgerissen worden.

Mein Blick schweift über den wunderschön gedeckten Tisch. Philipp ist wirklich ein Schatz. Als hätte er geahnt, dass ich heute Abend nicht alleine sein kann und Ablenkung brauche. Wahrscheinlich werde ich mehr als die Hälfte unseres Weins selbst trinken.

Mein Mitbewohner sieht mich irritiert an. »Alles in Ordnung?«

»Danke, Philipp«, sage ich und ziehe die Nase hoch. Ich deute lächelnd auf das Candle-Light-Dinner vor mir. »Das ist so lieb von dir. Und so aufmerksam. Was würde ich nur ohne dich machen, Doktor?« Ich stütze meinen Kopf auf den Händen ab und sehe ihn dankbar an. »Woher wusstest du, dass Königsberger Klopse meine Leibspeise sind?«

»Ähm, also …« Philipp wirkt plötzlich überrascht. Er legt den Holzlöffel auf den Topf und trocknet sich nervös die Hände an einem Küchenhandtuch ab. Er beißt sich auf die Unterlippe. »Ich … ich erwarte gleich Besuch. Eine Freundin von Yvonne.«

»Oh, ein … ach so«, stottere ich. »Ein Date? Du hast ein … ah, verstehe.« Das Blut schießt mir in den Kopf, eine Hitzewelle überrollt meinen Körper. Peinlich! Wie konnte ich bloß davon ausgehen, dass das Abendessen für mich ist? Nur weil er mir auch Frühstück macht?

»Tut mir leid, Mia«, sagt er und tritt von einem Fuß auf den anderen. »Aber nach unserem Gespräch dachte ich, du hast wahrscheinlich recht. Nur weil ich vor langer Zeit einmal verletzt wurde, kann ich nicht mein ganzes Leben Single bleiben.« Er blickt auf seine Armbanduhr. »Also habe ich mir einen Ruck gegeben und starte mit Elly einen neuen Versuch.«

»Mit Elly, der kleinen Engländerin?«, sage ich und erinnere mich an das blonde Mädchen aus Cambridge, das ein Auslandsjahr in Berlin absolviert.

»Ja, genau«, entgegnet Philipp und beginnt wieder im Topf zu rühren. »Sie müsste jeden Moment kommen.« Er schmunzelt. »Ich glaube, Yvonne will uns verkuppeln.«

»Wie schön«, sage ich und verspüre einen Stich in der Herzgegend. »Das freut mich für dich«, setze ich schnell nach. »Na dann, *good luck*!«

»Danke, Mia.«

Ich erhebe mich von der Eckbank und schleiche mich an ihm vorbei. Das sahnige Aroma der Klößchensoße steigt mir in die Nase, mein Magen beginnt zu knurren. »Bis morgen!«

»Ach, warte mal!« Philipp hält mich am Handgelenk zurück.

»Ja?«

»Fast hätte ich es vergessen«, sagt er kopfschüttelnd und lässt meine Hand wieder los. »Ich habe doch noch was für dich.«

»Aha.« Ich öffne die Tür zu meinem Zimmer. »Und was?«

Philipp lächelt. »Eine kleine Überraschung«, sagt er und zieht einen Schlüssel aus seiner Jeanstasche. Er reicht ihn mir. »Für dich.«

»Wofür ist der?«, frage ich irritiert und drehe ihn zwischen meinen Fingern. Er ist so groß wie ein Briefkastenschlüssel.

»Rate doch mal«, sagt er und zieht verschmitzt die Augenbrauen hoch. »Es ist grün, hat zwei Räder und wartet unten im Hof auf dich.«

»Wie bitte?«

»An manchen Stellen ist es leider etwas rostig, aber ansonsten in einem Topzustand. Hat mir eine Kollegin von der Charité verkauft«, sagt er und rührt wieder die Soße mit den Fleischbällchen um. »Ein kleines Geschenk. Weil du so traurig warst, dass dein Rennrad geklaut wurde.«

»Ist nicht dein Ernst?«, sage ich und falle Philipp um den Hals. »Danke, danke!« Ich drücke ihn fest an mich. »Diese Elly hat verdammt großes Glück!«

»Ich … kriege keine Luft«, krächzt Philipp lachend und umarmt mich ebenfalls. Meine Brüste drücken sanft gegen seinen Oberkörper, ich fühle sein Herz hämmern. Dann erinnere ich mich wieder an die kleine Engländerin und löse mich aus unserer Umarmung.

Philipp lächelt. »Willst du es dir nicht ansehen?«

Ich laufe das Treppenhaus hinunter, nehme zwei Stufen auf einmal. Im zweiten Stock komme ich an Frau Klinkebiel vorbei, die eine halb volle Packung Katzencracker schüttelt und nach Nero ruft.

Im Innenhof fällt mir das grüne Rennrad sofort ins Auge. Ein echter Klassiker aus den Achtzigerjahren mit Ledersattel und gebogenem Lenker. Ich gehe um das Fahrrad herum und streiche über den moosgrün lackierten Rahmen. Es sieht toll aus. Auf den ersten Blick kann man die wenigen Roststellen kaum erkennen. Das Rad ist ein echtes Prachtstück.

Das Klacken des Freilaufs klingt wie Musik, als ich das Rad durch den Innenhof schiebe.

Die ersten Meter über Kopfsteinpflaster, dann über Asphalt, dann kommt der Fahrradweg. Ich trete kräftig in die Pedale, beuge mich tief nach unten und genieße den Fahrtwind, der wie ein Seidentuch über mein Gesicht streicht.

Am Himmel bettet sich die Abendsonne auf die Dächer der Stadt.

Ich beschleunige.

Versuche, wieder auf Spur zu kommen.

Jede Verkehrsampel, die vor mir auftaucht, springt auf Grün. Ganz so, als hätten sie sich abgesprochen, mir den Abend zu retten.

Philipp wird kaum erahnen, welche Freude er mir gemacht hat. Es ist mehr als nur ein gebrauchtes Rennrad. Es ist, als wäre ein Teil von mir wieder vollständig.

Ich biege um die Kurve und fahre mit einem seligen Lächeln auf den Lippen dem orangegoldenen Feuerball zwischen den Häuserschluchten entgegen.

37

Er wirft die Zeitschrift für exklusive Sammleruhren auf den Couchtisch und erhebt sich. Wer, verdammt noch mal, klingelt so spät an seiner Haustür? Er hat nichts bestellt. Vielleicht ein Paket für die Nachbarn. Können sich diese Kurierfahrer nicht an die normalen Lieferzeiten halten? Er blickt auf seine Rolex. Gleich halb neun.

Genervt stiefelt Viktor Engel durch sein luxuriöses Apartment auf die Eingangstür zu, als es wieder klingelt. Er stößt angestrengt Luft aus, um sich zu beruhigen.

Auf dem breiten Display der Überwachungskamera sieht er einen dunkelhaarigen Mann mit Dreitagebart am Hauseingang stehen. Für einen Kurierfahrer wirkt der Mann äußerst gepflegt. Weißes T-Shirt, schwarze Lederjacke. Wahrscheinlich Türke oder Araber. Er drückt die Gegensprechanlage. »Ich habe nichts bestellt. Stellen Sie das Paket einfach in die Eingangshalle.«

»Herr Engel? Hallo?«

Was will dieser dämliche Typ von ihm? Kapiert er nicht, dass er keine Lieferungen für Nachbarn annimmt? Das hat er noch nie gemacht. Schließlich ist er nicht die Post. Und heute ist bestimmt nicht der Tag, an dem er seine Grundsätze ändert.

»Guten Abend. Darf ich kurz zu Ihnen raufkommen?«

Viktor will gerade losbrüllen, dass er sich endlich verziehen soll, als der Türke einen Ausweis aufklappt und vor die Kameralinse hält.

»Kripo Berlin«, sagt der Mann höflich. »Mein Name ist Tarik Ünal. Ich hätte nur ein paar Fragen.«

Wortlos drückt Viktor den Türsummer. Er beobachtet, wie der Polizist durch die fünf Meter hohe, mit Säulen verzierte Eingangshalle schlendert. Man kann deutlich sehen, dass der Besucher beeindruckt ist. Die restaurierten Deckenmalereien waren auch für Viktor einer der Gründe, sich hier niederzulassen und das herrschaftliche Loft im obersten Stock zu beziehen.

Der Kommissar verschwindet im Aufzug. Viktor öffnet die Flügeltür seines Apartments und lehnt sich lässig gegen den Türrahmen. Er steckt beide Hände in die Hosentaschen und wartet.

Die Aufzugstür öffnet sich. Der Polizist betritt den Eingangsbereich. Die Absätze seiner Lederboots hallen durch den Vorraum. Ungefähr einen Meter vor Viktor bleibt der Kommissar stehen und reicht ihm die Hand. Der Typ duftet, als würde er in einem Parfumgeschäft arbeiten.

»Bitte entschuldigen Sie die späte Störung«, sagt der Polizeibeamte und beugt sich an ihm vorbei, schielt durch die offene Wohnungstür. »Großzügiges Apartment haben Sie da. Wirklich tolle Aussicht auf Berlin. Mit Blick auf den Funkturm. Davon kann manch einer nur träumen.«

»Tja, andere wohnen lieber darin, als davon zu träumen«, fügt Viktor trocken hinzu.

Der Kommissar nickt. Dann lehnt er sich wieder zurück. »Dürfte ich kurz hereinkommen, Herr Engel?«

»Um was geht es denn?«, sagt Viktor und verschränkt die Arme vor der Brust, ohne auf die Bitte einzugehen.

»Gestern Abend.« Tarik Ünal zieht einen Block aus seiner Lederjacke und klappt ihn auf. »Wo waren Sie da? Zu Hause in Ihrer Wohnung?«

»Warum möchten Sie das wissen?«, fragt Viktor kühl und hebt eine Augenbraue. Er räuspert sich. »Wären Sie so freundlich, mir zu erklären, was Ihr Besuch zu bedeuten hat?«

»Natürlich«, entgegnet Tarik Ünal. »Bitte entschuldigen Sie. Es gab einen Leichenfund. Drüben in Kreuzberg. Die Rechtsmedizin geht davon aus, dass das Opfer am Sonntagabend erdrosselt wurde.«

»Davon habe ich gehört. Und was habe ich damit zu tun?«

»Um genau das herauszufinden, bin ich hier«, erklärt der Kommissar ernst. »Wo waren Sie am Sonntagabend?«

»In einem Club. Die ganze Nacht.«

»Und wie heißt dieser Club?«

»*Tür Dreizehn*.«

»Gibt es irgendjemanden, der das bezeugen kann?«

»Ich war allein dort.«

»Aha, allein. Aber die Mitarbeiterinnen und Mitarbeiter des Clubs werden Sie wohl sicherlich gesehen haben?«

»Davon ist auszugehen«, sagt Viktor und stößt gelangweilt Luft aus. »Sie können den Türsteher fragen, den Glatzkopf. Der hat gesehen, dass ich reingegangen bin.«

»Und auch, dass Sie den Club wieder verlassen haben?«

»Ganz bestimmt.« Viktor nickt lächelnd und stellt sich breitbeinig in den Türrahmen. »Das wird er Ihnen sicherlich ebenfalls bezeugen können. Ich bin Stammgast dort, Herr Kommissar.«

»Um wie viel Uhr haben Sie den Club wieder verlassen?«

Er wartet kurz, bis der Kommissar seine Notizen im Heft niedergeschrieben hat. Dann kratzt er sich nachdenklich an der Wange, möglicherweise ein bisschen zu gespielt, denn der Kommissar mustert ihn argwöhnisch. »Es wird so zwei Uhr, drei Uhr gewesen sein.«

»Aha, gut. Danke«, sagt Tarik Ünal. »Wir werden das überprüfen.«

»Wie … wie kommen Sie eigentlich auf mich?«, fragt Viktor neugierig und lässt die Hände wieder in die Hosentaschen gleiten. »Gibt es dafür irgendeinen Grund?«

Der Kommissar verharrt mitten im Schreiben und blickt ihn ernst an. Seine Stirn legt sich in Falten. Viktor hat das Gefühl, dass ihn der Typ von oben bis unten scannt. Dann setzt der Kommissar nach, die Augen zu zwei schmalen Schlitzen verengt.

»Kennen Sie zufällig eine Person namens Mia Richter?«

38

Eine Stunde später schließe ich mein neues grünes Rennrad im Innenhof ab. Ich bin völlig ausgepowert. Aber ich fühle mich lebendig. Es duftet nach angebratenen Zwiebeln, karamellisierter Butter, Knoblauch und geschmorten Tomaten. Über mir zwitschern Mauersegler, im Nachbarhof lachen ein paar Studenten. Ein Sommerabend wie in Italien.

Ich sehe die grau verputzte Häuserwand nach oben, hoch zu unserem gekippten Küchenfenster. Hoffentlich funkt es zwischen Philipp und der Engländerin. Ich würde es ihnen wünschen.

Im Treppenhaus riecht es dagegen nach Zitrusreiniger. Die Holzstufen glänzen, als wären sie eingeölt. Ich gehe dicht an der Wand, um keine Fußspuren zu hinterlassen.

Vor unserer Wohnung lausche ich an der Tür. Ich kann keine Stimmen oder Geschirrklappern hören. Vielleicht sind sie schon in Philipps Bett gelandet. Ich stecke behutsam den Schlüssel ins Schloss, ziehe die Schuhe aus und schleiche auf Socken in den Flur.

Eine zarte Frauenstimme aus der Küche. Also doch nicht in der Kiste, schade. Ich betrete unsere Küche. Dort sitzen sie im Kerzenlicht.

Elly, die blonde Engländerin, lächelt mich an. Sie ist ungefähr so alt wie ich und sieht wirklich süß aus mit ihrem feenhaften Gesicht, den grünen Augen und der Stupsnase. Irgendwie kommt sie mir bekannt vor. Wo habe ich sie bloß schon einmal gesehen?

»*Good evening*«, sage ich leise und gehe zu meiner Zimmertür.

»Mia!«, ruft Philipp. »Komm doch zu uns. Ich will dir Elly vorstellen.«

»Hallo. Es freut mich, dich kennenzulernen«, begrüßt sie mich in akzentfreiem Deutsch. »Setz dich doch zu uns.«

Eigentlich wollte ich die beiden nicht stören, doch nun wäre es unhöflich, einfach in meinem Zimmer zu verschwinden. Ich stelle mich an den gedeckten Tisch, auf dem leere, verschmierte Kuchenteller stehen, und strecke die Hand aus. »Hi, ich bin Mia.«

»Elly, Elly Watson.«

»Du sprichst ausgezeichnet Deutsch«, sage ich anerkennend.

»Danke«, sagt sie und streicht sich schüchtern eine Haarsträhne aus der Stirn. Mir fällt das herzförmige Muttermal auf ihrer Wange auf.

»Willst du dich nicht zu uns setzen?«, fragt Philipp.

»Ähm, ich will euch nicht …«, sage ich und drehe mich zu meiner Zimmertür um. »Eigentlich hatte ich vor, rüber ins *Mokka Me!* zu gehen. Ich wollte nur schnell mein Geld holen.«

»Ach, Quatsch«, sagt Philipp und blickt zu Elly hinüber. »Wir haben noch leckeren Blaubeerkuchen im Kühlschrank. Hat Elly selbst gebacken. Bleib doch noch einen Moment.«

»Ja, bitte«, sagt Elly und deutet höflich auf den freien Stuhl neben ihr. »Du bist eine gute Freundin von Yvonne?«

»Yvonne ist unsere Mitbewohnerin.« Ich setze mich neben Elly und spiele mit einer unbenutzten Kuchengabel, die vor mir liegt. »Wir drei verstehen uns ganz gut. Und woher kennst du Yvonne?« Die freundschaftliche Verbindung zwischen ihr und der etwas naiven Yvonne will sich mir einfach nicht erschließen. »Ihr geht öfter gemeinsam shoppen, was?«

Elly nippt an ihrem Wasserglas. »Ja, seitdem ich in Berlin lebe, treffen wir uns regelmäßig.« Sie stellt das Glas auf den Tisch zurück. »Yvonne und ich haben uns vor einigen Jahren in der Schweiz kennengelernt. Auf einem Campingplatz in den Bergen.«

»Ah«, sage ich, weil ich mir Yvonne kaum beim Zelten vorstellen kann. An einem Ort, wo es mehr Natur als W-LAN gibt. »In den Schweizer Bergen. Das war bestimmt schön?«

Philipp springt schlagartig von seinem Stuhl auf, als hätte ihn eine Wespe gestochen, und reißt den Kühlschrank auf. Die Marmeladengläser klirren. »Mia, willst du Blaubeerkuchen?«

»Wie bitte?« Überrumpelt drehe ich mich zu ihm um.

»Ich fragte, ob du Nachtisch möchtest?«

»Ähm, nein danke.«

Philipp knallt die Kühlschranktür wieder zu. Nun blickt auch Elly zu ihm hinüber. Sie nickt ihm mild lächelnd zu und hebt die Hände. Philipp senkt betroffen den Kopf.

Was ist hier los?

»Es ist in Ordnung, Philipp«, sagt sie beschwichtigend. »Du musst mich nicht beschützen. Mittlerweile kann ich offen über alles sprechen.« Sie faltet die Hände und legt sie vor sich auf die Tischplatte. »Ich kann damit umgehen.«

Beschützen? Wovon reden die beiden? Anscheinend wollte Philipp schnellstens das Thema wechseln und ist deshalb so überraschend aufgesprungen.

»Meine Stiefschwester Ruth … ist früh verstorben«, erklärt die junge Engländerin.

»Oh«, sage ich. »Das … das tut mir leid.«

»Sie war als Kind einmal auf diesem Schweizer Campingplatz in Engelberg. Ich habe Philipp gerade erzählt, dass ich auf einer Art Spurensuche war, als ich zufällig Yvonne kennengelernt habe. Ich wollte in den Bergen mehr über meine Schwester herausfinden.«

»Verstehe.«

»Und ein Kindheitstrauma aufarbeiten.«

»Na ja, ich dachte nur, du möchtest vielleicht nicht noch einmal über den Tod, über deine Familie sprechen«, sagt Philipp zögernd und setzt sich wieder zu uns an den Tisch.

»Meine Eltern sind bei einem Verkehrsunfall ums Leben gekommen«, sage ich nach einem kurzen Moment des Schweigens, um Elly zu zeigen, dass ich ihren schmerzvollen Verlust in gewissen Teilen nachempfinden kann.

»Deine Eltern?«, sagt Elly Watson mitfühlend. »Ich kann mir vorstellen, dass es furchtbar ist, nicht bei Mutter und Vater aufzuwachsen.«

»Ja ... Aber ich hatte wirklich tolle Großeltern«, entgegne ich.

Dann fällt mein Blick wieder auf den romantischen Blumenstrauß in der Vase. Auf die flackernde Kerze. Die halb leeren Rotweingläser. Mensch Mia, das hier ist ein Candle-Light-Dinner! Ich schiele zu Philipp hinüber, der nervös auf seiner Unterlippe kaut. Verdammt, was mache ich hier eigentlich? Ich ziehe mit meiner Geschichte die ganze Stimmung nach unten. Das hatte sich Philipp bestimmt ganz anders ausgemalt. Willst du etwa einem Freund das Date zerstören?

»Sag mal, Elly, was machst du eigentlich beruflich?«, frage ich, um das Thema zu wechseln. Ich lege die unbenutzte Kuchengabel auf den Esstisch. Ich hatte gar nicht bemerkt, dass ich sie immer noch in der Hand halte. »Wo genau arbeitest du in Berlin?«

Philipp räuspert sich.

»Gar nicht«, antwortet sie knapp. Ich spüre, dass ihr meine Frage unangenehm ist. Sie zuckt nervös mit ihrem rechten Zeigefinger. »Ich bin eigentlich nur hier, um Deutschland etwas besser kennenzulernen. Die Menschen, ihre Kultur.«

»Dafür hast du dir die falsche Stadt ausgesucht«, schmunzelt Philipp. »Berlin ist ganz anders als Hamburg, Frankfurt oder München. Untypisch deutsch. Eher so international wie Melbourne, nur ohne Meer.«

»Mir gefällt es«, sagt Elly. »Besser als gedacht.«

»Und wovon lebst du?«, frage ich zögernd. Schließlich werden die Mieten jährlich teurer. Überhaupt wird es immer schwieriger, eine Wohnung in der Hauptstadt zu finden. Zumindest, wenn man nicht über viel Geld verfügt.

»Ich bekomme Tantiemen für ein paar Nutzungsrechte«, druckst sie herum. »Damit komme ich die nächsten Jahre ganz gut über die Runden.«

»Tantiemen?«, frage ich neugierig. »Bist du etwa Musikerin?«

»Äh, nein«, sagt sie ernst und lehnt sich in ihrem Stuhl zurück. Der Ausdruck in ihrem Gesicht hat sich verändert. »Ich möchte nicht darüber sprechen, es fällt mir schwer. Tut mir leid. Ich hoffe, ihr versteht das. Eigentlich wollte ich gar nicht …«

»Klar, natürlich«, sagt Philipp. »Schon in Ordnung.«

Auch ich nicke.

Vielleicht sollte ich die beiden jetzt besser allein lassen. Ich habe sie schon genug gestört. Hoffentlich nimmt es mir Philipp nicht übel, dass ich über den Tod meiner Eltern gesprochen habe.

Ich reiche der hübschen Engländerin die Hand. »Es war schön, dass wir uns kennengelernt haben, Elly«, sage ich und stehe von meinem Platz auf. »Aber ich muss jetzt wirklich los. Ich will noch rüber ins Café, eine Freundin besuchen.«

»Hat mich auch gefreut«, sagt sie.

Ich umarme meinen Mitbewohner und flüstere ihm ins Ohr: »Die ist echt süß.« Dann klopfe ich ihm auf die Schulter und sehe Elly lächelnd an. »Dieser junge Mann hier, der wird bald nicht nur ein erfolgreicher Arzt, sondern ist jetzt schon ein echt klasse Kerl.« Ich schmunzle. »Lass dir den nicht entgehen.«

Ich husche in mein Zimmer und hole das Portemonnaie.

Pedro winkt mir aus der Ferne zu, als ich an seinem spanischen Restaurant vorbeigehe. Wenig später erreiche ich das *Mokka Me!*. Bis auf zwei Tische sind alle Plätze besetzt. Elif kann ich nirgends sehen. Ich gehe zur Theke und bestelle mir bei der Bedienung einen Viertelliter Pinot Noir, ein Schälchen Oliven und Knoblauchbrot.

Als ich wieder nach draußen in die Abendluft trete, ist der schönere der beiden freien Tische belegt. Ein junges Pärchen hat daran Platz genommen. Beide sind am ganzen Körper tätowiert. Ich beeile mich, um den letzten freien Tisch zu ergattern. Er liegt am anderen Ende des Cafés, in der hintersten Ecke, direkt neben dem feuerroten, zähnefletschenden Teufelgraffito an der Hausmauer.

Am Nachbartisch tuscheln zwei Österreicherinnen, die sich ihre Urlaubsfotos auf dem Handy ansehen. Etwas kitzelt mich leicht am Bein. Ich beuge mich unter die Tischplatte. Ein angeleinter kleiner Dackelmischling schnuppert an meinen Schuhen.

»Rudi! Komm her!«, zischt die mittelalte Frau zu meiner Rechten und zieht mehrmals ruckartig an der Leine. »Tut mir leid … Er ist so was von neugierig.«

»Schon okay«, sage ich und lasse das Hündchen auch an meiner Hand schnuppern. Es schleckt mir über die Finger.

Die junge Bedienung tritt mit meiner Bestellung aus dem Café. Ich strecke meine Hand in die Höhe und winke ihr zu. Konzentriert trägt sie das Tablett an den Tisch.

»Ist Elif eigentlich noch hier?«, frage ich, während sie mir den Rotwein und die Snacks auf den Tisch stellt.

»Nein, die Chefin ist vor einer halben Stunde gegangen.«

»Ah, danke«, sage ich bedauernd. »War ja auch ein langer Tag.«

Sie nickt mir zu und verschwindet wieder im Café.

Ich gieße mir den Pinot aus der kleinen Karaffe ins Glas und nehme einen Schluck. Ich weiß nicht, ob es der samtige Rotwein, das Gemurmel der Gäste oder ein Gefühl der Gewissheit ist, die meinen Gedankenstrom wieder zu David schweifen lassen. Es fühlt sich alles so unwirklich an. Kaum vorstellbar, dass er nicht mehr am Leben sein soll.

Nachdenklich greife ich zum Porzellanschälchen, um mir eine Olive in den Mund zu stecken, als der Mischlingshund neben mir wild zu kläffen beginnt. Sein Frauchen kann ihn kaum beruhigen. Dann höre ich eine Stimme, direkt hinter mir.

»Mia«, sagt Viktor. »Dürfte ich mich kurz zu dir setzen?«

39

In meinem Kopf schrillen die Alarmglocken. Mindestens so laut wie das Gekläffe von Hund Rudi am Nachbartisch. Ich weiß nicht, was ich antworten soll. Mein Körper verkrampft sich und ruft laut Nein, während mein Kopf bejaht, damit Viktor keinen Verdacht schöpft.

»Mia?« Seine Stimme ist nun butterweich. »Darf ich?«

Ich zwinge mich zu einem Lächeln. Ich bin Schauspielerin. Lass dir nichts anmerken. Dann sage ich: »Klar, natürlich, setz dich«, und deute auf den freien Stuhl. Vielleicht finde ich so etwas mehr über sein Alibi heraus. Trotzdem fühle ich mich hin und her gerissen.

Mein Stalker nimmt mir gegenüber Platz.

»Rudi, still jetzt!«, zischt die Frau am Nebentisch. Der Mischling knurrt ein letztes Mal, dann verstummt er auf Kommando und legt sich zu ihren Beinen. Die Frau entschuldigt sich mit einem Achselzucken.

»Ich kann Hunde nicht leiden«, flüstert Viktor und grinst. »Vielleicht spürt das Vieh das.« Er kichert leise. »Wobei, Katzen mag ich noch viel weniger. Ich bin allergisch.« Dann deutet er auf das Schälchen Oliven, das zwischen uns steht. »Sag mal, kommt hier eine Bedienung, oder muss man drinnen bestellen?«

Ich bin völlig perplex. Mit einer so unverfänglichen Eingangsfrage hätte ich nicht gerechnet. Und außerdem: Wie kann man Katzen und Hunde nicht mögen? Ich räuspere mich. »Ähm, nein. Hier wird zwar an den Tisch gebracht, aber für die Bestellung muss man reingehen.«

»Aha«, sagt er knapp, während er die dunkelblaue Anzugjacke auszieht und über die Stuhllehne hängt. »Ähm, ich war zufällig in der Gegend, und da habe ich dich hier in dem Café sitzen sehen. Dachte, ich sag mal Hallo.«

»So, zufällig?«, wiederhole ich. »Und was hast du hier in Kreuzberg gemacht?« Plötzlich verspüre ich den verlockenden Impuls, noch mehr auf Angriff umzuschalten. »Wolltest du etwa überprüfen, wie ich meinen Tag verbringe?«

Das war vielleicht keine gute Idee. Du willst ihn doch nicht verärgern. Wer weiß, wie er darauf reagiert. Doch jetzt ist es raus.

»Nun ja, um ehrlich zu sein, Mia …«, sagt er und streicht sich nervös über das glatt rasierte Kinn. »Genau das wollte ich.«

Ich schlinge die Arme um die Brust, ein kalter Schauder fließt mir wie Schlamm über den Rücken. Was hast du dir dabei gedacht? Du hättest ihn genauso gut fragen können, ob er David umgebracht hat. Verdammt, reiß dich zusammen!

Ich zwinge mich zu einem höflichen Lachen, rufe mein ganzes Schauspieltalent ab. »Sorry, tut mir leid, Viktor. Ist mir so rausgerutscht. Ich hatte einen anstrengenden Tag. War nicht so gemeint.«

»Nein, nein, *mir* tut es leid«, unterbricht er mich und rutscht unruhig auf seinem Stuhl herum. »Ich … ich habe dich angelogen. Es ist kein Zufall, dass ich hier bin. Du hast recht. Ich wollte dich sehen, Mia. Und mit dir reden.« Er fährt sich mit den Fingern durchs Haar. »Unser Abend auf der Dachterrasse, der geht mir einfach nicht mehr aus dem Kopf«, sagt er und mustert mich prüfend. »Und dann hatte ich das Gefühl, dass ich dich in einem Privatclub gesehen habe. Kennst du *Tür Dreizehn*?«

Er war es also tatsächlich. Freitagnacht, an der Bar.

Viktor muss beobachtet haben, wie ich mit David und Alice ins Séparée gegangen bin. Besser, wenn ich nicht lüge.

»Ach, dieses *Speakeasy*?«, sage ich und mache eine wegwerfende Handbewegung. »Am Freitag, ja. Da war ich tatsächlich das erste Mal dort. Aber auch das letzte Mal.« Ich wickle eine Haarsträhne um meinen Finger und lächle unsicher. »Verstehst du, diese Art von Club ist nicht mein Fall. Dieser ganze öffentliche Sex, dafür bin ich wahrscheinlich einfach zu prüde.«

»Interessant. Nicht dein Fall«, wiederholt er und legt den Kopf schief. »Wenn es dir nicht gefällt, warum warst du dann am Sonntag wieder da?«

»Wie bitte?«

»Ich bin mir sicher, ich hätte dich gestern Abend dort auch gesehen.«

Hast du nicht, denke ich. Aber *du* hast meine privaten Nachrichten an David gelesen. Und *du* hast dich als David ausgegeben und mich dorthin gelockt. Es war *deine* Idee, Viktor, sich mit mir in diesem Club zu treffen. Doch zum Glück ahnst du nicht, dass ich die Wahrheit kenne. Also spiele ich deine Scharade mit. Und sage dir, was du hören möchtest. So habe ich vielleicht die Chance, dass du dich verrätst.

»Ich war dort verabredet«, sage ich und räuspere mich. »Aber mein Freund David – er … er kam einfach nicht«, sage ich mutig und beobachte ihn. Wie wird er darauf reagieren?

Viktor blickt mir starr in die Augen. »David Hoffmann? Du meinst den Webdesigner, von dem dein Mitbewohner gesprochen hat?«

»Ja.« Ich ziehe Luft durch die Nasenflügel ein. »Ganz genau der.«

»Den sie am Kanal gefunden haben?«, fragt er. »Der Tote?«

Mir schnürt es den Hals zu. Hat er das eben wirklich gesagt?

Viktor erkennt die Antwort in meinen Augen. Er beugt sich zu mir vor und stützt sich auf den Unterarmen ab. Seine Schultern sind so kantig wie Backsteine. »Hm, das erklärt alles«, sagt er nachdenklich und schüttelt den Kopf. »*Du* bist die Verbindung.«

»Was … was meinst du?«

Viktor greift in seine Jacketttasche und knallt ein dickes Portemonnaie auf den Tisch. Er streicht mit den Fingern über das schwarze Leder. »Du bist der Grund, warum heute dieser Bulle bei mir war.«

»Welcher … welcher Bulle?«, frage ich, obwohl ich ahne, dass es nur Tarik Ünal gewesen sein kann. »Wieso war die Polizei bei dir?«

»Ich brauche ein Bier«, sagt er, steckt die Geldbörse in die Hosentasche und steht vom Tisch auf.

»Moment!«, sage ich und hechte nach vorne, ergreife ihn am Arm. »Warte, Viktor! Was … was hat der Polizist zu dir gesagt?«

Er blickt auf meine Hand hinab. Ich lasse ihn augenblicklich los.

»Dass ich mich von dir fernhalten soll«, sagt er trocken. Dann geht er wortlos an mir vorbei und betritt den Innenraum des Cafés.

40

Ich bin alleine. Alleine mit dem Gedankenkarussell in meinem Kopf. Es dreht sich schneller und schneller. Was hat der Kommissar von mir erzählt? Weiß Viktor jetzt, dass ich ihn für einen Stalker halte?

Ich schiele zu den Nachbartischen hinüber. Niemand scheint mich zu beachten.

Viktors Jackett.

Er hat es über dem Stuhl hängen lassen. Vielleicht sollte ich es durchsuchen? Ich drehe mich zum Eingang des Cafés. Es hat sich eine kleine Schlange an den Treppenstufen gebildet. Mir bleibt also etwas Zeit. Gut.

Ich vergewissere mich, dass mich niemand beobachtet, beuge mich unter die Tischplatte und öffne die Schnürsenkel meiner Sneaker. Dann strecke ich mich nach vorne und greife in Viktors linke Außentasche. Ich ertaste etwas Schweres, Kantiges. Es ist ein XXL-Smartphone. Ich ziehe es heraus, um es zu öffnen. Natürlich mit Face-ID gesichert.

Enttäuscht drehe ich das Gerät zwischen meinen Fingern und blicke auf die Rückseite. Ich unterdrücke einen Aufschrei. Auf der Handyhülle starrt mich ein Tier an, aus acht funkelnden Augen. Eine eklige, haarige Vogelspinne.

Angewidert lasse ich das Ding in die Tasche zurückgleiten und wische mir über die Stirn. Dann drehe ich mich um und observiere den Café-Eingang. Die Warteschlange ist immer noch lang. Ich krieche tiefer unter den Tisch und wühle mich durch die rechte Außentasche. Dort werde ich erneut fündig und ziehe ein rechteckiges Kärtchen heraus. Es ist eine Visitenkarte von Kommissar Tarik Ünal.

Elifs Bruder hat Viktor also tatsächlich aufgesucht. Sicherlich hat der Kommissar ihn befragt, wo er in der Tatnacht war. Ich stecke die Karte in die Jacke zurück. Viktor Engel muss ein gutes Alibi haben, denke ich, sonst dürfte er doch nicht frei in der Gegend herumlaufen, oder?

Jetzt noch die Innentasche. Ein letzter Blick zur Cafétür. Ich muss es versuchen. Die Gäste um mich herum sind in ihre Gespräche vertieft. Ich beuge mich nach vorne, so nah, dass ich Viktors Parfum auf dem Anzugstoff riechen kann, und greife in die schmale Innentasche seines Jacketts. Ich kann etwas erfühlen. Wieder etwas Kantiges. Noch ein Telefon? Ich ziehe es heraus. Ein Billighandy mit Tastatur. Wahrscheinlich Prepaid. Hat er mir darüber die Nachrichten geschickt? Ich schalte das Gerät ein, das Display leuchtet hell auf. Ich öffne den SMS-Ordner, scrolle mich durch …

»Was machst du denn da unten?«, fragt Viktors Stimme dicht hinter mir. Ich schlage mir vor Schreck den Kopf an der Tischplatte an und lasse hektisch das Handy in die Tasche zurückfallen.

»Ähm, ich … mein Schnürsenkel.« Zitternd binde ich meinen rechten Schuh. So auffällig, dass Viktor den offenen Schnürsenkel sehen kann.

»Sorry, ich wollte dich nicht erschrecken«, sagt er und wartet mit zwei braunen Flaschen in der Hand, bis ich fertig bin. »Hier, bitte schön.« Er überreicht mir eine geöffnete Flasche Bier.

»Danke«, sage ich automatisch und stelle das Bier vor mir ab. Ich werde bestimmt nicht daraus trinken. Wer weiß, ob er nicht heimlich was reingetan hat. Aus den Augenwinkeln bemerke ich, dass er mich grüblerisch mustert. Wahrscheinlich ist es am sichersten, wenn ich mehr Interesse an ihm zeige, denke ich und setze mich aufrecht hin.

»Ich hoffe, du nimmst es mir nicht übel, dass ich mich nicht an seine Verwarnung gehalten habe«, sagt Viktor zögernd, nachdem er einen kräftigen Schluck aus der Flasche getrunken hat. »Wenn der Kommissar erfährt, dass ich dich trotzdem aufgesucht habe, dann …« Er stockt, wischt sich Schaum vom Mund. »Ist es in Ordnung für dich, wenn ich hier für einen Moment sitzen bleibe und wir uns kurz unterhalten, Mia?«

Ich sehe ihn an. Am liebsten würde ich laut schreien. Ihn anbrüllen, dass er verschwinden soll. Mich nie mehr belästigen. Aber was würde ich dadurch erreichen? Ich würde nur Gefahr laufen, dass seine krankhafte Obsession plötzlich in Hass umschlägt.

»Wenn du sagst, dass ich gehen soll, dann gehe ich«, ergänzt Viktor. »Dann wirst du mich nie mehr wiedersehen. Ich verspreche es dir.«

Ich glaube ihm kein Wort.

Aber ich darf auf keinen Fall Angst zeigen. Das gibt ihm Macht über mich. »Nein, nein, ist schon okay«, sage ich möglichst emotionslos. Ich muss ihn nur weiterhin im Glauben lassen, dass ich ihn nicht bei der Polizei beschuldigt habe.

»Ganz sicher?«

»Sicher.«

»Gut, danke«, sagt er und trinkt Bier. »Dann wird dieser Polizist kaum etwas dagegen sagen können.« Er lacht bitter. »Tut mir übrigens leid mit deinem Freund. Ich habe gehört, er wurde erdrosselt?«

»Hm«, sage ich. »Aber sie haben noch keine Spur.«

»Keinen Täter, keine Tatwaffe.«

»Ja, leider.«

»Die Kripo war bei mir zu Hause und hat mich nach meinem Alibi gefragt«, sagt Viktor und beugt sich zu mir vor. »Kannst du dir das vorstellen? Ich dachte zuerst, *du* hättest sie mir auf den Hals geschickt.«

»Wie bitte? Ich …?«

»Ja, weil dieser Ünal gefragt hat, ob ich dich kenne.« Viktor lehnt sich zurück. »Aber dann hat sich herausgestellt, dass er eine ganz andere Spur verfolgt. Ein lächerlicher Zufall.«

»Was für ein Zufall?«, frage ich irritiert.

Viktor macht eine abwiegelnde Wischgeste. »Ach, sie haben was am Tatort gefunden … nicht so wichtig.«

Am liebsten würde ich sofort nachhaken, welchen Hinweis die Polizei entdeckt hat. Was sie zu Viktor Engel geführt hat. Doch dann wird mir bewusst, dass es natürlich auch ein Vorwand von Tarik Ünal gewesen sein kann, Viktors Alibi zu überprüfen.

Ich sollte Elifs Bruder so schnell wie möglich dazu befragen. Gleich morgen früh.

»Der Polizeibeamte sagte, solange der Mordfall nicht geklärt ist, sollte ich mich besser von dir fernhalten. Schließlich sei es zu meinem eigenen Vorteil.« Er räuspert sich. »Aber das ist mir völlig egal. Ich musste dich einfach wiedersehen, Mia.«

»Zu *deinem* Vorteil?«, wiederhole ich kopfschüttelnd, während meine Finger unter der Tischplatte verkrampfen. »Was meint der Kommissar damit?«

»Das hat mit meiner Firma zu tun«, sagt er und lacht bitter. »Daran hatte ich im ersten Moment gar nicht gedacht.«

Ich kapiere nichts von dem, was er mir da erzählt.

»Ah, klar, verstehe«, sage ich so beiläufig wie möglich und greife gedankenverloren zur Bierflasche, die unangetastet vor mir steht. Ich verharre für einen kurzen Moment, dann lege ich die Hand schnell wieder auf meinen Schoß zurück. »Was machst du denn beruflich?«

»Oh«, er schmunzelt, schiebt die goldene Rolex an seinem Handgelenk nach oben. »Ich investiere.«

»In Aktien?«

»Das auch«, sagt er. »Doch vorrangig in Ideen.«

»Also in Start-ups?«, frage ich, obwohl ich keine Ahnung habe, wohin uns dieses Gespräch führen wird. Und was das alles mit dem Mord an David zu tun hat.

»Manchmal auch in junge Unternehmen«, sagt er und stützt den Kopf auf seine Hand. »Ich setze mir da keine Grenzen.« Er atmet hörbar aus.

»Aha.«

»Ich sehe mich als Künstler«, beginnt er zu schwärmen. »So wie du. In diesem Punkt sind wir uns sehr ähnlich. Fantasie kennt keine Grenzen.«

»War das der Grund, warum du dir das Gemälde von Caspar David Friedrich angesehen hast?«, frage ich. »Weil du Kunstliebhaber bist?«

»Du meinst, als ich dich angesprochen habe?«

»Ja.«

»Ich wollte mich inspirieren lassen, richtig. Für ein neues Projekt, das ich finanziere«, sagt er geheimnisvoll. »Und plötzlich bist du vor mir aufgetaucht. Wie aus dem Nichts, als hätte dich meine Muse geschickt.«

Er lügt. Viktor ist mir durch die Ausstellungsräume gefolgt. Das weiß ich mit hundertprozentiger Sicherheit. Warum behauptet er immer noch, dass es Zufall gewesen sei?

»Du siehst *mich* aber nicht als dein neues Projekt?«, sage ich schnippisch. Denn so fühle ich mich gerade.

»Wie bitte?« Er blickt mich überrascht an. »Natürlich nicht, niemals. Wie kommst du auf so etwas?«

Ich überlege, ob ich ihm sagen soll, dass ich mich von ihm verfolgt fühle. Jetzt wäre der richtige Moment. Doch dadurch würde ich nur Schwäche zeigen. Nein, zu gefährlich. Stattdessen sage ich: »Du wirkst so selbstbewusst. Weißt genau, was du willst.« Dann beuge ich mich zu ihm über den Tisch, schiebe seine Bierflasche zur Seite. »Du verfolgst jedes deiner Ziele, bis du es endlich erreicht hast, richtig, Viktor?«

Er zögert, scheint zu überlegen, worauf ich hinauswill.

»Doch im Museum, als du mich angesprochen hast, da warst du ganz anders, so …« Ich stocke, suche die richtigen Worte.

»Schüchtern? Schwach?«, sagt er knapp und zieht fragend die Stirn in Falten. »Ängstlich?«

»Genau.«

Viktor grinst. »Gehörte alles zu meinem Plan.«

»Wie bitte?«

»Gehe niemals unvorbereitet zu deinem Termin.«

Ich spüre den Kloß in meinem Hals.

Viktor sieht meine Unsicherheit, lächelt. »Du bist doch Schauspielerin, Mia. Du weißt doch, wie man in verschiedene Rollen schlüpft. Ich war mir sicher, dass du mich so interessanter findest als in meinem Businessanzug.«

»Deshalb das schwarze Künstleroutfit?«

»Es war ein Versuch«, sagt er und fährt sich durch die Haare. »Und es hat geklappt. Wir zwei hatten noch am selben Abend ein wundervolles Date.«

Mir wird am ganzen Körper heiß. Ich habe mich also nicht getäuscht. Viktor hat unser erstes Zusammentreffen von Anfang an geplant. »Es war alles doch kein Zufall?«, spreche ich meinen Verdacht laut aus.

Er lächelt mich stumm an.

»Und … warum?« Ich bin sicher, dass mehr dahintersteckt.

»Das habe ich dir doch schon erklärt.« Viktor senkt die Stimme, seine Augen glänzen. »Weil du meine Traumfrau bist. Von Beginn an.«

Ich schmecke bittere Magensäure. »Demnach kanntest du mich also schon vorher? *Vor* unserem Treffen in der Nationalgalerie? Und woher? Wie lange hast du mich schon heimlich beobachtet?«

Jetzt ist es raus. Ich fühle mich seltsamerweise stark.

Viktor legt den Kopf schief. Er scheint seine Antwort gut zu überlegen. Dann wächst ein selbstsicheres Grinsen auf seinen Lippen. »Das ist einfach. Seit fünfundzwanzig Tagen.« Er blickt auf seine goldene Uhr. »Und sechzehn Stunden.« Es klingt, als würde er die Dauer einer romantischen Liebesbeziehung beschreiben. »Bisher habe ich noch nie so empfunden, Mia. Ich erkenne mich selbst kaum wieder.«

Ich wippe nervös mit dem rechten Fuß. »Was willst du?«

»Dein Freund sein.«

»Mein ... Freund?« Ich blicke mich unruhig um. Niemand beachtet uns. Auf die anderen Gäste wirken wir wie gute Freunde oder ein Liebespärchen, das ein ernstes Thema bespricht. Werde ich Hilfe erhalte, falls Viktor mich bedrohen sollte? Ganz sicher. Schließlich bin ich hier unter Menschen. Was kann mir schon passieren? Mia, du musst Viktor jetzt in aller Deutlichkeit klarmachen, dass du nicht an ihm interessiert bist. Dass er dich in Ruhe lassen soll!

Ich atme langsam und konzentriert aus. Das Herz feuert wie ein Maschinengewehr durch meine Rippen. Ich umklammere die Tischplatte und sage mit fester Stimme: »Und was, wenn ich daran kein Interesse habe?«

»Mia. Ich verlange doch nichts anderes als eine Chance«, sagt Viktor und beugt sich langsam zu mir vor. Er greift nach der Stoffserviette und rollt sie zu einem Schlauch. »Dieselbe, die auch David hatte.«

Augenblicklich läuft eine Filmsequenz vor meinem inneren Auge ab. Flackernd wie aus einem alten Super-8-Projektor. Ich bin dazu verdammt, in Zeitlupe zu beobachten, wie Viktor ein dickes Seil um Davids Hals schlingt. Ihn würgt, bis das Leben aus seinem Körper gewichen ist.

»Es tut mir leid«, sage ich schließlich und stehe von meinem Stuhl auf. »Aber diese Chance werde ich dir niemals geben.«

41

»Und wie hat er darauf reagiert?«, fragt Tarik Ünal am nächsten Morgen, während er etwas auf seinem Notizblock notiert.

Ich lasse meinen Blick durch sein Büro schweifen. Hinter ihm auf der weißen Raufasertapete hängt ein vergilbtes *Star-Wars*-Plakat. Auf dem Regalbrett darüber stehen zwei goldene Kampfsport-Trophäen. Wahrscheinlich Karate oder Jiu-Jitsu. Gleich daneben eine gesundgrüne Zimmerpflanze, ein kleines Gießkännchen, ein gerahmtes Familienfoto mit Elif und eine ungeöffnete Flasche Sekt. Über das Etikett hat jemand ein handgeschriebenes Schild geklebt: *Glückwunsch, Tarik!* mit Dutzenden von Unterschriften. Bestimmt von seinen Kolleginnen und Kollegen.

Ich greife mit beiden Händen nach der Kaffeetasse mit dem Berliner Bären und puste auf das schwarze Automatengesöff. »Nun ja. Das weiß ich nicht. Ich bin aufgestanden und einfach gegangen«, sage ich und nehme einen kleinen Schluck. »War das falsch?« Der Kaffee schmeckt wässrig und bitter. »Hätte ich mich anders verhalten sollen?«

»Nein, es war richtig, dass Sie sofort gegangen sind«, sagt Tarik Ünal und hebt den Blick. »Ist er Ihnen gefolgt?«

»Nein … Also nicht, dass ich wüsste.«

»Verstehe, hm, okay«, sagt Elifs Bruder höflich und legt den Bleistift zur Seite.

Ich hatte mir den Kommissar ganz anders vorgestellt. In meiner Fantasie hatte er breitere Schultern und reichlich Muskelmasse. Wie jemand, der jede freie Minute im Fitnessstudio verbringt. Vielleicht lag es an seiner tiefen Telefonstimme, dass ich dieses Bild von ihm hatte.

Doch Tarik Ünal ist drahtiger. Mehr wie ein Marathonläufer. Sein weißes T-Shirt spannt sich hauteng um den Bizeps. Dazu kurze schwarze Haare, gepflegter Dreitagebart.

»Er hat mir direkt ins Gesicht gesagt, dass Sie ihn bezüglich des Mordes an David Hoffmann befragt hätten«, sage ich und stelle den fürchterlichen Automatenkaffee auf dem Bürotisch ab, von dessen Anblick man schon Sodbrennen bekommt. »Da ist mir für einen kurzen Moment das Herz in die Hose gerutscht. Ich dachte schon, Sie hätten ihm von meiner Vermutung erzählt, dass er etwas mit dem Mord …«

»Wie bitte?« Kommissar Tarik Ünal blickt mich überrascht an. »Nein, nein, selbstverständlich habe ich das nicht getan, Frau Richter. Warum sollte ich Sie unnötig in Gefahr bringen?«

Ich nicke stumm.

»Es tut mir aufrichtig leid, dass er Sie aufgesucht hat. Trotz meiner polizeilichen Warnung«, sagt er mitfühlend. »Damit hat er uns allerdings umso mehr gezeigt, dass Ihre Stalkingvermutungen mehr als berechtigt sind.«

»Wird er jetzt dafür bestraft?«

»Nein«, sagt Tarik Ünal knapp und klappt einen Ordner auf. »Dafür müssten Sie zuerst eine Anzeige erstatten. Oder beim Amtsgericht eine einstweilige Verfügung wegen Nachstellung beantragen. Möchten Sie das?«

»Ähm, ich … ich weiß nicht«, sage ich zögernd. »Bringt das denn was? Macht ihn das nicht noch wütender? Schließlich scheint er sehr verliebt in mich zu sein.«

»Stalking hat nichts mit Liebe zu tun, Frau Richter. Aber ja, eine Anzeige zeigt oft schon Wirkung.«

»Was passiert denn, wenn ich eine Anzeige erstatte?«

»Dann werden wir gegen Viktor Engel ermitteln«, erklärt er. »Meist verstehen die Täter erst dadurch, dass ihr Handeln strafbar ist, und stellen ihr Stalkingverhalten ein.«

»Und wenn nicht?«

»In seltenen Fällen kann eine Anzeige auch zu einer Eskalation führen.« Er räuspert sich. »Doch bevor überhaupt rechtliche Schritte eingeleitet werden, sollten Sie sich besser juristischen Rat einholen«, sagt Tarik Ünal. »Und natürlich genügend Nachweise gesammelt haben. Wenden Sie sich am besten an eine Fachberatungsstelle, welches Vorgehen am sinnvollsten ist und welche Kosten dabei auf Sie zukommen.«

»Welche Nachweise?«

»Nun, alles, was seine Stalkinghandlungen beweisen kann«, sagt Tarik Ünal und beginnt mit seinen Fingern aufzuzählen. »Führen Sie ein Tagebuch. Von seinen Beleidigungen über seine Bedrohungen, von Sachbeschädigung bis hin zu Körperverletzung«, erklärt er. »Hilfreich sind auch ärztliche Atteste über Schlafstörungen und Ängste.«

»Aha«, sage ich nur. Denn ich habe keinen einzigen Beweis. Außer dem vermeintlichen Chatverlauf. Doch da ich Davids Namen in meinem Adressbuch in Viktor Engel geändert habe, könnte es für die Polizei so aussehen, als hätte ich die ganze Zeit gewusst, mit wem ich schreibe. Darüber hinaus hat mich Viktor in den Nachrichten weder beleidigt noch bedroht. Und ist Fahrraddiebstahl Sachbeschädigung? Und wie soll ich belegen, dass Viktor dahintersteckt? Ich kann es nicht.

»Um ein Strafverfahren wegen Nachstellung in Gang zu bringen, muss man innerhalb von drei Monaten nach der Tat einen Strafantrag stellen«, fügt der Kommissar hinzu.

»Okay«, entgegne ich knapp, da ich mir unsicher bin, wie ich darauf reagieren soll. Bei der Aufzählung der Straftaten wurde mir plötzlich bewusst, dass mich Viktor eigentlich nie bedroht hat. Es gab keine Tat. Und meine Angst vor ihm war auch nie so gewaltig, dass meine Seele irgendeinen Schaden davon genommen hätte. Zumindest nicht bewusst oder so stark, dass ich psychische Betreuung benötige.

Hm, übertreibe ich vielleicht ein bisschen? Nervös beiße ich mir auf die Unterlippe. Bin ich wirklich ein Opfer? Gibt es nicht Frauen, die polizeiliche Hilfe nötiger haben als ich?

»Auch wenn Sie sich stark genug fühlen …«, sagt Tarik Ünal, als könnte er meine Gedanken lesen. »Sie sollten das wirklich ernst nehmen, Frau Richter.«

»Ja, danke«, sage ich und rutsche auf meinem Stuhl nach vorne. »Ich werde darüber nachdenken.« Im Moment interessiert mich viel mehr, wieso der Kommissar während seines Besuchs bei Viktor meinen Namen genannt hat. »Weshalb haben Sie ihn eigentlich auf mich angesprochen?«

Tarik Ünal räuspert sich. »Nun ja, Herr Engel hat mich zwar nicht in sein Loft hineingelassen – das ist sein gutes Recht –, doch trotzdem konnte ich einen Blick in seine Wohnung werfen. Und dort habe ich etwas entdeckt …«

Ich blicke ihn fragend an.

»Es lag auf seinem Couchtisch. Eine geöffnete braune Ledermappe. Darin war eine Fotografie in DIN-A4-Größe«, sagt er zögernd. »Und auf dem Bild waren ganz deutlich Sie zu sehen, Frau Richter.«

»Wie … wie bitte?«, stottere ich.

»Ein professionelles Porträt«, sagt er. »Deshalb hatte ich ihn gefragt, ob er eine Mia Richter kennt.«

»Und was … was hat er darauf geantwortet?«

»Tja, Herr Engel hat nicht geleugnet, Sie zu kennen«, entgegnet der Kommissar, während er gedankenverloren an seinem Ohrläppchen spielt. »Er sagte, dass Sie sich in einem Museum kennengelernt hätten und danach noch schick Essen gegangen seien.«

»Und mein Foto?«

»Er hat gelacht und sofort erklärt, dass er Ihr Porträt von einer Berliner Castingagentur bekommen habe«, sagt Tarik Ünal. »Und das sei ja schließlich kein Verbrechen.«

»Darf er das so einfach?«

Der Kommissar zuckt mit den Schultern. »Tut mir leid, aber

im Filmgeschäft, da kenn ich mich nicht aus. Keine Ahnung, ob die das einfach rausgeben dürfen. Vermutlich schon.« Tarik Ünal öffnet eine Schublade und legt ein durchsichtiges Zipp-Beutelchen auf den Bürotisch. Darin ist ein weißes Papierkärtchen zu erkennen. Er deutet darauf und verschränkt die Arme vor der Brust. »Aber dann habe ich Herrn Engel auf die Visitenkarte angesprochen. Auf *seine* Visitenkarte. Deshalb habe ich ihn überhaupt in seinem Loft aufgesucht.«

Ich ziehe die Augenbrauen zusammen. »Wieso? Was ist damit?«

»Mein Kollege Detlef hat sie am Tatort gefunden.«

»Was?«

»Die Karte lag ungefähr zwanzig Meter von der Leiche entfernt im Gebüsch«, sagt Tarik Ünal. »Jemand muss sie dort verloren haben.«

Ich erinnere mich an den Morgen, als ich als Reporterin verkleidet am Landwehrkanal stand und einer der Polizisten anscheinend etwas gefunden hatte. »Am Tatort? Ist das nicht der Beweis, dass Viktor Engel … dass er …?« Doch weiter komme ich nicht. Die Vorstellung, dass Viktor damit überführt werden könnte, lässt mein Herz schneller schlagen.

Der Kommissar winkt ab. »Eine Visitenkarte ist kein Beweis für einen Mord«, sagt er trocken und verstaut das Beutelchen wieder in seiner Schublade. »Sie beweist noch nicht einmal, dass Viktor Engel vor Ort war. Die Visitenkarte könnte auch jemand dort platziert haben.«

»Aber …«

»Ich habe ihn nach seinem Alibi gefragt«, erklärt Tarik Ünal. »Am Sonntagabend. Meine Kolleginnen sind im Moment vor Ort, in diesem Club, *Tür Dreizehn*, und überprüfen das gerade. Angeblich war er in der Tatnacht dort.«

»Ja, das war er. Ich habe ihn vor dem Club stehen sehen. Er ist reingegangen, um mich zu suchen«, sage ich. »Aber das bedeutet doch nichts, oder? Vielleicht hat er den Club wieder verlassen – kurz nachdem er mich drinnen nicht gefunden hat? Vielleicht war er eifersüchtig und wütend? Ist zu David gefahren, um ihn …«

»Das werden wir alles überprüfen, Frau Richter. Jedenfalls habe ich noch einige interessante Fragen an Herrn Engel«, entgegnet der Kommissar. »Zum Beispiel, woher er die vollständige Identität der Leiche kannte, als ich ihn nach dem Mord fragte. Ich hatte den Namen des Opfers nicht genannt.«

»Wirklich? Davids Name stand auch nicht in der Zeitung. Woher wusste er es dann?«, sage ich, während ich überlege, ob ich ihm dummerweise in einer SMS davon geschrieben habe. Kurz nachdem ich in der Tageszeitung vom Mord gelesen hatte.

»Eben.« Tarik Ünal greift zu einem Bleistift und kaut nachdenklich auf dem Endstück herum. »Aus der Presse kann er ihn nicht erfahren haben.«

»Also weiß er mehr, als er zugibt. Viktor könnte also doch der Mörder …«

Es klopft an der Bürotür. So kräftig, dass ich zusammenzucke.

»Tarik? Kann ich dich kurz mal sprechen?« Das Gesicht einer jungen Frau erscheint im Türrahmen.

Der Kommissar bedeutet mir, einen Moment zu warten, und geht zur Tür. Seine Kollegin flüstert ihm etwas ins Ohr. Er nickt konzentriert und dreht sich zu mir. »Frau Richter. Ich bin sofort wieder bei Ihnen!« Dann verschwinden die beiden im Flur.

Ich greife zu meinem Kaffee und nehme einen kräftigen Schluck. Angewidert spucke ich ihn zurück in die Tasse. Kalt schmeckt das Zeug wie Maschinenöl. Als ich die Tasse abstelle, fällt mein Blick auf den aufgeschlagenen Ordner. Ich beuge mich nach vorne und versuche Tarik Ünals Handschrift zu entziffern. Es sind Aufzeichnungen zu Viktor Engel. Ich kann seine gekritzelten Notizen kaum erkennen, nur einzelne Wortfragmente wie *Handynachrichten*, *Chatverlauf*, *Mia Richter – David H. = Viktor E.? Alibi: Club?*

Und eine handgeschriebene Adresse. Es scheint die Adresse von Viktor Engel zu sein. Ich stehe vom Stuhl auf und gehe um den Schreibtisch herum, um sie besser lesen zu können. Tatsächlich. Viktors Privatadresse. Gut zu wissen, wo er wohnt. Hastig ziehe ich mein Mobiltelefon hervor und mache ein Foto.

Hinter mir wird die Tür aufgerissen.

Mit einem Satz hechte ich zum Fenster und lasse dabei geschickt mein Handy in der Hosentasche verschwinden. »Ähm, dürfte ich … kurz das Fenster kippen?«

Tarik Ünal steht im Türrahmen und fixiert mich.

Ich wische mir die Haare aus der Stirn. »Hier drin ist es so heiß.«

»Sicher«, sagt der Kommissar und schließt die Tür hinter sich. Er geht zu seinem Schreibtisch, klappt den Aktenordner zu und räumt ihn ins Regal. Ob er etwas bemerkt hat? Zumindest lässt er sich nichts anmerken.

Ich öffne das Fenster, drückend warme Luft dringt ins Büro herein.

Dann nehmen wir beide wieder auf den Bürostühlen Platz. Ich sehe Tarik Ünals handschriftliche Notizen vor mir. Mein Chatverlauf mit David – beziehungsweise Viktor. »Haben Sie eigentlich das Handy von Viktor überprüft, als Sie ihn aufgesucht haben?«, frage ich und räuspere mich.

»Sie meinen Ihren Chatverlauf?« Er lehnt sich mit den Unterarmen auf den Tisch auf und faltet die Hände. »Ja, ich habe sein Handy überprüft.«

»Und – haben Sie die Texte gesehen? Und erkannt, dass er sich bei mir als David Hoffmann ausgegeben hat?«, frage ich angespannt.

»Herr Engel war unerwartet kooperativ, Frau Richter«, sagt Tarik Ünal ruhig. »Er hätte mir sein Smartphone überhaupt nicht zeigen müssen ohne richterlichen Beschluss.« Seit der Kommissar zurück ist, wirkt er kühler, fast skeptisch. Was hat ihm seine Kollegin auf dem Flur berichtet?

»Sie haben den Chatverlauf aber gesichert, als Beweis?«

Er schüttelt den Kopf. »Es gab keinen Beweis, keinen Chat zwischen Ihnen beiden. Nichts. Ihr Name und Ihre Nummer waren überhaupt nicht in seinem Telefon eingespeichert.«

»Was?«, rutscht es mir heraus. »Das ... das kann nicht sein.«

Der Kommissar antwortet nicht.

»Vielleicht hat er den Verlauf gelöscht, als Sie kamen? Und auch meine Kontaktdaten!«, sage ich schnell. »Kann das Ihre IT-Abteilung nicht nachträglich herausfinden?«

»Frau Richter ...«

»Dafür braucht man einen richterlichen Beschluss, ja, ich weiß«, sprudelt es aus mir heraus.

»Hören Sie ...«

»Nein, Moment!«, gehe ich dazwischen. »Natürlich! Er hat ein Zweithandy! Ich habe es gesehen. Viktor Engel muss mir über sein anderes Telefon getextet haben! So eins mit Tastatur. Das müssen Sie überprüfen, Herr Kommissar.« Meine Stimme überschlägt sich. »Viktor hat Ihnen das falsche Handy gezeigt, weil er wusste ...«

»Frau Richter! Stopp, stopp!« Tarik Ünal sieht mich ernst an. »Das spielt alles keine Rolle mehr.«

»Wie?«

»Herr Engel hat ein wasserdichtes Alibi. Er war in der Tatnacht in diesem Club«, erklärt er ruhig. »*Tür Dreizehn*.« Er greift zu seinem kalten Automatenkaffee und nimmt einen Schluck.

»Was?« Ich starre ihn an. Mein Herz klopft. »Sie glauben doch nicht etwa diesem glatzköpfigen Türsteher? Viktor ist dort Stammgast, vielleicht kennen die sich?«

Tarik Ünal stellt die Tasse ab. »Es tut mir leid.« Er wischt sich über den Mund. »Aber es gibt Videoaufnahmen. Meine Kollegin hat die Bilder der Überwachungskamera soeben sichergestellt. Sie beweisen eindeutig, dass Herr Engel am Sonntagabend um kurz nach acht den Haupteingang des besagten Clubs betritt und ihn erst gegen drei Uhr früh wieder verlässt.«

»Drei Uhr morgens?«, sage ich schwach. »Unmöglich.«

Augenblicklich wird mir klar, warum der Kommissar plötzlich so unterkühlt ist. Wahrscheinlich denkt er, ich bilde mir das alles nur ein. Ich wäre verrückt. Jetzt, da ihm seine Kollegin die angeblichen Bilder der Überwachungskamera gezeigt hat.

Aber es war Viktor. Muss Viktor gewesen sein, der den Mord begangen hat. Da bin ich mir sicher. Ich muss es nur irgendwie beweisen.

»Frau Richter …« Der Kommissar atmet mitfühlend aus. »Viktor Engel steht damit nicht mehr auf der Liste der Verdächtigen.«

42

Der Himmel über Berlin färbt sich lila. Ich stehe an eine Laterne gelehnt. An dieselbe, an die ich vor ein paar Tagen mein rotes Rennrad angeschlossen hatte, und starre auf das Schaufenster des ehemaligen Beerdigungsinstituts. Warte auf Alice, seit zwanzig Minuten.

Den ganzen Tag habe ich in meinem Zimmer verbracht und gegrübelt. Die Überwachungskamera hat angeblich Viktors Alibi bestätigt. Dass er während der Tatzeit in *Club Dreizehn* war. Trotzdem kann ich das nicht glauben. Mein Bauchgefühl sagt mir etwas anderes.

Aber wie hat er es angestellt?

Seit dem Videobeweis kann ich nicht mehr auf die Hilfe der Polizei hoffen.

Also habe ich, in einem Anflug von Verzweiflung, Alice angerufen und ihr mein Herz ausgeschüttet. Ihr meine Bedenken geschildert. Meine neue Freundin war über die aktuellen Ereignisse ebenfalls so schockiert, dass wir kurzerhand beschlossen, Viktors Alibi auf eigene Faust zu überprüfen.

»Sorry, Schatz! Wartest du schon lange?« Alice ist völlig außer Puste, als sie plötzlich vor mir auftaucht. Sie trägt ein grünes Paillettenkleid. Ich erkenne kleine Schweißperlen auf ihrer Stirn. Sie öffnet ihr Handtäschchen und fummelt hektisch darin herum. »Aber irgend so ein blöder Idiot hat sein Auto mitten in einem Späti geparkt.«

»Was?«

Alice versucht, sich eine Zigarette anzuzünden. Doch das

Feuerzeug spuckt kein Feuer aus. »Ungebremst in einen Kiosk gerast, krasser Unfall. Auf der Oranienburger.«

»Und wurde jemand verletzt?«

»Keine Ahnung, war ja alles abgesperrt.« Endlich eine Flamme. Alice zieht an ihrer Zigarette, stößt Rauchwolken aus. »Mein Taxi musste einen Riesenumweg machen.«

»Oje«, sage ich. »Das bedeutet für Philipp mal wieder eine lange Notfallnacht in der Charité.«

»Dein Mitbewohner, der Doktor?«

»Assistenzarzt ... Ja.«

»Ist der eigentlich schon vergeben?« Alice grinst.

»Wenn es gut läuft, hat er vielleicht bald eine Freundin«, sage ich und denke an Elly Watson, die Engländerin mit dem herzförmigen Muttermal auf der Wange. Ich kann die Enttäuschung in Alices Gesicht erkennen. Sie scheint wirklich nichts anbrennen zu lassen.

»Tja, Pech«, sagt Alice und wedelt mit der Hand. »Aber so was hält mich nicht auf.« Dann zieht sie wieder an ihrer Kippe. »Vielleicht sollte ich mich mal wieder bei Mads melden.«

Ich blicke zur Straße. Das eierschalenfarbene Auto, aus dem Alice gestiegen war, fährt weiter. Ich sehe dem Wagen hinterher. Es fühlt sich an wie ein Déjà-vu.

»Weswegen bist du so nervös?«, fragt Alice.

»Viktor«, flüstere ich und schlinge die Arme um meinen Körper. »Ich habe ständig das Gefühl, dass er mich beobachtet. Als wüsste er genau, was wir vorhaben.«

Alice nimmt einen letzten Zug, schnickt die Kippe zu Boden, tritt sie mit ihren High Heels aus. »Dann lass uns besser mal reingehen.«

Wir betreten den schummrigen Vorraum des Bestattungsinstituts. Es riecht wieder nach Raumspray, diesmal chemisch scharfer Flieder- oder Lavendelduft. Die Glühbirnen an den Wänden flackern wie Kerzen. Wir treiben durch die labyrinthartigen Räume, bis wir vor der Eingangstür zum Club angehalten werden.

Glatzkopf erwartet uns. Er tippt sich an den schwarzen Zylinder. »Guten Abend, Alisssss«, zischt er wie eine Schlange und lächelt dabei breit. Zum ersten Mal erkenne ich den goldenen Frontzahn in seinem Mund. »Parole?«

»Du bist die schönste Blume von allen«, trällert sie, während sie dem Türsteher über die glatt rasierte Wange streicht.

»Nun, das ist nicht ganz korrekt«, sagt er trocken, um uns kurz darauf wieder lächelnd seinen Goldzahn zu präsentieren. Es scheint ein routiniertes Spiel zwischen den beiden zu sein. »Aber ich lasse es ausnahmsweise mal durchgehen, die Damen.«

Ich blicke mich verstohlen im Eingangsraum um. Mustere jede Ecke, jeden Winkel. Und tatsächlich. Direkt über mir, auf den ersten Blick kaum zu erkennen, hängt eine winzige Überwachungskamera. Das Miniobjektiv ist auf den Eingangsbereich gerichtet.

Ich sehe aus den Augenwinkeln, dass mich der Glatzkopf beobachtet.

»Glückwunsch, du bist die Erste, der es auffällt«, sagt er und zwinkert mir zu. »Aber keine Sorge, unten habt ihr eure Privatsphäre. Da gibt es keine Kameras.«

»Aha, unten also nicht«, wiederhole ich.

»Deshalb sind wir hier, Frank«, sagt Alice und geht einen Schritt auf ihn zu. »Sag mal, bei dir war doch die Kriminalpolizei?« Sie legt einen Arm um seine Schultern. »Eine Polizistin, oder?«

»Woher … weißt du das?«, fragt er irritiert und schiebt sich ein Stück von ihr weg. »Hey, Alice, wenn das irgendwie publik wird, ist das schlecht fürs Geschäft. Dann können wir dichtmachen. Du kennst unsere Clubregeln.«

»Von uns wird niemand etwas erfahren«, sage ich.

»Zumindest nicht, wenn du uns die Wahrheit sagst«, ergänzt Alice und lehnt den Kopf an seine Schulter. »Die Wahrheit über Viktor Engel.«

»Was wollt ihr von ihm?«

»Du kennst ihn also?«, sagt Alice.

»Na klar«, antwortet Glatzkopf Frank. »Viktor ist Stammgast. So wie du. Ein völlig harmloser Kerl mit ’nem lockeren Geldbeutel. Er ist oft im Club.«

Ich deute zur Überwachungskamera hoch. »Kannst du dich daran erinnern, ob er am Sonntagabend auch hier war?«

»Ja, war er«, sagt er, ohne eine Sekunde darüber nachzudenken. »Und zwar die ganze Nacht.«

»Wie kannst du dir da so sicher sein?«, fragt Alice.

»Weil die Bullen das auch schon gefragt haben«, entgegnet er und schielt genervt zur Minikamera über dem Eingang. »Die haben unsere Videobänder überprüft. Viktor war die ganze Nacht hier.«

»Und du auch?«, frage ich.

»Ähm … was?«, murmelt der Türsteher. »Wieso ist das wichtig?«

»Wir wollen doch nur wissen, ob du es mit eigenen Augen gesehen hast«, setzt Alice nach. »Dass er erst gegen drei den Club verlassen hat.«

»Hört mal, Mädels«, wiegelt er ab und öffnet die Tür, die hinunter zum Club führt. »Seid ihr gekommen, um Spaß zu haben oder Detektivinnen zu spielen?« Er nickt Richtung Treppe. »Ich bin für beides nicht zu haben. Also entscheidet euch – runter oder raus?«

»Alles gut, Großer«, sagt Alice und klopft ihm auf die Schulter. »Wir gehen ja schon. Komm, Mia!« Dann ergreift sie meine Hand und zieht mich die Treppenstufen nach unten.

Uns empfängt ein tiefer, trommelnder Bass, den man im Magen spüren kann. Ich vermeide es, auf die pornografischen Fotografien zu gucken, die rechts und links im Treppengang hängen, und lasse mich von der elektronischen Musik durch den schweren blauen Rauch ziehen, der uns umwabert. Wir tauchen tiefer hinein, bis sich vor uns die neue, verbotene Welt eröffnet. Doch heute sind die Plätze nur bis zur Hälfte gefüllt.

»Unter der Woche ist nicht viel los!«, brüllt Alice in mein Ohr, als sie meinen skeptischen Gesichtsausdruck sieht. Wir stehen direkt unter einer Lautsprecherbox. Sie führt mich zur neonbeleuchteten Bar. Hier wird die Lautstärke angenehmer.

»Was nimmst du?«, fragt sie.

»Stilles Wasser.«

Alice verzieht ihre Lippen zu einem Schmollmund. »Geht das schon wieder los?«

Der Barkeeper beugt sich zu uns über den Tresen. »Was darf's sein?«

»Zwei *White Russian,* bitte«, sagt Alice schnell und zwinkert mir zu.

Wortlos macht sich der Barkeeper an die Arbeit.

»Wir müssen uns dem Umfeld anpassen, Mia. Sonst fallen wir sofort auf, nicht wahr?« Sie kneift mich in die Seite. »Wir sind doch Schauspielerinnen!«

»Aber nicht zum Spaß hier«, füge ich hinzu. »David wurde getötet.«

Ich blicke zu den schwarz verglasten Séparées hinüber. Dort haben wir gesessen. Dort haben wir uns geküsst. Dort hatte er mich verzaubert. Vielleicht fühle ich deshalb den inneren Drang, seinen Mörder zu finden.

»Auf David«, sagt Alice ernst, und ich drehe mich zu ihr um.

In jeder Hand hält sie einen Cocktail.

Der sahnig-süße Geschmack des Kaffeelikörs beruhigt mich, ein wenig zumindest. Schweigend beobachten wir die Gäste, die sich rauchend auf den Sitzgruppen und Sesseln rekeln, in der Ecke stehen oder knutschen, während das Servicepersonal Geschirr abräumt und mit den Tabletts im hinteren Teil des Clubs verschwindet. Öffentliche Sexszenen sehe ich erstaunlicherweise nirgends.

»Was ist eigentlich da hinten?«, frage ich und deute mit meinem Glas an das andere Ende des Raums, zu den Flügeltüren mit den Bullaugen.

»Muss die Küche sein«, sagt Alice und nippt an ihrem Getränk. »Du glaubst ja nicht, wie viel die hier in Spitzenzeiten abspülen müssen.«

»Wie an einem Sonntagabend?«

»Was meinst du?«

Statt einer Antwort drehe ich mich nachdenklich um die eigene Achse. Links hinten sind die Séparées, in der Mitte ist die Bar und hier rechts die Küche. »Wo sind eigentlich die Toiletten?«

»Gleich da vorne, direkt daneben«, sagt Alice und zeigt auf die Tür neben der Küche.

»Interessant«, murmle ich und gehe zielstrebig darauf zu.

»Ähm, Mia?« Alice läuft mir irritiert hinterher. »Wieso interessant?«

»Sorry, Mädels! Vorsicht!« Eine Federboa-Bedienung rauscht mit einem Tablett leerer Gläser an uns vorbei, verschwindet hinter den Türen mit den Bullaugen. Für einen kurzen Moment kann man einen Blick in die Küche erhaschen. Obwohl der Club nicht ausgelastet ist, herrscht dort Hochbetrieb.

»Das ganze Geschirr, die Gläser, die Snacks, die Flaschen, all das hier«, sage ich und breite die Arme aus, während ich mit eiligen Schritten auf die Toilettentür zusteuere. »Das muss doch irgendwie hier runtergebracht werden.«

»Ja und?«

Ich drücke die Tür zu den Toiletten auf. Alice folgt mir durch einen taghellen weißen Flur. Wir laufen an einer meterlangen Warteschlange vorbei. Es riecht unangenehm süß, nach einer Melange aus Urin, unterschiedlichsten Damenparfums und Klostein.

»Hey, nicht vordrängeln!«, ruft uns eine der Frauen hinterher.

»Keine Sorge, wir müssen nicht!«, rufe ich zurück.

»Mia! Wo willst du hin?«

Unsere Schritte hallen durch den Flur. Die Musik ist nur noch dumpf zu hören. Wie Druckmaschinen in einem Zeitungsverlag. Vor uns tauchen drei geschlossene Türen auf. Links das WC für Herren. Die Tür in der Mitte führt zur Damentoilette, während auf der Tür rechts PRIVAT steht.

Habe ich es mir doch gedacht.

Ich tippe auf das Metallschild. »Vielleicht haben wir da Glück ...«

»Was willst du denn da?«, fragt Alice, während ich schon die Klinke nach unten drücke. Die Tür ist nicht verschlossen.

»He! Da darf man nicht rein!«, ruft eine aufgetakelte Mittdreißigerin.

»Wir sind vom Personal«, antworte ich knapp und husche in den Flur.

Alice folgt mir. Hinter uns schlägt die Tür zu.

Der schlauchartige, leere Gang führt uns tiefer in das Gebäude hinein, bis wir in einem kleinen Raum ankommen, an dessen Wand sich Dutzende von Weinkartons, Wasserkästen und Softdrinks stapeln. Mehrere Kisten mit Biergläsern, sogar ein Einkaufswagen mit Servietten, Brezelpackungen und Nussmischungen steht hier.

»Verdammt, was wollen wir hier?«, fragt Alice und blickt sich nervös um.

Ich deute auf den Einkaufswagen. »Siehst du das?«

Alice kneift die Augenbrauen zusammen. »Papiertücher? Ja und? Ich raff's nicht!« Sie stemmt die Arme in die Seite. »Komm, lass uns wieder gehen, Mia. Bevor uns jemand entdeckt.«

Ich gehe zum Einkaufswagen und schiebe ihn ein Stück auf Alice zu. »Was glaubst du, wie sie dieses sperrige Ding hier runterbekommen haben?« Ich lächle stolz. »Wohl kaum über die steile Eingangstreppe, oder?«

Sie legt den Kopf schief. An ihrem Gesichtsausdruck kann ich erkennen, dass sie meine Vermutung langsam versteht. »Du meinst, es gibt noch einen anderen Ausgang?«

»Einen weiteren Ausgang, richtig – und zwar mit Aufzug«,

sage ich. »Irgendwie mussten sie ja die Särge hier runterbringen.«

Alice verzieht das Gesicht. »Särge.«

Wir gehen weiter. Die Leuchtstoffröhren über uns flackern. Der Gang biegt rechts ab. Klirrender Geschirrlärm ist zu hören, unterlegt von hektischen Stimmen. Wir bleiben am Wandvorsprung stehen und schielen um die Ecke.

Es ist der Hintereingang zur Großküche, ich kann mindestens acht Personen asiatischer Herkunft erkennen. Sie räumen Gläser und Teller in die Spülmaschinen ein, sortieren Porzelanschälchen und bereiten neue Snackteller vor. Inmitten des geschäftigen Gewusels springen vereinzelt Federboas umher, stellen benutztes Geschirr auf der Arbeitsfläche ab.

Ich zeige auf den ungewöhnlich breiten Fahrstuhl mit den Metalltüren, der nur wenige Meter vor uns aus der Betonmauer ragt. »Darüber könnte Viktor unbemerkt den Club verlassen haben«, flüstere ich.

»Aber wo führt der hin?«, antwortet Alice leise.

»Das werden wir jetzt herausfinden«, sage ich, schleiche – versteckt hinter einem mobilen Geschirrschrank – hinüber und drücke den Aufzugknopf.

»Mia! Warte!«, zischt es hinter mir.

Ich winke sie zu mir.

Doch Alice schüttelt den Kopf.

»Komm schon!«

Alice schnauft angespannt durch, sieht sich ein letztes Mal in der Küche um, dann hüpft sie auf Fußspitzen zu mir herüber. Es wirkt, als würde sie barfuß über heiße Herdplatten laufen.

Die Fahrstuhltüren gehen auf. Das lautstarke, zischende Geräusch, ähnlich einer Schrottpresse, geht glücklicherweise im Lärm der Großküche unter. Hastig schlüpfen wir in den Frachtaufzug hinein, ich drücke den Knopf zum Erdgeschoss.

»Hier wurden ganz sicher die Leichen nach unten gebracht«,

flüstere ich, während sich die Türen hinter uns schließen. »Guck mal, wie groß der Aufzug ist.«

»O bitte, hör auf damit«, sagt Alice. »Das ist ja grauenhaft!«

Mit einem Ruckeln setzt sich der Fahrstuhl in Bewegung.

»Wie ein Waggon in der Geisterbahn«, flüstert Alice.

Ich muss lachen. »Das war leichter als gedacht, oder?«, sage ich, als der Fahrstuhl kurz darauf stehen bleibt. »Und niemand hat was bemerkt.«

Die Türen fahren auf. Kalter Abendwind rauscht zu uns in die Kabine. Ich schlinge die Arme um die Brust. Alice tut es mir gleich. Wir treten auf einen typischen Berliner Hinterhof. Kopfsteinpflaster, Backsteinmauer. Es stinkt nach vergorenem Abfall. Um uns herum ragen Mehrfamilienhäuser in die Höhe. Nur wenige Meter vor uns parken Autos und zwei Lieferwagen. Ich drehe den Kopf in alle Richtungen.

»Und jetzt?«, fragt Alice. Interessiert folgt sie meinem Blick.

»Keine Kameras. Keine einzige, nirgends«, sage ich und beobachte auch die beleuchteten Fenster über uns. Eines davon ist weit geöffnet, ein alter Mann hängt über dem Fensterrahmen und raucht.

»Ja … tatsächlich«, stimmt mir Alice überrascht zu. »Über diesen Ausgang könnte Viktor tatsächlich unbemerkt verschwunden sein. Es gäbe keinerlei Beweise.«

»Und dann, wenig später – nach dem Mord an David –, kam er auf demselben Weg wieder zurück. Völlig unbemerkt«, sage ich, noch immer den alten Mann im Blick. Er trägt ein schmutziges weißes Unterhemd. »Die Überwachungskamera am Eingang bietet ihm das perfekte Alibi.«

»Du hast recht«, sagt Alice. »Mia, das müssen wir der Polizei mitteilen. Das beweist, dass Viktors Alibi doch nicht so wasserdicht ist, wie es scheint.«

Über uns wird gehustet. Wir blicken nach oben. Zu dem rauchenden alten Mann. Plötzlich kommt mir eine Idee. Vielleicht hat er ja was in der Tatnacht gesehen?

»Entschuldigen Sie bitte!«, rufe ich freundlich zu ihm hoch. »Haben Sie zufällig am Sonntagabend hier einen Mann rauskommen sehen?« Ich forme meine Hände zu einem Trichter. »Aus diesem Frachtaufzug?«

»Da kommen immer Männer raus!«, ruft er krächzend zurück.

»Ähm, also der Mann, den wir suchen, der hat an dem Abend einen edlen dunkelblauen Anzug getragen und …«

»Keine Ahnung, sonntagabends guck ich immer *Tatort*!«, ruft er uns entgegen. »Gehört ihr zwei auch zu diesem Sexclub?«

»Wie bitte?«

Doch der Alte lacht nur. »Na, dieser Pornoschuppen, *Tür Dreizehn*? Dann könntet ihr Häschen auch mal zu mir hochkommen!« Er hustet. »Und mir einen runterholen!« Er lacht erneut. Verschluckt sich.

»Nein, tut uns leid!«, ruft Alice zurück.

Ich blicke sie irritiert an. Wieso reagiert sie überhaupt auf so einen geilen Sack? Am liebsten würde ich dem Alten den Mittelfinger zeigen.

Doch Alice hält mich zurück, zwinkert mir zu. »Wir arbeiten noch für den alten Arbeitgeber!«, ruft sie.

»Häh? Wie?«, krächzt der Alte zurück.

Ich muss laut losprusten, als ich ihren Seitenhieb verstehe.

»Sollen wir den Sarg gleich zu Ihnen mit nach oben bringen?«, rufe ich zu seinem Fenster hoch. »Oder wollen Sie direkt zu uns in die Kiste springen?«

Das hat gesessen. Unter einem starken Hustenanfall drückt der Alte die Zigarette an der Hauswand aus, Funken regnen zu uns herab, er knallt das Fenster zu, hinter der staubigen Scheibe wird ein nikotingelber Vorhang zugezogen.

Alice und ich fallen uns lachend in die Arme. Es wirkt befreiend.

Dann rennen wir über das Kopfsteinpflaster hinaus zum Hofausgang.

43

Ich schließe die Wohnungstür auf und hänge meine Jacke an den Haken im Flur. In der Küche brennt Licht. Philipp sitzt am kahlen Esstisch und blättert in einem Taschenbuch. Beide Zeiger der Wanduhr stehen kurz vor der Elf. Gestern um diese Uhrzeit war der Tisch noch für ein romantisches Candle-Light-Dinner eingedeckt.

Er blickt kurz auf. »Yvonne ist noch unterwegs.«

»Verstehe«, sage ich und öffne zielstrebig den Küchenschrank, schiebe ein paar Nudelpackungen zur Seite. »Willst du auch einen Tee?«

»Gern.«

»Minze oder Yogi?«

»Minz.«

Ich befülle den Wasserkocher, hole zwei Tassen aus dem Schrank. »Bist du heute gar nicht im Krankenhaus?«, sage ich, während ich die Teebeutel in die Tassen hänge. Ich frage ihn besser nicht nach Elly. Wenn sein Date gut verlaufen wäre, dann würde er doch nicht hier alleine im Halbdunkeln sitzen und lesen.

»Heute Abend war zum Glück nicht so viel los«, antwortet Philipp und schlägt das Buch zu. »Da konnte ich ausnahmsweise mal früher gehen.«

»Nicht viel los? Ich dachte, da war so ein krasser Unfall?« Ich schließe die Schranktüren und drehe mich zu ihm.

»Welcher Unfall?« Er blickt mich irritiert an.

»Da ist ein Auto in einen Späti gerast.«

»Sagt wer?«

»Alice.« Das Wasser im Kocher sprudelt. »Auf der Oranienburger«, sage ich. »Deshalb ist sie zu spät gekommen.«

»Aha«, sagt er skeptisch. »Also, bei uns in die Notaufnahme kam heute kein schwerer Verkehrsunfall rein.« Er greift zu seinem Handy und öffnet den Webbrowser. »Zumindest nicht von der Oranienburger.«

»Warum sollte sie so was behaupten?«, sage ich und schütte das kochende Wasser in die Tassen. Minzgeruch steigt in meine Nase.

»Keine Ahnung«, murmelt Philipp und wischt mit dem Zeigefinger über das Display. »Also, im Netz steht noch nichts ... Vielleicht als Ausrede, weil sie zu spät gekommen ist?«

»Möglicherweise wurden die Verletzten auch in ein anderes Krankenhaus eingeliefert.« Mir leuchtet nicht ein, warum mich Alice anlügen sollte.

»Das wäre zumindest eine Erklärung«, lenkt er ein und steckt das Handy wieder in die Hosentasche. »Ist doch auch egal. Wo habt ihr euch denn getroffen?«

»*Tür Dreizehn*«, sage ich und setze mich zu ihm. »Der Club, in dem ich David begegnet bin ...«

»Und, hattet ihr Spaß?«

»Wir waren nicht zum Spaß dort«, grummle ich.

Plötzlich wird mir bewusst, dass Philipp und Yvonne noch gar nicht wissen, dass David ermordet wurde. Den Namen des Opfers hat die Presse ja gar nicht bekannt gegeben.

»Was ist los?«, fragt er und beobachtet mich, wie ich meinen Teebeutel im Wasser ab- und auftauchen lasse. »Mia?«

»David ist tot«, sage ich knapp, ohne Emotionen zu zeigen. Ich will nicht, dass Philipp das Gefühl bekommt, er müsste mich trösten.

»Was?«, entfährt es ihm. »Ach, du Scheiße ...«

»Mord«, sage ich. »Er wurde erdrosselt. Die Leiche, die sie am Landwehrkanal gefunden haben.«

»O Gott«, sagt Philipp. Mehr sagt er nicht.

»Aber das ist nicht alles«, erkläre ich und lasse den Beutel wieder in die Tasse fallen, verschränke die Arme vor der Brust. »Ich denke, ich kenne seinen Mörder – Viktor Engel.«

»Wie bitte?«, sagt Philipp und zieht die Augenbrauen nach oben. »Yvonnes seltsamer Bekannter?« Er legt den Kopf schief. »Der hier in unserer WG war? Dem ich fast eine reingehauen hätte?«

»Genau der.«

»Wie kommst du darauf?« Philipp wirkt wie vor den Kopf gestoßen. »Hat das die Polizei gesagt?«

»Nein.«

»Wer dann?«

»Ich.«

»Du?« Er schüttelt den Kopf und lacht ungläubig. Wird wieder ernst. »Hast du denn irgendwelche Beweise dafür?«

»Nein.« Ich puste auf den Tee. »Bis jetzt noch nicht.«

»*Bis jetzt* ... Wie meinst du das?«

»Ich werde es herausfinden. Beweisen, dass Viktor ein Mörder ist.«

»Das ist doch Blödsinn, Mia! Das sollte Sache der Polizei sein.«

»Hör mir doch mal zu. Angeblich hat er ein Alibi für die Tatnacht«, erkläre ich weiter. Ich muss sofort mit jemandem darüber reden. Über den riskanten Plan, den ich auf dem Heimweg geschmiedet habe. »Alice und ich haben Viktors Alibi gerade überprüft. Im Club gibt es tatsächlich eine Videokamera über dem Eingang, aaaber ...« Ich mache eine Kunstpause, um Philipps volle Aufmerksamkeit zu erhalten. »Es gibt eine Möglichkeit, sich unbemerkt rauszuschleichen.«

»Und wie soll das gehen?«

»Über den Lastenaufzug im Hinterhof.«

»Hm. Das ist kein Beweis.«

»Glaub mir, es macht total Sinn.« Ich beuge mich zu Philipp

vor, senke die Stimme. »Viktor hat mich an diesem Abend nur aus einem einzigen Grund zu diesem ehemaligen Bestattungsinstitut gelockt.« Ich puste mir eine Strähne aus der Stirn. »Damit ich Zeugin werde, wie er in den Club hineingeht. Doch in Wirklichkeit ist er über den Lastenaufzug hinaus, zu Davids Büro gefahren, hat ihn aus krankhafter Eifersucht umgebracht und seine Leiche am Ufer abgelegt. Dann ist er wieder zurück in den Club und ...«

»Warte mal! Mia!«, unterbricht mich Philipp, hebt die Hand, um mich zu stoppen. »Und warum hat er die Leiche nicht einfach im Büro gelassen?«

»Vielleicht als Zeichen für mich, weil es bei uns um die Ecke ist?«

»Der will doch mit dir zusammenkommen! Das ist doch viel zu risikoreich. Und selbst falls du recht damit haben solltest – woher sollte er denn überhaupt wissen, wo David wohnt und arbeitet?« Er schüttelt energisch den Kopf. »Nein, sorry, Mia. Du reimst dir da echt was zusammen.«

Meine Nasenspitze beginnt zu jucken, ich kratze mich.

»Viktor weiß es von dir.«

»Was?«

Die Eieruhr klingelt. Ich ziehe die Teebeutel aus den Tassen. »Als Viktor bei Yvonne zu Besuch war«, erkläre ich. »Erinnerst du dich? Als du mich verteidigen wolltest. Da hast du Davids Namen gesagt. Und dass er Webdesigner ist. Dadurch konnte Viktor seine Kontaktadresse ganz einfach googeln. Das liegt doch auf der Hand.«

Philipp springt von seinem Stuhl auf. »Moment! Willst du jetzt etwa mich dafür verantwortlich machen?«

»Nein, so war das nicht gemeint!«

»Ach, nicht?« Er schwankt ein paar Schritte zurück.

»Nicht direkt.«

»Du wirfst mir vor, dass ich Schuld an Davids Tod habe?«

»Nein, ich ... ich wollte damit nur erklären, woher er vielleicht Davids Adresse haben könnte«, sage ich und stehe ebenfalls auf. »Du bist auf keinen Fall …«

Nun hebt er beide Hände. »Okay, okay, das ist krass. Das muss ich jetzt erst mal verdauen, Mia«, sagt er und atmet angestrengt durch. »Und wenn schon. Nur weil ich ihm vielleicht Davids Namen gesagt habe, kann ich doch nicht ahnen, dass er ihn gleich umbringt!« Er dreht sich um und stapft auf seine Zimmertür zu.

»Philipp, warte!«, rufe ich ihm hinterher.

Doch da ist er schon in seinem Zimmer verschwunden. Der Schlüssel wird im Schloss umgedreht.

»Fuck«, sage ich leise und lasse mich auf den Stuhl fallen.

Ich nippe von meinem Minztee und verbrenne mir die Zunge.

44

Viktor liebt Leuchtstoffröhren. Das violettkalte Flackern und Knistern über ihm, wenn sie eingeschaltet werden. Flashbacks auf Knopfdruck. Sie erinnern ihn an das Schullandheim, in dem er als Jugendlicher regelmäßig seine Sommer verbrachte. Häufig wurde er vom Leiter der Ferienspiele nach unten in den Gewölbekeller geschickt, um Limonade zu holen. Er hatte sich freiwillig dafür gemeldet. Aus gutem Grund. Mit hastigen kleinen Schritten rannte er die Treppenstufen nach unten durch die dunklen, kahlen Gänge. Das Herz schlug ihm bis zum Hals, so sehr, dass er den Druck auf seinem Adamsapfel spürte. Als er endlich am Ort seiner Begierde ankam, öffnete er voller Vorfreude den Verschluss des lichtgrauen Spindschranks, der ebenfalls im Vorratsraum stand. Er strich eine fette Winkelspinne zur Seite und klappte die Metalltüren auf.

Dort hingen sie. Zeichenblockgroß, mit Klebestreifen an die Innenwand geheftet: Sandra, Melanie, Gabrielle und Foxy. Die Frauen des Hausmeisters lachten ihn an, luden ihn dazu ein, das Hochglanzpapier zu berühren. Ihre unbekleideten Körper, die sonnengebräunte, ölglänzende Haut, die schulterlangen Haare. Er liebte das ungewohnte Gefühl, wenn sich beim Betrachten der Poster etwas in seiner Unterhose regte. Dann war es Zeit, die Limonadenflaschen zu holen und den Keller so schnell wie möglich zu verlassen. Nicht, dass er dem Heimleiter die nasse Hose erklären musste.

Viktor Engel öffnet die Stahltür des ehemaligen Lagerraums. Wieso muss er immer an den Gewölbekeller denken, wenn er durch die Flure der alten Fabrikhalle läuft? Liegt es wirklich nur am flackernden Deckenlicht, das ihn an die Geburtsstunde seiner Faszinationen erinnert? An die Faszination für hübsche Frauen und Spinnen? Falls ja, muss er sie möglichst schnell unter Kontrolle bringen.

Schließlich ist er kein kranker Mensch.

Und erst recht kein Stalker, so wie Mia denkt.

Einfach lächerlich.

Zum Glück war das heutige Treffen mit ihrer Mitbewohnerin ohne Zwischenfälle verlaufen. Er hatte Yvonne am Abend zum Thailänder in der Wörther Straße eingeladen und zu einigen Mai Tais, um sie ein wenig über Mia auszuhorchen. Schließlich war sein letztes Treffen mit Mia im *Mokka Me!* nicht ganz rund gelaufen. Trotzdem: Das Leben gewährt einem jederzeit eine zweite, dritte, vierte Chance. Und wenn das Leben sie einem nicht gibt, dann muss man eben nachhelfen.

Wie so oft.

Immerhin hat Yvonne gesagt, dass Mia keine rechtlichen Schritte gegen ihn planen würde. Zumindest wisse sie von keinen. Kaum auszumalen, wenn die Sache öffentlich würde. Das wäre der Ruin für seine Firmen.

Viktor schließt die Tür hinter sich, betätigt den Kippschalter. Das Licht der Leuchtstoffröhre scheint den schmalen Raum regelrecht mit Eiswasser zu fluten. Er geht auf die kahle Betonwand zu, an der zuvor schon viele andere Bilder hingen.

Bilder von Frauen und Männern.

Nun sind nur noch zwei davon übrig geblieben.

Er schwankt einen Schritt näher auf die linke Fotografie zu. Sieht sie an. Betrachtet Mia Richter ganz genau. Ihre ausdrucksvollen Augen, die perfekte Symmetrie ihrer Nase, die schwungvollen Lippen. Ihr Porträt ist der Inbegriff von Ruhe und Ebenmaß.

Doch statt des angenehmen Kribbelns in der Hose verspürt er einen Stich in der Brust.

Er greift zum zweiten Foto, das rechts neben Mia an der Betonmauer angeheftet ist, zieht es ab und entfernt mit dem Fingernagel die restlichen Klebestreifen von der Wand.

Das Lächeln der rothaarigen Frau auf dem Bild wirkt künstlich und falsch. Aber auch sie hat eine gewisse Ausstrahlung, das kann Viktor nicht leugnen.

Emotionslos legt er beide Hände an die Oberkante der DIN-A4-großen Fotografie und reißt das Bild in zwei Teile.

Mit Alice wird er sich später beschäftigen.

45

»Das ist eine völlig bescheuerte Idee, Mia«, sagt Alice, während wir durch die Ausstellung wandern. So früh am Morgen sind nur wenige Touristengruppen in der Alten Nationalgalerie, zumindest in dem Teil des Ausstellungsgeschosses, durch den wir gehen. Alice hat sich bei mir untergehakt und betrachtet *Im Wintergarten*, das dschungelgrüne impressionistische Gemälde von Édouard Manet.

»Ich weiß, der Plan klingt verrückt«, flüstere ich leise. »Aber solange die Polizei ihn nicht mehr auf der Liste der Verdächtigen hat …« Ich drehe mich nach allen Seiten um, während wir weiter durch das Museum wandern. »Auf diesem Wege kann ich wenigstens etwas mehr über ihn herausfinden.«

»Verdammt, weißt du, wie gefährlich das ist?«, zischt sie und bleibt vor einem Gemälde von Auguste Renoir stehen.

»Eigentlich nicht«, sage ich und wiege leicht den Kopf. »Viktor steht doch total auf mich. Der wird vor lauter Glück überhaupt nicht merken, dass ich ihm nur etwas vorspiele.«

»Du willst so tun, als hättest du wirklich Interesse an ihm?« Alice verzieht das Gesicht. »Und was, wenn er ein kranker Psychopath ist?«

»Ich habe mein Handy mit. Ein Anruf bei Tarik Ünal, und die Polizei holt mich raus. Das wird nicht gefährlich, Alice. Sonst würde ich das Ganze niemals in Erwägung ziehen«, sage ich, um sie zu beruhigen.

Eigentlich wollte ich auch Philipp in meinen Plan einweihen, aber leider endete unser gestriges Gespräch im Streit. Seitdem haben wir nicht miteinander gesprochen.

»Also noch mal von vorn«, sagt Alice und starrt zu dem stummen Museumswächter, der uns nicht zu beachten scheint. »Du willst Viktor anrufen und dich für das letzte Treffen im *Mokka Me!* entschuldigen. Dann geht ihr erneut einen Kaffee trinken. Dabei zeigst du auf einmal Interesse an ihm. Ihr zwei kommt euch näher – und schwupp, lädt er dich zu sich nach Hause ein.«

»Richtig. Soweit alles klappt.« Wir schlendern weiter, setzen uns auf ein schmales Bänkchen. »Und da die Polizei ohne Durchsuchungsbeschluss nichts unternehmen kann, werde einfach *ich* seine Wohnung nach Hinweisen durchsuchen«, sage ich. »Und wenn ich was finde, übergebe ich es Tarik Ünal. Dann wird Viktor Engel hoffentlich verhaftet – entweder für Stalking oder für Mord. Oder für beides.«

»Ich weiß nicht«, sagt Alice und rutscht näher zu mir heran. »Reicht es denn nicht, wenn wir dem Kommissar davon berichten, dass der Club einen Hinterausgang ohne Kameras hat?«

»Viktor ist Stammgast. Er braucht doch nur irgendjemandem aus dem Club viel Geld zu bezahlen, dann bekommt er ein Alibi für den Abend. Und dann glaubt uns niemand mehr. Wir brauchen echte Beweise, Alice, etwas Handfestes. Vielleicht finde ich sogar die Tatwaffe.«

»Mia, das ist kein Spiel.«

»Und ich bin kein Opfer«, sage ich. »Sondern Schauspielerin. Und vielleicht ist das meine größte Rolle seit …« Ich verstumme, da mir in diesem Moment einfällt, dass ich statt Alice die Hauptrolle ergattert habe. »Ich sollte nur kein Lampenfieber bekommen.«

»Hm, aber …« Alice zögert. »Dann wirst du Viktor wahrscheinlich auch küssen müssen, damit er nicht merkt, dass du ihm was vorspielst?«

»Ich weiß. Deshalb werde ich mir einfach vorstellen, er wäre ein Filmpartner. Und überall wären Kameras, wie auf einem Set«, sage ich, um mich zu motivieren. »Das geht schon irgendwie.«

»Aber wie weit wirst du für deine Rolle gehen?«, fragt Alice und stützt sich auf ihren Knien ab. »Was, wenn er mit dir ins Bett will?«

»Auf gar keinen Fall!«, entgegne ich, strecke meinen Rücken durch.

»Aber wo ist deine Grenze?«, setzt sie nach. »Das solltest du schon vorher wissen. Darf Viktor unter dein Shirt? Zwischen deine Beine? Dich lecken?«

»Alice!«

Der Wachmann dreht sich mahnend zu uns um, hält den Zeigefinger an die Lippen. Wir nicken ihm verständnisvoll zu. Er faltet die Hände vor seinem Bauch und hebt majestätisch das Kinn. Wäre er aus Marmor, würde er gut zu den Plastiken von Auguste Rodin passen.

Wir stecken die Köpfe dichter zusammen. Alices rote Haarsträhnen streichen mir über die Wange.

»Mia, du musst auf alles vorbereitet sein«, flüstert sie besorgt.

»Ein Kuss«, sage ich. »Das ist das Einzige, was ich zulassen werde.«

46

Nachdem ich den ganzen Nachmittag in meinem neuen Kreuzberger Selbstverteidigungskurs verbracht und meine Emotionen an einem unschuldigen Sandsack ausgelassen habe, sitze ich nun frisch geduscht auf meinem Bett. Die Vorhänge sind zugezogen, neben mir auf dem Nachttisch steht ein großes Glas Martini. Pur, mit Eiswürfeln. Zitronen und Oliven hatten wir keine mehr. Vor mir auf der gestreiften Bettdecke liegt mein Mobiltelefon. Über die Bluetoothbox läuft eine Playlist von John Williams, eine Mischung seiner besten Filmmusiken. Ich muss mich in die Wahrhaftigkeit hineinfühlen, in die Vorstellung, dass mein geplantes Vorhaben nur ein Film wäre. Und der monumentale Soundtrack hilft mir dabei. Er gibt mir Sicherheit und Leichtigkeit.

Doch bevor ich den Köder für Viktor auswerfe, kippe ich den Martini in einem Zug herunter. Die Eiswürfel tanzen auf meinen Lippen. Ich wische mir über den kalten Mund, greife zu meinem Handy und tippe.

Lieber David, ich vermisse dich so.

Ich betrachte die Zeile, die ich versendet habe. Es fällt mir schwerer, als ich dachte. Schnell die nächste Nachricht hinterher. Nicht nachdenken, lass dich von deiner Rolle leiten …

Obwohl ich dich nur für einen Abend kennenlernen durfte. Und ich weiß, dass du mich auch mochtest. Deshalb habe ich auch so ein schlechtes Gewissen dir gegenüber. David, es tut mir leid, ich war nicht ganz ehrlich zu dir. Ich weiß nicht, wie ich mit deinem Tod umgehen soll. Deshalb schreibe ich dir und hoffe, dass du diese Nachricht in einer anderen Welt, an einem schöneren Ort mitlesen kannst. Denn ich muss dir schweren Herzens etwas beichten …

Okay, der Text ist vielleicht ein wenig schwülstig geworden. Aber jetzt wird es ernst. Ich öffne meine Angelkiste und stecke den Wurm an den Haken. Ob er meine Nachrichten an David schon gelesen hat?

Ob er sie in diesem Moment gerade liest? Was er wohl denkt, fühlt? Auf jeden Fall sollte ich einen Moment warten, bevor ich das große Finale zünde. Das erhöht die Spannung auf Viktors Seite. Ich blicke auf die Zeiger meiner Micky-Maus-Uhr …

Eine Minute vorbei.

Und jetzt!

Ich habe einen anderen Mann kennengelernt.

Die Jagd ist eröffnet. Ich habe den Wurm auf die Wasseroberfläche geworfen. Hat Viktor es bemerkt? Schöpft er vielleicht schon Hoffnung, dass ich ihn damit meine?

Ich habe ihn zufällig in einem Museum kennengelernt und bereue es zutiefst, dass ich dir nicht von ihm erzählt habe. Denn ich empfinde etwas für ihn. Und zwar mehr, als ich dachte.

Ich muss würgen. Mich schütteln, innerlich wie äußerlich.

Konzentriere dich, Mia. Die allerletzte Zeile an Viktor muss sitzen. Du hast nur diese eine Chance. Du bist die Jägerin, nicht er. Was wirst du schreiben, damit er sich überwindet, dir zu antworten? Sich zu offenbaren.

Ich blicke zu den Eiswürfeln in meinem leeren Glas. Am liebsten würde ich in die Küche gehen und einen Kaffeebecher randvoll mit Martini füllen.

Das Handy liegt backofenheiß in meiner Hand, der defekte Akku arbeitet auf Hochtouren. Ich lege meine Zeigefinger auf das Display. Ich muss es Viktor mit meiner Nachricht leicht machen, aus seiner Deckung herauszukommen. Sich endlich als heimlichen Leser zu outen.

Ich habe auch schon eine Idee.

Zehn Sekunden später versende ich meinen letzten Satz.

47

Philipp und ich sitzen im Eiscafé am Kottbusser Damm und lassen die maritime Kneipe auf der anderen Uferseite des Landwehrkanals nicht aus den Augen. Alle Tische und Stühle der bei Touristen und Einheimischen beliebten *Ankerklause* sind besetzt.

Philipp wischt sich mit einer Serviette einen Tropfen Eiscreme von der Unterlippe. »Meinst du, er ist schon drin?«

»Ich schätze ihn eigentlich nicht so ein, dass er eine halbe Stunde früher am Treffpunkt auftaucht.« Ich schiebe meine Sonnenbrille auf die Nase.

»Na ja«, sagt Philipp. »Wir sind ja auch schon da, oder?«

»Hm.«

Wir drehen der *Ankerklause* wieder den Rücken zu. Um uns herum sitzen Mütter mit ihren Kindern, ein paar rauchende Jugendliche, es wird Türkisch und Arabisch gesprochen. Die Sonne knallt auf uns herab.

»Ich bin dir wirklich so dankbar, dass du mich begleitest«, sage ich und trinke einen Schluck von meiner eiskalten Cola Zero.

»Klar, du kannst immer auf mich zählen, Mia«, sagt er so selbstsicher, als wäre das Ganze seine Idee gewesen, und streicht über das Teleobjektiv seiner digitalen Fotokamera, die vor uns auf dem Tisch liegt.

Doch wir wissen beide, dass es anders war.

Es sind gerade einmal fünf Stunden vergangen, seitdem Philipp meine Entschuldigung am Frühstückstisch angenommen hat. Und schon sitzt er an meiner Seite und unterstützt mich. Das war allerdings nicht so leicht, wie ich mir erhoffte. Netterweise hat er sich im Gegenzug ebenfalls entschuldigt – für seine leicht divenhafte Überreaktion –, und so habe ich geschickt die Gelegenheit genutzt, ihn in meine Pläne einzuweihen. Philipp hat fast panisch reagiert, als ich ihm von meinem Vorhaben erzählte. Ich schätze, er hat noch mehr Angst um mich als ich selbst. Typisch Mediziner. Als ich ihm jedoch erklärte, dass es der einzig legale Weg sei, in Viktors Wohnung zu gelangen, um Beweise zu sammeln, und dass ich außerdem seine Unterstützung als Fotograf benötige, entspannte er sich. Schließlich kann er so immer in meiner Nähe sein und im Notfall jederzeit eingreifen. Zwei Tassen Kaffee später hat er endlich zugesagt, mir zu helfen.

»Ich dokumentiere also alles für die Polizei«, sagt er. »Ich werde mich auf die andere Uferseite stellen und von dort Fotos machen. «

Ich atme durch. »Aber was tue ich, wenn er plötzlich den Mord zugibt? Ich bin ja nicht verkabelt. Wie soll ich das beweisen?«

»Ich glaube nicht, dass er das tun wird.«

»Hm. Vielleicht sollten wir seine Wohnung verwanzen, wenn ich drin bin«, sage ich und fühle mich tatsächlich wie die Hauptdarstellerin in einem Agentenfilm.

Philipp schüttelt den Kopf. »Ich bin zwar kein Jurist, aber ich glaube nicht, dass Geständnisse, die von Privatpersonen aufgenommen werden, vor Gericht gelten. Zumal Verwanzen sicherlich illegal ist.«

»Und Tonaufnahmen mit dem Handy?«

»Keine Ahnung«, sagt er. »Aber schaden kann es sicherlich nicht, falls er irgendwas vor dir zugeben sollte.«

Ich kaue auf meiner Unterlippe. »Sag mal, du hast nicht zufällig irgendwelche Tabletten dabei, die beruhigen?«, frage ich und schiele auf den Eislöffel, der zwischen meinen Fingern zittert. Je näher der Termin mit Viktor rückt, desto nervöser werde ich.

Doch statt einer Antwort lacht Philipp. Sicherlich denkt er, ich hätte ihn aus Spaß gefragt. Ich lecke den Löffel ab. Von meiner Lieblingssorte Cookies könnte ich Tonnen essen, doch heute schmelzen die Bällchen in meinem Becher.

»Zeig mir doch bitte noch mal, was er dir auf deinen letzten Satz geantwortet hat«, sagt Philipp.

Ich öffne die Nachrichten-App und reiche Philipp das Gerät.

Er starrt gedankenverloren auf das Display.

»Ich würde mich so gern mit Viktor verabreden, aber ich weiß nicht, ob das dir gegenüber fair wäre«, liest Philipp meinen allerletzten Satz vor. »Das war echt geschickt, Mia«, sagt er. »Kein Wunder, dass er sich daraufhin bei dir melden musste.«

Ich erinnere mich, wie unvermittelt mein Telefon vibrierte und ich es vor Schreck fast fallen ließ.

Liebe Mia, bitte erschrick nicht. Ich habe lange überlegt, ob ich dir antworten soll, da deine Nachrichten anscheinend an einen David gerichtet waren. Doch es ist der Zeitpunkt gekommen, an dem ich dir die Wahrheit sagen muss. Hier ist nicht David, sondern Viktor. Ich bin es schon immer gewesen. Yvonne hat mir deine Mobilnummer gegeben. Ich wollte mit dir in Kontakt treten, doch du hattest mich anscheinend verwechselt, da wir offiziell keine Nummern getauscht hatten. Ich wollte es auflösen, aber dann hattest du unschöne Dinge über mich geschrieben, sodass ich mich nicht mehr getraut habe, dir die Wahrheit zu sagen. :-(Aber ich wollte weiterhin mit dir in Kontakt bleiben, deshalb habe ich dir meine Identität verschwiegen.

Wieder war ich stinkwütend auf Yvonne. Wie konnte sie Viktor einfach meine Handynummer geben?

»Und jetzt kommt der echt krasse Teil«, sagt Philipp, scrollt noch weiter nach unten. »Der Typ muss sich wirklich sicher fühlen, dass er dir alles offenbart.«

Dann war die Polizei bei mir und hat mich verhört. Wegen

David Hoffmann, der angeblich ermordet wurde. Das war schrecklich für mich. Da mir in diesem Moment klar wurde, dass du mir jetzt nicht mehr schreiben würdest.

»Ernsthaft?«, sagt Philipp. »Mit dem stimmt doch was nicht.«

Ich nicke nur.

Ich habe wieder und wieder auf unseren Chatverlauf geguckt und auf eine Zeile von dir gewartet. Doch Stille. Meine Sehnsucht zu dir wurde so stark, dass ich dich im Café aufsuchen musste. Es tut mir leid, falls ich dich verschreckt habe. Doch heute Abend hat das Schicksal mir gezeigt, dass mein Hoffen und Beten sich gelohnt haben. Du hast mir geschrieben. MIR!

»Er schreibt auf jeden Fall genauso schwülstig wie du«, schmunzelt Philipp.

Ich boxe gegen seinen Oberarm. »Das war mit Absicht, du Idiot!«

»He, weiß ich doch!«, entgegnet er und reibt sich über die Schulter. »Scheinbar denkt er, dass es dir gefällt, wenn er dir im gleichen Stil antwortet. Also weiter. Kommen wir zu deinem Text.«

»Ich habe mindestens zehn Minuten mit meiner Antwort gewartet«, erkläre ich. Es war mir schwergefallen, den Chat nicht so schnell wie möglich hinter mich zu bringen. Doch ich musste Viktor das Gefühl geben, dass er mich mit seiner plötzlichen Nachricht überrascht, ja sogar zu Tode erschreckt hat.

Lieber Viktor. Du kannst dir nicht vorstellen, wie geschockt ich war, als deine Nachricht über Davids Account reinkam. Aber nachdem ich mich jetzt etwas beruhigt habe, überwiegt natürlich die Freude. Danke, dass du den Mut hattest, mir zu schreiben.

Ich greife mir an den Hals. Verspüre wieder den Kloß, den ich schon gestern Abend hatte.

Viktor antwortete sofort. *Das tut mir so leid, Mia. Ich wollte dich nicht verängstigen.*

Von wegen.

Aber ich musste dir einfach die Wahrheit schreiben. Wollen wir uns nicht treffen und darüber sprechen? Dein Viktor.

Ich habe sehr lange über eine Antwort nachgedacht. Gefühlt über eine Stunde lang. Doch die Uhrzeit im Chat verriet mir, dass es nur sieben Minuten waren. Die Gedanken kreisten in meinem Kopf. Sollte ich diesen Schritt allen Ernstes wagen? War das wirklich ein guter Plan?

Wenn ich jetzt zusagte, gab es kein Zurück mehr.

OK! Morgen 15 Uhr? Ankerklause, Kreuzberg?

Keine zwei Sekunden später hatte Viktor unser Treffen bestätigt. Und nun sitzen wir hier, Philipp mit seiner Digitalkamera und ich. Ich schiele auf meine Micky-Maus-Uhr. Nur noch fünfzehn Minuten.

»Also, ich denke, du solltest die Sache wirklich ganz, gaaanz langsam angehen«, druckst Philipp herum, zieht den Objektivdeckel seiner Kamera ab und dreht ihn in seinen Fingern. Ich schätze, er verspürt ein genauso mulmiges Gefühl im Bauch wie ich. »Falls der Typ dich gleich heute schon zu sich nach Hause einlädt, dann geh besser nicht mit. Sicher ist sicher, Mia.«

»Am liebsten würde ich seine Wohnung überhaupt nicht betreten«, sage ich und wünsche mir im Augenblick nichts sehnlicher als eine Zigarette. »Aber das geht nicht. Ohne seine Wohnung keine Beweise. Du weißt ja, wo du hinkommen musst, falls du meine Spur verlierst.«

Ich hatte Philipp das Handyfoto weitergeleitet, das ich in Tarik Ünals Büro gemacht hatte. Die handschriftliche Notiz von Viktors Adresse.

Philipp nickt. Dann schüttelt er den Kopf. »Vielleicht ist das alles doch keine gute Idee, Mia. Wer weiß, wohin der Typ mit dir fährt?«, sagt er leise. »Noch kannst du das Treffen absagen.«

Die Eiscreme vor mir ist zu einer bunt gesprenkelten Suppe geworden. »Nein«, sage ich und spreche mir selbst Mut zu. »Ich habe meine Entscheidung getroffen. Außerdem wird es nicht gefährlich, keine Sorge. Wir reden vielleicht von maximal vier Stunden, die ich in seiner Wohnung sein werde.«

Mein Plan sieht so aus: Ich schlage Viktor mit seinen eigenen Waffen. In einem unbeobachteten Moment werde ich heimlich seine Hausschlüssel entwenden und durch ein Fenster hinunter in den Hof werfen. Dort wartet Philipp und bringt sie zu einem Schlüsseldienst, der sie in wenigen Minuten nachmacht. Mit dem neuen Satz Schlüssel wird Philipp unbemerkt zurück ins Haus gelangen und die Originalschlüssel vor Viktors Wohnungstür verstecken. Per SMS informiert Philipp mich über das Depot, und ich hole sie wieder rein.

Das war der schwierigste Teil.

Danach brauchen wir nur noch Viktors Haus zu beobachten und zu warten, bis er es irgendwann verlässt. Mit den nachgemachten Schlüsseln betrete ich seine Wohnung und kann ungestört nach Hinweisen suchen, während Philipp oder Alice unten Wache steht. Sicherer geht es kaum.

»Yvonne hat mir erzählt, dass er oft auf Geschäftsreisen ist«, sagt Philipp. »In Luxemburg, den Niederlanden und London. Vielleicht kannst du das ja rausfinden?«

»Ich werde gleich auf seinen Job zu sprechen kommen«, sage ich. »Ich weiß ja immer noch nicht, was er beruflich macht. Apropos England …« Ich überlege einen kurzen Moment, ob ich ihn nach Elly fragen soll, doch ich verwerfe den Gedanken.

»Was ist damit?«

»Ach, nichts.«

»England? Du meinst wegen … Elly?«

Philipp kennt mich gut. Ich nicke.

»Nun ja, sie ist wirklich sehr, sehr nett. Und höflich.«

»Und wahnsinnig süß und intelligent«, füge ich hinzu. Es tut gut, mal einen Moment lang nicht über Viktor nachzudenken. »Und ich glaube, sie steht auf dich. Das könnte was zwischen euch werden.«

»Das stimmt schon.« Philipp kratzt sich am Ohr. »Sie scheint aber einen seltsam negativen Elternkomplex zu haben. Mit dem hätte ich zwar kein Problem, doch sie will in einem halben Jahr wieder nach Cambridge zurück.« Er zieht enttäuscht die Augenbrauen nach oben. »Und mein Englisch reicht nicht, um in England eine Arztpraxis aufzumachen.«

»Du sollst sie ja nicht gleich heiraten«, schmunzle ich. »Ihr könnt ja erst mal ein bisschen Spaß haben und euch kennenlernen.«

»Für lose Liebschaften bin ich nicht der Typ«, antwortet er. »Ich muss mich von Kopf bis Fuß verlieben. Dann gebe ich alles, bis …« Plötzlich hält Philipp inne, greift zu seiner Kamera. »O verdammt, Viktor! Er ist da!«

Ich drehe mich um und erkenne den Mann im dunkelblauen Anzug und den weißen Sneakern, der auf die Brücke zugeht. Ich drücke den Glückscent in meiner Hosentasche. Alter Theateraberglaube.

»Toi, toi, toi!«, sagt Philipp und hängt sich die Kamera um den Hals. »Und pass auf dich auf!«

Ich springe vom Stuhl und überquere die Straße.

48

Ich folge Viktor mit fünf Metern Abstand. Er zwängt sich zwischen den Gartentischen hindurch, die zusammengewürfelt unter der gestreiften Markise stehen, in den Kneipenraum der *Ankerklause* hinein. Der Lärmpegel ist hoch, es riecht nach Currybouletten und Pommes. Viktor steuert zielstrebig durch den schrullig gemütlichen Innenraum auf die Außenterrasse zu und wählt einen Ecktisch über dem Kanal.

Ich warte einen Moment hinter der Jukebox und beobachte ihn aus meinem Versteck heraus, wie er das Jackett auszieht und über die Stuhllehne hängt, als mir jemand sanft auf die Schulter tippt. Überrascht wirble ich herum.

»Mia? *Hej*, wie geht's?«, fragt der Mann vor mir. Er zieht eine dunkle Basecap vom Kopf. An seinen strohblonden Haaren erkenne ich Mads Larsen, meinen dänischen Schauspielpartner vom Casting.

»Hallo, ähm … Mads«, presse ich hervor. »Was machst du denn hier?«

»Oh, ich wollte mir gerade einen Schokoriegel kaufen, bei Burçak im Späti, da vorne neben dem Hotel Prens«, sagt er und deutet hinter sich aus dem Fenster. »Dabei habe ich zufällig gesehen, wie du über den Kottbusser Damm gelaufen bist. Wollte nur mal kurz Hallo sagen.«

»Mhm, verstehe. Wie nett«, sage ich höflich und frage mich, wie er mich aus dieser Entfernung überhaupt erkennen konnte. »Wohnst du etwa in Kreuzberg?«

»Nee, nee«, lacht er. »Aber ich bin öfter für Fotoshootings

hier in der Gegend. Hast du vielleicht Lust und Zeit, einen Kaffee zu trinken?«

»Ähm, leider nein, tut mir leid. Ich bin verabredet«, sage ich schnell und schiele zur Außenterrasse hinaus. Viktor rutscht nervös auf seinem Stuhl herum, zupft an seinem Hemd, guckt auf seine Uhr. Ich bemerke aus den Augenwinkeln, dass Mads meinem Blick folgt.

»Etwa mit dem?«, fragt er und nickt mit dem Kinn zu Viktor.

»Äh, ja«, sage ich. »Es ist ein … Geschäftstermin.«

»Klar, Geschäft. Das erklärt so einiges«, sagt Mads. Mit einem Mal wirkt er frostig. Auf seiner Stirn bilden sich Falten. »Kennst du ihn schon länger?«

»Wieso?«

»Ist ja auch egal«, sagt er und zieht die Nase hoch. »Ich hatte dich eigentlich anders eingeschätzt, Mia. Ich dachte, du hättest Prinzipien und wärst nicht wie die meisten. Aber so kann man sich täuschen.«

»Was?«, sage ich und blicke ihn irritiert an. »Wie … was meinst du?«

»Ich muss los«, sagt Mads distanziert und dreht sich um die eigene Achse. »Du wirst wissen, was du tust!« Grußlos verschwindet er durch den sonnendurchfluteten Kneipeneingang.

Ich folge seiner immer kleiner werdenden Silhouette. Was sollte das denn? Was wollte Mads von mir? Es klang fast wie eine Standpauke. Welches Recht nimmt sich der Typ raus, mich so anzufahren? Wir kennen uns doch überhaupt nicht.

Viktor winkt mir zu, als er mich hinter der Scheibe entdeckt. Ich stoße einen flachen Atemhauch aus, hebe lächelnd den Arm und gehe auf ihn zu. Meine Handflächen werden feucht, das Herz beginnt zu pochen, mein Magen verkrampft sich. Lampenfieber.

Nutze die Nervosität für dein Spiel, höre ich meine Schauspiellehrerin im Kopf, und so gehe ich zielsicher auf den kleinen Tisch zu, der von üppigen roten Geranien umrandet wird. Der Theatervorhang hebt sich, meine Vorstellung beginnt.

Viktor deutet auf den freien Stuhl. »Du bist wohl genauso gern pünktlich wie ich«, sagt er freudig, und ich nehme seitlich von ihm auf der blauen Bank Platz.

Ich blicke verstohlen auf seine Rolex. Es ist erst zehn vor. Ich hätte Viktor länger schmoren lassen sollen. Nun denkt er wahrscheinlich, ich könnte es nicht abwarten, ihn zu sehen. Vielleicht ist es aber auch ganz hilfreich.

»Tja«, sage ich. »Ich hätte nicht gedacht, dass ich so gut durchkomme.«

»Durchkomme?« Viktor lacht laut auf. »Du wohnst doch hier um die Ecke! Ich habe dich nach Hause gebracht, schon vergessen?«

Ich räuspere mich, balle die Finger zur Faust. Atmen. »Ähm ja, stimmt.« Ich streiche meine Handflächen an der Jeans trocken. »Ich war vorher noch auf einem wichtigen Termin. In Wedding. Ein Vorsprechen für einen Werbespot«, lüge ich und lächle. »Ein neuer ... Schokoriegel.«

»Ah, cool, Glückwunsch«, sagt er und faltet die Hände. »Hauptsache, du bist jetzt hier.«

»Was kriegt ihr?«, fragt die Kellnerin neben mir.

Ich zucke zusammen, ich habe sie gar nicht kommen hören. »Ein Bier, bitte«, sage ich. Ich schätze, ich muss mir ein wenig Mut antrinken, um den Knoten in meinem Kopf zu lösen. »Ein kleines.«

»Und für mich auch, danke.«

Die Kellnerin verschwindet im Innenraum. Ich betrachte den Landwehrkanal unter uns. Anmutig gleiten mehr als zwanzig Schwäne über das asphaltschwarze Wasser. Am gegenüberliegenden Ufer spiegeln sich die Trauerweiden auf der Oberfläche. Zwischen den Bäumen entdecke ich Philipp, der gut geschützt auf einer Parkbank sitzt und mit seinem Teleobjektiv Fotos von uns macht.

»Die bleiben ein Leben lang zusammen«, sagt Viktor.

»Bitte entschuldige, was?«

»Schwäne.« Viktor beugt sich zu mir vor. »Wusstest du das? Wenn sie einmal den richtigen Partner gefunden haben, dann hat kein anderer mehr eine Chance. Sie binden sich für immer. Bis zu ihrem Tod.«

»Aha«, entgegne ich und wende meinen Blick von den Schwänen ab. Ich greife nach dem Salzstreuer auf dem Tisch und spiele damit.

»Was hat es mit dieser Uhr auf sich?«, fragt Viktor plötzlich und deutet auf die Zeigerarme von Micky Maus an meinem Handgelenk. »Die ist mir schon bei unserem letzten Date aufgefallen. Ein wirklich schönes Vintage-Stück. Aus den Fünfzigern?«

»Ach, also diese Uhr …«, beginne ich und überlege kurz, ob ich ihm die Wahrheit sagen will. Doch um mich nicht in noch mehr Lügen zu verstricken, sollte ich das Fundament meines Schauspiels auf Tatsachen aufbauen, die er eventuell googeln kann, falls er meine Vita überprüft.

Die Kellnerin stellt uns wortlos zwei Bier auf den Tisch.

Ich bedanke mich und nippe an der Flasche.

»Ich habe sie von meinem Großvater«, sage ich leise.

»Also ein Erbstück?«, fragt er.

Ich nehme einen großen Schluck, stelle die Flasche auf den Tisch zurück. Mein Blick wird weich, vor mir tanzt der Erbsenanhänger am Zündschloss. Papas Hand von rechts, am Handgelenk seine Micky-Maus-Uhr. Er zieht den Schlüssel ab, der Baum kommt näher …

»Wir hatten einen Autounfall, als ich vier Jahre alt war. Meine Eltern sind dabei ums Leben gekommen. Ich bin bei meinen Großeltern im Odenwald aufgewachsen.«

»Das tut mir leid«, sagt er überrascht und deutet auf die Tätowierung auf meinem Handgelenk. »Und diese Narbe? Die unter dem Schwalbentattoo?«, fragt er. »Ist die auch vom Autounfall?«

Ich streiche über die vernarbte Haut und schüttle wortlos den Kopf.

»Oh, okay. Nicht? Verstehe«, sagt er peinlich berührt. Ich sehe aus den Augenwinkeln, dass er auf seinem Sitz nach hinten rutscht. »Ich … ich wollte nicht indiskret sein, Mia. Tut mir leid.«

»Ich war fünfzehn, als mich mein Opa in unserer Scheune gefunden hat«, sage ich leise. »Danach war ich einige Monate in Therapie, in Katzenbrunn. In der Odenwälder Klinik gab es eine Theatergruppe.« Ich blicke zu ihm auf. Unwillkürlich ziehen sich meine Mundwinkel nach oben. »Das Schauspiel hat mir einen Funken Hoffnung und den Wunsch gegeben, am Leben zu bleiben. In Katzenbrunn lernte ich, mit meinem Trauma umzugehen und die Macht der Masken für mich zu nutzen. Als eine Art Schutzschild für meine depressiven Phasen.«

Ich blicke zur anderen Uferseite. Eine türkische Familie schlendert mit einem Kinderwagen am Landwehrkanal entlang. Vorbei an Philipp, der mittlerweile seinen Standort gewechselt hat. Er steht nun weiter von der Brücke entfernt. Das Glas seines Teleobjektivs reflektiert in der Sonne. »Und später, viele Monate später, an dem Tag, als ich aus der Klinik entlassen wurde, hat mir mein Opa diese Micky-Maus-Uhr geschenkt. Als Symbol einer neuen Zeitrechnung – einer zweiten Chance.«

»Eine wirklich schöne Geste«, sagt Viktor.

»Die Uhr gehörte meinem Vater. Auf wundersame Weise hat sie den Autounfall überlebt. Genauso wie ich.« Wieder trinke ich einen kräftigen Schluck Bier. Ich habe schon lange nicht mehr darüber gesprochen. »Deshalb dachte mein Opa, ich sollte sie bekommen.«

Viktor schiebt den Ärmel seines Hemds nach oben. An seinem Handgelenk glänzt die goldene Rolex. Er dreht das Ziffernblatt in meine Richtung. »Siehst du? Meine Uhr steht ebenfalls für zweite Chancen. Und sie erinnert mich immer daran, woher ich komme.« Als er bemerkt, dass ich nicht darauf reagiere, zieht er den Ärmel wieder nach unten. »Sorry, tut mir leid. Ich … ich wollte dich nicht unterbrechen …« Er räuspert sich.

»Schon okay«, sage ich. »Nicht so wichtig. Erzähl mir lieber etwas von dir. Wieso bedeutet deine Uhr eine zweite Chance für dich?«

»Weil du jetzt endlich bei mir sitzt«, antwortet er. Dann winkt er lachend ab, wirkt verlegen. »Nein, war nur Spaß.« Viktor nippt mehrmals an seiner Flasche. »Auch ich bin in einem kleinen Ort aufgewachsen. Wir hatten nicht viel Geld. Eigentlich gar keins.« Er lässt den Kopf sinken. »Bis auf das Sommerferienlager war ich immer auf der Straße, immer draußen, hinter den Häusern. Besonders nachts, wenn meine Mutter Besuch hatte. Ich hab mich oft geprügelt, mir Respekt verschafft. Ich wollte immer reich sein, wenn ich erwachsen bin, verstehst du?«

»Und wie … womit hast du es dann geschafft?«, frage ich. Mein Interesse ist echt. Ich finde es immer bewundernswert, wenn Menschen sich gegen ihr vorgegebenes Schicksal stemmen. Vielleicht, weil ich den gleichen Kampf ausfechte.

Trotzdem ändert es nichts daran, dass ich ihn für einen Mörder halte.

»Durch einen glücklichen Zufall«, sagt er und grinst.

Plötzlich habe ich das Gefühl, dass mir jeden Moment eine wilde Drogengeschichte erzählt wird. War Viktor Dealer? Beruht sein Reichtum auf krimineller Energie? Es würde mich nicht wundern.

»Ich war einfach zur richtigen Zeit am richtigen Ort«, sagt er und verschränkt die Arme hinter dem Kopf. Das Hemd spannt sich über seinem Bizeps.

»Drogen?«, rutscht es mir heraus.

»Nein, besser.« Er lacht. »Ich war täglich in diesem Jugendzentrum. Und da gab es eine Computergruppe im Keller, wo die Nerds aus unserem Ort abhingen. Eines Tages hat mir einer von diesen Typen etwas auf seinem Handy gezeigt. Eine seltsame App. Er hat gesagt, das könnte irgendwann mal ganz groß werden. Ob ich nicht auch welche kaufen wolle?«

»Was kaufen?«

»Kryptowährung«, erklärt Viktor. »Das waren die Anfänge. Und ich war durch Zufall mit dabei.«

»Bitcoin?«, sage ich und merke, wie meine Anspannung wächst.

Viktor nickt, lächelt. »Ich bin 2011 mal testweise mit hundert Euro eingestiegen. Als der Preis noch bei ungefähr zwei Euro lag.« Er greift zur Flasche und trinkt einen großen Schluck Bier. »Der Rest ist Geschichte. Gefühlt jedes Jahr konntest du an den Wert meines Portfolios eine Null hinten dranhängen. Ich habe die Gewinne weiter in Krypto investiert, in Wohnungen, Startups, in Kunst und Kultur. Jetzt reise ich viel in der Welt herum und sehe meinen Schäfchen beim Wachsen zu.«

Ich schiele zu Philipp am anderen Kanalufer hinüber. Er hat die Kamera um den Hals hängen und starrt auf sein Handy. Er scheint etwas zu tippen.

»Beeindruckend«, sage ich schnell, als ich feststelle, dass Viktor meinem Blick folgt. »Und wann bist du nach Berlin gezogen?«

»Nach dem Kauf meiner ersten Immobilie.« Er schmunzelt, streicht über das Glas seiner Golduhr. »Auch hier hatte ich ein erfolgreiches Händchen. Nach wenigen Jahren sind die Preise in der Hauptstadt ebenfalls durch die Decke gegangen. Und ich habe einige Wohnungen in Berlin.«

»Du bist also ein Glückskind«, sage ich fast anbiedernd, während innerlich alle Alarmglocken schrillen. Er besitzt mehrere Wohnungen? Was, wenn Philipp unsere Spur verliert und meine abfotografierte Adresse aus Tariks Büro zu einem völlig anderen Apartment führt? Ich muss Philipp informieren.

»Zumindest, was Geldangelegenheit angeht«, sagt Viktor.

»Wie bitte?«

»Bei Geld bin ich ein Glückskind, richtig«, erklärt er. »Doch in der Liebe, da hatte ich eher Pech.«

»Du warst verlobt«, sage ich und erinnere mich an unser Gespräch auf der Dachterrasse. Seine Freundin hatte sich nach der Trennung das Leben genommen. Schrecklich.

Viktor zieht hörbar Luft ein. »Nur für wenige Monate. Bis ich herausgefunden habe, dass sie mich nur wegen des Geldes heiraten wollte.«

»Es tut mir leid, dass sie sich nach der Trennung …« Doch weiter spreche ich nicht. Plötzlich schießt mir ein furchtbarer Gedanke durch den Kopf: Was, wenn es gar kein Suizid war, sondern ebenfalls Mord?

»Sie hat sich auf dem Dachboden ihrer WG mit einem Seil erhängt. Und ich habe sie dort gefunden«, sagt er fast emotionslos.

Ich muss an den Strick denken, der um ihren Hals lag – David wurde ebenfalls mit einem Seil …

»Das liegt drei Jahre zurück«, sagt Viktor und knibbelt an seiner Unterlippe. »Mittlerweile habe ich ihren Tod überwunden. Trotzdem dachte ich, ich könnte mich nie mehr verlieben.« Er macht eine kurze Pause und lehnt sich zu mir herüber. »Bis ich dich traf.«

»Ah, okay«, sage ich. Zu mehr Spontaneität bin ich in diesem Moment nicht fähig. »Danke, Viktor. Das – das ehrt mich sehr.«

In meiner Jeans vibriert das Handy. Vorsorglich habe ich es auf stumm geschaltet. Wahrscheinlich eine Nachricht von Philipp. Ich schiele zu ihm auf die andere Kanalseite hinüber.

Ich bin froh, dass er in meiner Nähe ist und unser Schauspiel wie ein Regisseur beobachtet. Dadurch fühle ich mich nicht so verloren und kann mir besser vorstellen, dass alles nur ein Film ist. Ich greife in meine Hosentasche, um das Handy herauszuholen.

»Hättest du vielleicht Lust, noch mit zu mir zu kommen?«, unterbricht Viktor meine Gedankengänge. »In meinem Loft habe ich eine großartige Aussicht über Berlin. Besonders schön, wenn der Sonnenuntergang …«

Ich schreie auf. Springe von der Bank. Mein Hinterkopf schlägt gegen die Backsteinmauer.

Viktor sieht mich mit großen Augen an.

Ich bleibe stocksteif stehen. Bewege mich keinen Millimeter. Keinen Millimeter. Atmen, nicht bewegen.

»Was … was ist los?«, stottert Viktor überrascht. »Mia?«

Ich lasse den braunschwarzen Leib, der wie in Zeitlupe mit seinen acht Beinen auf die Tischplatte klettert, nicht aus den Augen.

»Spinne, Spinne …«, hauche ich.

»Ach die. Das ist nur eine Wolfsspinne«, sagt Viktor erleichtert und schmunzelt. »Die macht dir doch nichts.«

»Mh«, presse ich angeekelt hervor.

»Siehst du …« Viktor greift vorsichtig mit beiden Händen um die Spinne herum und wirft sie über das Geländer. »Die ist völlig ungefährlich.«

Endlich setzt meine Atmung wieder ein. Ich schüttle mich und lasse mich erschöpft auf die Sitzfläche fallen. Mein Hinterkopf schmerzt.

»Geht's wieder?«, fragt er und streckt zögernd die Hand nach mir aus.

»Alles in Ordnung bei euch?«, fragt die Kellnerin, die wie aus dem Nichts neben mir auftaucht. Sie scheint tatsächlich besorgt zu sein. »Ist irgendwas passiert? Hast du dich verletzt?«

»Nein, nein, alles okay«, sagt Viktor und zieht die Hand wieder zurück, deutet auf die Blumen hinter sich. »War nur ein Spinnchen zu Besuch. Ich habe sie zurück zu ihren Freunden geschickt.«

»Oh, die sind hier im Sommer überall.«

»Kann ich mir denken. Die brauchen ja kein Fangnetz, diese Jäger sind Nomaden«, entgegnet er fachmännisch. »Ich würde dann auch gern zahlen. Geht alles auf eine Rechnung.«

»Supi!« Die Kellnerin verschwindet wieder im Innenraum der Kneipe.

»Danke, Viktor.«

Er winkt ab, kramt sein schwarzes Lederportemonnaie hervor und legt es auf die Tischplatte. Es ist prall gefüllt, mit Geldscheinen. Ziemlich untypisch für einen Krypto-Liebhaber.

»Ich würde vorschlagen, wir fahren erst mal zu mir«, sagt er und trommelt mit den Fingern auf der Tischkante. »Dann können wir entspannt weiterreden. Und zur Beruhigung mache ich uns einen leckeren Drink. Über den Dächern der Hauptstadt. Magst du Gin Tonic?«

»Ähm, es … es geht schon wieder«, sage ich leise. »Danke, Viktor. Aber wir müssen nicht zu dir in die Wohnung fahren, um …«

Dann fällt mir ein, dass ich Philipp die Adresse, zu der wir fahren, per SMS schicken kann. Also brauche ich mir keine Sorgen zu machen. Er wird überallhin nachkommen. Hauptsache, ich kann unbemerkt Viktors Hausschlüssel entwenden und sie Philipp übergeben, damit er sie nachmachen lässt.

»Sicher, dass du nicht noch mit zu mir kommen willst?«, fragt er erkennbar enttäuscht. Wahrscheinlich hat er bereits den ganzen Abend durchgeplant.

»Hm, vielleicht hast du recht, Viktor. Gehen wir zu dir«, sage ich und setze mein schönstes Flirtlächeln auf. »Aber nur, wenn es dir wirklich keine Umstände macht.«

49

Wir steigen aus dem Taxi. Sofort suche ich die Häuserwände nach einem Straßenschild ab, um Philipp die Adresse zu schicken. Erleichtert stelle ich fest, dass es sich tatsächlich um die handschriftlich notierte Adresse handelt, die ich ihm gegeben hatte. Ich streiche mir die Haare hinter die Ohren und drehe mich um die eigene Achse. Wir stehen direkt am Spreekanal. Über mir zwitschern die Vögel.

»Wallstraße, schicke Gegend«, sage ich staunend und zücke mein Mobiltelefon. »Unglaubliche Häuser. Und du wohnst da drin?«

»Ja, in dem historischen Gebäude dort.«

Ich mache ein paar schnelle Fotos, damit Philipp weiß, in welcher Stadtvilla ich bin. Mit ein paar Wischbewegungen auf dem Handy habe ich sie lautlos an ihn versendet. Dabei fällt mir nochmals die Nachricht auf, die er mir in die *Ankerklause* geschickt hat.

Die blöden Blumen sind im Weg. Bekomme kaum gute Bilder! :-(Ich werde jetzt meine Position verändern. Aber keine Sorge, habe dich immer im Blick. Schick mir SOS, wenn ich kommen soll.

»Glaub mir, oben kannst du noch bessere Fotos machen«, sagt Viktor grinsend. »Mit Blick auf das Wasser – auf die ganze Stadt.«

»Ah, cool«, sage ich und stecke das Handy wieder ein. Niemals hätte ich gedacht, dass ich mal jemanden kennenlernen würde, der in Berlin-Mitte in so einer Prachtvilla wohnt. »Mein Gott, wie hoch sind die Decken?«

»Vier Meter dreißig«, sagt Viktor. »Die Residenz ist von 1874, denkmalgeschützt. Alles saniert. Warte, bis du das Entree siehst.«

»Okay«, sage ich schüchtern und folge ihm durch die monumentale Eingangshalle. Viktor drückt den Knopf des Aufzugs, während ich mich mit weit offen stehendem Mund umsehe. Ich fühle mich wie in einer Filmkulisse aus den Goldenen Zwanzigern. »Und diese Wandmalereien, die sind … echt?«

»Mehr als hundert Jahre alt«, erklärt Viktor stolz und tritt in den Aufzug. »Das haben dieselben Restauratoren gemacht, die auch für die meisten Berliner Museen arbeiten.« Die Fahrstuhltür schließt sich hinter uns.

»Warst du deshalb in der Nationalgalerie? Aufgrund von Restaurierungsmaßnahmen?«

»Nein«, entgegnet er knapp. »Hauptsächlich wegen Caspar David Friedrich. Und natürlich wegen dir.«

Die Fahrstuhltüren gleiten auf. Vor uns erhebt sich ein breiter Flur. Eine moderne, karg eingerichtete Vorhalle in weißem Marmor. In der Mitte des Raumes eine gigantische Flügeltür aus poliertem Walnussholz. Rechts und links daneben stehen kopfhohe weiße Vasen mit ausladenden Blumenbouquets.

Hektisch suche ich die glatte Tür nach einem Türschloss ab. Doch vergebens. Es ist noch nicht einmal ein Türgriff zu erkennen. Nur eine schwarze Lilie aus Ebenholz, die auf Kopfhöhe in das Holz eingesetzt ist.

»Willkommen in meinem Reich«, sagt Viktor und stellt sich vor die Tür. Ein elektronisches Piepsen ertönt, ein Schloss wird entriegelt. Die Flügeltür öffnet sich automatisch und gibt den Blick in seine Loftwohnung frei.

»*Mi casa es su casa*«, sagt er und betritt das sonnendurchflutete Apartment. Mir stockt der Atem. Viktor streckt mir die Hand hin. »Komm, ich werde dich ein wenig rumführen.«

»Wie groß ist die Wohnung?«

»Etwas über dreihundertfünfzehn Quadratmeter«, sagt Viktor schmunzelnd und zieht mich in sein Loft.

Ich stolpere hinterher. »Du … du hast gar keinen Schlüssel benutzt«, stottere ich.

»Klar habe ich das«, lacht er und deutet auf seine Augen. »Alles mit Face-Tracking gesichert. Die Kamera steckt in der Lilie.«

»Ah, über die Iris«, sage ich leise und verfluche unseren lächerlichen Schlüsselplan. Wie naiv ich war. Augenblicklich komme ich mir wie Miss Marple vor, die in einer fernen Zukunft erwacht, um mit einer Lupe einen Mord zu lösen. Ich drehe mich nach allen Seiten um und betrachte die hochmoderne Einrichtung, die ausladenden Gemälde an der Wand – sicherlich alles Originale –, die Skulpturen, die Designermöbel, die denkmalgerecht renovierten Holzfenster.

»Alles maßgefertigt«, erklärt Viktor und zeigt auf den Kamin am anderen Ende der Halle. Dann breitet er beide Arme wie Flügel aus. »Komm, ich zeige es dir.« Wie ein übereifriger Makler zieht er mich den Flur entlang, öffnet eine Tür nach der anderen. »Hier ist das Masterbadezimmer mit Natursteinbelag.«

Mein Blick schweift von der Badewanne mit den Goldarmaturen hinüber auf die andere Seite des Raumes, wo ein wandbreites Waschbecken von der Sonne bestrahlt wird.

Er zerrt mich weiter. »Mein Schlafzimmer«, sagt er und deutet auf das Himmelbett, das mitten im Raum steht. Es duftet zart nach Jasmin und Eukalyptus. An den Wänden hängen meterhohe Gemälde, geometrische Formen in grellen Neonfarben. »Da hinten geht es direkt ins Bad. Ich liebe es, von der Dusche ins Bett zu fallen«, sagt er augenzwinkernd und zieht mich weiter durch den Flur an einer weiteren Tür vorbei.

»Und was ist hier drin?«, frage ich beiläufig und deute auf die verschlossene Tür.

»Da drin … da ist …« Viktor stockt, bleibt stehen. Ich sehe ihn irritiert an. Er scheint darüber nachzudenken, ob er mir antworten soll. Dann streicht er mit den Fingern über das dunkle Türblatt. »Ähm, also, für dich ist dieser Raum tabu. Kein Zutritt, verstanden?«

Ich runzle die Stirn. »Ja, natürlich, aber wieso? Was ist …?«

Viktor ergreift wortlos meine Hand und zieht mich zur nächsten Tür. Seine Stimmung hellt sich wieder auf, als er die Klinke nach unten drückt. »Hier ist mein persönlicher Fitnessbereich«, sagt er, und ich staune über die vielen Sportgeräte, die in einem exklusiven Fitnessclub stehen könnten.

»Und das ist mein Vorratsraum.« Er öffnet eine weitere Tür im Flur. Der Raum ist bis unter die Decke mit Lebensmitteln gefüllt. Fast so, als erwartete er einen Blackout. Er schließt die Tür.

»Und hier kommen wir wieder zurück ins Loft, in den Essbereich und in die Küche.«

»Was hat das alles gekostet?«, rutscht es mir heraus, während ich die anthrazitfarbenen Kochblöcke anstarre, die mitten im Raum stehen.

Viktor lacht. »Also, die Wohnung unter uns vermiete ich aktuell für fünfzehntausend warm«, sagt er.

»Im Monat?«

»Willst du was trinken? Gin Tonic?«

Ich gehe auf die gigantischen Terrassenfenster zu, stelle mich dicht an die Scheibe. Von hier oben hat man einen unfassbaren Blick auf Berlin. Das Bild erinnert mich an meinen ersten Landeanflug auf die Hauptstadt, als ich mit Air Berlin aus Frankfurt angereist kam.

»Geh ruhig raus«, ruft mir Viktor zu. »Ich bringe uns die Drinks.«

Ich höre eine Eiswürfelmaschine hinter mir, öffne die Tür und trete ins Freie. Der abendliche Wind streift mein Gesicht, meine Haare. Ich blicke über das Glasgeländer nach unten. Die geschwungene Spree glitzert wie der schlafende Glücksdrache aus meinem Kinderbuch. Ich drehe mich zur Küche um und beobachte Viktor, der Cocktails mixt. Hastig ziehe ich mein Mobiltelefon heraus, öffne meine Nachrichten-App und tippe: *V. hat keinen Schlüssel. Alles elektronisch! Abbruch!!!*

»Bin gleich bei dir!«, höre ich Viktor aus den Tiefen des Lofts rufen.

Philipp antwortet sofort: *Und jetzt? Komm schnell da raus!*

Ich beiße mir auf die Unterlippe. Ich denke an den Raum, den mir Viktor nicht zeigen wollte. Warum? Was hat er darin aufbewahrt?

Hier ist etwas seltsam, texte ich. *Ich kann nicht ohne Beweise gehen.*

Sogleich kommt Philipps Antwort: *Bist du irre???*

Ich blicke durch die bodentiefe Scheibe in den Innenraum. Viktor stellt zwei Longdrinkgläser auf ein Silbertablett. Schnell texte ich zurück: *V. macht gerade Cocktails. Muss noch etwas bleiben! Melde mich.*

»Hier, bitte schön«, sagt Viktor lächelnd und reicht mir ein Glas. »Mit Gin aus einem kleinen japanischen Dorf am Fuße des Fujiyama. Den kriegt man nirgends. Ich lass ihn extra einfliegen.«

In meiner Jeans vibriert das Handy. Ich nehme das Glas entgegen, die Eiswürfel klirren wie Handschellen unter Wasser. Keine zwei Sekunden später zuckt es erneut in meiner Hosentasche. Was will Philipp denn so dringend?

Ich ignoriere seine Textnachrichten und proste Viktor zu: »Danke. Auch für die nette Einladung.«

»Cheers! Auf unser zweites Date!« Viktor kippt die Hälfte des Gin Tonic auf einmal hinunter. Sicherlich will er sich Mut antrinken. Wenn er wüsste, dass es mir ähnlich geht. Nur aus anderen Motiven.

»Zum Wohl«, sage ich und nehme ein Schlückchen, lecke mir über die Lippen. Ich umklammere das Glas so fest wie einen Wanderstock und ziehe dabei die Mundwinkel nach oben. »Es freut mich, dass du nicht lockergelassen hast, nachdem ich dir einen Korb gegeben habe. Sorry noch mal.«

Wieder vibriert es in meiner Jeans. Mensch, Philipp! Zum Glück scheint es Viktor nicht zu bemerken. Er stellt sich näher an mich heran und hebt die Hand.

»Siehst du? Da hinten, gleich links neben dem Alex, da ist mein Büro«, sagt er und deutet mit dem Zeigefinger in Richtung Funkturm. Er lacht. »Zumindest eins von dreien in Berlin.«

»Aha, nicht schlecht«, sage ich. Es sollte interessiert wirken. Doch Viktor scheint mich durchschaut zu haben. Er spürt, dass er mich damit nicht beeindrucken kann.

»Na komm, lass uns wieder reingehen, Mia«, sagt er. »Ich will dich nicht mit Beruflichem langweilen.«

»Machst du nicht«, sage ich schnell und zucke innerlich zusammen, weil ich das Gefühl habe, dass er mir jeden Moment die Hand auf den Rücken legt. Tut er aber glücklicherweise nicht.

»Magst du klassische Musik?«, fragt er, als wir den Innenraum seines Lofts betreten. Er stellt sich mitten in den Raum. Über einen Sprachbefehl wünscht er sich *Ungarischer Tanz Nr. 5* von Johannes Brahms, und augenblicklich ertönen von überall schwungvolle Streicher aus unsichtbaren Boxen. »Leiser!«, kommandiert er die Musikbox.

Brahms erklingt nun in Zimmerlautstärke. Ich schlendere durch den galeriegroßen Raum und sehe mich unauffällig um. Vor einem deckenhohen Bücherregal bleibe ich stehen, stelle mein Longdrinkglas auf einem Beistelltisch ab und sehe mir die Buchrücken an. Vornehmlich antiquarische Bücher und Bildbände. Dazwischen stehen geschnitzte Holzfiguren aus aller Welt, bronzene Bildhauerwerke, Marmorschalen, gefüllt mit Glasmurmeln, Steinen und weißem Sand. Wahrscheinlich irgendwelche Mitbringsel aus exotischen Urlauben.

»Du hast ganz schön viele Bücher über Kunst«, rufe ich ihm über die Schulter zu, ziehe einen schweren Bildband über Caspar David Friedrich aus dem Regal.

»Was hast du denn erwartet?«, fragt er und schlendert mit dem Longdrinkglas in der Hand auf mich zu.

»Nun ja …«, sage ich. »Eher ein paar trockene Fachbücher

über Geld, Gold und Aktien.« Ich setze ein keckes Schmunzeln auf. »Bitcoin für Anfänger oder so etwas.«

Sehr gut, Viktor muss über meinen Scherz lachen.

»Alles, was du hier siehst«, sagt er schließlich, während er sich lässig gegen das Bücherregal lehnt, »ist mein Privatleben. Berufliches lasse ich meist im Büro.«

»So, so. Viktor ganz privat«, grinse ich verschmitzt und schlage den Bildband über Caspar David Friedrich auf. So langsam bin ich in meinem Element, in meiner Rolle. »Was gefällt dir besonders an diesem Maler?«

»Die Einsamkeit, die Friedrich so faszinierte«, sagt er und betrachtet das Bild, das ich aufgeschlagen habe: *Der Wanderer über dem Nebelmeer*. Er deutet auf die Figur, die, auf einem Stein stehend, dem Betrachter den Rücken zudreht. »Das Bild könnte ein modernes Handyfoto sein, oder?«

»Auf jeden Fall«, sage ich. »Diese Pose habe ich ungefähr hundert Mal auf Social Media gesehen.«

»Ich glaube, er war sehr allein«, sagt Viktor nachdenklich, fast betrübt.

»Das glaube ich eher nicht«, sage ich. »Hast du schon mal von Julia Stoye gehört?«

»Soll das ein Witz sein?«, fragt er.

Ich blicke ihn irritiert an.

»Ich denke, es wird Zeit, dass ich dir etwas zeige«, sagt er und schlängelt sich durch das Sofalabyrinth seines Lofts. Er klopft auf eine cognacfarbene Ledercouch, auf der Kissen mit folkloristischen Bezügen liegen. »Bitte, setz dich, Mia.«

Ich greife nach meinem Drink, gehe zu Viktor hinüber und nehme auf dem Sofa Platz. Ich spüre die Kühle des Leders durch meine Jeans.

»Bin gleich wieder zurück!« Viktor dreht sich ruckartig um und verschwindet im Flur.

Ich nippe verwundert an meinem Gin Tonic und stelle das Glas vor mir auf dem Couchtisch ab. Im Flur wird eine Tür geöffnet.

Ich bin allein. Der passende Moment, um unbemerkt Philipps Nachrichten zu lesen. Eilig ziehe ich das Telefon aus der Hose.

Nicht trinken, Mia!

Hörst du????

Ich starre auf das Glas vor mir.

Vielleicht sind K.o.-Tropfen drin!

Meine Nackenhaare stellen sich auf. Er hat recht. Wieso habe ich nicht daran gedacht? Ich habe mich so sehr auf meine Rolle konzentriert, dass ich alle Vorsichtsmaßnahmen über Bord geworfen habe.

Ich tippe hektisch zurück: *Zu spät! Schon davon genippt! O Gott! Ich muss sofort hier raus. SOS! Ruf mich in 2 Min. an, bitte!!!! Dann habe ich einen Grund, von –*

Hinter mir taucht Viktor mit einem Aluminiumkoffer auf. Ich drücke auf *Senden* und lasse das Handy zwischen meine Beine fallen.

Mit dem silbernen Aktenkoffer und dem dunkelblauen Anzug sieht Viktor wie ein Pilot aus. Fehlt nur die Sonnenbrille. Er stellt den Koffer ab und setzt sich neben mich auf die Couch. Mein Herz pocht schneller.

»Ich … ich muss dir etwas gestehen, Mia«, sagt er. Seine Stimme ist schwach und brüchig.

Was, verdammt, ist in diesem Koffer? Was muss er mir gestehen? Seine Liebe zu mir? Den Mord? In meinem Kopf dreht sich alles. Schneller und schneller. Viktor greift zu seinem Aktenkoffer und legt ihn auf seinen Beinen ab. Was hat er da drin versteckt? Ein Messer? Ein Seil? Wann ruft endlich Philipp an? Zwei Minuten können so lang sein.

»Ich bin dir … gefolgt«, flüstert er. Ich muss schlucken, verknote meine Hände, bis die Fingerknöchel schmerzen. Ist das der Moment der Wahrheit?

»Du meinst, im Museum?«, sage ich so ruhig wie möglich. Jetzt nicht überreagieren, Mia. Bleib ganz normal. Lächle! »Das hatte ich mir schon gedacht. Ist nicht so schlimm.«

Er schüttelt den Kopf. »Nein, auch schon die Wochen davor.« Viktor beginnt, im Takt der Musik mit den Fingerspitzen auf den Aluminiumkoffer zu trommeln. »Ich wollte einfach sichergehen, verstehst du?«

»Nicht wirklich«, sage ich nervös. Was hat er vor?

Viktor verdreht die Zahlenschlösser des Aktenkoffers. Mit zwei hellen Schlägen knallen die Metallriegel auf. Er legt die Handflächen auf dem Deckel ab und sieht mich eindringlich an. »Ich musste es einfach wissen …« Die Streicher spielen ein Tremolo.

»Was *wissen*?«, sage ich.

»Ob du die Richtige bist.«

Endlich klingelt mein Telefon. Ich zerre es zwischen meinen Beinen hervor und nehme das Gespräch an. »Ja, Philipp? … Was? Okay, o je … Natürlich … Na klar, ich komme sofort. Bis gleich!«

»Was ist los?«, fragt Viktor überrascht, als ich vom Sofa aufspringe. Mir wird schwarz vor Augen, bin zu schnell aufgestanden. Ich stütze mich an einer Stahlsäule ab, bis ich wieder festen Stand habe.

»Mein Mitbewohner hat sich ausgesperrt«, erkläre ich und gehe zielstrebig auf die Wohnungstür zu.

Viktor folgt mir irritiert, geht wenige Schritte hinter mir.

Ich drehe mich zu ihm um. »Tut mir leid, ich melde mich ganz bald bei dir … Versprochen!«

»Es gibt Schlüsseldienste!«, ruft er mir hinterher.

Aber nicht für deine Tür, denke ich und flüchte aus Viktors Luxusloft.

50

Ich stürze das Glas Wasser, ohne abzusetzen, hinunter. Die kleine Bäckerei am Spreekanal, in der wir an einem Stehtisch lehnen, duftet himmlisch nach süßen Törtchen und Gebäck. Doch ich habe keinerlei Appetit. Hauptsache, ich bin weit weg von Viktor und seinem unheimlichen Aluminiumkoffer. Da könnte jetzt auch ein *Death-by-Chocolate*-Schokokuchen vor mir stehen, ich würde nicht den kleinsten Krümel anrühren.

»Hier, bitte, Mia. Trink das.« Philipp schiebt mir den dreifachen Espresso über den Tisch, den wir bestellt haben. »Koffein hilft gegen Benzodiazepin.« Er legt die Kamera neben der Tasse ab. »Hochdosiert hemmt es die Wirkung.«

»Sicher?«

Er zuckt mit den Achseln. »Haben wir zumindest im Studium gelernt. Durch Tierversuche bewiesen, laut Lehrbuch. Und schaden wird Kaffee auf keinen Fall. Fühlst du dich denn wirklich gut?« Er sieht mich eindringlich an. »Du hast doch nicht viel von diesem Cocktail getrunken, oder?«

»Nein, nein«, sage ich, um ihn zu beruhigen. »Alles bestens.« Als Assistenzarzt hat er in der Charité sicherlich oft mit Missbrauchsfällen von K.o.-Tropfen zu tun. Ich ärgere mich erneut über meine Naivität. Ich bin viel zu unvorbereitet in die Höhle des Löwen gegangen. Ich schütte zwei Beutel Zucker in das braune Tässchen und rühre es um.

»Wir sollten die ganze Aktion besser abbrechen«, sagt Philipp. »Das ist viel zu gefährlich, Mia. Ich kann dich so überhaupt nicht beschützen.« Er wischt sich über den Mund. »Besonders, wenn du meine SMS erst so spät liest.«

»Es gab vorher keine Möglichkeit dazu«, erkläre ich. »Viktor stand immer in meiner Nähe. Die ganze Zeit.«

»Eben drum.« Er schüttelt den Kopf. »Woher soll ich denn wissen, dass es dir da oben gut geht? Das ist es nicht wert, Mia. Wir sollten diesen Kommissar informieren. Die Polizei wird sich darum kümmern.«

»Wird sie nicht«, sage ich trotzig. »Nicht ohne Beweise. Und in diesem Loft gibt es welche, ohne Zweifel. Da bin ich mir zu hundert Prozent sicher. Warum hat mir Viktor diesen Raum nicht gezeigt? Was ist hinter dieser Tür? Was in dem Koffer?«

»Vielleicht wollte er sich damit nur wichtig tun«, versucht Philipp die Situation zu entschärfen. »Geheimnisse lösen bei den Menschen große Anziehung an. Und an deinem Beispiel sieht man, dass er es ja auch geschafft hat. Das macht ihn interessant.«

»Quatsch!«, sage ich und nehme einen großen Schluck vom heißen Espresso. Er ist stark und bitter. Trotz doppelt Zucker. »Was, wenn in diesem Zimmer wirklich Hinweise auf Davids Mord zu finden sind?«

»Dann wird sie Tarik Ünal sicherstellen.«

»Und wie soll das gehen? Ohne Durchsuchungsbeschluss?«

Darauf hat Philipp auch keine Antwort.

»Siehst du«, sage ich. »Es gibt keine Alternative.« Ich beuge mich zu ihm vor und lege meine Hände auf seine. »Du musst mich verstehen. Ich kann einfach nicht mit der Vorstellung leben, dass ein Mörder frei herumläuft. Der Mörder von David.«

»Warum ist dir das so wichtig, Mia? Du warst doch gar nicht mit David zusammen?« Philipp beißt sich auf die Unterlippe. »Wie gut kanntest du ihn überhaupt? Möglicherweise hatte er Spielschulden, oder es gab ein anderes Motiv? Vielleicht reimen wir uns da nur was zusammen. Wir wissen es nicht. Wir wissen nicht, ob Viktor ein Mörder ist.«

»Dieser Typ stalkt mich! Er hat irgendetwas zu verheimlichen, das spüre ich. Wieso will mir eigentlich niemand glauben, dass an Viktor etwas faul ist? Die Polizei nicht! Du nicht!« Ich rede mich in Rage. »Dir muss er doch auch seltsam vorkommen. Sonst hättest du dich doch nicht fast mit ihm geprügelt!«

Philipp sieht mich wortlos an, atmet schwer aus. Ich kann an seinen Augen erkennen, dass er seine nächsten Worte mit Bedacht wählt. Er dreht den Kopf nach allen Seiten um, aber niemand beachtet uns.

»Ich mache mir einfach nur Sorgen«, sagt er schließlich. »In seiner Wohnung bist du ihm vollkommen ausgeliefert. Du weißt nicht, was er plant. Ob er dir was ins Getränk getan hat, um dich zu …«

»Dann müssen wir den Spieß halt umdrehen«, gehe ich dazwischen.

Die Idee kam wie aus dem Nichts. Ich strecke meinen Rücken durch.

»Was?«

»Auge um Auge, Zahn um Zahn.«

»Was meinst du damit?«

»Wir tauschen die Opfer-Täter-Rolle«, sage ich. Plötzlich erscheint mir alles so einfach. Zum allerersten Mal, seitdem ich Viktor kennengelernt habe, ändern sich meine Gefühle zu ihm von Ohnmacht zu Macht. »Ich werde in den Angriff übergehen und *ihn* zum Opfer machen.«

Philipp schüttelt den Kopf. »Welchen Angriff?«

»Was *er* kann, kann ich auch«, sage ich und kippe den Rest des bitteren Espressos hinunter. Die Untertasse scheppert, als ich das Tässchen abstelle. »Ich muss so schnell wie möglich wieder zurück und sein Loft durchsuchen. Und natürlich dieses geheime Zimmer.«

»Das wird er niemals zulassen, Mia.«

Ich grinse breit. »Er wird es gar nicht bemerken.«

»Häh? Wieso?«

»Viktor wird schlafen, *sehr tief* schlafen.« Ich hebe den Kopf und sehe meinem Mitbewohner tief in die Augen. »Dafür musst du mir nur etwas aus der Charité besorgen, Doktor.« Ich senke die Stimme. »Hochdosierte Schlaftabletten. Oder K.o.-Tropfen.«

Philipp starrt mich fassungslos an.

51

Er hat den Aktenkoffer längst wieder in den Tresor geschlossen, als sein Telefon in der Hosentasche klingelt. Erwartungsvoll blickt er auf das Handydisplay. Der Name der Anruferin beruhigt ihn – und macht ihn gleichzeitig nervös. Es ist Yvonne.

Er tigert die Terrasse auf und ab, atmet zweimal tief durch. Der Wind peitscht durch sein Haar. Sein Herz trommelt in der Brust. Jetzt ist die Stunde der Wahrheit gekommen. »Ja?«

»Ähm, Viktor?«, sagt Yvonne, als hätte sie vergessen, wen sie angerufen hat. Im Hintergrund kann er Panzer, Maschinengewehre und Artilleriebeschuss hören. »Hey, sorry, dass ich mich erst jetzt melde. Ich habe deinen Anruf eben erst bemerkt. Mein Handy war auf lautlos.« Sie schlürft irgendetwas durch einen Strohhalm. »Das tue ich immer, wenn ich zocke.«

»Ja, ja, schon okay«, sagt er. Dabei hat er mehr als vier Stunden lang auf ihren Rückruf gewartet. Vier verdammte Stunden, seit Mia hinausgestürmt ist.

»Was gibt's? Was kann ich für dich tun?«, gähnt Yvonne. Er kann hören, dass sie sich auf ihrem Gamingstuhl streckt.

»Nur eine kurze Frage«, sagt er, setzt sich auf den handgeflochtenen Outdoor-Korbsessel und schlägt die Beine übereinander. »Bist du heute den ganzen Tag zu Hause gewesen?«

»Hm, ja, warum?«, antwortet sie verdutzt. »Heute ist mein Streaming-Day, das weißt du doch.«

»Natürlich, sicher«, entgegnet er knapp, obwohl er keine Ahnung hat, wann sich Mias blonde Mitbewohnerin halb nackt vor dem Rechner rekelt. »Und du warst auch nicht mal kurz in einem Späti oder so?«

»Nee, Viktor. Ich war die ganze Zeit zu Hause«, beteuert sie und zieht wieder am Strohhalm. »Ich habe noch genug Energydrinks gebunkert. Wieso? Willst du vorbeikommen?« Er kann hören, wie sie die leere Dose in der Hand zerdrückt. »Aber das würde Mia vielleicht nicht gefallen. Sie denkt doch immer noch, du würdest sie stalken.«

»Keine Sorge«, sagt er schnell. »Deshalb rufe ich nicht an.« Er greift in seine Hemdtasche und zieht eine schmale Packung kubanischer Zigarillos heraus, öffnet sie und steckt sich einen zwischen die Lippen. »Und eure Haustürklingel? Die stellst du aber nicht ab, wenn du am Computer zockst, oder?«

Yvonne lacht laut auf. »Warum sollte ich so was Bescheuertes tun? Mann, Viktor, dann höre ich doch den Kurierfahrer nicht! Ich erwarte die neue Gamingtastatur, die ich von deinem Geld bestellt habe.«

»Klar. Die neue Tastatur.«

»Wieso fragst du das überhaupt?«, sagt sie, während sie eine neue Dose öffnet.

»Es hat also heute niemand Sturm geklingelt, obwohl du die ganze Zeit in deinem Zimmer warst?«

»Nein. Es war niemand da.«

»Danke, Yvonne.«

»Für was denn?«

»Du hast mir wirklich sehr geholfen«, sagt er mit aufgesetzt fröhlicher Stimme, da es nicht die Nachricht war, die er sich erhofft hatte. »Viel Erfolg noch beim Streamen!«

Viktor beendet das Gespräch, zündet sich den Zigarillo mit seinem Dupont-Feuerzeug an, pafft und starrt gedankenverloren hinunter auf die Hauptstadt. Seine Finger zittern.

Mia hat ihn angelogen, eiskalt.

Das Telefonat mit ihrem Mitbewohner Philipp war nur vorgetäuscht. Yvonne war den ganzen Tag in der WG und hätte

Philipp jederzeit die Tür öffnen können. Von wegen ausgesperrt.

Eigentlich hätte es ihm schon in der *Ankerklause* klar werden müssen. Als er diesen aufgeblasenen Assistenzarzt auf der anderen Uferseite umherschleichen sah. Der hatte sich im Gebüsch versteckt, mit Kamera und Teleobjektiv. Viktor war sich zuerst unsicher gewesen, ob es sich tatsächlich um Mias Mitbewohner handelte, doch als sie mehrmals zu ihm hinüberschielte, deutete er es als sicheres Zeichen. Sein Instinkt hatte ihn nicht getäuscht.

Wut steigt in ihm auf. Dabei ist es nicht das erste Mal, dass ihn Mia angelogen hat, versucht er sich zu beruhigen.

Plötzlich ertönt ein melodischer Glockenton über die versteckten Outdoorboxen. Jemand klingelt an der Tür. Viktor blickt irritiert auf seine Armbanduhr. Wer zum Teufel stört ihn um diese Uhrzeit?

Er drückt den angerauchten Zigarillo auf der flachen Porzellanschale aus, die neben ihm auf dem Beistelltischchen steht, und erhebt sich aus dem Sessel.

Im Inneren seiner Loftwohnung läuft noch immer Beethovens *Pastorale*, seit vier Stunden in Endlosschleife. Er geht auf den kleinen Monitor neben der Eingangstür zu und beugt sich so nah heran, dass er jeden einzelnen Pixel erkennen kann. Und doch traut er seinen Augen nicht. Unmöglich. Was hat das zu bedeuten?

Vor seiner Tür steht Mia. Die Arme um die Brust geschlungen, tänzelnd, von einem Bein auf das andere, als wären es minus zehn Grad. Sie ist zurückgekommen.

Er drückt den Knopf der Sprechanlage. »Ja?«

»Hi, ähm, hier ist Mia. Ich würde gern mit dir reden. Darf ich hochkommen?«

DRITTER AKT

52

Ich starre auf das Klingelschild des obersten Apartments. Darauf steht kein Name, nur eine vierstellige Nummer. Ein Fahrradkurier rauscht an mir vorbei. Ich blicke ihm hinterher. Meine Handflächen sind feucht. Ich streife sie an der Jeans trocken, spüre die Wölbung in der rechten Hosentasche. Darin befindet sich das Beutelchen mit dem Pulver aus den zerstoßenen Tabletten. Philipp hat mir tatsächlich innerhalb von vier Stunden ein starkes Schlafmittel aus der Charité besorgt, während ich in Elifs Café auf ihn gewartet habe. Das hätte wahrscheinlich nicht jeder für mich getan. Die meisten würden mich für verrückt erklären, so einen Plan durchzuziehen. Aber wenn ich unbeobachtet Beweise sichern will, bleibt mir keine andere Möglichkeit, als jetzt da hochzugehen, Viktor etwas ins Getränk zu mischen und danach sein Loft zu durchsuchen. Tarik Ünal muss sich als Polizist an den rechtlichen Weg halten.

Ich klingle erneut. »Viktor?«

Keine Reaktion.

Ich blicke mich nach einer Kamera um, doch ich kann nirgends eine erkennen.

Plötzlich knackt die Sprechanlage. »Mia«, sagt er kühl. »Was willst du?«

»Ähm, es tut mir leid, dass ich so schnell abgehauen bin«, sage ich. Ich versuche, es so aufrichtig wie möglich klingen zu lassen. »Ich habe Philipp jetzt die WG-Schlüssel gebracht. Und ich dachte, wir zwei … Wir machen einfach da weiter, wo wir vorhin aufgehört haben?« Ich muss mich räuspern. »Du wolltest mir doch noch zeigen, was in deinem Koffer ist, oder?«

Der Türöffner summt.

Ich drücke die Eingangstür auf und gehe durch die historische Eingangshalle auf den Fahrstuhl zu. Während mich die Kabine nach oben bringt, betrachte ich mich in den bodentiefen Spiegeln des Fahrstuhls, überprüfe den Sitz meiner Haare. Ich habe sie zu einem Pferdeschwanz nach hinten gebunden. Nein, viel zu streng. Ich ziehe das Haargummi ab und schüttle wild meinen Kopf. Viel besser. Natürlicher.

Die Tür zu Viktors Empfangshalle öffnet sich mit einem hellen Ping.

Viktor steht im Türrahmen, die Stirn in Falten.

Warum freut er sich nicht, mich zu sehen?

Lass dich davon nicht aus dem Konzept bringen, denke ich und stelle mir vor, dass in diesem Augenblick romantische Streicher einsetzen. Vorhang auf, Auftritt Mia Richter. Ich bleibe stehen und hebe wie in Zeitlupe den Kopf, lächle ihn verführerisch an. Streiche mir eine Strähne hinter das Ohr, bewege mich mit schwingenden Hüften auf ihn zu.

Viktor mustert mich. »Warum hast du mich angelogen?«, knurrt er. Seine Worte kommen direkt aus dem Tiefkühlfach.

»Was?«, stottere ich und bleibe stehen. »Wieso … angelogen?«

»Ich habe mit Yvonne telefoniert«, sagt er. »Sie war den ganzen Tag zu Hause. Dein Mitbewohner hätte nur klingeln müssen.«

»Ähm …« Zu mehr bin ich nicht fähig. Durch meinen Kopf rauscht ein Orkan, der jeden klaren Gedanken sofort wieder mit sich trägt.

»Und das war nicht deine erste Lüge, Mia«, fährt er fort und stellt sich breitbeinig in den Türrahmen. »Du wusstest ganz genau, dass ich deine letzte Nachricht an David lesen würde. Deine angebliche Trauerrede. Du hattest sie ganz bewusst für *mich* geschrieben. Damit ich anbeiße und wir uns treffen, richtig?«

»Was?« Mein Atem setzt aus, mein Magen verkrampft sich.

»Ich habe deinen verpassten Anruf auf dem Display gesehen. Du hast Davids Nummer überprüft und musst dabei meine Mailbox angehört haben.« Seine Augen verengen sich zu dünnen Schlitzen. »Du wusstest also, dass ich dahinterstecke, und hast mir die ganze Zeit etwas vorgespielt. Warum?«

Ich schüttle den Kopf, taumle einen Schritt auf ihn zu. »Nein, nein, so war das nicht!«

»Und wie dann?«

Ich fahre mir mit der Zunge über den Gaumen, mein Mund ist staubtrocken. Ich habe das Gefühl, jeden Moment ohnmächtig zu werden. Was kann ich nur tun? Was soll ich ihm antworten?

»Also, Mia? Warum?«

Weil du ein verdammter Mörder bist und ich dich überführen will, schreit alles in mir. Aber ich muss mich konzentrieren, darf jetzt keinen Fehler machen. Sonst ist alles vorbei. Viktor könnte die Tür vor mir zuschlagen, und das war's. Er sieht mich fragend an. Mir bleibt nur die Flucht nach vorn, ich muss alles auf eine Karte setzen. Meine Finger streichen über das Schlafmittel in meiner Hosentasche. Halte dich an den Plan, Mia. Dann wird alles gut.

Wortlos trete ich einen Schritt auf ihn zu. Sein edles Aftershave zieht mir in die Nase. Ich hebe das Kinn, blicke ihm in die grünen Augen.

»Mia?« Er wirkt sichtlich irritiert. »Was …?«

Mein Busen berührt seinen Oberkörper, ich spüre sein Herz unter dem Hemd trommeln. Ich lege beide Hände auf seine Wangen, öffne meine Lippen und küsse ihn sanft. Viktor will etwas sagen, doch ich drücke ihn fester an mich, fahre mit der Zunge über seine Lippen. Ich spüre, wie sein Körper zu zittern beginnt. Meine Finger gleiten durch seine Haare, nun beginnt auch er, mich zu küssen.

Wir stolpern eng umschlungen in sein Loft, hinter uns fliegt die Tür ins Schloss. Ich bete, dass von irgendwoher jemand *Cut!* ruft.

Doch wir sind auf keinem Filmset.

Viktor zieht mich auf die Ledercouch. Er streift mir das Sweatshirt über den Kopf, öffnet Knopf und Reißverschluss meiner Jeans. Fährt mit der Hand unter mein T-Shirt, seine Finger schlüpfen unter meinen BH, umfassen meinen Busen wie einen Baseball. Seine Lippen küssen meine Wangen, meinen Hals, während seine linke Hand meinen Rücken hinabwandert, sich in meine Jeans schlängelt, unter meinen Slip. Er umklammert meine Pobacken, drückt leicht zu. Ich seufze auf. Er leckt mir über das Ohrläppchen. Es erregt mich und widert mich zugleich an. Eine seltsame Mischung aus erotischer Fantasie und körperlicher Realität. Seine Finger wandern meinen Po hinab, immer tiefer, zwischen meine Beine und berühren mich.

Augenblicklich drücke ich mich von ihm weg und setze mich aufrecht hin. »Nein, bitte … ich …«

Viktor zieht überrascht seine Hand aus meiner Jeans, ich streiche mein T-Shirt glatt.

»Es tut mir leid, habe ich was falsch …?« Er setzt sich neben mich. Sein Gesicht glüht vor Erregung.

»Nein, es ist nur …«, sage ich leise und greife zu einem Kissen, drücke es an die Brust, umklammere es wie einen Schutzpanzer. »Das geht mir nur alles zu schnell. Wollen wir nicht erst mal was trinken?«

»Ähm, natürlich. Ich dachte nur …«, stottert er und reicht mir zitternd das Sweatshirt. »Klar, sorry … Magst du Wein?«

»Ja, danke, gern«, sage ich, während er sich von der Couch erhebt. Aus den Augenwinkeln erkenne ich die faustgroße Beule in seinem Schritt und bin erleichtert, dass er meinen vorzeitigen Sexabbruch akzeptiert hat. »Es ist nur so, meine letzte Beziehung, die … die ist nicht so schön auseinandergegangen«, erkläre ich und ziehe mir das Sweatshirt über.

»Aha, verstehe«, sagt er, obwohl ich hören kann, dass es ihm wie eine Ausrede vorkommt.

Ich muss an Philipps Horrorerfahrung mit seiner Ex-Freundin denken und entscheide mich, seine Story kurzerhand für mich zu nutzen. »Mein letzter Freund hat mit mir Schluss gemacht«, sage ich und setze mich in den Schneidersitz, »nur wenige Minuten, nachdem wir Sex hatten.«

»Ach du Scheiße«, platzt es aus Viktor heraus. »Das ist krass. Was für ein Arschloch.«

»Ja«, sage ich und nicke. »Deswegen brauche ich noch etwas Zeit. Ich hoffe, du verstehst das. Das war auch der Grund, warum ich dich angelogen habe.« Da ist sie, die rettende Idee. »Ich will ehrlich zu dir sein, Viktor. Ich habe mich schon immer zu dir hingezogen gefühlt. Aber ich wollte es nicht wahrhaben, ich wollte mich selbst vor dir beschützen.«

Ohne darauf zu antworten, streicht er mir gedankenverloren über die Schulter und geht auf die Küchenzeile zu. »Magst du lieber Rot oder Weiß?«

»Rotwein, bitte«, rufe ich ihm hinterher, da ich hoffe, dass man darin das Pulver schlechter erkennen kann. Ich erhebe mich von der Couch, schließe meine Hose und folge ihm in die offene Küche.

Viktor steht vor einem meterhohen Weinregal, das in die Wand eingelassen ist, und zieht eine staubige Flasche hervor. »Was hältst du von einem 95er Château Pétrus?«, sagt er.

»Ich kenn mich da nicht so aus«, entgegne ich.

»Ein Merlot aus Bordeaux«, sagt Viktor und öffnet eine Besteckschublade. »Ich denke, das ist genau der richtige Wein für heute Abend.« Er lässt den Korken sanft herausploppen. »Wusstest du, dass der Name Merlot vom französischen *Le Merle* abstammt? Dem blauschwarzen Gefieder der Amsel?«

Ich schüttle den Kopf. »Die Flasche sieht teuer aus.«

»Ach, die habe ich günstig auf einer Aktion für viereinhalb bekommen«, sagt Viktor und nimmt zwei formschöne Rotweinkelche aus dem Regal heraus. »Normalerweise kostet dieses Fläschchen über fünf.«

»Fünftausend?«, wiederhole ich knapp. Mir leuchtet der Sinn eines so teuren Weins nicht ein, von dessen Wert ich fast sieben Monate meine Miete bezahlen kann.

Viktor gießt den Rotwein in unsere Gläser.

Es ist so weit.

Nur wie bekomme ich unbemerkt das Schlafmittel in sein Glas?

»Muss der nicht noch etwas atmen?«, frage ich gespielt naiv, als mir Viktor fröhlich das halb volle Weinglas hinstreckt. »Ich kenne mich nicht mit teurem Rotwein aus, aber ich habe mal einen französischen Film gesehen, da haben die …«

»Ähm, ja … klar, atmen«, sagt er und lacht unsicher.

»Hättest du vielleicht ein paar Cracker dazu oder so was?«, frage ich und lächle ihn an. »Nicht, dass uns der Alkohol den ganzen Spaß verdirbt.«

»Cracker?«

»Oder Salzstangen?«, sage ich in der Hoffnung, dass er für einen kurzen Moment in seinem prall gefüllten Vorratsraum im Flur verschwindet. »Irgendwas zum Knabbern, egal was.«

Doch statt in den Flur zu gehen, drückt Viktor gegen eine Wand neben sich, und ein versteckter Apothekerschrank fährt heraus. Er ist randgefüllt mit Proteinpulverdosen, verschieden großen Glasbehältern, bestückt mit Reis, Haferflocken, Quinoa und Hirse, Thunfischdosen, eingelegten Gurken, zuckerfreien Cornflakes, Roter Bete, getrocknetem Obst. »Gehen auch getrocknete Aprikosen oder Datteln?«

»Hast du nicht irgendwas Herzhaftes? So was wie Chips?«, frage ich, da ich mich an die Kiste mit den Bio-Linsenchips im Vorratsraum erinnere.

»Oh, na klar. Sicher!«, sagt Viktor und schiebt den Schrank zu. »Ich habe noch welche mit Meersalz. Total vergessen. Bin gleich wieder zurück.«

»Super!«, sage ich und warte, bis er um die Ecke verschwunden ist.

Dann muss alles ganz schnell gehen. Fahrig greife ich in die Vordertasche meiner engen Jeans, ziehe das durchsichtige Beutelchen hervor und öffne den Verschluss. Nur die Hälfte, hat mich Philipp ermahnt, doch ich gehe lieber auf Nummer sicher. Und so schütte ich einen Großteil des Pulvers in das Glas. Wie Schnee, der auf Blut fällt. In Zeitlupe verbindet sich das Schlafmittel mit dem Wein, vereinzelte Bröckchen sinken schwerelos zu Boden.

»Du kannst auch welche mit schwarzem Pfeffer haben!«, höre ich Viktor aus dem Vorratsraum rufen. »Magst du die auch?«

»Ja, ja! Sehr gern!«, rufe ich zurück und ziehe hektisch eine Schublade nach der anderen auf. Wo sind seine verdammten Löffel? Ich brauche etwas zum Umrühren. Schnell!

Endlich habe ich etwas Passendes gefunden, Sushi-Stäbchen.

Hastig rühre ich seinen Wein um, bis nur noch wenige weiße Flockenkörnchen über den Glasboden tanzen. Sie sind kaum zu erkennen. Ich wische den Holzstab an einem Spültuch trocken und lege ihn in die Schublade zurück.

»Suchst du was?«

Ich wirble herum.

Viktor steht mit zwei Tüten Linsenchips in der Hand vor mir. Er blickt mich skeptisch an.

»Ähm, ja«, sage ich und schiebe die Schublade wieder zu. »Wo hast du denn kleine Schüsselchen? Ich dachte, es wäre vielleicht netter, als aus der Tüte zu essen, oder?« Ich schmunzle breit. »Wenn der Wein schon ein halbes Vermögen kostet.«

Er wirft die Tüten auf die Marmorplatte, öffnet einen der Oberschränke, holt zwei Kristallschalen heraus und stellt sie wortlos vor uns ab.

»Die sind ja wunderschön«, sage ich, öffne eine Tüte und schütte die Chips in die geschliffene Schale. Ein Chip fällt daneben, ich stecke ihn mir in den Mund.

»Aus Paris«, sagt er. »*Puces de Vanves*, ein Antiquitätenmarkt.«

»Du bist oft im Ausland«, sage ich und öffne die nächste Chipstüte.

»Na ja, nicht so oft, wie es auf den ersten Blick wirkt. Ich bin beruflich eigentlich mehr in Deutschland unterwegs«, entgegnet er. »Morgen früh zum Beispiel muss ich nach Köln. Ich bleibe dort für drei Tage.« Nun steckt auch er sich einen Chip in den Mund, verharrt mitten in der Bewegung. »Hättest du nicht vielleicht Lust, mich zu begleiten?«

»Was?«

»Nach Köln«, sagt er und wischt sich einen Krümel vom Mund. »Du könntest ins Museum gehen oder shoppen, während ich in langweiligen Meetings bin. Und abends gehen wir schön essen.«

»Ähm, also ich weiß nicht …«

Er beugt sich zu mir vor und gibt mir einen Kuss. »Du könntest heute Abend bei mir schlafen. Ich muss gleich um halb sieben los. Wir könnten unterwegs frühstücken.«

»Viktor, das ist wirklich sehr nett, aber meinst du nicht …«

»Kein Aber«, sagt er, greift nach seinem Rotweinglas und erhebt es.

Das Herz in meiner Brust beginnt zu pochen.

Ich bin nur noch wenige Schlucke Rotwein davon entfernt, sein Loft zu durchsuchen. Auch ich ergreife mein Glas. »Also gut, ich werde darüber nachdenken.«

Ein breites Lächeln huscht über sein Gesicht.

Wir stoßen an.

Und in diesem Moment passiert es.

Der Schmerz in meinem Unterleib. Das Stechen. Das Feuer. Alles verkrampft sich. Ich erkenne den Schmerz sofort. Er begleitet mich seit meinem dreizehnten Lebensjahr. Doch wieso genau jetzt? Wahrscheinlich, weil mich Viktor mit seinem Finger …

»Was ist los?«, fragt Viktor, stellt das Glas ab. Er sieht mich besorgt an.

»Nichts«, sage ich. Das Glas in meiner Hand zittert.

»Hast du Schmerzen?«

»Wo ist die Toilette?«, frage ich. Erneut ein Krampf, wie ein elektrischer Weidezaun in meinem Unterbauch. Geistesgegenwärtig stelle ich das Glas auf der Espressomaschine ab, bevor mich der nächste Anfall zusammenzucken lässt.

Viktor legt den Arm um meine Schultern, versucht, mich zu stützen.

»Es geht schon«, sage ich.

»Im Flur, die zweite Tür links.«

Ich sitze gekrümmt auf der Toilette und wühle mich durch meine Handtasche, die zu meinen Füßen liegt, während ich verstohlen auf die abgeschlossene Badezimmertür starre. Ich kann hören, wie Viktor davor auf und ab tigert. Zum Glück habe ich alles für meine Regelschmerzen dabei. Tabletten und Tampons.

Nachdem ich mit meiner Versorgung fertig bin, tippe ich Philipp noch schnell eine Textnachricht, dass er sich keine Sorgen zu machen braucht. Unser Projekt laufe weiterhin planmäßig.

Ich stelle mich an das gigantische Marmorwaschbecken und öffne den goldenen Wasserhahn. Während das Wasser sprudelt, betrachte ich mich in dem wandhohen Badespiegel, der von einem goldenen Holzrahmen eingefasst ist.

Die junge Schauspielerin auf der anderen Seite des Spiegels sieht mich herausfordernd an. Der Schmerz in ihrem Gesicht ist fast verschwunden. Du schaffst das, ermutige ich mich und spritze mir mit beiden Händen Wasser ins Gesicht. Die französische Seife duftet nach einem Lavendelfeld.

Ich greife in meine Handtasche, ziehe meinen Lippenstift heraus und färbe meine Lippen signalrot. Aus jahrelanger Erfahrung weiß ich, dass mich Männer nur ungern küssen, wenn ich geschminkt bin. Es ist einfach paradox. Ich hätte niemals gedacht, dass mich Lippenstift vor Küssen schützt.

Auf in den Kampf, Mia!

Als ich den Flur betrete, ist Viktor nicht da. Der Gang ist leer. Ich höre Geschirrklirren, Schubladen, die auf- und zugeschoben werden. Über die Lautsprecherboxen läuft Pianojazz in Zimmerlautstärke. Zielstrebig gehe ich über den Flur zum Wohnraum. Vor der geheimnisvollen Tür bleibe ich stehen und überlege, ob ich einen Blick in den verbotenen Raum werfen sollte. Doch dafür bleibt mir gleich noch genügend Zeit.

Durch die meterlangen Fensterfronten erwartet mich die leuchtende Abendsonne, orangegolden, tief über der markanten Silhouette der Hauptstadt. Im Kamin brennt Feuer. Viktor sitzt in der Mitte des Raumes auf der Designercouch. Er strahlt mich überglücklich an. Mein Blick fällt auf den gläsernen Couchtisch.

Panisch reiße ich den Kopf herum, starre in die Küche zur Espressomaschine. Dann wieder zurück auf den Couchtisch.

Dort stehen zwei Schälchen mit Chips sowie grüne und schwarze Oliven, ein Tellerchen mit Käse und zwei Rotweingläser.

Unsere zwei Rotweingläser.

Sie sind unangerührt.

O Gott. Welches davon gehört mir?

Welches ist das Glas mit dem Schlafmittel?

»Ich sehe, dir geht es wieder besser«, sagt Viktor hocherfreut und klopft mit der Handfläche auf die Couch. Dann beugt er sich nach vorne, nimmt eines der Rotweingläser und hält es mir entgegen. »Komm, Mia. Setz dich. Lass uns endlich anstoßen!«

53

Zögernd gehe ich auf ihn zu. Vorbei an runden Couchtischchen, abstrakten Skulpturen und Büsten, lasse mir Zeit, bei jedem Schritt. Noch immer streckt mir Viktor den Rotwein entgegen. Ich kann nicht erkennen, ob auf dem Glasboden Pulverkörnchen schwimmen. Was soll ich bloß tun? Nach dem Anstoßen nur kurz daran nippen und hoffen, dass *er* das Glas mit Schlafmittel erwischt hat? Zu gefährlich. Warum habe ich auch mehr hineingeschüttet, als mir Philipp geraten hat?

Das ist Russisches Roulette.

Ich trete auf den Perserteppich und lasse die beiden identischen Rotweingläser nicht aus den Augen. Sollte ich den Fünftausend-Euro-Wein einfach umstoßen? Doch dann kann ich den Plan vergessen, falls ich das falsche Glas erwische. Viktor wird nicht einschlafen, und ich bin ihm ausgeliefert. Wobei – morgen ist er für drei Tage unterwegs, hat er gesagt. Wenn ich es irgendwie schaffe, in seinem Loft zu bleiben, könnte ich morgen früh die Wohnung durchsuchen. Ich muss nur irgendwie die Nacht mit Viktor überstehen.

»Auf uns!«, sagt Viktor und reicht mir den Rotwein.

Ich muss es versuchen. Ich lächle ihn an, greife nach dem Glas, doch nicht fest genug. Wie geplant entgleitet es meinen Fingern.

Klirrend zerspringt das Glas auf dem Couchtisch, ich schreie überrascht auf, explosionsartig schießen die Scherben nach allen Seiten weg. Viktor macht einen Satz zur Seite, doch es nützt nichts, der Rotwein hat sich wie ein Blutbad auf Sofa und Teppich und seiner Hose ausgebreitet.

»Es ... es tut mir so leid«, sage ich leise und möglichst fassungslos.

»Schon gut«, sagt Viktor knapp. Er stöhnt kurz auf, dann läuft er zielstrebig zur Küchenzeile. Sein volles Rotweinglas lässt er unangerührt auf dem Couchtisch stehen.

Da steht sie – direkt vor mir: meine zweite Chance. Hastig drehe ich Viktor den Rücken zu und ziehe das Beutelchen mit dem Schlafmittel aus der Hosentasche. Etwa ein Viertel der zerstoßenen Tabletten habe ich noch. Unauffällig drehe ich mich zur Küche um. Viktor öffnet einen Unterschrank und sucht wahrscheinlich nach einem Lappen.

Schnell schütte ich die letzten Pulverreste in sein volles Glas und rühre den Rotwein mit dem Zeigefinger um. Wenn es wirklich sein präpariertes Glas war, dann hat er jetzt das gesamte Tütchen Schlafmittel im Glas. Ich hoffe, dass ihn das nicht umbringt.

Hinter mir wird die Tür des Küchenschranks zugeschlagen. Ich fahre herum. Viktor stürmt mit einer Rolle Küchenpapier, einem Plastikeimer und einem Designer-Salzstreuer auf mich zu. Er stellt sein volles Rotweinglas auf einem Beistelltisch ab und beginnt die Glasfläche des Couchtischs zu reinigen.

Ich greife nach dem Salz und streue es großzügig über die feuchten Flecken auf der Couch, die sofort aufgesaugt werden.

»Es tut mir wirklich so leid, Viktor«, sage ich erneut, während ich das Salz auf den Perserteppich streue.

»Alles ist ersetzbar«, entgegnet er. »Hauptsache, du hast dich nicht geschnitten.« Vorsichtig hebt er die einzelnen Glasscherben auf und entsorgt sie im Eimer. Ich helfe ihm, die restlichen Scherben einzusammeln.

Als wir fertig sind und in der Küche alles entsorgt haben, deute ich auf ein leeres Glas auf dem Regalbrett. »Darf ich?«

Er nickt mir zu, und ich greife nach der Pétrus-Flasche und gieße mir das Glas halb voll.

»Jetzt aber«, sage ich mit pochendem Herzen und erhebe

mein Glas. Mich überströmt unsagbares Glück, dass ich meinen Plan doch noch in letzter Sekunde umsetzen konnte. Ich zittere leicht. Doch Viktor bemerkt es nicht.

Er greift nach seinem Rotweinglas, erhebt es ebenfalls und stößt mit mir an. Endlich, endlich! Dumpfes Klirren der Gläser. Wie der Gongschlag einer Boxkampf-Eröffnung. »Auf uns!« Er grinst mich schief an. »Mögen die Scherben uns viel Glück bringen!«

»Auf das Glück!«, sage ich und nehme einen großen Schluck des teuren Rotweins. Er schmeckt etwas säuerlich, nach schwarzen Beeren und sehr viel Geld. Ich trinke einen noch größeren Schluck, um mir Mut anzutrinken. Dabei lasse ich Viktor nicht aus den Augen. Er schwenkt das Glas und riecht daran. Wie ein Sommelier eines Drei-Sterne-Restaurants. Dann führt er das Glas an den Mund und nimmt einen Schluck …

»Was tust du da?«, rutscht es mir erschrocken heraus. Wie versteinert blicke ich ihn an.

Viktor schüttet den gesamten Inhalt seines Glases in den Ausguss. Wie in Zeitlupe sehe ich meinen Plan mit dem Schlafmittel davonschwimmen.

»Viktor! Das sind Hunderte von Euro!«, rufe ich entsetzt, um ihn noch irgendwie davon abzuhalten. Doch er reagiert nicht, bis der letzte Tropfen im Spülbecken gelandet ist.

Er spült das Glas unter dem Wasserhahn aus. »Unmöglich.«

»Was? Viktor?« Noch immer fühle ich mich wie in Trance. Wieso trinkt er nicht weiter? Hat er vielleicht einen Glassplitter im Glas entdeckt?

»Unmöglich«, sagt er erneut. »Den kann man nicht trinken.« Er spuckt mehrfach ins Spülbecken, wischt sich über die Lippen. »Der korkt. Oder hat was anderes. Vielleicht umgekippt. Der schmeckt auf jeden Fall nicht normal.«

»Ähm, also mir schmeckt er«, sage ich leise und trinke verzweifelt einen großen Schluck meines Rotweins. In meinem Glas war aber auch keine volle Ladung Schlaftabletten drin.

Was tue ich denn jetzt? Wieder und wieder führe ich das Glas an den Mund. Mir egal, dass französischer Wein im Wert von fast drei Unzen Gold meinen Rachen hinabläuft.

Ich kann die Augen nicht schließen. Es geht einfach nicht. Obwohl ich hundemüde bin.

Wir liegen in seinem abgedunkelten Schlafzimmer hinter den cremeweißen Vorhängen seines Kingsize-Himmelbetts, unter einer schweren dunkelgrauen Satindecke. Eng umschlungen, in Löffelchenstellung. Viktor hat sich von hinten an mich angeschmiegt, die Arme wie Schlingpflanzen fest um meinen Körper geklammert. Schon seit Stunden schnarcht er mir ins Ohr.

Meine Augen tränen. Wie gebannt starre ich auf die grünen Ziffern des Digitalweckers auf dem Nachttischchen.

5:55 Uhr.

In einer halben Stunde habe ich es überstanden. Seit mehr als sechs Stunden liege ich bewegungslos wie ein Reh in Schockstarre vor ihm und warte, dass er aufsteht und seine Geschäftsreise nach Köln antritt.

Dann werde ich mich schlafend stellen und darauf hoffen, dass er mir anbietet, im Bett liegen zu bleiben, und mich auch nicht mehr überreden will, mit ihm nach Köln zu fahren. Stattdessen werde ich schnell Philipp anrufen und ihn herbitten. Gemeinsam werden wir das Loft unter die Lupe nehmen, mit vereinten Kräften alle Schränke und Schubladen durchsuchen.

So lautet zumindest mein neues Drehbuch.

Ich muss zugeben, dass nicht alles nach Plan gelaufen ist. Aber gerade im Impro-Theater liegen meine Stärken. Aus Erfahrung weiß ich, dass ich aus Spontaneität die größte Energie ziehe.

Was blieb mir auch anderes übrig?

Den gesamten Abend über musste ich Viktors neue, verliebte Freundin spielen. Ein schnelles Küsschen hier, eine kurze Umarmung da. Viktor durfte keinen Verdacht schöpfen. Also unterhielten wir uns über Belangloses, ähnlich dem Gespräch auf der Dachterrasse während des ersten Dates. Ich ertappte mich dabei, dass ich ihm wieder nicht zuhörte. Seine ausschweifenden Erzählungen über Investitionen und Start-ups langweilten mich. Ich betete, dass die Zeit schneller vergehen möge. Bis er plötzlich erneut auf Julia Stoye zu sprechen kam und ich überrascht aufsah.

»Julia Stoye?«

»Der Koffer, richtig«, sagte er, schlug sich gegen die Stirn und stand von der Couch auf. »Ich wollte dir doch etwas zeigen …«

Nur wenig später schnappten die Verschlüsse seines Aluminiumkoffers auf, den er vor uns auf den Glascouchtisch gelegt hatte. Mein Herz setzte aus, als Viktor eine Mappe herauszog und sie aufklappte. Darin befanden sich drei DIN-A4-große Bilder von mir. Meine Fotografien für das Filmcasting sowie meine handgeschriebene Bewerbung. Ich musste schlucken und brauchte einen Moment, um meine Worte wiederzufinden.

»Wo hast du das alles her?«, fragte ich leise.

Viktor lachte und schlug die Mappe wieder zu. Darauf war das Logo der Filmproduktion zu sehen. Das markante Firmensignet mit den Adlerflügeln hing an jeder Bürotür: *Redmax-Angelus Filmproduktion GmbH.*

»Ich dachte, du wärst da schon früher daraufgekommen, Mia«, sagte er und deutete auf die Vogelschwingen. »Angelus Filmproduktion?«

Angelus. Viktor *Engel.*

Plötzlich ergab alles Sinn. Viktor ist Teilhaber der Filmproduktion. Deshalb konnte die Frau im Castingbüro meine Mappe nicht finden. Meine Castingunterlagen waren hier. In seiner Wohnung!

»Meine Handynummer. Die … hast du gar nicht von Yvonne bekommen, richtig?«, sagte ich leise.

Er tippte verschmitzt auf die Mappe. »Deine Telefonnummer, sogar deine Adresse – steht alles in deiner Bewerbung. Ich wusste die ganze Zeit, wo du wohnst. Nachdem deine Unterlagen auf meinem Tisch gelandet waren und ich deine unglaublichen Fotos gesehen habe, wusste ich, dass du die Richtige für die Rolle sein würdest. Aber ich wollte sehen, wie du in echt rüberkommst. Nicht in der Rolle der Julia Stoye, sondern als Mia Richter. Ich bin dir heimlich gefolgt. In die Drogerie, in Cafés, Supermärkte, ins Museum. Es war aufregend, wahrscheinlich habe ich mich in diesem Moment in dich verliebt. Der Nervenkitzel, nicht entdeckt zu werden, muss es ausgelöst haben. Ich konnte nicht riskieren, dass du erfährst, wer ich in Wirklichkeit bin.« Er strich sich durch die Haare. »Sonst hätte ich mir nie sicher sein können, ob du dich wirklich für mich oder für meinen Job interessierst. Schließlich bin ich der Co-Produzent des Films, verantwortlich für die Vergabe der Hauptrolle.«

Augenblicklich wurde mir klar, warum Mads in der *Ankerklause* plötzlich so abweisend reagiert hatte. Er kennt Viktor Engel. Natürlich. Schließlich hat Mads seine Rolle längst. Der dänische Schauspieler dachte vermutlich, dass ich nur mit Viktor ausging, um die Hauptrolle zu ergattern.

Ich spürte einen schneeballgroßen Kloß im Hals, der immer dicker zu werden schien.

»Mia, ich bin so überglücklich, dass wir endlich zusammengekommen sind«, sagte Viktor und strich mir über die Wange. Ich zuckte zusammen, als hätte ich einen Stromschlag bekommen. »Aber niemand darf davon erfahren, hörst du? Die wittern doch überall *#metoo*. Es muss vorerst unser Geheimnis bleiben. Sonst verliere ich meinen Job als Co-Producer. Und du die Hauptrolle.«

Und dann musste ich mich übergeben.

Alles in mir wollte raus. Mein Magen verkrampfte, das Blut wich mir aus dem Kopf. Es war qualvoller, als ich gedacht hatte. Mit einem Schlag war ich auf Monate mit Viktor verbunden, wenn ich die ersehnte Hauptrolle behalten wollte. Dafür gab es keinen Ausweg, keine Alternative.

Würde ich mich von ihm trennen, bestand immerhin das Risiko, dass er mich einfach umbesetzen würde.

Doch es war noch schlimmer.

Wenn ich Viktor wirklich des Mordes überführe, stirbt der gesamte Film.

54

»Guten Morgen, Traumfrau«, haucht er. Doch Mia rührt sich nicht. Er stellt das Frühstückstablett mit dem Latte macchiato, dem frisch gepressten Orangensaft und dem noch dampfenden Rührei auf Vollkornbrot auf dem Nachttisch ab und streicht ihr sanft über die Haare. »Aufstehen, Mia. Wir müssen gleich los.«

Sie wälzt sich im Schneckentempo zu ihm herüber und öffnet die verquollenen Augen. »Was?«

»Köln. Du wolltest doch mitkommen«, sagt er, streicht sich den dunkelblauen Anzug glatt und setzt sich zu ihr auf die Matratze, krault ihr erneut durch die samtweichen Haare. Wie einem verspielten Kätzchen. Er kann sein Glück kaum fassen. Da liegt sie nun vor ihm, in seinem eigenen Bett. In seinen kühnsten Träumen hätte er sich diese Güte des Schicksals nicht ausmalen können. »Hast du denn gut geschlafen? Geht es dir wieder besser?«

Sie schüttelt den Kopf.

Er muss zugeben, dass sie noch immer bleich aussieht. Sollte er sie vielleicht besser im Bett liegen lassen? Nicht, dass sie sich wieder erbrach. Vielleicht noch in seinem nagelneuen Tesla?

Mia sieht aus, als wäre sie die ganze Nacht ziellos durch seine Wohnung gewandert. Dabei hat sie die ganze Zeit still in seinen Armen gelegen. Das weiß er genau. Schließlich ist er in derselben Position aufgewacht, in der er eingeschlafen ist. Das ist ungewöhnlich. Normalerweise rollt er sich im Schlaf unruhig von einer Seite zur anderen. Doch in Mias Nähe hat er zum ersten Mal wie ein Stein geschlafen.

Gut, die ersten Minuten im Bett waren hart gewesen. Genauso wie sein Penis. Er durfte sich von hinten an sie herankuscheln. Mehr nicht. Schließlich war Sex tabu. Warum musste sie auch ausgerechnet gestern ihre blöden Tage bekommen? Aber er war Gentleman genug, das zu akzeptieren. Also schmiegte er sich eng an ihren Rücken, an ihren Po, bis sie eingeschlafen sein musste. Mia trug nur ein weites T-Shirt und ihren Slip. Er rutschte näher an sie heran. Ihr kleiner Hintern war so wohlgeformt und fest wie ihre Brüste. Das erregte ihn. Ohne Zutun schwoll sein Glied an. Unbemerkt rieb er es sachte zwischen ihren Pobacken, bis er wenig später in seinen Shorts kam.

»Kann ich noch etwas liegen bleiben?«, fragt Mia und zieht sich die Bettdecke ans Kinn. »Ich glaube, ich bin zu müde, um dich zu begleiten. Es tut mir leid.«

Er will protestieren. Will sie dazu überreden, sich sofort etwas überzuwerfen, damit sie nach Köln losfahren können. Doch dann besinnt er sich eines Besseren. Viktor weiß, dass er jetzt nicht fordernd wirken darf. Er muss das Seil des Lassos, mit dem er sie eingefangen hat, locker lassen.

Das ist keine Kunstversteigerung, kein Echtzeit-Trading.

Hier geht es um Zwischenmenschliches, nicht um Zahlen. Daran muss er unbedingt noch arbeiten, wenn er Mia nicht verlieren will. So wie die anderen vor ihr.

»Ähm, also …«, sagt er zögernd. Es fällt ihm tatsächlich schwerer als gedacht. »Na gut, klar. Schlaf dich aus, Mia. Danach kannst du gern duschen. Handtücher sind im Badezimmer.« Er zupft ihr die Satindecke ein Stückchen nach unten, damit er noch ein letztes Mal den wunderbaren Hals und ihre kleinen dunkelbraunen Brustwarzen durch das T-Shirt schimmern sehen kann. »Wenn du gehst, zieh einfach nur die Wohnungstür zu. Die Alarmanlage schaltet sich von allein scharf.«

»Okay, vielen Dank«, sagt sie. »Das ist wirklich lieb, Viktor.« Dann schließt sie die Augen.

55

Seit zwanzig Minuten prasselt die Regendusche auf mich herab. Bewegungslos lehne ich mit dem Kopf gegen die grüne Mosaikwand und lasse das heiße Wasser über meinen Rücken laufen. Das gesamte Badezimmer ist in dichten Nebel gehüllt. Überall riecht es nach Viktors herbem Duschgel, mit dem ich mich gründlich gewaschen habe. Keine noch so kleine Stelle habe ich ausgelassen. Ich weiß, dass er sich in der Nacht an mir gerieben hat.

Kurz nachdem ich mich angezogen habe, klingelt es auch schon an der Tür. Ich hechte zum Eingang und überprüfe das Display der Überwachungskamera. Es ist Philipp, wie vereinbart, auf dem Rücken einen Rucksack. Er blickt sich unruhig um.

Ich drücke den Knopf der Sprechanlage. »Philipp, du musst mit dem Aufzug in das oberste Stockwerk fahren«, flüstere ich schnell und betätige den Türöffner.

»Wow, das ist ja mal ein Loft!«, ruft Philipp überrascht aus, als er die gewaltige Penthouse-Wohnung betritt. Mit offenem Mund deutet er auf den Stuck an der Decke, auf den exklusiven Holzboden, den Marmorkamin und auf die Gemälde an den Wänden. Dann dreht er sich zur Fensterfront um. Er stellt sich so dicht an die Scheibe, dass sie beschlägt, und blickt staunend über die Dächerlandschaft von Berlin. »Was das wohl kostet?«, fragt er verhalten.

»Willst du nicht wissen«, entgegne ich.

»Das kann sich noch nicht mal ein Oberarzt leisten.«

»Nur, wenn ihm das ganze Krankenhaus gehört.«

Er dreht sich zu mir um. »Mit so einer Wohnfläche hätte ich nicht gerechnet, Mia. Wir sollten keine Zeit verlieren. Das sind ja mindestens Hunderte von Schubladen und Versteckmöglichkeiten.« Er nimmt den Rucksack von der Schulter und wirft ihn zu Boden. »Ich habe uns OP-Handschuhe aus der Charité mitgebracht. Nicht, dass wir bei unserer Aktion Spuren hinterlassen.«

Ich schalte die Espressomaschine an. »Willst du auch einen Kaffee? Ich brauche jetzt einen dreifachen. Ich habe die ganze Nacht kein Auge zugemacht. Ich bin todmüde.«

»Wieso? Was ist passiert?«, fragt Philipp und lehnt sich gegen den Kühlschrank. Ich sehe Besorgnis in seinem Blick. »Hat er dich etwa …?«

»Nein, nein«, entgegne ich schnell. Es ist mir unangenehm, über den Abend zu sprechen. »Wir haben nicht miteinander geschlafen. Aber ich lag stundenlang wach, falls er mich doch …« Ich zögere, will das Thema wechseln.

»Verstehe«, sagt Philipp. »Du siehst auch ganz bleich aus.«

»Geht schon«, sage ich, öffne den Oberschrank und hole zwei Tassen heraus. »Viel krasser ist, was er mir gestern gebeichtet hat. Das wirst du nicht glauben!«

»Er hat den Mord zugegeben?« Philipp sieht mich mit großen Augen an.

»Nein, das nicht. Leider«, entgegne ich. »Aber er ist der Produzent des Films, in dem ich die Hauptrolle bekommen habe.«

»Du hast die Hauptrolle bekommen?«, sprudelt es aus ihm heraus, und er sieht mich freudestrahlend an. »Ist nicht wahr, wirklich? Herzlichen Glückwunsch, das ist so cool!«

»Hast du mir nicht zugehört, Philipp? Viktor ist der Co-Produzent. Deshalb hatte er all meine Daten, unsere Wohnadresse, meine Mobilnummer. Schon die ganze Zeit. Schon *bevor* ich ihn kennengelernt habe.«

»Aber … das bedeutet dann ja …« Philipp beißt sich auf die Unterlippe, kratzt sich nachdenklich am Kinn. »Mia, vielleicht irren wir uns bei der ganzen Sache auch.«

»Wie meinst du das?«

»Na, wenn Viktor Engel der Produzent des Films ist und deshalb deine Nummer und Adresse hat …«, murmelt er, »dann hat er dich vielleicht gar nicht gestalkt. Und das bedeutet wiederum, dass es eher unwahrscheinlich ist, dass er ein Mörder ist.« Er legt seine Hand auf meine Schulter und sieht mich ernst an. »Außerdem gefährdest du deine Karriere, wenn wir weiterforschen.«

»Ja, ich weiß«, sage ich zögernd. Es ist nicht gelogen. Die ganze Nacht über habe ich darüber gegrübelt, ob ich mich vielleicht nicht in etwas verrannt habe. Keine Frage, Viktor ist speziell. Aber ist er auch ein Mörder? Rational gesehen, spricht kaum mehr etwas dafür.

Trotzdem hat er mich seit Wochen beobachtet, nur um zu sehen, ob ich für die Hauptrolle geeignet bin. Ernsthaft? Das ist nicht professionell, sondern gestört. Besonders, wenn er sich kopfüber in mich verknallt hat. Musste David aus Eifersucht sterben? Oder hatte es andere Gründe, vielleicht berufliche? Die Antwort kenne ich nicht.

Bei einer Sache bin ich mir jedoch weiterhin sicher: Egal, ob Viktor ein reicher Produzent ist oder nicht, es ist und bleibt Stalking. Und ein angesehener Beruf macht noch lange nicht unschuldig.

Ein seltsames Kribbeln fährt über meinen Nacken. Ich muss mich schütteln. Doch das ungute Gefühl bleibt. »Philipp, wir sind nicht so weit gekommen, um alles wieder abzubrechen. Ich muss die Wahrheit herausfinden. Für David. Und wenn du mir nicht helfen willst, dann durchsuche ich die Wohnung eben allein!«

Er geht einen Schritt auf mich zu und nimmt mich in die Arme. »He, so war das nicht gemeint. Tut mir leid, Mia. Natürlich unterstütze ich dich, wenn du meine Hilfe brauchst.«

»Danke.«

»Also gut, fangen wir an.«

56

Viktor rast mit über zweihundertzwanzig Kilometern pro Stunde über die Autobahn. In Normalgeschwindigkeit wäre er erst in sechs Stunden in Köln. Dabei ist es ihm eigentlich völlig egal, wie schnell er am Zielort ankommt. Viel wichtiger ist doch, wie rasch er wieder zu Hause in Berlin sein kann. Zu Hause bei Mia.

Drei ewige Tage.

So lange war er noch nie von ihr getrennt. Die letzten Wochen hatte er sie mindestens einmal pro Tag gesehen. Auch wenn sie nichts davon wusste. Doch jetzt würde alles anders werden. Sie waren ein Paar. Endlich. Sie würden sich täglich treffen, sie würden miteinander schlafen, sie könnte sogar bei ihm einziehen.

Ja, die Idee gefällt ihm. Sehr sogar. Viktor überkommt Sehnsucht. In seiner Fantasie sieht er sich schon nackt mit ihr vor dem flackernden Kamin liegen, im Hintergrund untermalt eine Jazzplatte die romantische Szenerie, er sieht, wie sie im Winter gemeinsam Plätzchen backen, durch die Wohnung tanzen, sieht, wie sie unter der Regendusche stehen und am Esstisch vergnüglich Sushi essen. Das alles sieht er.

Und auch, wie Mia das verbotene Zimmer betritt.

Magensäure steigt ihm den Hals empor, Panik ergreift ihn.

Das muss er mit aller Macht verhindern.

Was Mia wohl gerade macht? Ob sie noch im Bett liegt und schläft? Sie sah wirklich elend aus. Fast kränklich. Er beginnt, sich Sorgen zu machen. Vielleicht hat sie Fieber? Was ist er doch für ein gefühlskaltes Arschloch! Er hätte sie in diesem Zustand niemals allein lassen sollen!

Wütend setzt Viktor den Blinker und nimmt die Ausfahrt zur Raststätte Michendorf Nord. Er parkt seinen Tesla auf dem Parkplatz und geht eiligen Schrittes auf den Flachdachbau zu. Das Autobahnrestaurant empfängt ihn mit maisgelbem Ambiente und funktionalen Holztischen. Er schnappt sich ein stilles Wasser aus dem Kühlregal und einen Schokoriegel und stellt sich an der Kasse an.

Der Einzeltisch, den er sich ausgesucht hat, liegt unter einer grün-weiß gestreiften Dekomarkise in der hintersten Ecke der Raststätte. Hier wird ihn niemand bemerken und dumm fragen, was er sich da gerade auf seinem Handy anschaut.

Er beißt in den Schokoriegel und öffnet sein Smartphone. Die App seines Überwachungssystems hat er auf die erste Seite gelegt, damit er jederzeit so schnell wie möglich Zugriff darauf hat. Mit wenigen Fingertipps kann er jedes Zimmer seines Loft per Videostream kontrollieren. Live, in Echtzeit. Außerdem bietet ihm das System die Möglichkeit, die letzten zwölf Stunden anzusehen. Gespeichert wird alles in der Cloud. So kann er von jedem Ort aus und zu jeder Zeit überprüfen, ob zu Hause alles in Ordnung ist. Oder ob seine polnische Putzfrau ihre Arbeit korrekt ausführt. In den letzten Monaten hat er die Überwachungs-App jedoch seltener benutzt. Es gab einfach keinen Grund mehr. Nachdem er festgestellt hat, dass Magdalena seine Wohnung pflichtbewusst gereinigt und nichts durchsucht, geschweige denn gestohlen hat.

Doch heute wird ihm das Überwachungssystem zum ersten Mal nützlich sein. Er kann Mia heimlich beobachten. Überprüfen, wie es ihr ergeht. Was sie gerade macht. Ob sie sich noch im Bett rekelt. Vielleicht duscht sie sogar genau in diesem Moment? Oh, die Vorfreude auf die Bilder, die er gleich zu sehen bekommt, erregt ihn. Verstohlen presst er die Beine zusammen. Um ihn herum lachen Reisende, grummeln Fernfahrer.

Er will gerade die App anklicken, als sein Handy klingelt. Yvonne. Verdammt, was will die denn so früh von ihm?

»Ja?«.

»Viktor? Viktor!«, sagt sie aufgeregt. »Gut, dass du rangehst!«

»Was ist los?«

»Ich mache mir Sorgen, große Sorgen!«

»Sorgen? Wegen was?«

»Mia! Sie ist heute Nacht nicht nach Hause gekommen.«

Kurz überlegt er, ob er Yvonne sagen soll, dass Mia bei ihm übernachtet hat. Doch er entscheidet sich dagegen. Wer weiß, wie Yvonne darauf reagiert. Es soll vorerst sein kleines Geheimnis bleiben. Am besten hört er sich erst einmal an, was sie mit ihrem kleinen, naiven Hirn vermutet. »Das muss doch überhaupt nichts bedeuten, Yvonne«, sagt er fröhlich. »Vielleicht hat sie nur bei einer Freundin übernachtet?«

»Das dachte ich ja auch erst. Bis ich heute morgen etwas Seltsames herausgefunden habe. Etwas, das ich überhaupt nicht verstehe, Viktor. Mich hat so ein Nerd angerufen, ein junger Hacker, und seitdem habe ich Angst.« Ihre Stimme bebt. »Angst um Mia!«

»Mach dir keine Sorgen«, sagt er mit samtweicher Stimme. Er versucht, dabei so beherrscht wie möglich zu bleiben. Es soll beruhigend wirken. In der gleichen Art, wie sein Psychotherapeut mit ihm spricht. Dann legt er schützend die Hand um den Hörer und blickt sich um.

»Ich komme gleich zu dir.«

57

Philipp trottet aus dem Flur zurück. Während ich unsere Latte macchiato zubereite, hat er schon die ersten beiden Räume überprüft, um die ich ihn gebeten habe: den Fitnessraum und die Vorratskammer. Enttäuscht zieht er die OP-Handschuhe aus und wirft sie auf die Küchenzeile.

»Und?«

»Nichts«, sagt er und nimmt den Kaffee entgegen. »Hatte ich mir schon gedacht. Warum sollte er da was verstecken, Mia?«

»Wir müssen jeden Raum gründlich untersuchen«, sage ich und trinke aus meinem Glas. Ich brauche dreifach Koffein, um meine Augenlider offen zu halten. »So bescheuert es auch wirken mag. Viktor ist clever. Wir fangen am besten oben an – am Anfang des Flures – und arbeiten uns von Zimmer zu …«

»Also, ich denke, er ist einfach nur in dich verknallt und hat dir deswegen die Hauptrolle besorgt«, unterbricht er mich unwirsch. »Mehr nicht. Komm schon, Mia. Er ist kein Mörder. Und das weißt du auch. Lass uns so schnell wie möglich von hier abhauen.«

»Er hat eine riesige Schrankwand im Schlafzimmer!«, sage ich und erinnere mich an die Nachttische neben dem Bett. Allein jedes dieser Schränkchen hat zwei Schubladen. »Und ich gehe erst, wenn wir alles durchsucht haben. Punkt!«

»Nimm's mir nicht übel, Mia, aber du wirkst ein bisschen paranoid«, sagt er und stellt den Kaffee auf der Marmorplatte ab.

»Ich bilde mir das nicht ein!«

»Okay, also gut. Ein Vorschlag zur Güte.« Philipp greift zu

den OP-Handschuhen und streift sie sich wieder über die Finger. »Wir beide sehen uns jetzt das mysteriöse Zimmer an, in das du angeblich nicht rein darfst. Aber danach verschwinde ich.« Er blickt auf seine Armbanduhr. »Um elf muss ich in der Charité sein.«

»Danke«, sage ich halbherzig, weil ich gehofft hatte, dass mir mein Mitbewohner mehr vertraut. Wieso ist er plötzlich anderer Meinung? Nur weil herausgekommen ist, dass Viktor der Co-Produzent meines Films ist? Das bedeutet doch noch lange nicht, dass er ein Heiliger ist.

Oder bilde ich mir das tatsächlich alles nur ein?

Wir stehen im Flur. Vor der Tür des verbotenen Raums. Philipp hebt seinen Rucksack vom Boden auf und öffnet den Reißverschluss. Wortlos reicht er mir ein Paar OP-Handschuhe. »Ist die Tür abgeschlossen?«, fragt er schließlich.

Ich zucke mit den Schultern.

»Na dann. Finden wir es heraus.« Er atmet einmal tief ein und wieder aus, greift zur Klinke und drückt sie vorsichtig nach unten.

»Und?«

»Offen«, flüstert er sichtlich nervös und drückt die Tür auf. Augenblicklich schlägt uns ungewöhnlich warme Luft entgegen. Wir schleichen in einen fensterlosen Raum, der von mindestens einem Dutzend schmaler Leuchtstoffröhren beleuchtet wird. Ein leises Summen dröhnt von den Wänden.

»Baut er etwa Marihuana an?«, frage ich irritiert und gehe tiefer in den Raum hinein. Um uns herum stehen rechteckige Glaskästen auf schwarzen Regalbrettern.

Plötzlich bleibt Philipp wie angewurzelt stehen. Mit weit aufgerissenen Augen dreht er sich zu mir um. Ich erkenne Panik in seinen Augen. »Verdammt, Mia! Raus! Schnell!«, zischt er und wedelt mit den Händen vor meinem Gesicht herum.

»Was? Wieso?«

»Du sollst sofort verschwinden!«, keift er erneut und zieht sein Handy aus der Hosentasche. »Ich mach rasch Fotos!«

»Was ist denn da drin?«, frage ich, während ich auf einen der Glaskästen zugehe. Es sind Aquarien. Mindestens fünfzehn Stück, jeweils dreißig Zentimeter breit. Ich trete näher heran. Nein, keine Aquarien. Es sind Terrarien. Die beleuchteten Kästen sind mit verschiedenen Pflanzen, Hölzern, Röhren und Steinen gefüllt.

»Sieh nicht hin!«, ruft mir Philipp zu.

Doch es ist zu spät. Jetzt erkenne ich eins der gefangenen Monster: eine handtellergroße Vogelspinne, die auf einer Wurzel sitzt und zwei ihrer dicken, haarigen Beine nach mir ausstreckt!

Schreiend springe ich aus dem fensterlosen Raum, flüchte durch den Flur, durch das Wohnzimmer, hinaus auf die sonnige Terrasse.

Morgendlicher Sommerwind streift über meine Wangen. Ich klammere mich mit beiden Händen an der Brüstung fest und versuche, meine Atmung zu kontrollieren. Doch mein Brustkorb hebt und senkt sich im Sekundentakt. Schweiß rinnt mir über die Stirn, über den Rücken. Entkräftet gleite ich hinab und rolle mich auf den Terrassendielen zusammen.

Verschwommen sehe ich meine Oma über mir schweben. Sie hat sich vornübergebeugt, regenwurmartige Sorgenfalten auf der Stirn. Grellweiße, tanzende Lichter wirbeln um ihren Kopf herum.

Neben ihr taucht das wettergegerbte Gesicht von Dr. Krauss auf, unserem Hausarzt aus Katzenbrunn. Er zieht eine Spritze auf. »Keine Angst, mein Kind«, flüstert er. Seine Stimme ist weit entfernt. »Das ist ein Antihystaminikum, das hilft gegen den allergischen Schock. Dir geht es gleich besser …«

Dann spüre ich den Stich. Mein Körper beginnt sich zu entspannen.

»So, das war's schon«, erklärt Dr. Krauss. Dann wendet er sich an meine Großmutter. »Der Biss der Kreuzspinne ist nicht gefährlich, Frau Richter. Doch Ihre Enkelin hat allergisch reagiert. Das ist selten, kann aber vorkommen. Deshalb die Atemnot.«

Mehrere Arme greifen unter meinen Körper und heben mich aus dem Heu, tragen mich aus dem Schuppen ins Freie, legen mich ins frisch gemähte Gras. »Sie wird wieder auf die Beine kommen.«

Stahlblauer Himmel, die Sonne blendet mich. Über mir zwitschern die Schwalben. Ich höre die Kühe vom benachbarten Bauernhof muhen. Eine grau getigerte Katze streicht mir um die Beine.

»Mia?«

Zitternd drehe ich mich zur Seite und blicke in das vertraute Gesicht eines jungen Mannes.

Er mustert mich beunruhigt. »Ist alles gut?«, fragt er leise und legt mir seine Handfläche auf die Stirn. »Atmen, Mia. Du bist in Sicherheit.«

»Philipp?«, hauche ich und setze mich auf. Ich lehne mich mit dem Rücken gegen die Glasbrüstung und ziehe die Beine an die Brust.

»Der ganze Raum ist voll mit Vogelspinnen-Terrarien«, sagt er und setzt sich neben mich. »Wahrscheinlich wusste Viktor, dass du eine Phobie hast. Deshalb wollte er nicht, dass du da reingehst.« Er streicht mir eine feuchte Strähne von der Wange. »Siehst du, es gibt für alles eine ganz einfache Erklärung.« Dann streckt er mir sein Handy hin. Die Foto-App ist geöffnet. Ich erkenne einige quadratische Miniaturbilder von den Terrarien. »Trotzdem habe ich ein paar Fotos für dich gemacht. Alles dokumentiert. Damit du da nicht mehr rein musst.«

»Danke, das ist lieb«, sage ich und wende meinen Blick von den Fotos ab.

»Du solltest dich vielleicht etwas auf der Couch ausruhen«, sagt Philipp und hilft mir auf die Beine. »Ich denke, du hattest eine Panikattacke.«

»Das war keine Panikatta-«

»Mia, ich meine es ernst«, unterbricht er mich und trägt mich ins Wohnzimmer. »Das ist kein ärztlicher Rat, sondern ein Befehl.«

Ich lasse mich auf das Sofa fallen, entledige mich meiner OP-Handschuhe und strecke die Beine auf dem gläsernen Couchtisch aus, während Philipp in die Küche läuft und den Kühlschrank aufreißt. Mit einem Glas Club-Mate kommt er zurück. Ich nehme einen kräftigen Schluck.

»Wir müssen deinen Kreislauf stabilisieren«, sagt er.

»Philipp, es geht wieder. Wirklich.«

Sichtlich angespannt läuft er vor mir auf und ab, sieht mehrmals auf seine Armbanduhr. »Ich muss jetzt eigentlich los. Aber in diesem Zustand kann ich dich nicht alleine lassen, Mia. Das ist unverantwortlich.«

»Mir geht es gut, Doktor«, sage ich und lächle ihn an. »Wenigstens wissen wir jetzt, was in diesem Raum ist.« Ich stelle meine Beine auf dem Boden ab und beuge mich zu ihm vor. »Viktor bleibt drei Tage in Köln. Wir haben also viel Zeit. Ich schlage vor, ich suche hier erst mal alleine weiter, und du fährst in die Charité. Und nach Feierabend kommst du einfach wieder hier vorbei, okay?«

»Du willst das wirklich immer noch durchziehen?«

»Ja.«

Philipp zieht die Augenbrauen nach oben und atmet angestrengt aus. »Also gut. Du bist wirklich unverbesserlich«, sagt er und schultert seinen Rucksack. »Einverstanden. Aber nur, weil du es bist.«

Ich stehe von der Couch auf und breite meine Arme aus. Wir umarmen uns kurz und freundschaftlich. »Danke, Philipp. Für alles.«

»Das verlangt mein hippokratischer Eid«, sagt er schmunzelnd.

Wir laufen durch das Sofalabyrinth auf die Eingangstür zu,

vorbei an den meterhohen Bücherregalen. Sobald er gegangen ist, werde ich mir zuallererst das Schlafzimmer vornehmen und alle Schränke und Schubladen durchsuchen.

»Ich glaube zwar immer noch nicht, dass wir etwas finden werden«, sagt er und streicht mit den Fingern über die Regalbretter, »aber wenn es dich beruhigt, dann können wir natür–«

Plötzlich bleibt Philipp abrupt stehen. Er dreht sich zur Bücherwand um und starrt mit zusammengekniffenen Augen auf eines der Regalbretter. Ich folge seinem Blick. Dort stehen eine kleine Buddha-Figur aus Stein, eine Schneekugel mit der Skyline von New York, ein Porzellanschälchen, daneben eine vergoldete Jakobsmuschel. Dahinter die gesammelten Werke von Ernest Hemingway in einer luxuriösen Bücherkassette.

»Moment«, murmelt er gedankenverloren. »Das ist seltsam.«

»Was ist los?« Ich blicke ihn überrascht an.

»Das ergibt überhaupt keinen Sinn!«

58

Er schiebt die Buddha-Figur zur Seite, greift in die kleine Porzellanschale hinein und zieht zwei Schlüssel heraus. Mit verwundertem Blick nimmt sie die Hausschlüssel entgegen und betrachtet sie von allen Seiten. Dann sagt sie etwas. Ihr Mund bewegt sich. Mia wirkt aufgebracht.

Doch Viktor versteht nichts.

Kein einziges verdammtes Wort. Die Mikrofone seiner blöden Videoüberwachung sind viel zu weit entfernt. Wütend glotzt er auf das kleine Display in seiner Hand und versucht Mias Lippenbewegungen zu lesen. Vergeblich.

Dann greift ihr dämlicher Mitbewohner, dieser Möchtegern-Arzt, in seine Hosentasche, zieht einen altmodischen Schlüsselbund heraus und übergibt ihn Mia. Sie legt die Hausschlüssel aufeinander und scheint die einzelnen Bärte miteinander zu vergleichen.

Plötzlich hält sie unvermittelt inne und beginnt zu taumeln. Mia stützt sich am Bücherregal ab, scheint jeden Moment ohnmächtig zu Boden zu fallen. Doch im letzten Moment fängt sie dieses Arschloch auf.

Viktor reißt den Ärmel des Jacketts hoch und starrt auf seine Rolex. Scheiß auf Köln! Wenn er sich beeilt, kann er in einer guten Stunde wieder zurück in seinem Loft sein. Erbost wischt er die Überwachungs-App weg und öffnet seine Playlist. Was er jetzt braucht, ist etwas beruhigender Hardcore-Punk. Er drückt auf Play, und die bissige Gitarre der *Dead Kennedys* durchflutet die Hi-Fi-Boxen seines Tesla.

Er ist aufgebracht. Was fällt Mia ein, in seiner Abwesenheit diesen gestörten Irren in sein Loft zu bringen? Das muss er unterbinden! Auch wenn er noch keinen Plan hat. Aber ihm wird schon etwas einfallen …

Viktor startet den Elektromotor und drückt das Gaspedal durch.

Um Yvonne wird er sich später kümmern.

59

Vor knapp vierzig Minuten hat Philipp das Loft verlassen, um ohne Umwege zu unserer WG zu fahren. Sicherheitshalber wollte er den Schlüssel zu Hause an unserer Tür testen – bevor wir Viktor zu schnell *vorverurteilen*. Das war seine törichte Meinung. Ich schüttelte darüber nur verständnislos den Kopf. War er nun Mediziner oder Anwalt? Im Gegensatz zu ihm bin ich mir hundertprozentig sicher, dass er passen wird. Schließlich habe ich die Schlüsselbärte mit eigenen Augen gesehen und verglichen. Es waren haargenau dieselben. Was bewies, dass Viktor tatsächlich meine Wohnungsschlüssel nachgemacht hat. Aber wofür? Was hat er damit vor?

Zum Glück wird mich Philipp jeden Moment anrufen und mir das Ergebnis bestätigen, bevor er weiter in die Klinik fährt. Seiner Kollegin hat er Bescheid gegeben, dass er sich verspätet.

Genervt schiebe ich die untere Schublade des Nachttischs zu. Nichts. Zumindest nichts Auffälliges außer Kondomen, Gleitcreme, einer angebrochenen Packung Gummibärchen, einem Kugelschreiber, Taschentüchern und Ohrstöpseln. Auch die Suche in den anderen Fächern war erfolglos. Genauso wie in seinem pompösen Badezimmer. Viktor hat in der Tat einen exquisiten Geschmack und ein buntes Portfolio an teuren Aftershaves, Parfums und Nachtcremes.

Ich sehe mich im Schlafzimmer um. Bleibt nur der meterlange Spiegelschrank übrig. Ich tippe gegen die Tür, die vollautomatisch zur Seite gleitet. Eine Gruppe von LED-Lichtern springt an und beleuchtet eine ewig lange Reihe dunkelblauer

Anzüge über mir. Die Dinger sehen alle gleich aus. Ich ziehe die Sockenschublade auf. Feinste Merinowolle. Im Fach darunter liegen seine Boxershorts. Natürlich alles Markenware. Auf dem glänzenden Schrankboden befinden sich zehn Paar Lederschuhe, ordentlich in zwei Reihen aufgestellt, schwarz und dunkelbraun.

Die nächste Schranktür. Ich trete einen Schritt zurück. Es ist wie eine andere Welt. Das genaue Gegenteil. Hier hängen zerrissene Bluejeans, ausgewaschene Kapuzenpullover, mit Motiven bedruckte T-Shirts in allen Farben. Massenweise Sneaker, von Oldschool bis Hightech der angesagtesten Labels.

Ich öffne die erste Schublade und streiche über die geringelten Söckchen, über die farbenfrohen Sportsocken. Es wirkt gerade so, als würden zwei Menschen in diesem Haushalt leben. Dr. Jekyll und Mr Hyde. Ich grabe meine Finger in den Sockenhaufen und durchsuche das Schubladenfach, immer tiefer. Doch wieder nichts, verdammt.

Was hast du denn gedacht, Mia?

Langsam kommen mir Zweifel, ob Philipp nicht vielleicht doch recht hat und ich einfach nur paranoid bin. Vielleicht ist Viktor tatsächlich nur ganz normal in mich verknallt, und ich interpretiere zu viel in das alles hinein. Ich hatte schon immer eine blühende Fantasie. Viktor ein gefährlicher Stalker? Wirklich?

Plötzlich entdecke ich die schwarze NYC-Basecap, die Viktor trug, als er mich in der Alten Nationalgalerie ansprach. Ich schiebe die Sockenschublade zu und greife nach der Baseballmütze. Ich muss mich strecken, so weit oben liegt sie auf dem Regalbrett.

Als ich endlich mit den Fingerspitzen an sie herankomme und herunterziehe, segelt etwas auf mich herab. Eine Art übergroßes Konfetti. Bunte Papierrechtecke in CD-Größe.

Sie müssen gestapelt unter der Cap versteckt gewesen sein. Ich blicke auf den Fußboden hinab, dort liegen sie wie kleine Inseln um meine Beine verteilt.

Es sind Fotos. Mindestens acht Stück. Ich bücke mich und hebe die Bilder auf. Mir wird schwindelig. Alles dreht sich, mir bleibt die Luft weg. Ich taumle zurück und lasse mich auf das Himmelbett fallen. Ich kann nicht glauben, was ich da zwischen meinen Fingern halte.

Das ist nur ein Traum, Mia. Ein Albtraum.

Ich muss sofort Philipp benachrichtigen!

60

Panisch ziehe ich mein Mobiltelefon aus der Jeans, um ihn anzurufen. Meine Hände zittern. Die Verbindung wird aufgebaut. Es dauert einen Moment, bis Philipp drangeht. Verkehrslärm im Hintergrund, Martinshörner, er scheint auf dem Weg in die Charité zu sein.

»Mia! Schlechte Nachrichten!«, ruft er in den Hörer, bevor ich etwas sagen kann. »Du hattest recht! Der Schlüssel aus Viktors Wohnung! Er passt in unser Schloss! Unfassbar, er hat ihn tatsächlich nachgemacht!« Er muss gegen den Motorenlärm anschreien. »Ich verstehe nur nicht, wofür? Das ist doch krank!«

»Ich weiß, wofür!«, rufe ich aufgeregt zurück. Meine Angst und der angestaute Ekel entladen sich. »Ich hab was gefunden! In seinem Schlafzimmer! Da waren Fotos in seinem Kleiderschrank versteckt!«

»Fotos? Was für Fotos?«

»Von mir!«, schreie ich lauter, da bei ihm ein heulender Krankenwagen vorbeifährt. »Auf allen bin ich zu sehen!«

»Du?«

»Ja! Er hat Bilder von mir gemacht!« Meine Stimme überschlägt sich. »Verfluchte Scheiße! Während ich schlief! Kannst du dir das vorstellen? Er hat mich im Schlaf fotografiert!«

»Was? … O Gott.«

Totenstille am anderen Ende der Leitung.

Angewidert blicke ich auf die acht grünstichigen Fotografien, die überall verteilt auf dem Fußboden liegen. Sie müssen alle in derselben Nacht entstanden sein. Vor einer Woche. Auf jedem

Bild trage ich das roséfarbene Schlafshirt und die Ohrstecker, die mit dem kleinen Mond. Ich habe friedlich die Augen geschlossen. Als wäre ich tot. »Deshalb der nachgemachte Schlüssel! Dieser Psychopath hat sich mitten in der Nacht Zugang zu unserer Wohnung verschafft! Als wir alle geschlafen haben!«

»Von uns? Waren da auch Bilder von Yvonne dabei?«

»Von Yvonne? Nee …«, sage ich irritiert. »Wieso von ihr?«

»Sie war nicht zu Hause«, sagt Philipp. Er wirkt besorgt. »Das ist um diese Uhrzeit ungewöhnlich! Da schläft sie normalerweise noch! Du hast nicht zufällig was von ihr gehört?«

»Nein«, sage ich. »Soll ich sie anrufen?«

»Ruf lieber sofort die Polizei an!«, entgegnet Philipp. »Sie hat ihr Handy im Zimmer liegen lassen. Und ohne Handy würde sie doch niemals das Haus verlassen, oder?«

»Vielleicht ist sie nur kurz bei Elif im Café«, sage ich, weil ich mir nicht vorstellen kann, dass ihr was zugestoßen ist. Außerdem frage ich mich, was das mit Viktor zu tun haben soll. Schließlich sind sie *best friends.* »Bestimmt hat sie nur ihr Handy vergessen. Das wäre typisch Yvonne.«

»Du solltest auf jeden Fall sofort das Loft verlassen, Mia«, sagt Philipp mit fester Stimme, der Lärmpegel im Hintergrund hat sich beruhigt. »Bevor Viktor zurückkommt. Stell dir vor, er erwischt dich mit den Fotos!«

»Mach dir keine Sorgen, er kommt erst übermorgen wieder. Viktor ist auf dem Weg nach Köln. Außerdem bin ich sicher, dass die Fotos nicht der letzte Beweis in der Wohnung sind.«

»Aber was willst du denn noch finden?«, fragt er verwundert. »Du hast doch sicherlich schon jedes Zimmer überprüft?«

»Ja, alles«, sage ich. »Bis auf das Spinnenzimmer.«

»Du willst da doch nicht reingehen, Mia«, sagt er ungläubig. »Wir haben die Handyfotos.«

»Genau. Kannst du sie mir schicken?«

»Wie bitte?«

»Auf mein Handy.«

Philipp zögert. »Ich weiß nicht … Sehr ungern, Mia. Was, wenn du wieder panisch reagierst und ich nicht dabei bin?«

»Es sind nur Fotos«, erkläre ich mutig und versuche, meine Muskeln zu entspannen. Mein Nacken knackst. Ich bin mir nicht sicher, ob ich die Bilder wirklich sehen will. Mich kribbelt es überall.

»Also gut«, sagt Philipp unwirsch.

Ich bedanke mich bei ihm, dann verabschieden wir uns.

Keine dreißig Sekunden später vibriert das Telefon in meiner Hand. Die Fotos sind eingetroffen. Sechzehn Stück.

Ganz unvorbereitet möchte ich sie mir allerdings nicht ansehen und gehe zu Viktors Hausbar, gieße mir einen doppelten Wodka ein. Mit dem Zeug kenne ich mich zwar nicht aus, aber die Flasche mit den fliegenden Enten hat das schönste Etikett.

Ich kippe ihn auf ex hinunter. Mund und Rachen brennen wie Feuer. Ich ziehe mir den Barhocker heran, setze mich an den Küchenblock und öffne meine Nachrichten-App. Sechzehn Miniaturbilder von beleuchteten Terrarien. Jedes ist mit Steinen, Pflanzen und Wurzeln dekoriert. Zum Glück erkenne ich keine einzige Vogelspinne.

Keine Ahnung, was ich mir von den Bildern erhoffe. Aber Viktor hat mir strengstens verboten, diesen Raum zu betreten. Wirklich nur wegen der Spinnen? Oder versteckt Viktor etwas anderes da drin?

Nach einem weiteren doppelten Wodka beginne ich mit dem ersten Bild. Mit Daumen und Zeigefinger vergrößere ich das Handyfoto. Es ist wie ein Ausflug in den tropischen Regenwald: Blätter, Steine, Äste mit Löchern. Keine Vogelspinne. Das nächste Foto. Etwas andere Pflanzen, dunklere Steine, in der Ecke erkenne ich die haarigen Beine einer Spinne. Ich schüttle mich. Schnell zum nächsten Bild. Keine gute Idee. Zwischen meinen Fingern tauchen die Beißklauen einer Vogelspinne auf. Angewidert scrolle ich zum nächsten Terrariumfoto. Wieder mit Pflanzen, Steinen, einem dicken Seil und Hölzern ausgestattet. Die Spinne lauert unter einem Blattwerk hervor. Ihr fast nackter Hinterleib ist dunkel verfärbt.

Ein allerletzter Schluck Wodka. Mittlerweile brennt es auch nicht mehr im Hals. Und weiter. Wieder Steine, Blätter, Holz. Wieder zwei haarige Taster, die sich mir entgegenstrecken. Schnell weiter. Ich bin froh, dass es kein Video ist und die Vogelspinnen sich nicht bewegen. Dann das sechzehnte Bild. Ich vergrößere es mit den Fingern. Es fühlt sich fast so an, als würde ich selbst in das Terrarium hineinfassen. Mich durch die Blätter wühlen. Zum Glück ist nirgends eine Spinne zu sehen.

Geschafft.

Ich atme aus und schiebe das Telefon von mir weg. Fühle mich erleichtert und enttäuscht zugleich. Ich hatte meine Phobie zwar verhältnismäßig gut unter Kontrolle, aber leider ist mir auf den Handyfotos nichts Verdächtiges aufgefallen. Das war es also. Das Loft ist durchsucht. Und es scheint, als hätte ich mich tatsächlich in etwas verrannt.

Was habe ich auch erwartet?

Es gibt keinen Beweis, dass Viktor Engel ein Mörder ist.

Jedoch genug Beweise, dass er ein hochgefährlicher Stalker ist, der sich nachts in unsere Wohnung geschlichen hat.

Ich sollte Tarik Ünal anrufen. Der Zeitpunkt ist gekommen, den gestörten Filmproduzenten zumindest wegen Nachstellung anzuzeigen.

Doch dann kannst du die Hauptrolle vergessen, Mia!

Wie ein Raubtier überfällt mich meine eigene Stimme aus der hintersten Ecke meines Gehirns und knurrt mich an: Denk gut darüber nach. Mit nur einem einzigen Anruf bestimmst du über dein Schicksal, deinen lang ersehnten Schauspieltraum. Es ist deine Entscheidung.

Ich stütze meinen Kopf auf die Hände. Er wiegt so schwer wie ein mit Erde gefüllter Metalleimer. Stalkingvorwürfe – soll ich dafür wirklich meine Karriere aufs Spiel setzen? Für diese Chance habe ich jahrelang gekämpft. Habe gekellnert, in Klamottenläden gejobbt, war auf jedem noch so unbedeutenden Casting. Was ist denn schon groß passiert? Viktor hat doch nichts Böses getan, oder? Schließlich ist es kein Fall von sexueller Belästigung, Missbrauch oder Gewalt. Er hat sich doch nur in dich verliebt. Und ein paar Fotos gemacht. Mehr nicht.

Ich könnte einfach schweigen.

Verdammt, Mia, was stimmt nicht mit dir? So ein ekelhafter Typ muss bestraft werden! Er darf niemals damit davonkommen! Du bist kein Opfer!

Entschlossen greife ich zum Handy, um Kommissar Ünal anzurufen.

Ich schalte das Gerät ein, noch immer wütend über meine zweifelhaften Gedankengänge, als mir plötzlich das vierte Terrarienfoto ins Auge fällt.

Was … was ist das? Unmöglich! Ich zoome hektisch heran. Die Vogelspinne wird größer und größer, ihr haariger, eiförmiger Hinterleib kommt näher. Wieso ist mir das nicht gleich aufgefallen? Adrenalin durchströmt meinen Körper. Hinter einem giftgrünen Blatt lugt es wie eine gefräßige Schlange hervor – ein dickes Seil!

Wieso liegt in dem Terrarium ein Strick? In keinem der anderen fünfzehn Glaskästen befindet sich ein ähnliches Dekoelement. Das wäre mir aufgefallen. Augenblicklich muss ich an David denken, der stranguliert am Ufer gefunden wurde. Ist das etwa die gesuchte Tatwaffe? Hier – mitten zwischen den Vogelspinnen?

Warum hat er das Seil nicht einfach in der Spree entsorgt?

Sofort fallen mir die vielen True-Crime-Dokumentationen ein, die ich über Mörder und Serienkiller gesehen habe. Natürlich. Weil sich die meisten Täter nicht von ihrer Mordwaffe trennen können. Es ist wie eine Art Trophäe. Deshalb hat sie Viktor versteckt, perfekt zwischen seinen Lieblingstieren. So kann er sie immer ansehen und an seine Tat zurückdenken.

Es tutet mehrmals. Dann springt leider nur die Mailbox an.

»Ähm, hallo, Herr Kommissar. Hier spricht Mia Richter«, sage ich mit betont fester Stimme. »Bitte, rufen Sie mich so schnell wie möglich zurück! Ich glaube, ich habe die Mordwaffe gefunden. Das Seil, mit dem David Hoffmann erwürgt wurde.« Ich gleite vom Barhocker und gehe um die Kücheninsel herum, stelle die Flasche Wodka in die Hausbar zurück und das leere Glas in die Spüle. »Ich bin gerade in der Wohnung von Viktor Engel. Alleine. Er ist unterwegs nach Köln. Können Sie bitte sofort jemanden herschicken, der das Seil sicherstellt? Ich erkläre Ihnen alles später. Danke, auf Wiederhören!«

Ich lege auf. Das Herz pocht in meiner Brust. Nervös blicke ich auf meine Micky-Maus-Uhr. Wie lange wird die Spurensicherung brauchen, bis sie hier eintrifft? Darf die Polizei Viktors Wohnung überhaupt betreten? Ohne richterlichen Durchsuchungsbeschluss?

Ich habe keine Ahnung. Hoffentlich reicht mein geäußerter Verdacht aus, dass die Kripo den Strick auf Davids DNA-Spuren untersucht.

Doch was, wenn nicht?

Angespannt schiebe ich die Tür zur Terrasse auf und trete hinaus. Frische, kühle Luft durchflutet meine Lungen. Ich atme tief ein und stelle mich an die gläserne Brüstung. Von hier oben sieht Berlin so friedlich aus. Darüber ein wolkenloser hellblauer Himmel. Ich blicke nach unten auf die Spree hinab. Auf den Straßen fahren vereinzelt Autos. Keine Polizei. Eine Vespa knattert vorbei.

Ich ziehe mein Smartphone hervor. Tarik Ünal hat sich noch nicht zurückgemeldet. Vielleicht sollte ich ihm das Terrariumfoto aufs Handy weiterleiten.

Zwanzig Sekunden später habe ich das Foto an den Kommissar verschickt. Hoffentlich hört er seine Mailbox bald ab.

Ich beuge mich wieder über das Geländer und beobachte die Passanten, die wie Ameisen über den Bürgersteig flanieren. Die Sonne knallt mir in den Nacken. Ein leichter Wind streicht mir durch die Haare. Gelangweilt verfolge ich den Verkehr unter mir und warte auf die Polizeistreife.

Ein weißer Sportwagen biegt rauschend in die Wallstraße ein. Im Gegensatz zu den anderen Autos kann ich kein Motorengeräusch hören, obwohl er bestimmt achtzig Sachen draufhat. Sicher ein Elektroauto, wahrscheinlich Tesla. Er legt eine Vollbremsung hin, bleibt direkt unter mir vor dem Hauseingang stehen.

Die Fahrertür schwingt auf, und ein groß gewachsener Mann im Anzug und weißen Turnschuhen steigt aus. Er starrt gedankenverloren auf sein Handy, ohne auf den Verkehr zu achten. In allerletzter Sekunde muss eine junge Frau mit ihrem Lastenrad ausweichen und beginnt eine wütende Schimpftirade. Doch dem Fahrer ist es anscheinend egal. Er reagiert überhaupt nicht, würdigt sie keines Blickes. Das Telefondisplay in seiner Hand scheint ihn mehr zu interessieren.

Dann hebt er den Kopf und sieht zu mir herauf.

61

Kurz überlegt er, ob er die Hand heben und ihr winken soll. Doch dann entscheidet er sich dagegen. Schließlich ist er nicht zum Vergnügen heimgekehrt. Er ist wütend, stinkwütend. Dafür hat er sogar eine rote Ampel in Kauf genommen. Viktor musste sich zusammenreißen, nicht mit hundert Sachen durch den Kiez zu heizen. Er wäre fast geblitzt worden. Daran war nur sie schuld, sie allein. Sie hat seine Gutmütigkeit ausgenutzt und schamlos seine Wohnung durchwühlt. Das gesamte Loft, jeden Schrank, jede verdammte Schublade. All das hat er gesehen. Auf den gespeicherten Videos in seiner Cloud!

Und jetzt ist hier und starrt zu ihr nach oben.

Plötzlich reißt sie sich von der Brüstung los und rennt davon. Mia muss ihn erkannt haben. Viktor lässt den Kopf sinken und blickt wieder auf sein Smartphone. Hochkonzentriert tippt er zwischen den Live-Kameraeinstellungen hin und her. Er klickt sich durch jeden Raum seines Apartments, bis er sie endlich im Flur entdeckt. Dort steht sie. Bewegungslos wie eine Statue. Sie trägt Gummihandschuhe und hält eine Plastiktüte in der Hand. Zittert am ganzen Körper.

Viktor hält den Atem an. Sie hat doch nicht etwa vor …?

Da öffnet sie schon die Tür zu seinen Schützlingen.

62

Ich betrete den Spinnenraum. Mir bleibt keine Wahl. Jeden Moment wird Viktor im Loft ankommen. Ich muss das Seil sichern, bevor er die Tatwaffe verschwinden lassen kann. Noch bleiben mir wertvolle Minuten.

Um mich herum leuchten die Terrarien wie Sterne im Weltall. Schritt für Schritt taste ich mich vor. Mit zusammengekniffenen Augen.

Überwinde deine Angst! Kalter Schweiß rinnt mir den Rücken hinab. Nicht nachdenken, Mia. Ich blinzle. Rechts und links von mir stehen jeweils acht übereinandergestapelte Terrarien. Flüchtig sehe ich durch die Scheiben in jeden Miniatur-Regenwald hinein, fühle mich in meine Kindheit versetzt, als ich mit Oma im Zoo war, in diesem stickigen Reptilienhaus. Suche jeden Glaskasten nach dem Seil ab. Gehe in die Hocke, meine Atmung beschleunigt sich. Dort sitzen sie. Bewegungslos. Haarige Spinnen, größer als meine Handfläche. Sie beobachten mich. Mit ihren acht Augen.

Da! Endlich! Ich habe das Seil gefunden! Im Glaskasten in der oberen linken Reihe. Ein unsagbares Glücksgefühl durchströmt meinen Körper. Ich spüre die positive Energie in jedem Muskel. Doch kurz darauf fällt diese Freude wie ein zerplatzter Luftballon in sich zusammen.

Wie kriege ich den Strick aus dem Kasten heraus? Auf keinen Fall werde ich da mit meiner Hand reinfassen. Niemals. Hastig drehe ich mich um und suche den Spinnenraum nach einem länglichen Gegenstand ab. Ich brauche so etwas wie einen Stock oder Handbesen, mit dem ich das Seil herausangeln kann. Mein Blick fällt auf das schmale Bücherregal neben der Tür, in dem ein Paar Sicherheitshandschuhe liegen, außerdem mehrere Fachbücher über Spinnen, ein Bilderrahmen mit einer präparierten Tarantel, eine afrikanische Frauenbüste, unterschiedlich große Pinzetten und eine indische Kali-Figur aus Messing.

Kurz entschlossen schlüpfe ich in die steifen Lederhandschuhe und entscheide mich für die Kali-Figur, die am größten ist. Kali, die Göttin des Todes und der Erneuerung – wie passend, denke ich. Und mit einem ihrer vier Arme könnte ich das Seil gut zu fassen bekommen.

Ich stehe vor dem Terrarium. Der Strick liegt direkt vor mir. Hinter dem Glas, bewacht von einer fetten Vogelspinne. Die Leuchtstoffröhre über dem Terrarium leuchtet alles weißkalt aus. Ich schlucke den Kloß in meinem Hals hinunter. Vorsichtig schiebe ich die Kunststoffabdeckung zur Seite. Das Terrarium ist offen. Die Spinne bewegt sich nicht. Sitzt einfach nur da und belauert mich. Meine Hand schwitzt unter dem Handschuh, mit dem ich die indische Göttin halte. Ich atme flach durch den Mund und bewege die Kali-Figur Zentimeter für Zentimeter in den Glasbehälter. Meine Hand wandert immer tiefer in den Kasten hinein. Die Messingarme der Göttin schleifen am Innenglas entlang. Quälender Quietschton. Hoffentlich macht es die Vogelspinne nicht aggressiv. Angeblich können Vogelspinnen ihre giftigen Haare abschießen. Ich weiß aber nicht, ob ich das aus einer verlässlichen Quelle oder aus einem Horrorfilm habe.

Ich zittere, als die schwere Messingfigur endlich das Seil berührt. Mein Arm steckt schon bis zum Ellenbogen im Glaskasten. Die Vogelspinne rührt sich nicht. Ich schiebe einen der vier Arme der indischen Göttin unter das Seil und hebe es vorsichtig an, halte den Atem an. Hebe das Seil nach oben. Es scheint zu funktionieren. Der Strick streift einige Blätter.

Die Vogelspinne bewegt eines ihrer Beine. Ihr haariger Körper dreht sich zu mir herum. Es kribbelt mich am ganzen Körper. Nur noch ein Stück höher. Es fehlen nicht mehr viele Zentimeter. Gleich habe ich das Seil aus dem Terrarium gesichert. Mein Arm zittert so stark, als wären es minus zehn Grad …

»Verdammt, was machst du da?«

Ich zucke erschrocken zusammen, drehe mich zur offenen Tür. Das Seil fällt zurück ins Terrarium. Die Vogelspinne flüchtet in eine dunkle Röhre. »Vvv-vi-viktor?«, stottere ich.

Er steht im Türrahmen, die Augen starr auf mich gerichtet. Wortlos geht er einen Schritt auf mich zu. Ich ziehe meinen Arm aus dem Terrarium heraus. Viktor kommt näher. Ich erkenne das Weiß in seinen Augen.

»Lass mich!«, schreie ich und hebe drohend die Büste in die Höhe. »Bleib stehen! Komm nicht näher!«

Doch Viktor denkt nicht daran. Er setzt einen Fuß vor den anderen. Sein Gesicht wirkt im Neonlicht so fahl wie eine Totenmaske. Er streckt beide Hände nach mir aus. »Wo ist der andere?«, zischt er. »Philipp! Ich weiß, dass er hier ist! In meiner Wohnung!«

»Er … er ist nicht …«, stammle ich und trete einen Schritt zurück. Mein Rücken stößt gegen ein Terrarium. Ich umklammere das kalte Messing der indischen Göttin fester. »Philipp ruft gerade die Polizei! Bleib, wo du bist! Du verdammter Mörder!«

Viktor schüttelt den Kopf. Dann senkt er seine Stimme, lässt mich nicht aus den Augen. »Ich kann dir alles erklären, Mia.«

Wieder kommt er einen Schritt näher. Doch ich kann nicht weiter zurückweichen. Spüre die glatte Terrarienwand in meinem Rücken.

»Und nimm endlich dieses Ding runter«, faucht er. »Lass uns vernüftig über alles reden.«

»Bleib stehen!«, brülle ich mit letzter Kraft. »Letzte Warnung!«

»Du verstehst das alles falsch, Mia.« Ein falsches Grinsen auf seinen Lippen. »Es gibt da etwas, das du wissen solltest.« Ein weiterer Schritt nach vorn. Dann reißt er überraschend die Augen auf, schwingt beide Arme nach oben und springt wie eine Spinne auf mich zu …

»Polizei-Notruf«, sagt eine Stimme von Band. »Bitte legen Sie nicht auf.«

63

Tarik Ünal legt mir eine Filzdecke über die Schulter. Wir sitzen im Rettungswagen, der in der Wallstraße mitten vor Viktors Gebäudekomplex steht. Flackernd wie unbekümmertes Discolicht reflektiert das Blaulicht von Polizei und Notarzt auf den Gebäudefassaden um uns herum. Ich starre durch die geöffnete Flügeltür auf die Gaffer, die mit ihren Handys hinter der Polizeiabsperrung stehen und Fotos machen.

Viktor Engel wurde vor zwanzig Minuten mit einem anderen Krankenwagen in die Charité gebracht. Zwei bewaffnete Polizisten begleiten den Transport.

Ich fühle mich wie in der typischen Schlussszene eines Hollywoodfilms. Gleich setzt schwülstige Streichermusik ein, und der Abspann läuft über die letzte Einstellung.

Kommissar Ünal reicht mir einen Pappbecher mit Wasser und setzt sich mir gegenüber. »Sind Sie sicher, dass es Ihnen gut geht?«

Ich nicke wortlos.

Er sieht mich mit einer Mischung aus Anerkennung und Mitgefühl an. »Die Kollegen von der Spurensicherung haben das sichergestellte Seil sofort in die Rechtsmedizin bringen lassen«, sagt Tarik Ünal.

»Danke«, sage ich leise, trinke einen Schluck und stelle den Becher neben mir auf der Krankenliege ab.

»Warum haben Sie nicht auf meinen Rückruf gewartet?«, fragt er und greift in die Innentasche seiner Lederjacke, zieht Klappblock und Bleistift heraus. »Es war lebensgefährlich, was Sie da getan haben.«

Ich knete meine Finger. »Ich hatte Angst, dass er das Beweisstück vernichtet.«

»Das war mutig«, sagt er. »Und leichtsinnig.« Dann schmunzelt er anerkennend. »Niemals im Leben hätte ich mich getraut, in dieses widerliche Spinnennest zu greifen.«

Wir müssen lachen. Es tut gut. Die Anspannung fällt wie getrockneter Lehm von mir ab.

»Ich muss Sie leider noch kurz befragen, Frau Richter«, sagt er schließlich, bemüht, eine ernste Polizistenmiene aufzusetzen. »Zum Tathergang, verstehen Sie? Keine Sorge, das ist kein Verhör. Aber Sie haben Herrn Engel niedergeschlagen, mit einer schweren Messingskulptur. Hoffen wir, dass er nicht lebensgefährlich verletzt ist.«

»Es war Notwehr«, sage ich.

»Hat er Sie denn bedroht?«, fragt er und notiert etwas auf seinem Block.

»Ähm, er wollte mir den Strick abnehmen, die Tatwaffe«, lüge ich.

»Die *mutmaßliche* Tatwaffe«, ergänzt Kommissar Ünal. »Denn noch ist nichts bewiesen. Es kann ein ganz normales Seil sein. Ein Dekoelement.«

»Wie bitte?«

»Wir müssen die DNA-Auswertung abwarten, ob es Hinweise auf den Mord an David Hoffmann gibt. Bis dahin sollten wir …«

»Er ist ein krankes Arschloch«, sage ich aufgebracht. »Haben Sie die Fotos im Schlafzimmer gefunden? Er hat mich im Schlaf fotografiert!«

»Ja, Frau Richter«, sagt Tarik Ünal mit ruhiger Stimme. »Ich habe die Bilder gesehen. Alles spricht dafür. Doch trotzdem dürfen wir nichts überstürzen. Und keine Alleingänge mehr, haben Sie das verstanden?«

»Ja«, sage ich verlegen.

»Frau Richter, hören Sie. Ich weiß, Sie wollten sich nur verteidigen, aber Sie haben Herrn Engel so unglücklich am Kopf getroffen, dass er jetzt im Koma liegt. Sollte sich herausstellen, dass der Strick nicht die vermeintliche Mordwaffe ist, dann …« Er macht eine nachdenkliche Pause. »Aber ich schlage vor, wir warten erst mal die Ergebnisse ab und sehen dann weiter.«

»Wollen Sie damit sagen, dass ich Probleme kriegen kann? Nur weil ich mich gegen einen Stalker verteidigt habe?«

»Zuerst müssen wir alle Beweise zusammentragen und auswerten, Frau Richter«, sagt Tarik Ünal und wird auf einmal sehr ernst. »Aber da ist noch etwas …« Er räuspert sich, rutscht unruhig auf seinem Sitz hin und her. Die Fröhlichkeit ist aus seinem Gesicht verschwunden. Ich sehe ihn irritiert an. Der Kommissar holt Luft, kratzt sich verlegen den Dreitagebart. »Es fällt mir sehr schwer, Ihnen das mitzuteilen, gerade jetzt, kurz nachdem Sie …«

»Was ist los?«, frage ich ungeduldig.

»Es gab einen Unfall«, sagt er mit gebrochener Stimme. »Ihre Mitbewohnerin, Yvonne. Sie war heute Morgen mit einem E-Scooter unterwegs. In Kreuzkölln. Und dabei wurde sie von einem Auto erfasst.«

Mein Herz setzt aus. »O Gott! Wie geht es ihr?«

Der Kommissar schluckt, faltet die Hände. »Sie ist noch am Unfallort verstorben. Mein herzliches Beileid.«

»Was?«

»Wir fahnden nach dem Autofahrer.«

»Wieso? Ich … verstehe nicht.«

»Fahrerflucht«, sagt er. »Wir haben eine achtzigjährige Zeugin. Sie hat von ihrem Fenster im dritten Stock erkennen können, dass ein Auto mit heller Lackierung mit Vollgas angerast kam und Ihre Mitbewohnerin überfahren hat. Sie schwört, dass der Wagen nicht abgebremst hat.« Der Kommissar lehnt sich zurück. »Das Modell und das Autokennzeichen konnte sie leider nicht erkennen …«

Mir wird schwarz vor Augen. Noch höre ich Tarik Ünals weit entfernte Stimme, eine Sanitäterin hält meine Hand, dann sacke ich auf der Krankenliege zusammen.

64

»Mein allerherzlichstes Beileid«, sagt Elif mitfühlend, während sie uns ihren New York Cheesecake an den Tisch bringt. Es ist vier Tage her, dass Yvonne gestorben ist. Nun bin ich das erste Mal wieder unter Leuten, sitze mit Alice und Philipp im *Mokka Me!*. Vorher musste ich mit meiner Trauer alleine sein und habe die Tage im verdunkelten Zimmer verbracht, unter der Bettdecke. Schließlich war es Philipp, der mir dazu riet, die Wohnung zu verlassen, frische Luft zu tanken und mich abzulenken.

»Danke, Elif. Das ist lieb«, sage ich leise und schiebe Zuckerstreuer und Aschenbecher zur Seite. Alice und Philipp nehmen ihr die Kuchenteller ab. Wir rutschen mit unseren Stühlen auseinander. Ich blicke mich angespannt nach allen Seiten um.

Kein Viktor. Natürlich nicht.

Elifs kleines Café ist an diesem Nachmittag besonders gut besucht. Zum Glück haben wir einen schattigen Platz unter dem dunkelgrünen Sonnenschirm bekommen, denn heute pfeffert die Sonne wie in Süditalien auf uns herab.

»Bei Kapitalverbrechen untersucht das LKA die DNA-Spuren innerhalb von zweiundsiebzig Stunden«, erklärt Elif und klemmt das Tablett unter den Arm. »Mein Bruder sagt, Mord hat immer Vorrang. Er wird sich also ganz sicher bald bei dir melden, Mia.«

»Hm, ja. Hoffentlich«, sage ich und ziehe den Teller zu mir heran. »Aber danke.«

Philipp legt seine Hand auf meine. »Es wird schon alles gut gehen.«

Alice zündet sich eine Zigarette an. »Und was, wenn nicht? Wenn sich Mia geirrt hat? Und dieses Seil ein ganz normaler, blöder Strick ist?« Sie pustet Rauch aus, bewegt die Kippe zwischen ihren Fingern. »Und was, wenn Viktor an der Hirnverletzung stirbt? Dann ist es Totschlag.«

»Wir sollten erst mal abwarten, was Tarik sagt«, geht Elif dazwischen.

»Viktor wird bei uns in der Charité rund um die Uhr beobachtet. Und gepflegt, von Profis«, erklärt Philipp. »Also hoffen wir das Beste, okay?« Er dreht sich zu mir um. »Versuche, dich zu entspannen, Mia. Alles wird gut.«

»Er hat recht«, sagt Elif und lächelt mir aufmunternd zu. »Nimm dir etwas Zeit, für dich. Und zum Trauern. Yvonne war deine Freundin. Das solltest du nicht verdrängen. Sonst kommt der Kummer irgendwann zurück. Und zwar mit voller Wucht.«

Elif hat recht. Die letzten Tage habe ich an nichts anderes als an den Unfall gedacht. Warum musste Yvonne so früh sterben? Seit ihrem Tod haben Philipp und ich ihr WG-Zimmer nicht mehr betreten. Es fühlt sich an, als wäre sie im Urlaub. Das rede ich mir zumindest ein. Ich glaube, Philipp und ich, wir wissen beide nicht, wie wir damit umgehen sollen. Mit der Stille.

Den Todesfahrer hat die Polizei noch immer nicht ausfindig gemacht.

Yvonnes Eltern sind gestern nach Berlin gekommen. Sie waren nur kurz in Yvonnes Zimmer, um ein aktuelles Foto ihrer Tochter zu holen. Für die Todesanzeige in der Zeitung. Gegen Ende des Monats wollen sie all ihre Sachen und Möbel abtransportieren lassen, damit wir das WG-Zimmer neu vermieten können. Ich möchte gar nicht daran denken, sonst beginne ich wieder zu weinen.

Plötzlich kommt mir ein Gedanke. Ich hole tief Luft und wende mich an Philipp. »Meinst du, ich dürfte mal die Intensivstation besuchen? Um mich selbst davon zu überzeugen?«

»Dass er im Koma liegt?«, fragt er irritiert, schüttelt energisch den Kopf. »Sorry, Mia. Aber das ist doch lächerlich.«

»Wer weiß das schon?«, sagt Alice und zuckt mit den Schultern.

»Ich!«, erwidert Philipp leicht gereizt. »Ich weiß es! Und das gesamte Team aus der Intensiv!«

Behutsam lege ich meine Hand auf Philipps Faust, fahre ihm sanft über die Finger. »Schon gut. Es tut mir leid, du hast ja recht.« Ich weiß, dass uns Yvonnes Tod dünnhäutig gemacht hat. Seine Faust lockert sich. Ich nehme seine Hand, streiche mit dem Daumen über seinen Handrücken. Wir sehen uns in die Augen, er nickt mir zu.

»Du musst dir keine Sorgen machen«, flüstert Philipp. »Du bist nicht allein. Ich werde dich beschützen.«

Dankbar führe ich seine Hand zu meinen Lippen und küsse sie.

»Ach, ist das nicht niedlich?«, kichert Alice. »Zwei Turteltäubchen.«

Abrupt entzieht er mir die Hand und vergräbt sie unter dem Tisch.

Ich rolle die Augen. »Mensch, Alice.«

»Was?«, entgegnet sie. »Ich finde euch beide wirklich süß.«

Elif tritt an unseren Tisch. »Sorry. Möchtet ihr noch was?«

»Nee, nein, danke«, antworte ich schnell und blinzle verstohlen zu Philipp hinüber. »Was ich möchte, das kann ich leider nur beim Universum bestellen.«

65

Der Klingelton meines Handys weckt mich. Ich öffne blinzelnd die Augen. Taste nach meiner Jeans, die irgendwo im Klamottenhaufen vor dem Bett liegt. Das Zimmer ist grell erleuchtet. Zu früh, zu viel Sonne. Die weißen Wände blenden mich. Die Vorhänge am Fenster sind nicht zugezogen. Wir hatten einfach nicht daran gedachte, weil wir zu …

Hastig drehe ich mich zur anderen Betthälfte um. Kein Traum. Dort liegt er. Unter seinem Albert-Einstein-Poster und schläft. Ich gebe ihm einen schnellen Kuss auf die nackte Schulter und wühle erneut in meinen Hosentaschen nach dem Telefon.

Es ist einfach so passiert. Gestern Nacht. Nachdem wir in der Küche eine volle Flasche Weißwein geleert und mehrfach auf unsere verstorbene Freundin Yvonne angestoßen haben. Gestern, als bei mir wieder einmal alle Dämme eingestürzt sind.

Ich konnte nicht aufhören zu weinen. Doch Philipp, schon leicht angetrunken, bot mir seine Schulter an und tröstete mich wie ein Freund.

Und dann – nach dem vierten oder fünften Glas – überkam mich plötzlich der Wunsch nach Geborgenheit und körperlicher Nähe. Unerwartet, aus der Tiefe meiner Seele. Vielleicht war es der Alkohol auf nüchternen Magen, vielleicht der Schmerz der letzten Tage. Ich sehnte mich so sehr nach Glücksgefühlen.

Wie von einem Liebeszauber berauscht, drehte ich mich zu seinem Hals, strich mit der Nase über seine Haut. Spürte das Herz in seiner Brust klopfen. Es schlug so schnell wie meins.

Mein Mund berührte seinen Hals und wanderte langsam nach oben. Sein Oberkörper bebte. Unsere Lippen berührten sich, wir küssten uns. Schüchtern und zaghaft. Ich schwebte wie in Trance. Alles fiel von mir ab. Wir taumelten durch den Flur, vorbei an Yvonnes geschlossener Zimmertür, und ließen uns auf sein Bett fallen, zogen uns die Kleider vom Leib und berührten uns, liebten uns.

»Wer ruft dich so früh an?«, murmelt es leise hinter mir.

Ich bekomme mein Telefon zu fassen und ziehe es aus der Jeanstasche. Der Akkustand ist niedrig, da ich es über Nacht nicht an den Strom gehängt habe. Nur noch fünf Prozent Ladung.

Ich nehme das Gespräch an. »Ja? Mia Richter.«

»Guten Morgen, Frau Richter.«

Ich erkenne die Stimme sofort. Mit einem Schlag bin ich hellwach und richte mich im Bett auf. »Ähm, hallo, Herr Kommissar!«

»Bitte entschuldigen Sie, dass ich mich so früh bei Ihnen melde«, sagt Tarik Ünal. Ich höre Computertastaturen und Stimmen im Hintergrund.

»Ist er etwa aus dem Koma erwacht?«, frage ich nervös.

»Nein«, antwortet er knapp. Ich höre, wie sein Bürostuhl quietscht. »Hören Sie, ich rufe Sie wegen des Berichts aus der Rechtsmedizin an. Es geht um die DNA-Spuren auf dem Seil, Frau Richter.« Er wirkt ernst. »Wir haben nun endlich die Ergebnisse erhalten.«

Ich wickle die Bettdecke um meinen nackten Oberkörper, obwohl mir fieberheiß wird. Bitte, liebes Handy, geh jetzt nicht aus! »Was ist dabei rausgekommen? Haben Sie bei der Untersuchung des Stricks etwas gefunden, das auf den Mord hinweist?«

Tarik Ünal schlürft aus einer Kaffeetasse, ich höre, wie er sie auf dem Tisch abstellt. »Das kann man wohl sagen«, sagt er. Plötzlich schwingt Anerkennung in seiner Stimme. »Frau Richter, ich freue mich, Ihnen mitzuteilen, dass Sie den richtigen Riecher hatten!«

»Soll das heißen …?«

»An dem Strick, den Sie in Viktor Engels Terrarium entdeckt haben, konnten tatsächlich DNA-Spuren von David Hoffmann nachgewiesen werden, ja.« Er macht eine theatralische Pause. »Es ist die Tatwaffe, Frau Richter, das ist der Beweis! Sie hatten mit Ihrer Vermutung recht.«

Ich spüre, wie mir Tränen über die Wangen rinnen. »Tausend Dank, Herr Kommissar. Sie glauben gar nicht, wie erleichtert ich bin.«

»Alles in Ordnung?«, flüstert Philipp besorgt neben mir, als er meine feuchten Wangen sieht.

Ich nicke, halte die Hand vor das Telefon und schluchze erleichtert: »Sie haben Viktor des Mordes überführt.« Das Universum hat meinen Wunsch erhört.

Philipp drückt mich überglücklich an sich.

»Frau Richter?«

»Ja«, sage ich und löse mich aus Philipps Umarmung. »Bitte, entschuldigen Sie. Und was geschieht jetzt mit Viktor Engel? Wird er verhaftet?«

»Nun. Solange er im Koma liegt …«, sagt Kommissar Ünal und schlürft wieder seinen Kaffee. »Verstehen Sie, wir müssen abwarten, bis er aufwacht.«

»Was sagen die Ärzte? Wann wird das ungefähr sein?«

»Das kann niemand voraussehen. Es könnte heute, in einer Woche oder sogar erst in ein paar Monaten sein.«

»Aha. Aber er wird doch bewacht, oder?«

»Wie meinen Sie das?«

»Von Ihnen, von der Polizei«, sage ich.

»Dafür gibt es keinen Grund«, sagt Tarik Ünal. »Die Klinikleitung wird uns sofort verständigen, sobald er aufwacht.«

»Aber er weiß, dass ich ihn überführt habe«, sage ich und versuche, meine Nervosität hinunterzuschlucken. »Jetzt, da er des Mordes angeklagt wird, könnte er sich doch an mir rächen wollen. Ein Krankenhaus ist schließlich kein Hochsicherheitsgefängnis. Es wäre doch möglich, dass er …«

»Niemand wacht unbemerkt aus dem Koma auf«, unterbricht mich der Kommissar. »Auch kein Viktor Engel. Sie sind nicht mehr in Gefa-«

In diesem Moment schaltet sich mein Handy ab. Als wäre es ein Zeichen.

Toter Akku, schwarzes Display.

Das ist ein Omen, hämmert es augenblicklich durch meinen Kopf, während ich auf das verendete Smartphone in meinen Händen starre. Ein verdammtes Omen!

Philipp richtet sich auf und streicht mir eine Strähne hinter das Ohr. Er scheint nichts von meiner Angst zu spüren. »Es ist vorbei, Mia«, sagt er leise und blickt mich aufmunternd an. »Das war's. Viktor wird dir nie mehr im Leben etwas antun.«

Doch aus irgendeinem Grund bin ich mir da nicht so sicher.

66

Eine Woche später

»Du wirkst wie ausgewechselt«, sagt Alice, nimmt sich eine Kippe, schiebt sie sich zwischen die rot geschminkten Lippen und zündet ihr silbernes Dupont-Feuerzeug.

Wir sitzen unter einem schattigen Baum auf der Parkbank, vor uns auf dem Wasser tuckert ein Touristenboot durch den Landwehrkanal. An Bord sitzt ein alter Mann mit Strohhut, der die wunderschön sanierten Altbauhäuser hinter uns fotografiert.

»Wahrscheinlich, weil ich verliebt bin«, sage ich. Ein Lächeln huscht über mein Gesicht. »Es geht mir so gut wie schon lange nicht mehr.«

Zwei Schwäne ziehen an uns vorbei.

»Dein Arzt scheint die richtige Medizin für dich zu sein«, sagt Alice und nickt. Ihre roten Locken wippen im Wind. »Da fällt mir auf, ich hatte selbst schon lange keine Doktorspiele mehr.« Lachend pustet sie Rauch aus. »Vielleicht sollte ich mich mal wieder bei Mads melden.«

Eine Mutter mit Kinderwagen setzt sich auf die Parkbank neben uns und klappt eine türkische Zeitung auf. Ich beobachte sie beim Lesen und muss wieder an die Schlagzeile denken, die vor zwei Tagen der große Aufmacher war:

Berliner Schauspielerin (25) überführt Investmentbanker des Mordes – Beschuldigter immer noch im Koma

»Wann ist eigentlich die Beerdigung deiner Mitbewohnerin?«, fragt Alice und vertreibt den Zigarettenrauch wie einen Schwarm Mücken.

»Nächste Woche, Mittwoch«, sage ich. »Kommst du auch?«

»Mal sehen«, antwortet sie und drückt ihre angerauchte Zigarette aus. »Ich kannte sie ja kaum. Haben sie eigentlich schon den Fluchtfahrer ausfindig gemacht?«

»Leider nein«, sage ich. »Elifs Bruder, der Kommissar, hat den Verdacht, dass es Viktor Engel war. Der fährt nämlich einen weißen Tesla und war zum Tatzeitpunkt mit dem Auto unterwegs. Und außerdem hatte er eine persönliche Beziehung zu Yvonne. Vielleicht sogar ein Motiv.«

»Wirklich? Krass.«

»Aber es gibt keine Beweise dafür.« Ich beiße mir auf die Unterlippe. »Die Kripo hat den gesamten Wagen auf Blechschäden untersucht. Außer ein paar Kratzern auf der Stoßstange war der Tesla unfallfrei.«

»Aha. Dann war er es wohl nicht«, sagt Alice unbeeindruckt und lehnt sich zurück. Anscheinend langweile ich sie. Oder sie nimmt es mir noch immer übel, dass durch mich die Filmproduktion ins Wanken geraten ist. Inzwischen ist durchgesickert, dass Viktor Engel der Co-Produzent des Caspar-David-Friedrich-Films war.

Ich tue es ihr gleich und lehne mich ebenfalls zurück, blicke in den strahlend blauen Himmel. Vereinzelt ziehen Schäfchenwölkchen vorbei. So schweigen wir und sehen den Singvögeln bei ihren Flugmanövern zu. Es wirkt entspannend, fast wie Meditation.

Ich schließe die Augen.

Seit Tagen verfolgt mich eine bleierne Müdigkeit. Wahrscheinlich fällt einfach nur die Anspannung von mir ab, und der Körper holt sich zurück, was er vermisst hat. Obwohl es mir nach wie vor schwerfällt, zu akzeptieren, dass nun endlich alles vorbei sein soll.

Dass es wirklich das Happy End ist.

Schließlich kommt am Schluss eines jeden guten Thrillers noch einmal das letzte überraschende Aufbäumen des Bösewichts.

Die Stimmen der Passanten um mich herum vermischen sich zu einem angenehmen Rauschen wie die Brandung des Meeres, irgendwo lachen Kinder. Ich genieße die warmen Sonnenstrahlen auf meinem Gesicht.

Und dann höre ich sie. Die Stimme. Erst weit entfernt, dann deutlich und klar. Jemand sagt meinen Namen. *Mia. Hallo, Mia.* Unmöglich, das kann nicht … Ich reiße die Augen auf und fahre herum.

Niemand da.

Erleichtert stoße ich einen langen Seufzer aus.

Alice sieht mich irritiert an. »Was ist los?«

»Ich dachte, ich … hätte Viktors Stimme gehört«, erkläre ich.

»Hier? Am Ufer?«

»Ja.«

»Du bist kurz weggenickt«, sagt sie und lacht. »Wahrscheinlich hast du nur geträumt. Entspann dich!«

»Das hat sich so echt angefühlt«, entgegne ich und wische mir den Schweiß von der Stirn, als ich plötzlich einen Schatten hinter einen Baum huschen sehe. Da versteckt sich doch jemand hinter dem Stamm?

»Was guckst du denn die ganze Zeit da rüber?«, fragt Alice.

»Ich … weiß nicht«, sage ich leise und lasse den Baum nicht aus den Augen. »Wahrscheinlich werde ich schon paranoid. Aber ich dachte eben, dass dort …« Doch weiter komme ich nicht.

Plötzlich springt der Schatten hinter dem Stamm hervor und stürmt mit großen Schritten auf uns zu. Ich kann mich nicht bewegen, starre wie gebannt auf die rechte Hand des Mannes. Auf das Fleischermesser in seiner Faust.

Alices Augen weiten sich. Jetzt endlich hat auch sie ihn erkannt.

»Viktor?!«, ruft sie entsetzt, dann durchtrennt die Klinge ihren Hals.

Blut spritzt aus der klaffenden Wunde, fließt über ihr Dekolleté. Alice will etwas sagen, es geht im Strom des Gurgelns unter.

Ich will aufspringen, doch meine Beine wollen mir nicht gehorchen.

»Wieso liegst du nicht im Koma?«, rufe ich mit allerletzter Kraft. Da spüre ich schon den brennenden Schmerz in der Brust.

Das Metall in meinem Herzen.

67

Ich schließe mein grünes Rennrad am Fahrradständer an und gehe auf das Charité-Hauptgebäude, Campus Berlin-Mitte, zu. Die Sonne schiebt sich hinter eine Wolke und verdunkelt den grauen, mit Fenstern übersäten Krankenhausbau. Unter dem Vordach strömen Menschen wie Fischschwärme hinein und wieder heraus. Ich reihe mich ein und werde mit ihnen durch die silbernen Drehtüren in den Innenbereich gezogen.

Ich bleibe stehen und drehe mich nach allen Seiten um, suche einen Hinweis auf die Intensivstation. Halb rechts erkenne ich die Aufzüge zwischen den orangefarben gestrichenen Wänden, dort sollten bestimmt Informationsschilder hängen. Tatsächlich. Ich muss in den ersten Stock und in das Nebengebäude hinübergehen. Die Aufzugstür für Besucher gleitet auf, ich trete ein und fahre nach oben.

Während ich über den gläsernen Übergang der Liegendeinfahrt in das Gebäude der zentralen Notaufnahme gehe, muss ich unweigerlich an meinen eigenen Notfall denken: an den immer wiederkehrenden Albtraum, der mich seit Kurzem heimsucht.

Von Viktor, der aus dem Krankenhaus flüchtet und mich tötet.

Das letzte Mal, als ich diesen Traum hatte, habe ich Alice zu Tode erschreckt. Ich wusste nicht mehr, was real und was Fantasie ist. Sie hat lange gebraucht, um mich zu beruhigen.

Deshalb bin ich hier. Ich muss es mit eigenen Augen sehen. Mein Unterbewusstsein muss verstehen, dass Viktor wirklich im Koma liegt. Erst dann werde ich wieder ruhig schlafen.

Meine Turnschuhe quietschen auf dem knallrot lackierten Fußboden, als ich endlich die Intensivstation erreiche. Es ist die Einheit für Anästhesiologie und Chirurgie. Ich gehe auf die Besucherschleuse zu und klingele. Es riecht nach Desinfektionsmittel und Reiniger.

Die Schleusentür öffnet sich, und eine Intensivmedizinerin im blauen V-Hemd sieht mich fragend an. Auf ihrer Stirn hat sich ein feiner Perlenteppich gebildet. »Ja? ... Zu wem möchten Sie bitte?«

»Engel«, sage ich schnell. »Zu Viktor Engel.«

»Sind Sie eine Angehörige?«

»Ähm ... ja«, stammle ich. Sie scheint meine Nervosität als Kummer zu deuten. »Ich bin seine ... Freundin.«

»Aha. Okay, gut. Einen Moment, bitte.« Sie bedeutet mir, im Wartebereich Platz zu nehmen. »Es kommt gleich jemand.«

»Danke«, sage ich und setze mich auf den weißen Plastikstuhl an der gelb gestrichenen Wand. Das war leichter als gedacht. Links über mir hängt ein ausgeschalteter Fernseher an der Decke. Das Licht wirkt kalt und hell, wie in einem Motel für Handelsreisende. Ich knete meine Finger. Zumindest scheint Viktor immer noch auf der Intensivstation zu liegen.

Ich höre schwere Schritte. Ein Mann betritt den kleinen Wartebereich, stellt sich breitbeinig neben den Mülleimer, in dem ein signalroter Plastiksack steckt. Definitiv kein Pfleger oder Intensivmediziner. Sondern ein breitschultriger Mann mit Schnauzbart und schwarzer Lederjacke. Unter dem glatt rasierten Kinn klemmt eine medizinische Maske. Ich erkenne ihn sofort wieder. Er ist der Kriminalbeamte vom Landwehrkanal, bei dem ich mich als Tatort-Reporterin ausgegeben hatte.

Er geht zielstrebig auf mich zu. »Engel?«, sagt er knapp. »Die Freundin?«

»Mh, ja ...« Ich räuspere mich.

»Sie wollen ihn sehen?«

»Wenn das möglich ist?«

»Na, dann kommen Sie mal mit«, sagt er, und ich folge ihm. Er drückt den Klingelknopf zur Intensivstation, kurz darauf werden wir eingelassen.

Ich bin mir sicher, dass er mich nicht erkannt hat. Schließlich trage ich heute ein schlichtes Jeanskleid und eine schmale Umhängetasche. Mein Herz schlägt so schnell wie das Piepen der Vitaldaten- und Überwachungsmonitore um mich herum. Ich folge ihm durch den Gang und lasse die Finger nachdenklich über den hölzernen Handlauf gleiten. Warum hat mich Tarik Ünal angelogen? Angeblich braucht Viktor Engel keine polizeiliche Überwachung. Hat er das nur gesagt, um mich zu beruhigen? Und wieso ist dann dieser zivil gekleidete Schnauzbart hier?

Plötzlich bleibt der Polizist stehen und öffnet eine schmale Tür. »Setzen Sie sich«, sagt er und deutet in eine kleine Kaffeeküche.

Ich sehe mich verdutzt um. Ein einfacher Tisch mit vier Stühlen. »Ich wollte eigentlich zu Viktor Engel.«

Wortlos schließt er die Tür hinter uns und schiebt mir einen Stuhl hin. Er selbst bleibt stehen und lehnt sich gegen die Küchenzeile, verschränkt die Arme vor der Brust. Sein Blick ist starr auf mich gerichtet. »Also?«

»Was?«

»Ich höre.«

»Ich verstehe nicht …«

»Für welche Zeitung arbeiten Sie?«

»Wie bitte?«

»Lassen wir die Spielchen«, sagt er und rollt die Augen. »Wie haben Sie davon erfahren?«

»Wovon erfahren?« Ich sehe ihn irritiert an. »Was meinen Sie?«

»Sagen Sie mir die Wahrheit. Dann können Sie wieder gehen.«

»Hören Sie, ich möchte nur Herrn Engel sehen«, sage ich.

»Nur sehen«, grummelt Schnauzbart. »Glauben Sie wirklich, Sie können hier einfach so reinspazieren und heimlich ein Exklusivinterview führen? Dafür ist Engel noch viel zu schwach. Und bevor das passiert, spricht er erst mal mit uns!«

»Sprechen?«, wiederhole ich ungläubig. »Ist er etwa aus dem Koma erwacht?«

Schnauzbart legt den Kopf schief und mustert mich. »Wer sind Sie? Engel hatte keine Freundin.«

Es hat keinen Zweck, ich muss wohl oder übel mit der Wahrheit herausrücken. »Mia Richter«, sage ich selbstbewusst und stehe von meinem Stuhl auf. »Ich habe Viktor Engel des Mordes überführt.«

Seine buschigen Augenbrauen ziehen sich skeptisch zusammen, dann ein Anflug von Anerkennung. »*Sie* sind das?« Er streckt mir fröhlich die Hand hin. »Mensch, warum sagen Sie das nicht gleich? Detlef Pfitzmann. Bin ein Kollege von Tarik Ünal.«

Ich schüttle ihm die Hand.

»Wollen Sie einen Kaffee?«, fragt Schnauzbart freundlich und deutet auf die gelbe Kaffeemaschine, die neben dem Spülbecken steht. »Nicht besonders gut, aber man bleibt wach.«

»Nein, vielen Dank«, sage ich und beginne, mich zu entspannen.

»Und Sie haben wirklich mit bloßen Händen zu den Vogelspinnen reingegriffen, um die Tatwaffe zu sichern? Alle Achtung. Haben Sie denn keine Angst?«

»Nee. Phobie«, erkläre ich. »Und ich hatte einen Lederhandschuh.«

Er lacht. Wahrscheinlich glaubt er mir nicht. Kein Wunder, ich kann ja selbst kaum glauben, wozu ich fähig war.

»Ehrlicherweise bin ich nur gekommen, um ihn zu sehen. Mit eigenen Augen«, sage ich leise. Meine Hände beginnen zu zittern. Er bemerkt es, ich setze mich wieder, verstecke sie in meinen Schoß. »Ist er wirklich …?«

»Ja, heute morgen. Da hat unser Mörder die Augen geöffnet«, sagt Detlef Pfitzmann ernst. »Er reagiert zwar noch nicht, aber es ist ein Anfang. Deshalb hat mich Kollege Ünal hierherbeordert.«

»Um ihn so lange zu bewachen, bis er transportfähig ist?«, frage ich.

»Richtig«, sagt er. Er reicht mir einen OP-Kittel, eine Kunststoffhaube, Mund-Nasen-Schutz und Handschuhe.

»Danke«, sage ich verdutzt.

Er zwinkert mir verschwörerisch zu, während er die vorgeschriebene Schutzkleidung für die Intensivstation anlegt. »Gegen die Albträume. Deswegen sind Sie doch gekommen, nicht wahr?«

Ich blicke durch das Sichtfenster in der Tür. Menschengroße Beatmungsmaschinen, Schläuche, piepende Überwachungsgeräte. Am Fenster, mit Blick in den Park, steht ein Bett. Dort liegt er, regungslos, mit geschlossenen Augen.

»Aber nicht zu lange«, flüstert eine Intensivmedizinerin hinter uns.

Schnauzbart nickt, öffnet die Tür, und das elektronische Piepen wird lauter. Wir betreten den Raum.

Meine Finger beginnen zu schwitzen. Am liebsten würde ich die Gummihandschuhe abstreifen und mir die Hände trocken reiben. Wir gehen vorsichtig um das Fußende herum und nähern uns seinem Oberkörper. Von überall führen Schläuche aus seinem Leib. Um seinen Schädel sind dicke Bandagen gewickelt.

»Sie müssen keine Angst mehr vor ihm haben«, flüstert Schnauzbart hinter mir. »Der ist so agil wie ein Stein.«

»Oder wie eine Spinne«, sage ich und trete näher an ihn heran. »Hey, Viktor? Hörst du mich?«

Keine Reaktion, kein Zucken.

»Also gut. Sie haben ihn gesehen«, sagt der Polizist schließlich und dreht sich zur Zimmertür. »Der rührt sich nicht. Wir sollten wieder gehen.«

Ich beuge mich zu Viktor hinunter und zische in sein Ohr: »Ich habe die Tatwaffe gefunden, Viktor. Wenn du aufwachst, wartet das Gefängnis auf dich.«

Da flattern plötzlich seine Augenlider.

Vor Schreck springe ich einen Satz zurück und knalle mit dem Hinterkopf gegen die Fensterscheibe. Der Überwachungsmonitor piept schneller. Alarmiert glotzt mich der Kommissar an, seine Hand springt an den Pistolenholster. »Was ist los?«

»Er hat geblinzelt!«, sage ich und lasse Viktor nicht aus den Augen.

»Was?«

»Engel hat auf mich reagiert!«, erkläre ich. »Ich glaube, er versteht genau, was ich sage!«

Schnauzbart richtet sich zu voller Körpergröße auf. »Ich werde sofort Bescheid geben. Warten Sie hier!« Und schon rennt er aus dem Intensivzimmer, lässt mich mit Viktor allein.

»Du verstehst mich also, ja?« Meine Stimme bebt, ich zittere am ganzen Körper. »Dann hör mir gut zu. Ich habe keine Angst mehr vor dir.«

Seine Lippen beginnen zu zucken, ganz leicht. Dann stärker. Stöhnend öffnet er den Mund, seine Lippen kleben aneinander.

»Wiie …«, rasselt er schwach. »Wieduu …«

Die Tür des Zimmers schwingt auf, und zwei Intensivmedizinerinnen und ein Pfleger stürmen herein. Sie positionieren sich an seinem Bett, schieben mich kraftvoll zur Seite. »Gehen Sie! Los!«

Ich taumle zurück und gehe auf Detlef Pfitzmann zu, der im Türrahmen auf mich wartet.

Er schiebt mich in den Flur, wir laufen zurück in die Kaffeeküche. »Hat Engel etwa was gesagt?«, fragt er angespannt, während wir uns der OP-Kittel entledigen.

»Nein, nicht wirklich. Es war mehr ein Röcheln«, sage ich

und werfe den Mundschutz in den roten Müllsack. »Als würde er mir drohen. Er hauchte so etwas Ähnliches wie … *wie du.*«

»*Wie du*?«, fragt der Beamte und wirft die Haube in den Müll.

Ich zucke mit den Schultern.

68

Aufgewühlt laufe ich auf die Besucheraufzüge zu. Ich muss Alice und Philipp sofort informieren. Viktor ist aus dem Koma erwacht. Und er hat gesprochen!

Die Fahrstuhltür gleitet auf, eine Ärztin mittleren Alters tritt heraus, unter dem Arm ein Klemmbrett. Ich drücke den Knopf des Erdgeschosses, ziehe mein Handy aus der Tasche und schreibe Alice eine kurze Textnachricht über den aktuellen Status. Der Netzempfang schwankt.

Ich trete aus dem Aufzug und gehe unter den kreisrunden Lichtinstallationen an der Hallendecke auf den Informationsschalter am Haupteingang zu. Um mich herum wuseln Patienten mit ihren Angehörigen, humpeln auf Krücken oder werden mit dem Rollstuhl nach draußen gefahren. Wahrscheinlich, um eine zu rauchen.

»Ja, bitte?«, fragt die Frau hinter der Theke. »Wie kann ich Ihnen behilflich sein?«

»Ich möchte gern zu Philipp Schenkenberg.«

»Ah, ja. Natürlich, einen Moment«, sagt sie freundlich und tippt mit ihren überlangen Kunststoffnägeln etwas in den Computer ein. »Schenkenberg, das haben wir gleich …«

Ich blicke auf mein Handy. Die Nachricht an Alice ist rausgegangen. Ich schicke ein schreiendes Panik-Emoji hinterher.

»Wann wurde er eingeliefert?«

»Eingeliefert?«, wiederhole ich verwundert. »Ach so, nein. Er ist kein Patient«, lache ich und versuche, auf den Monitor zu schielen. »Philipp arbeitet hier, schon lange. Als Assistenzarzt.«

Jetzt lacht auch sie. »Ach so. Bitte entschuldigen Sie, aber über die drei Campi verteilt arbeiten fast fünftausend Ärztinnen und Ärzte an der Charité«, entgegnet sie. »Einen Moment, ich sehe gleich nach. Wissen Sie zufällig, welche Abteilung oder Fachrichtung?«

»Die Fachrichtung? Leider nein«, sage ich leise.

»Keen Problem!« Sie hebt den Zeigefinger neben ihren Kopf. »Dafür ham wa ja diesen Zauberkasten«, berlinert sie leicht. Dann tippt sie wieder auf ihrer Tastatur und murmelt vor sich hin.

Ich blicke nach draußen. Mein neues grünes Rennrad steht immer noch fest verschlossen am Fahrradständer. Am Haupteingang der Charité wird es ganz sicher niemand wagen, ein Fahrrad zu klauen. Ich bin so dankbar, dass Philipp mein Freund ist. Er ist so großzügig, hilfsbereit und verständnisvoll. Kaum zu glauben, dass wir erst jetzt, nach all den Jahren zusammengekommen sind. Wirklich verrückt, was dafür erst alles passieren musste.

»Ähm, hören Sie«, sagt die Dame vom Empfang.

Ich drehe mich zu ihr. Lächle sie verträumt an. »Ja?«

Sie zieht die Augenbrauen nach oben, blickt mich entschuldigend an. »Wir haben leider keinen Philipp Schenkenberg.«

»Wie bitte?«, sage ich. »Das das kann nicht sein. Philipp mit Doppel-P.« Ich starre auf ihren Monitor. »Und Schenkenberg. Ohne ck.«

Sie schüttelt den Kopf und tippt mit dem Fingernagel auf das Display. »Ich habe alles durchsucht. Das gesamte Intranet, das interne Telefonbuch. Es gibt keinen Assistenzarzt mit dem Namen Philipp Schenkenberg in unserem Computer.«

»Aber er arbeitet doch hier«, sage ich. Ich verstehe nicht, wo das Problem ist. »Schon seit zwei Jahren. Er hat fast jeden Abend Nachtschicht.«

»Tja, aber nicht bei uns an der Charité«, sagt sie achselzuckend. »Sonst wäre er hier drin, im Computer.«

»Das … das kann nicht sein«, sage ich und muss mich an der Theke festhalten. Mir wird schummrig. »Aber er hat doch immer OP-Kleidung angehabt, wenn er nach Hause gekommen ist …«

»Er hat Krankenhauskleidung getragen? Auf dem Nachhauseweg?« Sie blickt mich mitleidig an. »Sind Sie sich da ganz sicher?«

»Ja, natürlich. Die grünen Oberteile mit V-Ausschnitt. Wieso?«

»Das ist verboten.«

»Was?«

»Der Krankenhausbelegschaft ist es nicht gestattet, getragene Bereichskleidung mit nach Hause zu nehmen. Sie muss nach Dienstende wieder abgelegt werden.«

»Was wollen Sie damit sagen?«

Sie antwortet mit Schweigen. Ihr Blick wird mitleidiger. Als hätte mich jemand am Traualtar versetzt.

»Das ist … unmöglich«, stammele ich. »Sie müssen sich irren.«

»Rufen Sie Ihren Bekannten doch einfach an«, entgegnet sie. »Und fragen Sie ihn selbst. Bestimmt klärt sich alles auf.«

Ich nicke knapp, bedanke mich und schwanke auf den Ausgang zu. Was hat das zu bedeuten? Eine starke Böe fegt unter der Überdachung hindurch. Ich schließe mein Rennrad auf und wickle die Kette um die Sitzstange. Wie in Trance ziehe ich das Telefon aus meiner Handtasche heraus und rufe Philipp an. Kein Freizeichen. Seine Mobilbox springt sofort an.

»Hallo, Schatz«, sage ich und ziehe mit einer Hand das Rad aus dem Ständer. »Sag mal, ich wollte dich gerade in der Charité besuchen. Es gibt eine wichtige Neuigkeit zu Viktor. Aber du bist anscheinend nicht in deren Computer. Ich verstehe das nicht. Du arbeitest doch hier im Krankenhaus, in Mitte, oder? Ich … ich bin gerade wirklich verwirrt. Also, ich komme jetzt erst mal nach Hause, okay?«, sage ich und schicke einen Kuss hinterher.

69

Ich schiebe das Rad durch den Innenhof und schließe es am Fahrradständer an. Ein Regentropfen zerplatzt auf meiner Nase. Ich blicke nach oben in den grauschwarzen Himmel. Dicke Gewitterwolken kratzen dicht an den Dächern der alten Fabrikgebäude. Unser Küchenfenster ist gekippt. Ein kühler Wind zieht mir um Oberarme und Beine. Ich gehe auf die Haustür zu, als ich plötzlich das Geräusch höre. Ein leises, schwaches Wimmern. Ich drehe mich irritiert um die eigene Achse. War das ein Kind? Ich bin mir unsicher. Vielleicht ein Baby aus dem Nachbarhaus.

Ich will gerade das Treppenhaus betreten, als ich es erneut höre. Ich gehe in den Innenhof zurück und lausche. Aus welchem Fenster kam der leise Klagelaut?

Da! Da ist es wieder. Ich trete an die Hauswand und blicke die Stockwerke nach oben. Es ist schwierig, das Geräusch zu orten, da es von allen Seiten des Innenhofes hallt. Es beginnt zu regnen.

Dort! Ein schwaches Maunzen! Das muss Nero sein, überflutet mich eine Woge aus Hoffnung und zugleich Sorge. Ich blicke mich hektisch nach allen Seiten um. »Nero? Nero!«

Aus unendlichen Tiefen antwortet er mir. Kaum zu hören, aber ich kann die Quelle seines Leidens ausfindig machen. Aus einem schmalen Kellerfenster dringt der Laut zu mir. Ich haste zum Fenster und bücke mich hinunter. Ich will den Staub von den Scheiben wischen, um hineinzublicken, doch der Schmutz ist auf der Innenseite.

»Nero, keine Angst! Ich hole dich da raus!«, rufe ich, klopfe kurz gegen die Scheibe, laufe ins Treppenhaus und haste die Stufen nach unten. Es riecht muffig und feucht, die Temperatur sinkt mit jedem Schritt, den ich tiefer in den Keller hinabsteige.

Wo ist der blöde Lichtschalter? Ich bin so selten im Keller. Im Gegensatz zu Yvonne und Philipp besitze ich kaum überflüssigen Kram, den man irgendwo auslagern müsste. Außerdem macht mir dieses alte Gemäuer Angst. Beim Betreten der Räume verspüre ich meist einen heftigen Druck im Magen, und das Atmen fällt mir schwer. So wie jetzt.

Philipp lacht mich regelmäßig aus, weil ich mich nicht nach unten traue. Doch jetzt muss es sein. Nero, ich muss ihn befreien! Wahrscheinlich ist der Kater durch ein geöffnetes Kellerfenster hereingefallen und kommt nicht mehr heraus.

Ich taste mich an der Mauer entlang, bis ich den Lichtschalter finde. Die Glühbirne flackert wie in einem Horrorfilm, war ja klar. Rechts und links gehen mit Holzbrettern abgetrennte Parzellen ab. Ich höre den Kater vom Ende des Gangs maunzen. »Nero? Wo steckst du? Nero!«, rufe ich in das Halbdunkel.

Wie lange ist er jetzt schon hier unten? Fünf Tage, sieben oder acht? Ohne Futter, ohne Wasser? Er muss völlig abgemagert sein, der Arme. Ich gehe schneller, blicke suchend in jede Parzelle hinein. Das klägliche Jammern kommt näher. War denn niemand vor mir im Keller? »Nero?«

Dann endlich entdecke ich ihn. Gleich neben unserer WG-Parzelle. Es ist der Abstellraum der alten Petzold. Wahrscheinlich kommt sie nur sehr selten in den Keller. Geschwächt liegt der dürre Kater neben einem modrigen Holzregal mit staubigen Einmachgläsern, auf einer zusammengerollten Tischdecke. Vor ihm liegen eine umgefallene Getränkekiste und zerbrochene Wasserflaschen. Davon hat er getrunken. Kluger Kerl! Aber wie konnte er nur so lange ohne Futter durchhalten? Es gleicht einem Wunder. Durch das gekippte Kellerfenster über ihm höre ich das Donnergrollen.

»Alles wird gut«, flüstere ich Nero zu und rüttle am Holzverschlag. »Komm, komm zu mir!« Doch sofort wird mir klar, dass die Bretter zu eng beieinanderstehen, damit der Kater durchschlüpfen kann.

Ich betrachte das kleine Vorhängeschloss und kratze mich nachdenklich am Hinterkopf. Meine Finger berühren die Haarklammer, mit der ich meine Frisur zusammengesteckt habe. Moment, damit könnte ich doch …?

Hastig ziehe ich die Nadel heraus, führe sie in das Schloss ein und rühre darin herum. Im Film sieht es immer so einfach aus. Ich spüre vereinzelt Widerstände und drücke mit der Klammer dagegen.

Tatsächlich klackt es, das Schloss springt auf.

Ich kann es kaum glauben. Überglücklich öffne ich den Verschlag und gehe auf Nero zu. Der schwarze Kater sieht mich scheu an. Ich gehe in die Hocke, stütze mich mit den Fingern auf dem feuchten Betonboden ab, um ihn behutsam auf den Arm zu nehmen, da huscht er maunzend an mir vorbei, durch die offene Tür in den Kellergang. Ich sehe ihm erleichtert nach. Frau Heinrichs wird überglücklich sein, wenn sie ihr Kätzchen wieder zu Hause hat.

Ich klopfe mir den Staub von den Händen und drehe mich zu unserer Parzelle um, blicke durch den rostigen Maschendraht, der die Parzellen trennt. Es steht tatsächlich allerhand Krempel in dem kleinen Raum. Hat Philipp so viel angesammelt oder Yvonne? Auf jeden Fall sollten Yvonnes Eltern auch ihre Sachen im Keller mitnehmen.

Was ist das alles überhaupt? Neugierig trete ich näher an das Gitter heran. Der alte Gamingstuhl von Yvonne, von dem ich dachte, sie hätte ihn auf dem Sperrmüll entsorgt, eine blau gestrichene Kommode, auf der ein paar gestapelte Umzugskartons liegen, dahinter, ganz am Ende des Kellers, ein kantiger Gegenstand, über dem eine graue Filzdecke hängt.

Er wirkt wie ein Elefant oder ausgestopfter Esel.

Etwas Schwarzes, Rundes lugt unter der Decke hervor. Ich lege den Kopf schief. Ist das ein dünner Reifen? Seltsam. Soweit ich weiß, besaß Yvonne nie ein Fahrrad. Sie war lieber mit E-Rollern unterwegs. Vielleicht gehört es Philipp. Doch wieso steht es dann nicht angeschlossen im Innenhof?

Eine unheimliche Ahnung steigt in mir auf.

Nein, Mia. Das bildest du dir nur ein, versuche ich mich zu beruhigen und greife nach dem Holzbesen, der neben mir an der Wand steht. Ich führe den Stiel durch das Gitter und angele nach der Filzdecke. Nach einigen Versuchen bekomme ich endlich eine Ecke des Stoffs zu fassen und kann die Decke verrutschen. Nur noch ein kleines Stückchen nach links und dann …

Ein Rennradlenker und ein Teil des knallroten Rahmens kommen zum Vorschein. Vor Schreck fällt mir der Besenstiel aus der Hand.

Ich starre auf mein heiß geliebtes, gestohlenes Rennrad.

70

Zitternd hole ich den Schlüsselbund aus der Tasche und schließe die Tür zu unserer WG auf. Ich bin durcheinander. Wieso steht mein rotes Rennrad im Keller, versteckt unter einer grauen Filzdecke? Für unsere Parzelle haben nur drei Menschen einen Schlüssel: Philipp, Yvonne und ich.

Wie ist es also da reingekommen? Hat es Philipp dort abgestellt? Aber warum sollte er das tun? Schließlich hat er mir nach dem Diebstahl das grüne Ersatzrad geschenkt.

Dein neuer Freund hat dich auch mit dem Krankenhausjob belogen, trällert eine Stimme in meinem Kopf, er hat nie in der Charité gearbeitet!

Ich schiebe den Gedanken beiseite, es muss eine andere Erklärung für seine Lüge geben. Vielleicht hat er sich für seinen wahren Job geschämt. Oder er dachte, wenn er sich als Assistenzarzt ausgibt, hätte er größere Chancen, das WG-Zimmer zu bekommen. Schließlich ist es in Kreuzberg verdammt schwer geworden, eine günstige Wohnung zu ergattern.

Ich ziehe die Tür ins Schloss. In unserer Wohnung ist es totenstill. Philipp scheint unterwegs zu sein. Warum geht er nicht ans Handy?

Aus dem geöffneten Küchenfenster höre ich die Mauersegler zwitschern.

Oder hat Yvonne mein Rad versteckt? Aus Eifersucht? Blödsinn. Sie hatte überhaupt keinen Grund dafür. Genauso wenig wie Philipp.

Die Gedanken drehen sich so schnell in meinem Kopf, dass

mir fast schwindelig wird. Ich stütze mich an der Wand ab. Vielleicht hat sie im Auftrag von Viktor gehandelt?

Das wäre möglich, denke ich, als mich die Erkenntnis wie ein Vorschlaghammer trifft. Eine Hitzewelle schießt durch meinen Körper. Natürlich, Viktor hat den Kellerschlüssel nachgemacht! Schließlich hängt der auch an meinem Schlüsselbund. Ich wische mir über die feuchte Stirn. Wieso bin ich da nicht früher draufgekommen?

Hastig klopfe ich an Philipps Tür. Keine Reaktion. Ich lege mein Ohr auf das Türblatt und klopfe erneut. »Schatz?«

Obwohl wir ganz frisch zusammen sind, wahren wir noch immer dieselbe Privatsphäre wie während unseres WG-Lebens. Vielleicht schläft er? Ich drücke die Klinke nach unten und öffne die Tür. Die Rollläden sind halb heruntergelassen, sein Zimmer kühler als der Flur. »Philipp? … Schatz?«

Ein vertrocknetes Blatt des Ficus Benjamini fällt zu Boden. Er ist nicht da. Ich schließe die Zimmertür und gehe in die Küche. Auf dem Esstisch stehen eine Flasche Cola Zero und ein angetrunkenes Glas. Ich nehme ein ausgespültes Senfglas aus dem Küchenschrank und gieße mir Cola ein.

Erschöpft lasse ich mich auf die Eckbank fallen und stütze meinen Kopf in die Hände. Regen trommelt gegen die Fensterscheibe. Vor meinem inneren Auge taucht die Intensivstation auf. Die Schläuche, die aus Viktors Körper wachsen. Wie bei einer Marionette. Die fahle Haut, der starre Blick. Zum Glück wird er von Schnauzbart überwacht. Doch trotzdem beruhigt es mich keinen Moment, dass ein Polizeibeamter neben seinem Bett steht.

Ich spüre, dass irgendetwas nicht stimmt.

Ich kann nur nicht erklären, was. Mein Körper reagiert. Wie bei Lampenfieber, kurz vor dem Auftritt. Ein unsichtbares Angstgefühl lähmt mich, kriecht vom Bauch über meine Brust den Hals hinauf und drückt so kräftig zu, dass mir die Luft wegbleibt.

Mein Blick wandert zu Yvonnes Zimmertür, auf das *World of Warcraft*-Poster. Eine blonde Kämpferin in lilafarbener Rüstung starrt mich aus mutigen Augen an. Yvonne fehlt mir. Warum musste sie nur sterben?

Ich kippe die Cola hinunter und erhebe mich vom Esstisch, trete an ihre Tür und lege die Hand auf die Klinke.

Eigentlich hatten wir vereinbart, dass wir ihr Zimmer bis zur Beerdigung nicht mehr betreten, damit wir besser mit unserer Trauer umgehen können. Der Vorschlag kam von Philipp – sein Rat aus medizinischer Sicht.

»Von wegen medizinischer Rat«, murmle ich und betrete das abgedunkelte Zimmer. Es riecht seltsam vertraut. Und muffig. Ich ziehe den Rollladen ein Stückchen weiter nach oben und kippe das Fenster. Im Innenhof toben die Nachbarskinder.

Ich drehe mich zum Bett um. Die Decke ist ordentlich zusammengelegt, das Kopfkissen glatt gezogen. Ein ungewohnter Anblick. Yvonne hat sich nie darum geschert. Sicherlich hat ihre Mutter das Bett gemacht, als sie und ihr Mann die persönlichen Gegenstände abgeholt haben.

Helle Staubkörner schweben durch den Raum. Ich suche den Schreibtisch nach Yvonnes Handy ab. Hat Philipp nicht gesagt, dass sie es kurz vor ihrem Unfall zu Hause hat liegen lassen?

Nacheinander ziehe ich die schmalen Tischschubladen auf. Nichts. Sehe auf den Regalböden an der Wand nach. Nichts. Auf dem Nachttisch neben ihrem Bett. Auch nichts. Und in ihren Handtaschen, die am Kleiderschrank hängen. Nirgends eine Spur von ihrem Smartphone, obwohl das Ladekabel noch in der Steckdose steckt. Gut möglich, dass es ihre Eltern mitgenommen haben.

Ich drehe mich wie ein Kreisel um die eigene Achse und suche nach versteckten Hinweisen. Keine Ahnung, wonach ich genau Ausschau halte. Aber ihr Tod kann kein Unfall gewesen sein. Unmöglich. Ich lasse den Raum auf mich wirken. Bis mein Blick wieder auf die weiße Schreibtischplatte fällt.

Ihr Gaming-PC! Na, logisch, ihre E-Mails. Gut möglich, dass ich dort fündig werde. Vielleicht entdecke ich sogar belastende E-Mails von Viktor. Bestimmt haben sie nicht nur miteinander telefoniert.

Mit zwei Schritten bin ich an ihrem Computer und fahre ihn hoch. Kurz darauf ploppt eine Passwort-Abfrage auf.

Mist, war ja klar.

Ohne zu zögern, probiere ich es mit *Yvonne.* Fehlermeldung. Mit *12345*. Mit *Passwort* und dem englischen *password.* Doch es hat keinen Zweck, zu raten. Auch wenn ich darauf wetten würde, dass Yvonne ein sehr einfaches Passwort genommen hat. Eines, das ihrem Gemüt entspricht.

Erneut reiße ich alle Schubladen auf, um einen Notizzettel oder einen anderen Hinweis auf das Passwort zu finden. Sie konnte sich doch noch nicht einmal die vierstellige Nummer ihrer Bank-PIN merken. Dass sie ihren eigenen Geburtstag nicht vergaß, grenzte an ein Wunder.

Also muss sie es irgendwo notiert haben. Angespannt rutsche ich auf dem Gamingstuhl herum und sehe mich um. Die Topfpflanzen auf der Fensterbank lassen die Köpfe hängen. Wurden seit Tagen nicht gegossen. Der Digitalwecker neben dem Bett springt eine Minute weiter. Die neongrünen Ziffern zeigen auch die aktuelle Abonnentenzahl auf ihrem Kanal an. Ich wühle mich ergebnislos durch Stifte und Radiergummis, Münzen, Kaugummis und Heftklammern in der Schreibtischschublade, als mein Blick auf das Poster fällt, das über ihrem Schreibtisch hängt.

Sie wird doch nicht …?

Take That?

Ich tippe den Bandnamen in das Passwortfeld.

Die Codeabfrage verschwindet, und ein thailändischer Sonnenuntergang strahlt mich als Bildschirmhintergrund an. Yvie, Yvie. Erleichtert schüttle ich den Kopf und greife zur Maus, klicke mich durch ihr E-Mail-Postfach.

Es sind mehr als fünfundzwanzig ungelesene Nachrichten.

Doch keine einzige ist von Viktor Engel.

Enttäuscht scrolle ich wieder nach oben, als mir plötzlich drei ungewöhnliche Mails ins Auge fallen. Die neueste ist von heute. Alle haben denselben kryptischen Absender:

FxNNy07@gmail.com.

Wer zum Teufel ist das?

Neugierig klicke ich auf die erste E-Mail.

71

Hey, blond_yvie98! Wo steckst du? Wieso antwortest du seit unserem Telefonat nicht mehr? Mache mir Sorgen, FxNNy

Anscheinend weiß der Absender nicht, dass Yvonne tot ist. Ich klicke die nächste E-Mail an und lese die seltsamen Zeilen wieder und wieder. Es fällt mir schwer, mich darauf zu konzentrieren. Yvonne muss mit jemandem kommuniziert haben, den sie nicht persönlich kannte. Wahrscheinlich hat sie *FxNNy* beim Zocken kennengelernt. Möglicherweise ebenfalls Gamerin oder Hacker.

Ich fahre mir nervös durch die Haare. Der anonyme User scheint ihr bei irgendetwas weitergeholfen zu haben. Er oder sie hat einen Namen mit Adresse für Yvonne recherchiert. Die gesendete E-Mail vermeldet lediglich eine knappe Information:

Timo Müller. Laut Behörde aus dem Odenwald. Letzte Adresse: Lindwurmstraße, Katzenbrunn. Vor vier Jahren nach Berlin gezogen. Vermerk in Polizeiakte. Morgen früh mehr am Telefon! Hast du das Bild erhalten?

Katzenbrunn, der Ortsteil von Lindenfels, wo ich bei meinen Großeltern aufgewachsen bin? Das war unser Nachbarort. Was hat das zu bedeuten? Und wer ist Timo Müller? Irgendwie kommt mir der Name bekannt vor.

Nachdenklich öffne ich die nächste Mail von *FxNNy07*.

Der Betreff lautet: *AW: Ich kann dir helfen.*

Es ist ein längerer Mailverlauf zwischen den beiden. Ich beginne von oben zu lesen, überfliege die letzte Antwort von *FxNNy* an Yvonne.

Thx für Foto von Kennzeichen! Werde mich gleich ransetzen! F.

Ich scrolle die Mail nach unten, ganz an den Anfang. Wenn ich verstehen will, worum es geht, sollte ich den Textverlauf besser chronologisch lesen.

Hi blond_yvie24, hab heute Nacht deinen Live-Stream verfolgt. Nice! Klar kann ich helfen. Mail mir einfach das Handyfoto, das du gemacht hast. Vielleicht bekomme ich was raus. FxNNy

Darüber Yvonnes Antwort:

Hi FxNNy, big kisses, dass du mir helfen willst! Wie schon im Stream erklärt – ich glaube, die Fotos sind von diesem Taxi, in dem meine Freundin Mia nachts mitgefahren ist. Ein Späti-Besitzer aus Neukölln hat bei uns auf dem Festnetz angerufen und mir den Hinweis gegeben, dass der Wagen vor seiner Tür parkt. Ich will Mia überraschen und den Besitzer des Taxis ausfindig machen. Hier kommt das Bild vom Kennzeichen, das ich mit dem Handy gemacht habe. :-) thx, blond_yvie24

Darunter sind zwei Handyfotos zu sehen. Das erste Bild zeigt eine Nahaufnahme des Nummernschilds. Kennzeichen HP-TM 25.

Das andere offenbart die Seitenansicht des eierschalenfarbenen Wagens. Die aufgeklebte Werbung mit den großen Buchstaben ist kaum zu übersehen. Ich erkenne das Logo sofort wieder und erinnere mich an den Abend, an dem ich David im Club kennengelernt habe. Als mich der Fahrdienst ohne Umwege nach Hause fuhr, obwohl ich ihm nie unsere Adresse gesagt hatte.

Yvonne hat diesen Wagen tatsächlich ausfindig gemacht. Sowie den Namen des mysteriösen Fahrdienstes. Warum hat sie mir nie davon erzählt? Weil sie einen tödlichen Unfall hatte, wird mir schlagartig bewusst, während ich noch immer auf das markante Schriftlogo auf der Seitentür starre.

TiMü-Taxi.

Und nicht *Tümi-Taxi*, wie ich immer dachte. Kein Wunder, dass ich nichts im Internet gefunden habe. Ich öffne die Schublade und ziehe Stift und Papier heraus, notiere *TiMü-Taxi = Timo Müller Taxi* und das amtliche Kennzeichen aus Heppenheim.

Meine Finger zittern. Das Schreiben fällt mir ungewöhnlich schwer. Als wäre der Kugelschreiber aus Beton. Warum werde ich auf einmal so müde?

Ich greife nach der Maus und klicke mich weiter durch Yvonnes E-Mails. Dabei entdecke ich eine weitere Mail der unbekannten Hackerin oder des Hackers. Die Nachricht trägt den Betreff: *Foto von Fahrer / Führerschein.*

Augenblicklich erinnere ich mich an die schwarze Basecap und den breiten Schal. Damals konnte ich kein Gesicht erkennen. Wie soll ich da jetzt überprüfen, ob es derselbe Fahrer war? Unmöglich. Trotzdem interessiert mich, wer der Typ ist.

Ich klicke die E-Mail an und öffne das Bild.

»Es gibt bessere Bilder von mir«, sagt eine Stimme hinter mir.

Meine Augen verharren wie in Schockstarre auf dem Computerdisplay. Kann mich nicht bewegen. Mein Herz setzt aus. Fühle mich, als wäre mein ganzer Körper eingegipst. Ich muss mich nicht umdrehen, um zu sehen, wer im Türrahmen steht. Es ist dieselbe Person, die auf dem Führerscheinfoto abgebildet ist.

Philipp. Mein Freund.

Ich höre, dass er näher kommt. Zaghaft drehe ich den Gamingstuhl in seine Richtung.

Er hält beide Hände hinter dem Rücken versteckt und sieht mich mitleidig an. »Wieso hast du alles kaputt gemacht?«

»Was verdammt hast du getan?«

»Die Frage lautet doch viel eher, für *wen*?«, entgegnet er trotzig. Er geht einen Schritt auf mich zu. »Für wen habe ich das alles getan? Die ganzen Jahre, Mia. In deiner Nähe. Ich habe auf dich aufgepasst.«

Philipp nimmt die Hände vor die Brust. In seiner rechten Hand hält er die angebrochene Cola-Zero-Flasche vom Esstisch, in der linken ein dickes braunes Glasfläschchen. Auf dem Etikett erkenne ich den Schriftzug *Paracetamol*. Es ist der Behälter aus seinem Erste-Hilfe-Koffer, von dem ich mich schon einmal bedient habe. Heimlich, nach dem Clubbesuch, als ich mit Kater aufgewacht bin. Plötzlich wird mir klar, warum ich damals so tief geschlafen habe. Es sind gar keine Kopfschmerztabletten, sondern …

Philipp bemerkt meinen Blick. »Nun, die wichtigste Regel: Es ist nicht immer das, was es zu sein scheint. Das solltest du als Schauspielerin doch eigentlich wissen.« Er schüttelt das fast leere Fläschchen. Weniger als eine Handvoll Pillen schlägt gegen die gläserne Innenwand. »Du hättest niemals in die Charité fahren sollen, Mia. Und jetzt durchsuchst du auch noch Yvonnes Computer. Wir hätten in Berlin glücklich sein können …«

Mir schießen die Bilder unserer ersten Begegnung in den Kopf. Als er mit hellblauem Button-Down-Hemd und dunkelgrüner Stoffhose vor mir stand, mir schüchtern die Hand gab und sich staunend jedes Zimmer in der WG ansah. Als er mir im Anschluss den Assistenzarzt-Wisch von der Charité vorlegte. Damals dachte ich wirklich, mit Philipp würde ich mir etwas Sicherheit in die Wohnung holen. Stattdessen habe ich dem Teufel Einlass in mein Leben gewährt. Mit Grauen denke ich an jedes einzelne Frühstück zurück, mit dem er mich morgens überraschte. Tägliches Kaffeekränzchen mit meinem Stalker.

Ich muss mich schütteln. »Und wo warst du all die Nächte, wenn du überhaupt nicht im Krankenhaus …?«, stammle ich. Ich bekomme die Kiefer kaum mehr auseinander.

»Geld verdienen«, entgegnet er trocken und stellt die Flasche Cola auf dem Schreibtisch ab. »Ich war unterwegs, mit meinem Wagen. Touristen durch Berlin chauffieren.«

Er wusste, dass ich von der Cola trinken würde, wenn ich erschöpft nach Hause kam. Also hat er das Getränk manipuliert. So wie wir es für Viktor Engel geplant hatten.

Philipp greift nach dem Zettel, auf dem ich mit Kugelschreiber Notizen gemacht habe. »TiMü-Taxi«, liest er vor und nickt. Dann zerknüllt er das Papier und wirft es in den leeren Mülleimer. Er beugt sich zu mir herunter. Ich rieche seinen Atem, versuche, von ihm wegzurollen. Doch es gelingt mir nicht. Der Stuhl umklammert mich wie eine fleischfressende Pflanze. »Wehre dich nicht, Mia«, sagt er sanft. »Wir werden schon eine zweite Chance erhalten. Vertrau mir.«

»Zweite Chance … Was … was meinst du damit?«, hauche ich. Meine Augenlider werden schwerer. Ich versuche, sie aufzuhalten. Doch sie fallen immer wieder zu. Ich will erneut etwas sagen und öffne die Lippen. Speichel tropft mir aus dem offen stehenden Mund. Meine Zunge liegt wie ein Sack Zement in meinem Unterkiefer. Trotzdem versuche ich es und frage mit letzter Kraft: »Wer ist … Timo? Du bist Timo Mü…?«

Er streicht mir zärtlich über die Wange. »Schlaf jetzt.«

72

Aufblende. Ich erwache, weil eine scharfkantige Blechkiste auf mein nacktes Bein fällt. Es brennt, blutet. Mein Körper wird durchgeschüttelt. Es stinkt nach Diesel. Um mich herum rutschen Gegenstände über den Stahlboden. Der Motor macht einen Höllenlärm. Wo bin ich? Was ist passiert?

Der dämmrige Laderaum eines Kleintransporters. Wahrscheinlich der Ford Transit, mit dem Philipp mein Fahrrad abholen wollte. Panik steigt in mir auf. Wo, verdammt, bringt er mich hin? Ich spüre eine weiche Unterlage unter mir, eine dünne Matratze. Arme und Beine sind gefesselt.

Er hat mir was in die Cola …

Der Wagen biegt ab. Die Blechkarosserie und die Radaufhängungen quietschen so schrill wie Lämmer auf der Schlachtbank. Ich rutsche mit dem Körper nach rechts, knalle mit dem Kopf gegen das Metall. Ich will schreien, doch der Knebel in meinem Mund sitzt stramm. Das Ding fühlt sich wie eine Billardkugel an. Philipp war mein Freund …

Ich bekomme nur schwer Luft durch die Nase. Wie lange fahren wir schon? Zwei Stunden? Oder sieben? Ich habe kein Zeitgefühl, bin mehrmals aufgewacht und wieder eingeschlafen. Ich reiße an den Fesseln, die Kabelbinder schneiden schmerzhaft tief in meine Haut. Der Lieferwagen holpert über eine Schotterpiste. Wie eine Gewehrladung Schrot schießen Kieselsteine gegen den Lack.

Der Wagen wird langsamer, schwankt gefährlich weit nach links, rollt durch ein tiefes Schlagloch.

Plötzlich kommt der Transporter zum Stehen. Abrupt. Eine leere Getränkekiste knallt gegen meinen Oberschenkel. Der Motor wird abgeschaltet.

Stille.

Mein Brustkorb hebt und senkt sich wie ein Blasebalg. Heiße Luft strömt durch meine Nase. Die Tür der Fahrerkabine wird aufgestoßen, jemand klettert aus dem Führerhaus. Schwere Schritte über Kiesboden, die sich entfernen. Es stinkt nach frischer Gülle. Vereinzelt wiehern Pferde. Sind wir auf einem Bauernhof? Hat er mich etwa irgendwohin nach Brandenburg verschleppt?

Aber wofür? Um mich umzubringen? Was hat er vor?

Ein Gattertor wird zugeschlagen. Schritte. Sie kommen näher. Was soll ich bloß tun? Hektisch suche ich die Ladefläche nach einem festen Gegenstand ab. Da entdecke ich den Wagenheber am gegenüberliegenden Ende. Ich gehe auf die Knie, um hinüberzukriechen, als plötzlich die Hintertür des Transporters entriegelt wird. Verdammt! Jeden Moment wird er hereinkommen.

Schlagartig lasse mich wieder nach hinten auf die Matratze fallen und schließe die Augen, stelle mich bewusstlos. Durch die geschlossenen Lider nehme ich wahr, wie rötliches Licht den Laderaum erfüllt. Kalte Abendluft zieht über meine Beine, das Jeanskleid ist nach oben verrutscht.

Aufgeregtes Vogelzwitschern. Schweres, angestrengtes Atmen. Der Wagen bewegt sich. Philipp betritt die Rampe. Ich erkenne sein Parfum. Das ich so an ihm geliebt habe.

Ich versuche, gleichmäßig zu atmen. Doch es fällt mir schwer, das Herz schlägt mir bis zum Hals. Die Schritte kommen näher, Kisten und Kartons werden zur Seite geschoben. Ein Röcheln über meinem Gesicht. Er greift mir unter die Arme und zieht mich nach oben. Wuchtet mich auf seinen Rücken. Ich hänge wie eine Schweinehälfte über seiner Schulter.

Stöhnend trägt er mich ins Freie. Ich blinzle, unter mir vermoostes Kopfsteinpflaster mit Schlaglöchern. Vorsichtig hebe ich den Kopf und blicke mich um.

Die Abendsonne fällt durch die Blätter eines Birnbaums in einen gemauerten Innenhof. Putz blättert von den Wänden. Ein zerbrochenes Hirschgeweih über einem Holzverschlag mit Stacheldraht, ein ehemaliger Hundezwinger. Überall liegen zerfetzte blaue Plastikplanen, spannen sich über Unrat und Gartenmöbel. Ein rostiges Mofa, Brennholzstapel. Umgekippte Pflanzenkübel. Das verwahrloste Grundstück ist eng und verwinkelt. Wir passieren ein hohes, morsches Scheunentor. Also tatsächlich ein alter Bauernhof.

Aber wo sind wir?

Philipp steigt eine Steintreppe nach oben, zieht einen Schlüsselbund aus der Hosentasche. Ich hebe erneut den Kopf. Schiele über die Grundstücksmauer in der Hoffnung, mich orientieren zu können. Vielleicht sehe ich ja ein Gebäude, das ich …?

Augenblicklich verschlägt es mir den Atem. Ungläubig starre ich auf das markante Bauwerk in weiter Ferne. Ich erkenne sie sofort wieder, die riesige dunkle Villa mit dem verzierten Säulengang davor. Unmöglich, das ist Psychiatrie *Waldfrieden*, die Klinik von Katzenbrunn.

Wir sind in Hessen, im Nachbarort von Lindenfels, meiner alten Heimat im Odenwald.

Philipp schließt die Eingangstür auf und trägt mich in das marode Bauernhaus. Ich versuche, meine Panik zu unterdrücken. Es wird dunkel und riecht nach Rattenkot und modriger Bettwäsche. Er wankt durch einen schummrigen, holzgetäfelten Flur, der nur durch das bodentiefe Fenster mit gelbem Strukturglas erhellt wird. Bis er nach wenigen Schritten wieder vor einer Tür stehen bleibt. Ein klimpernder Schlüsselbund.

Er öffnet die Tür und betätigt einen Lichtschalter. Der beigefarbene Fliesenboden unter mir wird zu dunkelbraunen Holzstufen, die nach unten führen, in den Keller. Bei jedem Tritt geben die fauligen Bretter nach, bis wir einen Sandboden erreicht haben. Kurz darauf wird ein Vorhängeschloss geöffnet, eine Metalltür aufgezogen.

Ich werde in einen Raum hineingetragen und auf eine kratzige alte Matratze geworfen. Im letzten Moment schließe ich die Augen. Bleibe bewegungslos liegen, wage es nicht, zu zwinkern. Dann höre ich, wie die schwere Metalltür zugezogen und verriegelt wird.

Was hat er mit mir vor?

73

Nach wenigen Minuten haben sich meine Augen an das Dämmerlicht gewöhnt, das durch den schmalen Kellerschacht über mir hereinfällt. Ich erkenne die Schemen von einem Klappstuhl und einem runden Tischchen. In der Ecke steht ein Melkeimer. Sicher ist er für meine Notdurft gedacht.

Der unverputzte Kellerraum ist kalt und feucht, und ich trage nur ein Kleid. Ich rolle mich auf der Matratze zusammen, ziehe meine Beine an den Oberkörper heran. Ich friere. Meine Hand- und Fußgelenke schmerzen. Die Kabelbinder schneiden in die Haut, meine Finger sind blutleer. Ich spüre die Füße in meinen Sneakern kaum noch.

Plötzlich krabbelt mir etwas über den Fußknöchel. Eine Spinne? Ich schreie auf, röchle panisch an der Kugel in meinem Mund vorbei, Schleim läuft mir aus der Nase. Angewidert kullere ich zur Seite und verkrieche mich in der Ecke. Tränen rinnen über meine Wangen. Mein Körper bebt.

Über mir werden Möbel über den Fliesenboden gezogen. Hektische Schritte poltern durch den Raum. Was tut er da oben? Bereitet er etwas vor? Ich muss hier raus, so schnell wie möglich, weg von diesem Hof!

Nervös drehe ich mich um und blicke zum Kellerschacht hinauf, zum Loch, das nur anderthalb Meter über mir in der Wand ist. Der Schacht scheint hinter das Haus, auf eine Wiese zu führen. Ich höre Grillen zirpen. Vielleicht könnte ich den Tisch darunterschieben und hinausklettern?

Ich stütze meinen Oberkörper an die Mauer, gehe in die

Knie, drücke meine Beine durch, ganz langsam, stehe auf, schwanke. Mit den Kabelbindern an den Fußgelenken ist es schwer, das Gleichgewicht zu halten. Ich blicke hoffnungsvoll nach oben. Doch der Schacht ist viel zu schmal. Höchstens fünfzehn bis zwanzig Zentimeter breit.

Frustriert würde ich am liebsten um Hilfe schreien. Alle Angst herausbrüllen. Doch mit einem dicken Sado-Maso-Knebel im Mund bringt das nichts. Es würde lediglich Philipp auf mich aufmerksam machen.

Außerdem habe ich keine Ahnung, wie weit der nächste Bauernhof entfernt ist. Katzenbrunn hat nur eine Handvoll Einwohner.

Resigniert lehne ich mich gegen die Wand und starre auf die verschlossene Kellertür. Es ist der einzige Weg nach draußen, der mir bleibt. Eine massive Metalltür. Und von außen mit einem Vorhängeschloss gesichert. Da komme ich niemals raus.

Außer vielleicht, wenn Philipp sie öffnet, um mir Essen zu bringen. Dann könnte ich versuchen, ihn zu überwältigen oder an ihm vorbeizurennen. Aber wie? Mit gefesselten Händen und Füßen? Unmöglich.

Zuerst einmal muss ich diesen widerlichen Knebel aus meinem Mund entfernen, um endlich Luft zu bekommen, denke ich, beuge mich nach vorne und greife mit beiden Armen hinter den Kopf. Die Kabelbinder schneiden schmerzhaft in die Handgelenke. Doch ich gebe nicht auf und drücke meine Arme näher an die Wirbelsäule. Endlich ertasten meine Fingerspitzen den Ledergürtel. Ich suche die Schnalle zum Öffnen und finde stattdessen ein … Minivorhängeschloss? Ein Schloss, das den Knebel zusammenhält? Dieses Schwein!

Wieder kullern Tränen der Verzweiflung. Wütend lasse ich mich an der rauen Steinwand hinabgleiten und stürze entkräftet auf die Matratze. Schluchze. Es ist mir egal, dass mein Rücken und die Arme wie Feuer brennen. Die Reibung hat mir die Haut aufgescheuert.

Mein Blick fällt auf meine Turnschuhe. Ein Schnürsenkel hat sich gelöst und hängt schlaff auf den Boden. Ich will mich gerade nach vorne beugen, um den Schuh zu binden, als mir plötzlich das YouTube-Video einfällt. Natürlich.

Reibung!

Das Video!

Die Tipps und Tricks, die ich mir mal angesehen hatte, als ich auf David gewartet habe: *30 praktische Livehacks, die du nicht glauben wirst.* Dort wurde gezeigt, wie man sich nur mithilfe von Schnürsenkeln aus Kabelbindern befreien kann. Wenn das kein Wink des Schicksals ist!

Hastig öffne ich die Schlaufen an beiden Schuhen und rolle mich auf den Rücken, strecke wie ein Käfer die Beine nach oben, lasse die Schnürsenkel nach unten baumeln, führe sie zwischen den Kabelbindern an meinem Handgelenk vorbei und verknote die beiden losen Enden. Dann mache ich kleinste Strampelbewegungen mit den Füßen, so als würde ich radfahren. Ich stöhne auf, kneife schmerzverzerrt die Augen zusammen, der Kabelbinder um meine Beine brennt sich ins Fleisch. Ich trete weiter, immer fester. Mit kleinsten Bewegungen. Minutenlang. Doch es erzeugt genug Hitze, dass der dünne Kabelbinder zwischen meinen Handgelenken zu schmelzen beginnt – und dann tatsächlich reißt! Es hat funktioniert!

Meine Hände sind frei!

Über mir in der Wohnung wird erneut ein schweres Möbelstück verschoben. Was macht er bloß? Ich halte inne und lausche. Ist das ein Bett? Oder ein schwerer Esstisch? Plötzlich verstummt das kratzende Geräusch. Und es ist ruhig. Nur das Zirpen der Grillen dringt durch den schmalen Kellerschacht zu mir herunter.

Dann schnelle Schritte. Sie kommen näher. Laufen durch die Wohnung, jetzt durch den Flur. Die Kellertür wird geöffnet.

Philipp kommt nach unten, quietschende Schritte auf der morschen Treppe. Gleich ist er da! Keine Zeit, um meine Beine zu befreien! Panisch sehe ich mich im Raum um. Mein Blick fällt auf den silbernen Melkeimer. Damit könnte ich mich verteidigen. Ja, das ist gut! Das Blut rauscht in meinen Ohren. Mit zusammengebundenen Beinen springe ich nach vorne, finde mit den Armen Balance, greife nach dem Eimer. Das alte Ding ist massiv und hat ein unglaubliches Gewicht. Bestimmt Stahl oder Zink.

Mit zwei schnellen Hüpfern bin ich an der rauen Wand neben der Kellertür und hebe den Metalleimer mit beiden Händen weit über den Kopf. Ich höre, wie ein Schlüssel in das Vorhängeschloss gesteckt und aufgeschlossen wird. Ich warte, zittere. Halte den Atem an. Das Herz pocht. Sammle alle Kraft, um ihm jeden Moment den verfluchten Eimer ins Gesicht zu rammen!

Dann öffnet sich die Tür.

74

Ein schriller, schmerzvoller Schrei. Philipp sackt bewusstlos auf den Boden. Scheppernd schlägt der Melkeimer neben ihm auf, rollt zur Matratze. Ich drücke mich an seinem schlaffen Körper vorbei und springe auf zwei Beinen zur Metalltür, um ihn in diesem ekligen Kellerloch einzusperren.

Doch das Vorhängeschloss, es hängt nicht an der Tür! Hektisch suche ich den Boden ab. Vielleicht ist Philipp draufgefallen, und es liegt nun unter ihm? Sollte ich ihn umdrehen?

Mir bleibt keine Zeit zum Suchen. Ich brauche ein Messer, und zwar schnellstens, um meine Fußfesseln zu durchtrennen und den widerwärtigen Knebel im Mund zu lösen.

Ich hüpfe zur Treppe, während ich mich mit der linken Hand an der Wand abstütze. Es kostet mich viel Kraft, die Stufen nach oben zu springen. Besonders, da ich nur durch die Nase Luft bekomme. Ich bin schweißgebadet, als ich im schummrigen Flur des Wohnhauses ankomme. Wo ist die verdammte Küche? Nur eine Sekunde ausruhen. Bitte. Mir wird schwindelig.

Ich höre Musik. Heimorgelmusik, die vielleicht das letzte Mal auf einer Hochzeit in den Achtzigern gespielt wurde. Mit letzter Kraft folge ich der kitschigen Melodie durch den Flur. Das Springen fällt mir mit jedem Sprung schwerer. An den holzvertäfelten Wänden rechts und links hängen gerahmte Bilder. Von Landwirtschaftsmaschinen und Arbeitern mit Strohhüten auf einem Feld. Wahrscheinlich sind sie irgendwo im Odenwald aufgenommen. Vereinzelte gerahmte Katzenpuzzles hängen gleich daneben.

Die Musik wird lauter, ich habe die Küche erreicht. In der Luft liegt kalter Zigarettenrauch. Über einen im Oberschrank eingebauten Kassettenrekorder ertönt die leiernde Heimorgelmusik. Ich schalte das Band aus und reiße die erste Besteckschublade auf, greife mir das größte Fleischermesser, das ich finden kann, und schneide den Kabelbinder zwischen meinen Füßen auf. Erleichtert schüttle ich jeden Fuß einzeln aus. Spüre, wie das Blut in die Venen zurückläuft. Es schmerzt.

Dann schnell der Knebel. Ich setze das Messer am Ledergurt an, der dicht an meinen Wangen klebt, und durchtrenne das Band. Endlich!

Atmen, Luft holen. Der Sauerstoff schießt mir in den Kopf, erfüllt meine Lungen mit Energie. Angeekelt werfe ich den SM-Knebelball in die Spüle, wische mir über den Mund und drehe mich zur Raummitte um. Mein Kiefer knackt, während ich ihn langsam bewege.

Überrascht blicke ich auf einen mit Porzellantellern gedeckten Tisch, eine Flasche Rotwein, dazu zwei Kristallgläser. Eine Vase mit Wildblumen und eine brennende Kerze. Und ein in Geschenkpapier eingewickeltes Päckchen. Aus dem Backofen steigt Rauch auf. Ich schalte das Gerät aus und öffne die Backofentür, grauer Qualm steigt mir entgegen. Zwei verbrannte Tiefkühlpizzas liegen auf den Gittern. Hustend klappe ich die Tür wieder zu und umklammere das Messer.

Candle-Light-Dinner. Dachte er wirklich, dass er mich so rumkriegen würde, und alles wäre wieder gut?

Kranker Psychopath.

Ich gehe auf den gedeckten Tisch zu und will gerade nach dem Geschenk greifen, als mir die zwei Handschellen auffallen. Sie sind an die Armlehnen eines Stuhls geschlossen. So hat er sich also unser Gespräch vorgestellt.

Wütend ramme ich das Messer in die Tischplatte und reiße das Geschenkpapier auf. Zum Vorschein kommt eine schmale, rechteckige Kiste. Ich öffne den Deckel und blicke hinein. Die

Rückseite eines aufstellbaren Bilderrahmens. Was hat das zu bedeuten? Ist es ein Foto von Philipp? Oder eins von mir? Oder von uns beiden?

Angespannt drehe ich den Bilderrahmen um.

Ich bin auf das Schlimmste vorbereitet.

Dachte ich.

Meine Hände beginnen zu zittern. Das Herz setzt aus. Ich werde von Emotionen überflutet. Was hat das zu bedeuten? Mein Atem beschleunigt sich. Auf dem grünstichigen Foto ist meine Mutter zu sehen. Sie trägt das hellblaue Sommerkleid, das sie auch während unseres Unfalls trug.

Mama.

In den Armen eines Mannes. Eines fremden Mannes mit Vollbart. Eng umschlungen. Sie wirken vertraut, fast verliebt.

Mir wird schlecht, ich verstehe nicht. Ein Schlag in die Magengrube. Ich muss mich setzen, ziehe mir mit letzter Kraft den Stuhl heran. Luft, atmen.

Wo ist Papa? Wer ist dieser Mann?

»Ja, richtig. Deine Mutter hatte eine Affäre …« Philipp taucht schwankend neben mir auf, hält sich den Kopf. Blut läuft über seine Stirn und das rechte Auge. »Und dreimal darfst du raten, mit wem.« Er lacht finster. »Eine Affäre mit meinem Vater. So hat das ganze Unglück angefangen.«

»Was? Ich … ich verstehe nicht …«, stottere ich. Unfähig, einen klaren Gedanken zu fassen. Bewegungslos klebe ich auf meinem Stuhl. Die Narbe an meinem Handgelenk beginnt zu jucken. Was passiert hier?

Philipp taumelt einen Schritt auf mich zu. »Dein Vater ist hinter ihre heimliche Liebschaft gekommen und hat in einer Kurzschlussreaktion den Schlüssel aus dem fahrenden Auto gezogen. Er wollte euer Leben beenden.«

»Das ist nicht wahr«, sage ich. »Es war ein Unfall.«

Philipp zieht das Messer aus dem Tisch und beugt sich zu mir herunter, flüstert: »Mein Vater hat deswegen wie ein Tier gelitten – der Tod deiner Mutter hat ihn gebrochen.« Er fährt mit dem Daumen über die Klinge. »Also hat er seinen Kummer mit Alkohol fortgespült. So lange, bis sein Herz nicht mehr imstande war, irgendetwas zu fühlen.«

Ich schlucke.

Lass dich nicht einlullen, Mia. Der Typ ist gefährlich! Und er hat das Messer. Du musst hier sofort raus. Lass dir was einfallen! Jetzt gleich, bevor er völlig durchdreht.

»Und dann, später, als ich erfahren habe, dass du nach dem Autounfall wieder aus dem Krankenhaus entlassen wurdest, habe ich begonnen, dich zu beobachten. Bei deinen Großeltern in Lindenfels. Mit dem Fernglas«, sagt Philipp und hält mir die kalte Klinge an die Kehle. »Zuerst war ich nur wütend auf dich und deine Familie. Aber dann … irgendwann … habe ich wohl damit begonnen, dich zu begehren. Ich kann es mir auch nicht erklären, Mia.« Seine Stimme bricht, als würde er jeden Moment zu schluchzen beginnen. »Aber ohne dich kann ich nicht leben.«

Schweigen.

Er erwartet eine Reaktion.

Ich fühle, wie alle Scheinwerfer auf mich gerichtet sind.

»Das … musst du auch nicht …«, sage ich zögernd und nehme meinen ganzen Mut zusammen. Das Herz trommelt in meiner Brust.

»Wie … meinst du das?«, fragt er und lässt die Klinge sinken.

»Nun ja, ich denke, vielleicht sollten wir zwei noch einmal ganz von vorne beginnen, oder?« Ich beuge mich zu ihm vor und hauche: »Eine zweite Chance. *Unsere* zweite Chance.«

Er sieht mich skeptisch an.

Ich streiche ihm über die Schultern, sanft und liebevoll, dabei lasse ich das Messer nicht aus den Augen. Dann kralle ich mich in sein T-Shirt, springe wie eine aggressive Vogelspinne vom Stuhl auf und ramme ihm mit voller Wucht mein Knie zwischen die Beine. So wie ich es in der Kampfsportschule gelernt habe.

Schmerzerfüllt sackt er in sich zusammen, fällt gekrümmt zu Boden.

»Uuuund cut!«, ruft eine weibliche Stimme hinter mir. »Super, die haben wir im Kasten! Sehr gut! Szenenumbau! Halbe Stunde Drehpause!«

Jemand applaudiert.

75

Was bisher geschah

Ja, er war ihr hartnäckig gefolgt. Bis er endlich in ihrer Nähe war. So dicht, dass sie seine Anwesenheit gar nicht mehr bemerkte. So lebte er Tür an Tür mit Mia – in ihrer eigenen WG.

Er hatte früh gelernt, sich zu verstellen. In andere Rollen zu schlüpfen, damit man ihm nicht auf die Spur kam. Und trotzdem saß er nun hier, in diesem schrecklich schmucklosen Verhörraum, und sollte erzählen, was vor zwei Wochen passiert war.

»Bitte erklären Sie mir eins ...« Die Lederjacke des Kommissars knarzte, als er die Arme vor der Brust verschränkte. »Wie zur Hölle haben Sie es geschafft, bis in ihre Wohnung zu kommen?«

Er grinste. »Oh, das war leicht.«

Und dann begann Timo zu erzählen. Wie er aus Katzenbrunn, einem Kaff im Odenwald, in die Metropole Berlin reiste, wie er seinen Namen in Philipp Schenkenberg änderte, eine Approbation in Medizin fälschte, um sich einen Platz in Mias Kreuzberger Wohngemeinschaft zu sichern. Das alles konnten sie ruhig hören. Dafür hatten sie genug Beweise gesammelt.

Tarik Ünal lehnte sich in seinem Stuhl zurück und hörte aufmerksam zu.

Das gefiel Timo. Es gab ihm ein Gefühl von Macht. Er kannte die ganze Wahrheit und würde nur das erzählen, was dieser Bulle sowieso schon wusste. Er war ja nicht bescheuert.

Schließlich war er fast Assistenzarzt gewesen.

»Laut Akte haben Sie mit fünfzehn ein Mädchen aus Lindenfels vergewaltigt«, sagte der Kommissar plötzlich und öffnete eine Mappe, die vor ihm auf dem Tisch lag. Er zog eine Fotografie hervor.

Das Bild von Melli kannte Timo gut. Jahrelang hatte es in seinem WG-Zimmer im Regal gestanden. Zwischen den faustdicken Medizinwälzern, dem zerlegbaren Modell des menschlichen Herzens und dem blauen Arzt-Schlumpf. Seine Mitbewohnerinnen dachten bestimmt, sie wäre seine Schwester. Das Foto zeigte ihn als Teenager mit Melli, dem gleichaltrigen Mädchen in seinem Jugendzimmer. Sie waren gerade einmal vier Tage zusammen, hatten bisher nur heimlich Händchen gehalten, da steckte sie ihm beim Küssen die Zunge in den Mund. Das machte ihn scharf. Wie ferngesteuert schob er ihr Kleid nach oben, riss ihr die Unterhose herunter und drang mehrmals in sie ein. War doch nicht seine Schuld. Woher sollte er wissen, dass es auch ihr erstes Mal war. Als er fertig war und sich wieder die Hose hochzog, schluchzte sie und sprach kein Wort mehr. Er wusste, dass Melli in diesem Moment mit ihm Schluss gemacht hatte, einfach so.

Kurz nachdem sie Sex gehabt hatten.

Einen Tag später stand die Polizei vor der Tür, und er wanderte in den Jugendknast. Zum Glück wussten sie das nicht mit der toten Katze im Wald, auf der er fast seine Initialen † M für Timo Müller hinterlassen hätte.

Doch was hatte das alles mit Mia zu tun?

»Hm, ich frage mich, ob Ihre Mitbewohnerin Yvonne davon wusste. Von der Vergewaltigung …«, sagte Tarik Ünal nachdenklich und beugte sich wieder zu ihm vor. Wenn Blicke töten könnten.

»Was?«, entgegnete Timo irritiert. »Woher denn?«

»Vielleicht hat sie es von jemandem erfahren.« Der Bulle ließ ihn nicht aus den Augen. Musterte jede seiner Bewegungen.

»Musste Ihre Mitbewohnerin deshalb sterben? Weil Yvonne Ihre wahre Identität entdeckt hatte? Weil ihr plötzlich klar wurde, dass sie mit einem Psychopathen in der WG zusammenlebte?«

Der Schweiß rann ihm die Innenseiten der Oberarme entlang. Timos Wangen glühten. Wieder flackerte die Erinnerung an Yvonne auf, als er ihr nichts ahnend im WG-Flur begegnete. Am Morgen seiner Rückkehr.

Er kam gerade gut gelaunt aus Viktors Loft – Mia hatte den Köder mit den nachgemachten Wohnungsschlüsseln geschluckt. Da stand Yvonne plötzlich vor ihm, aufgelöst und totenbleich. Schien sich vor ihm zu fürchten. Das Smartphone in ihrer Hand zitterte. Sie wich ängstlich vor ihm zurück. Da wurde ihm klar, dass Yvonne etwas herausgefunden haben musste.

Etwas Schlimmes.

Er entriss ihr das Telefon, drückte sie gegen die Wand und entriegelte mit ihrem schmerzverzerrten Gesicht ihr Handy. Die Mails waren schnell gecheckt. Irgendein pickliger Teenager-Hacker namens *FxNNy07* musste in seiner Vergangenheit gewühlt haben. Durch das Odenwälder Autokennzeichen seines Taxis war er auf alte Polizeiakten gestoßen, auf die blöde Vergewaltigung. Der Computer-Nerd hatte sogar kurz vorher bei Yvonne durchgeklingelt und ihr alles brühwarm aufgetischt.

Sie stotterte irgendetwas davon, dass sie sofort Viktor angerufen habe, dann riss sie sich los und flüchtete aus der Wohnung.

Doch er hatte sie mit seinem Taxi schnell eingeholt.

Schneller, als Yvonne lieb war.

»Sie war eine gute Freundin«, sagte er und zuckte mit den Schultern. Vorsorglich hatte er die belastenden E-Mails in Yvonnes Postfach gelöscht. Auf dem Handy *und* auf ihrem PC. Dank Mia, die das Computer-Passwort für ihn geknackt hatte, an dem er jämmerlich gescheitert war.

»Warum sollte ich meiner Mitbewohnerin etwas antun? Das

ist doch lächerlich. Was versuchen Sie mir da unterzuschieben?«

»Wo haben Sie Ihr Taxi abgestellt?«, fragte Tarik Ünal. »Wir würden es gern untersuchen. Auf Lackschäden und DNA-Spuren. Es gibt Hinweise, dass Sie in einen Unfall mit Fahrerflucht verwickelt waren.«

Da kannst du lange suchen, Bulle. Er hatte dafür gesorgt, dass sein Wagen ein neues Zuhause fand. Auf einem Schrottplatz in Tempelhof. Autopressen hatten ihn schon immer fasziniert.

Den Mord mit Fahrerflucht konnten sie ihm also nicht anhängen, da war er sich sicher. Ansonsten hätten längst Beweise vor ihm auf dem Verhörtisch gelegen. Und es gäbe Zeugen.

Nein, da tappte die Kripo immer noch im Dunkeln. Deshalb würde er schweigen und alles abstreiten.

»Taxi?« Timo zog die Nase hoch und starrte auf das Aufnahmegerät. »Keine Ahnung, wovon Sie reden.«

Der Kommissar kratzte sich über den Dreitagebart.

Lief hier eine verdammte Klimaanlage? Timo begann zu frösteln.

»Sie fuhren meist in den Abendstunden, richtig? Damit Sie Frau Richter erzählen konnten, Sie würden in der Charité arbeiten. In der Nachtschicht«, fuhr Tarik Ünal fort. »Sie gabelten Touristen auf, die sich nicht in Berlin auskannten, oder Betrunkene, damit Sie ein paar Extrarunden mit dem Taxi drehen konnten.«

Der will dich nur provozieren, dachte Timo, das konnte der Polizist überhaupt nicht wissen. Er wusste überhaupt nichts. Ja, das war ganz sicher alles nur geraten. »Worauf wollen Sie hinaus?«

»Das kann ich Ihnen erklären, Herr Müller«, sagte der Kommissar ruhig. »Sie waren es, der Frau Richter mitten in der Nacht vom Club nach Hause gebracht hat. In Ihrem privaten Fahrdienst. Damit sie Sie nicht erkannte, trugen Sie den Schal und die Baseballca-«

»Ich habe Mia niemals gefahren!«

»Nicht? Das waren also nicht Sie am Steuer?«

»Nein.« Zum Glück gab es dafür keinerlei Beweise.

»Mhm. Interessant.« Wieder wühlte der Kommissar in der Mappe und zog einen schmalen, bedruckten Papierstreifen heraus. Das Ding sah wie eine Quittung aus. »Seltsamerweise taucht aber Ihr Name auf dem Kontoauszug von Mia Richter auf. Sie hat die Taxifahrt mit EC-Karte bezahlt. Fünfzehn Euro achtzig.«

Verfluchte Scheiße, warum hatte er nicht daran gedacht?

»Wissen Sie, was ich vermute? *Sie* haben den Reifen des Rennrads zerstochen und im Auto auf Frau Richter gewartet, um sie nach Hause zu bringen. Und am nächsten Morgen haben Sie das Rennrad gestohlen, um ihr ein neues zu schenken. Als aufmerksamer Freund. So weit korrekt?«

Timo schwieg.

»Und den ganzen Aufwand haben Sie betrieben, weil Sie Frau Richter beeindrucken wollten? Hätten da nicht ein paar Blumen gereicht?«

Blumen. Frühstück. Fahrrad …

Er schwieg weiterhin. Versuchte, seine Gesichtszüge zu kontrollieren. Der Kommissar hatte doch keine Ahnung! Als wären das die einzigen Leistungen gewesen, die er über die Jahre erbracht hatte.

Verdammt, er hatte Mia beschützt.

Vor all den schmierigen Typen, mit denen sie sich traf.

Vor all den Torbens, Patricks und Christians dieser Stadt, die sie über ihre Dating-Apps kennenlernte. Er hatte sie heimlich beobachtet, mit dem Fernglas. Aus sicherer Entfernung. Er war ihnen gefolgt, überallhin.

In jedes Café, in jede Bar.

Manchmal dauerte so ein Treffen mehr als drei Stunden lang, bis sie sich verabschiedeten. Oft gab es danach nur ein knappes Händeschütteln. Doch vereinzelt eine längere Umarmung.

Dann wusste er, dass es Zeit war, dem Typen zu folgen. Bevor sich mehr daraus entwickeln würde. Schließlich wohnt jedem Anfang ein bescheuerter Zauber inne. Er musste die Flirts im Keim ersticken. Dafür verfolgte er seine potenziellen Rivalen manchmal bis nach Hause. Klingelte an der Tür. Wartete, bis ihm geöffnet wurde, und begann mit seiner Predigt.

Ja, Predigt, so nannte er es gern. Anscheinend waren seine Worte und Taten recht überzeugend gewesen, denn Mia hörte danach nie mehr etwas von diesen Kerlen. Sie blieben für immer fern.

Natürlich war Mia in den Tagen darauf meist niedergeschlagen gewesen und zweifelte an ihrem Liebesleben und der Männerwelt. Doch er, Timo alias Philipp – der einfühlsame Assistenzarzt –, war immer zur Stelle und tröstete.

Bis David Hoffmann in ihr Leben trat.

Denn David war anders.

Er wollte nicht hören.

Wollte sich nicht belehren lassen.

Also lockte er ihn unter einem Vorwand nach Kreuzberg. Ihr Kennenlerntreffen sollte ganz unverfänglich am Sonntagabend in einem Café-Pavillon am Paul-Lincke-Ufer stattfinden. Timo hatte ihm unter falschem Namen ein attraktives Jobangebot für eine Webseite in Aussicht gestellt. Sie hatten sich für zweiundzwanzig Uhr verabredet. Was David jedoch nicht wusste: Das Café hatte schon ab neun geschlossen.

So wartete er vergeblich vor verriegelter Tür. Bis Timo auftauchte. Hinter ihm. Aus dem Dunkeln. Mit Strick. Und unbeirrbarem Hass.

Nach der Tat rollte er die Leiche den Abhang hinunter, warf die Visitenkarte von Viktor Engel ins Gebüsch, die er von Yvonnes Schreibtisch gestohlen hatte, und verschwand in der Dämmerung …

»Sie haben nicht nur die Tatwaffe im Terrarium platziert, um den Verdacht auf Viktor Engel zu lenken …«, sagte der Kommissar genervt, als würde er sich wiederholen müssen oder mit einem dummen Kind sprechen, »... sondern auch die nachgemachten Hausschlüssel im Bücherregal versteckt. Sowie die Stalkerfotos im Kleiderschrank, die Sie nachts von Mia Richter in Ihrer WG geschossen haben, während sie geschlafen hat.« Tarik Ünal holte Luft und setzte sich im Stuhl auf. »Wir wissen, dass alles Ihr Werk war, Herr Müller. Wenn Sie jetzt ein Geständnis ablegen, könnte sich das strafmildernd auswirken.«

Timo Müller rieb sich die Augen. Ganz so, als wäre er aus einem langen Schlaf erwacht. Die Handschellen klirrten am Handgelenk. Angebliche Stalkerfotos? Der Kommissar hatte doch keine Ahnung, wie schwer es ihm gefallen war, seine heiß geliebten Fotografien für immer fortzugeben.

Aber er hatte selbstverständlich ein Opfer bringen müssen, wenn er Viktor Engel ebenfalls loswerden wollte. Dieser aufgeblasene Investment-Yuppie hatte schließlich wie eine lästige Zecke an Mia geklebt. Widerlich. Er hob die Augenbrauen. »Ähm, was?«

»Es gibt Beweise«, sagte der Kommissar ruhig und verschränkte die Arme vor der Brust.

Timo hatte das Gefühl, ein leichtes Lächeln auf den Lippen seines Gegenübers zu sehen. Es konnte aber auch sein scheißfreundliches Bullennaturell sein.

»Mia lügt«, zischte Timo und streckte die Brust raus. »Ich habe nichts in der Wohnung deponiert.«

»*Wie du*«, entgegnete der Kommissar.

»Was?«

»Das waren seine allerersten Worte. Auf der Intensivstation. Als Viktor Engel wieder sprechen konnte«, sagte Tarik Ünal. Er deutete an die Decke des Verhörraums. »*Wie du.* Wir wussten zuerst nicht, was Herr Engel damit meinte. Bis sich seine Sprache täglich verbesserte und wir seine Botschaft endlich verstanden.«

Timo starrte auf die kleine Überwachungskamera, die von der Zimmerdecke auf ihn gerichtet war. Unwillkürlich musste er sich schütteln, danach reagierte sein Körper mit vollkommener Steifheit. Wie konnte er nur so dumm sein?

»Nicht *Wie-du*, sondern *Vi-deo*«, erklärte der Kommissar. »Das gesamte Loft war videoüberwacht, das wollte uns Herr Engel mitteilen. Auf den Aufnahmen, die in seiner Cloud gespeichert waren, kann man in bestechender 4K-Qualität beobachten, wie Sie eines der Spinnenterrarien öffnen und die Mordwaffe hineinlegen. Während Mia Richter auf der Terrasse eine Panikattacke erleidet.« Tarik Ünal faltete zufrieden die Hände. »Dafür gehen Sie lebenslänglich in den Knast.«

Er würde Mia nie mehr wiedersehen.

Schlagartig schnürte sich ihm der Hals zu. Seine Eingeweide verkrampften sich. Er hob den Kopf und brüllte wie von Sinnen: »Ich will sofort einen Anwalt! Sofort! Einen Anwalt!«

Doch der Kommissar rührte sich nicht.

Lebenslange Freiheitsstrafe! Das sind in Deutschland mindestens fünfzehn Jahre, dachte Timo panisch und rechnete nach. Dann wäre er ungefähr vierzig, wenn er wieder rauskäme. Vielleicht dreiundvierzig. Ein alter Mann. Vielleicht mit Glatze. O Gott. Daran hatte er nicht gedacht!

Wobei … Langsam beruhigte er sich wieder. Nein, nein, dann wäre er noch immer im richtigen Alter. Natürlich. Vierzig. Ausreichend Zeit, um mit Mia glücklich zu werden. Ihre dritte Chance. Genau. Sie könnten eine Familie gründen. Rein biologisch wäre sie dazu noch in der Lage. Richtig. Familie gründen. Immer das Ziel vor Augen. Und ein Hund. Das wäre schön. Ein Haus. Mit Garten.

Doch plötzlich wurde er schwermütig. Würde sie ihn noch immer lieben, wenn er nach all den Jahren aus dem Gefängnis entlassen wurde? Timo schielte auf seine abgekauten Fingernägel. Egal, wie viel Hoffnung er auch aufbrachte – tief in seinem Inneren wusste er es besser:

Sehnsucht vergeht.

Doch die Angst bleibt.

Epilog

Das Kamerateam beginnt wieder, über das Set zu wuseln. Mein berühmter Münchner Schauspielkollege, der die Rolle meines Mitbewohners Philipp spielt, klatscht mit mir ab, zieht das Filmmesser aus dem Esstisch und verschwindet zum aufgebauten Obst- und Snacktisch. Das Scheinwerferlicht blendet mich, ich hebe schützend die Hand an die Augenbrauen und halte nach unserer Regisseurin Ausschau. Sie sitzt in ihrem Klappstuhl und blättert gedankenverloren einen Ordner durch. Der Regieassistent bringt ihr einen Kaffee. Ich gehe auf sie zu.

»Das war wirklich hervorragend, Mia!«, sagt Alice zufrieden, sieht von ihrer Dispo auf und nippt an ihrem Pappbecher.

»Nicht zu viel?«, frage ich unsicher. »Ich will nicht, dass es nach Over-Acting aussieht. Das Ende fühlt sich irgendwie nicht richtig an.«

»Nee, kam super rüber«, sagt sie und lächelt breit. Sie überreicht dem Assistenten den Ordner und fährt sich mit den Fingern durch die rote Mähne, bindet sich einen Zopf. »Das wird ein spektakuläres Happy End. Vertrau mir.«

»Aber es verlief doch anders, Alice. Sollten wir nicht besser die Wahrheit erzählen?«, sage ich und erinnere mich mit Grauen daran zurück, als mich die Polizei erst nach drei langen Tagen aus dem feuchten Kellerloch befreite.

Tarik Ünal hatte sich Sorgen gemacht, warum ich mich nicht zurückmeldete. Da niemand in unserer WG die Tür öffnete, verschaffte er sich Zutritt zu unserer Wohnung. In Yvonnes Zimmer fand er den zusammengeknüllten Zettel im Papierkorb. Er recherchierte nach *TiMü-Taxi*. Die Adresse lief auf Timo Müller, Lindwurmstraße in Katzenbrunn, und so schickte er vorsichtshalber eine Odenwälder Streife dorthin, die mich schließlich aus dem Horrorhaus befreite.

»Die Wahrheit?«, sagt Alice und schüttelt den Kopf. Sie deutet mit dem Zeigefinger auf mich. »Mia-Schätzchen, das Publikum will Heldinnen sehen. Sie wollen mit dir mitleiden und dich am Ende gewinnen sehen. Und du hast doch auch Kampfsport gemacht?«

»Ja, aber nur zwei Mal«, sage ich.

»Na, siehst du«, entgegnet Alice und schmunzelt. »Wir erzählen die Wahrheit!« Sie nippt wieder am Kaffee. »Außerdem hat Til dein Drehbuch geliebt. Da können wir nicht einfach das Ende ändern.« Sie beugt sich zu mir vor und flüstert: »Ist das nicht geil, dass wir nach der ganzen Kacke jetzt doch noch einen Spielfilm drehen?«

Ich nicke. Alice hat recht.

Es hätte auch alles anders kommen können.

Der Regieassistent tritt neben mich. »Ähm, Mia, sorry, dass ich störe. Aber die Redakteurin wartet draußen auf dich. Dein Interview?«

»Ach so«, sage ich. »Ja, klar. Danke, ich komme.«

Auf dem Gelände des Studio Babelsberg herrscht Hochbetrieb. Kabelträger, Oberbeleuchterinnen, Set-Runner, jeder mit einem anderen Ziel. Elektrische Golfwagen rauschen an mir vorbei, als ich die Straße überquere und auf den Sonnenschirm neben dem klimatisierten Maskenwagen zugehe. Darunter stehen zwei Campingstühle, auf einem davon sitzt eine Frau in schwarzer Lederjacke. Bei der Sommerhitze. Sie starrt konzentriert auf ihr Handy. Das muss sie sein. Als sie mich sieht, winkt sie mir zu.

Ich setze mich neben sie.

»Schön, dass Sie kurz Zeit für mich haben, Frau Richter«, sagt sie freundlich und reicht mir die Hand. »Mein Name ist Judith Marx. Ist es in Ordnung, wenn ich das Gespräch aufzeichne?«

»Gern, kein Problem«, sage ich und lehne mich zurück. Mein Blick wandert auf die andere Straßenseite. Dort stehen der Catering-Trailer und ein Dutzend Bierbänke, die Filmcrew nimmt ihr Mittagessen ein.

»Zuerst einmal herzlichen Glückwunsch zur Hauptrolle«, sagt sie. Ich drehe mich wieder zu ihr. Sie drückt den Aufnahmeknopf ihrer Audio-App und legt das Handy zwischen uns auf den Campingtisch.

»Danke.«

»Es ist ja Ihre ganz persönliche Geschichte, die gerade verfilmt wird«, sagt sie und wird plötzlich ganz ernst. »Die Entführung liegt erst zwei Jahre zurück. Ist das nicht zu viel für Sie? Also eine starke psychische Belastung, wenn Sie das alles noch einmal durchleben müssen?«

Na, die kommt ja schnell auf den Punkt, denke ich und ziehe meine Sonnenbrille aus dem Jeanskleid, schiebe sie auf die Nase. »Nein, natürlich nicht«, sage ich und zwinge mich zu einem Lächeln. »Verstehen Sie, Frau Marx, das ist meine Art von Therapie. Durch das Spiel verarbeite ich meine Vergangenheit. Die dunkle Erinnerung an Philipp.«

»Philipp?« Sie kneift die Augen zusammen. »Sie meinen … Timo Müller?«

»Ja, natürlich, Timo«, entgegne ich knapp. Ich werde mich nie an seinen echten Namen gewöhnen. Auch wenn *Timo M.* wochenlang das Topthema in der Presse war. Dafür hatte er zu lange als Philipp Tür an Tür mit mir gewohnt.

»Und stimmt es, dass er in Katzenbrunn, Ihrem Nachbardorf, aufgewachsen ist und Sie jahrelang beobachtet hat, weil sein Vater Georg ein Verhältnis mit Ihrer Mutter hatte?«

Eine Hand greift nach dem baumelnden Erbsenanhänger am Zündschloss, zieht den Schlüssel ab, Mama schreit, der Baum kommt näher, glitzernder Glasregen umhüllt uns …

»Wie bitte?«

»Hatte Ihre Mutter ein Verhältnis mit Georg Müller?«

Ich fange mich wieder und lache gekünstelt auf. »Na, da müssen Sie sich schon den Film angucken!« Ich hebe abwehrend beide Hände nach oben. »Spoileralarm! Sie erwarten doch nicht, dass ich Ihnen die ganze Geschichte verrate, oder?«

Jetzt steigt Judith Marx in mein Lachen ein.

Gut so. Hoffentlich ist dieses Interview bald zu Ende. Die Frau hat definitiv kein Taktgefühl. Sie lehnt sich wieder in den Campingstuhl zurück.

»Auf jeden Fall haben Sie Glück, dass Viktor Engel auf eine Anzeige verzichtet hat. Wie kam es dazu?«

»Hm, das weiß ich leider nicht. Dazu haben ihm wohl seine Anwälte geraten«, entgegne ich. »Wichtig ist nur, dass er keine gesundheitlichen Schäden davongetragen hat. Ich wünsche ihm nur das Beste.«

»Da haben Sie allerdings recht. Sonst wäre sein hervorragendes Künstler-Biopic, der Film über Caspar David Friedrich, sicherlich gestorben«, sagt sie und legt nachdenklich einen Finger ans Kinn. Es soll wohl intelligent wirken. »Haben Sie denn keine Sorge, dass sich all das vielleicht wiederholen könnte?«

»Wie meinen Sie das?«

»Nun, Sie werden bald eine berühmte Frau sein«, erklärt sie. »Und es gibt genug verrückte Stalker da draußen. Besonders Schauspielerinnen sind stark betroffen.«

»Wie lautet die Frage?«

»Hm, Sie sind zurzeit Single …«, stellt sie mit diebischer Freude fest. Was zur Hölle habe ich ihr getan? Sie legt den Kopf schief. »Wie werden Sie Ihre nächste Beziehung beginnen? Können Sie den Männern überhaupt noch vertrauen?« Sie grinst. »Oder werden Sie einen potenziellen Partner vor Ihrem ersten Date erst einmal gründlich durchleuchten, bevor Sie mit ihm …?«

»Hey! Mia!« Die Stimme des Regieassistenten ruft über die Straße. »Kommst du? Es geht weiter!«

Ich winke meinem Retter erleichtert zu. »Alles klar! Danke!«

»Aber wir sind mit dem Interview noch nicht …«

»O doch, sind wir«, sage ich knapp und stehe auf. Soll sie doch schreiben, was sie will. Das macht die Regenbogenpresse ja sowieso. Ohne mich von Judith Marx zu verabschieden, sprinte ich über die Straße und folge dem Assistenten zu unserem Set.

Als wir am Drehort ankommen, fällt mein Blick auf die Monitore am anderen Ende der Kulisse. Auf einem der Stühle sitzt eine junge Frau mit schulterlangen braunen Haaren und nascht Erdbeeren aus einem Schälchen. Sie dreht mir den Rücken zu, beobachtet das Filmtreiben über den Bildschirm.

»Übrigens, dein Besuch ist da«, sagt der Regieassistent und zwinkert mir zu. Dann verschwindet er durch den verschachtelten Bühnenbau hinüber zu Alice, die etwas mit Mads bespricht.

Um mich herum werden Stellwände und Lichtstrahler verschoben.

Neue Kulisse, neuer Anfang.

Ich gehe auf die junge Frau zu und lege ihr meine Hand auf die Schulter.

Elif fährt überrascht herum, ergreift meine Hand und schenkt mir ihr zauberhaftestes Lächeln. »Mia!«

Wortlos beuge ich mich zu ihr hinunter und küsse sie.

E N D E

Danksagung

Mein erster Dank gilt Ihnen. Von Herzen. Sie glauben nicht, wie sehr ich mich freue, dass Sie meinen zweiten Roman gekauft und (wahrscheinlich) in diesem Moment zu Ende gelesen haben. Damit geht, nach anderthalb Jahren Schreibarbeit, mein größter Wunsch in Erfüllung. Dazu müssen Sie wissen, dass ich mir als Schriftsteller noch während des Schreibprozesses gelegentlich ausmale, wie Sie in einem gemütlichen Sessel, in der Bahn, am Strand oder in einem Café sitzen, in der Badewanne oder im Bett liegen und mein Buch lesen. Hoffentlich mit einem Lächeln auf den Lippen. Oder mit angeknabberten Fingernägeln. Leider konnte ich nicht dabei sein und Mäuschen spielen. Aber falls Ihnen *Angst* gefallen hat, dann schreiben Sie mir doch gerne über meine Webseite oder auf Instagram. Ich freue mich über jede Nachricht, jedes Foto und positive Bewertung. Vielen lieben Dank!

Ein Roman entsteht meist in Einsamkeit. Trotzdem helfen einem viele Menschen beim Entwickeln und Schreiben, mit ihrem Wissen oder ihrer seelischen Unterstützung. Diesen Menschen möchte ich an dieser Stelle danken.

Meinen wundervollen Testleser:innen, die seit meinem Debütroman dabei sind: Kerstin Neidhart und besonders meiner lieben Mama Hanni. Joachim Ziebe und seiner Ehefrau Evangelina, der er abends kapitelweise aus *Angst* vorgelesen hat. Die beiden haben mich mit sehr wertvollen Tipps und Anmerkungen unterstützt. Ein weiteres Dankeschön geht an meinen guten Freund Florian Harz, dem ich täglich die neuesten Seiten vortragen durfte. Unsere inspirierenden Gespräche gingen dann meist bis weit nach Mitternacht und endeten damit, dass sich Flo ein paar Kartoffeln kochte. (Aber das ist eine andere Geschichte.) Und zu guter Letzt jeweils einen dicken Kuss an meine Tochter Ava (die die Leidenschaft für Thriller mit mir teilt) sowie an meine Frau Nadine, die den Entstehungsprozess dieses Buches von Anfang bis zum Ende mit Geduld und Nachsicht begleitet hat. Ich weiß das sehr zu schätzen, mein Spatz.

Und auch ohne diese Personen hätte es nicht funktioniert: Serenity Kim Hannah Lange, danke, dass du mich nicht nur im Thema *Nichtbinäre Geschlechtsidentität* so wertvoll unterstützt, sondern mich auch im Lockdown mit selbstgedrehten Location-Videos aus der Charité versorgt hast, da ich nicht selbst vor Ort sein durfte. Danke an David Nathan für *dit korrekte Berlinern*. Danke an Linus Geschke für die 50 Euro. Sowie ein dickes Dankeschön an Til Schweiger, den ich als reale Person in meinen Roman einbauen durfte – danke für deinen Segen und deine liebe Mail, Til. Und natürlich geht auch ein *Thank you* an das internationale Schreibprojekt *NaNoWriMo*, bei dem ich 2021 erstmals mitgemacht und auf diese Weise acht Seiten pro Tag geschrieben habe.

Außerdem danke ich meiner Verlegerin Barbara Laugwitz für ihre aufbauenden Worte in dunklen Stunden, meiner ausgezeichneten Lektorin Hanne Hartmann für die feinfühlige Zusammenarbeit und den Zuspruch, Marlena Simmet für die Koordination meiner Lesereisen, Stefanie Schill für die Pressearbeit, Monika Köhler für die Herstellung (die meine hartnäckigen Wünsche nach Stempel Garamond immer wieder erfüllt), sowie Rita Bollig, Jochen Kunstmann, Johanna Gradl, Nadine Schmitt, Bettina Golonka, Julia Kositzki, Andrea Maiwald, Attila Zoltan und Tim Müller für die tolle Zusammenarbeit. Und natürlich meinem wundervollen Agenten Marc Koralnik von Liepman AG in Zürich.

Ich danke außerdem allen Blogger:innen in Deutschland,

Österreich und Schweiz für die vielen positiven Rezensionen und eure kreativen Cover-Fotomotive. (Ich bin wirklich sehr gerührt, wie schön, dass ich euch über Instagram und im echten Leben kennenlernen durfte).

Und schließlich, zum Happy End, geht mein allerletztes Dankeschön an die wunderbaren Buchhändler:innen, die meine Thriller empfehlen und so liebevolle Schaufenster mit meinen Büchern gestalten (ich denke oft, ich träume), sowie an alle Buchhandelsvertreter:innen für ihre unglaubliche Leidenschaft, meine Romane so großflächig in den Handel zu bringen. Es hat mir glatt die Sprache verschlagen, dass mein Debüt *Als das Böse kam* überall auf den Büchertischen lag – von Luzern bis Sylt!

Ich bin dankbar für mein Leben als Schriftsteller.

Und dass Sie ein Teil davon sind.

Herzlichst,
Ihr Ivar Leon Menger
März, 2023

Gewidmet allen Seelen,
die auf die andere Seite
gewandert sind

Liebe Leserin, lieber Leser,

es gibt etwas, das Ihnen ein Leben lang folgt: Ihr Schatten. Doch was, wenn er aus Fleisch und Blut besteht? Ein fremder Mensch, der nicht mehr von Ihrer Seite weicht? Ich habe Stalking zum Glück nicht selbst erfahren, habe in meinem Bekanntenkreis aber zwei dramatische Fälle, die mich dazu motiviert haben, ein Buch darüber zu schreiben, um das Thema öffentlicher zu machen. Falls Sie davon betroffen sein sollten oder jemanden kennen, wenden Sie sich bitte an die Polizei, an das Hilfetelefon (Gewalt gegen Frauen) unter 08000 116 016 oder anonym an den Weißen Ring, Telefon: 116 006.

Vielen Dank,
Ivar Leon Menger

Leseprobe aus:

ISBN 978-3-423-26339-9

Ich heiße Juno. Ich bin sechzehn Jahre alt und verstecke mich seit hundertvierundvierzig Monaten auf der Insel. Niemand weiß, dass wir seit zwölf Jahren in der Blockhütte auf der Mitte des Sees leben. Außer den Wächtern, die uns in die Wälder gebracht haben, als ich noch ein kleines Mädchen war.

Ich liebe frisch geschlüpfte Entenkinder, Knospentriebe im Frühling, Trollblumen in meinem geflochtenen Haar, honigsüße Brombeeren, das Röhren von Elchen in der Morgendämmerung, den Duft von Sommerregen auf Felsstein, den Funkentanz von brennendem Birkenholz, die ersten Schneeflocken auf meiner Zunge.

Und ich mag Boy, meinen kleinen Bruder, der heimlich meine Aufgaben übernimmt, wenn mir der Mut dazu fehlt. Obwohl ich zwei Köpfe größer bin.

Unser Leben auf der Insel ist einfach. Jeder Tag gleicht dem anderen. Am Morgen werden wir von Mutter unterrichtet, in allen Fächern, die man für das Überleben braucht. Lesen und Schreiben, Tier- und Naturkunde, Rechnen (ich konnte Vater davon überzeugen, dass sie es nicht nur Boy beibringt), Wundversorgung, Fährtenlesen und Hauswirtschaftslehre. Für mich bedeutet das, dass ich stricken und häkeln gelernt habe und unsere Wäsche waschen, das Geschirr abspülen, Feuer machen und Gemüsesuppe kochen kann. Außerdem fällt es mir leicht, alle Lebewesen und Pflanzen zu bestimmen, die bei uns auf der Insel leben. Mein Bruder hingegen ist nur für die sonntägliche Lebensmittelbeschaffung eingeteilt. Weil ich es immer noch nicht über das Herz bringe, zu töten.

Bis zum Abendessen steht uns freie Zeit zur Verfügung. Dann

dürfen wir malen, Wildblumen pflücken, die Bücher aus der Wohnstube lesen, Schallplatten hören oder am großen Felsen unten am Seeufer spielen. Außer am Montag. Da ist es uns strengstens verboten.

Boy greift zu einem Steinbrocken und hämmert mehrmals auf den Schädel der Rotfeder ein, bis das Fischlein zu zittern anfängt. Ein letzter Schlag, die Augen werden starr. Entschlossen nimmt Boy das Küchenmesser, setzt einen schnellen Stich ins Herz und lässt die Rotfeder ausbluten. Kurz und schmerzlos, so wie er es gelernt hat. Es ist der einzige Weg, auf der Insel zu überleben. Vater darf nur einmal im Monat, wenn der Vollmond hoch über den Wäldern steht, auf die andere Seite des Sees rudern, um im Dorf der Wächter die wichtigsten Einkäufe zu erledigen. Mehl, Zucker, Eier, Milch und Bohnenkaffee.

Ich blicke zu Boy. Mein Bruder grinst, entfernt den Haken aus dem Maul und lässt unseren Fang zu den Forellen im Plastikeimer gleiten. In mein geliebtes Sandeimerchen, das mit der Maus im gepunkteten Sommerkleid drauf.

Es ist mein einziges Erinnerungsstück an unsere Flucht aus Südland.

Ich werfe erneut die Angel aus. Eine Rotfeder fehlt uns noch für die Frikadellen, die Mutter zum Abendbrot zubereiten wird.

»Warum hast du das gemacht?«, fragt Boy in die Stille hinein. »Wegen dir ist unser Spielesonntag ausgefallen.«

»*Risiko* ist ein dummes Spiel«, sage ich knapp, weil mir auf die Schnelle keine bessere Antwort einfällt. Tatsächlich plagt mich seit dem Nachmittag ein schlechtes Gewissen, da ich weiß, wie sehr mein Bruder sich auf den Sonntag gefreut hat. »Außerdem hat sich Mutter ja wieder beruhigt.«

»Aber jetzt müssen wir wieder eine ganze Woche warten!«

Auf der anderen Seite des Sees, im Schatten des Fichtenwaldes, entdecke ich eine Bewegung. Zwei Rehe, die durch das Unterholz traben. Auch Boy bemerkt die Tiere. Wir beobachten, wie sie ihre Köpfchen heben, fluchtbereit die Ohren spitzen. Für einen kurzen Moment verharren sie wie auf einem Ölgemälde. Dann sehen sie zu uns herüber, als könnten sie uns wittern.

Boy wirft einen Stein ins Wasser. Unversehens galoppieren die Rehe davon und verschwinden im Dickicht.

Er dreht sich zu mir. »Ich habe lange darüber nachgedacht, Juno. Wenn Vater und Mutter eingeschlafen sind, werde ich rüberrudern. Heute Nacht.«

»Bist du verrückt?«, flüstere ich. »Du bringst uns alle in Gefahr!«

»Du willst es doch auch.«

»Tue ich nicht!«

Boy kneift die Augen zusammen, überprüft meinen rechten Zeigefinger. »Und die Zeichnung unter deiner Matratze?«

Ich balle die Hand zur Faust. Er muss das Bild gefunden haben, das ich gestern Nachmittag am großen Felsen gemalt habe. Es zeigt Häuser, die bis hoch in den Himmel ragen, wo ein silberglänzender Vogel seine Kreise zieht, über einem Meer aus Schirmen, die wie gestreifte Pilze aus dem Sandboden sprießen, dazu spielende Kinder am Wasser.

Bäume habe ich keine gezeichnet.

»Ich habe dich beobachtet, Juno«, sagt Boy und rückt näher zu mir heran, er wedelt mit seinem rechten Zeigefinger vor meinem Gesicht herum. Dann drückt er mir den Finger auf die Lippen. »Du lügst!« Metallischer Fischgeruch steigt mir in die Nase. »Wenn du meinen Plan verrätst, werde ich Vater dein Bild zeigen.«

Ich würde ihm gern antworten, dass ich mich nicht von einem Zwölfjährigen erpressen lasse, schließlich dienen die Gebote nur unserer Sicherheit, doch dann zerschneidet das Heulen der Sirenen meine Gedanken.

Boy schreit auf. Ich lasse die Angel fallen, springe auf, greife den Arm meines Bruders und renne mit Boy über den Sandweg, durch das kleine Waldstück bis zu unserem Gemüsegarten. Nur noch wenige Meter bis zum Haus, vorbei an den hohen Lautsprechermasten. Der grelle Ruf der Warnsirenen bohrt sich in meine Ohren. Ich stolpere über den Stiel einer Schaufel, Boy reißt mich nach oben. Mutter erwartet uns im Türrahmen, klatscht mit weit aufgerissenen Augen in die Hände.

»Schnell, Kinder, schnell!«

Wir stürmen in den Flur, während hinter uns die Eingangstür ins Schloss knallt. Mutter schiebt eine Eisenstange vor das Türblatt und folgt uns in die Küche. Vater hat den Esstisch zur Seite geschoben, den Teppich zusammengerollt.

Ein Loch klafft im Fußboden.

Boy klettert als Erster hinein, danach verschwinden Mutter und Vater unter der Erde. Ich gehe einen Schritt auf die Luke zu.

»Verdammt, Juno! Worauf wartest du?«, brüllt Vater.

Mein Herz klopft wie ein ausgehungerter Specht. Ich nähere mich dem Loch im Boden. Hitze durchflutet meinen Körper. Ich wische die Finger an meinem Kleid ab, setze den linken Fuß auf die Leiter. Dann den rechten.

»Los, beeil dich!«

Mit beiden Händen umklammere ich das Eisengeländer und steige nach unten. Ein kühler Hauch weht über meine Beine. Ich klettere weiter hinab, bis meine Fußspitzen endlich den Erdboden erreichen. Vater zwängt sich an mir vorbei und schließt die schwere Holzklappe über uns. Mit einem Schlag ist es dunkel. Die Kälte unseres Verlieses umhüllt mich wie ein unsichtbarer Mantel.

»Bitte, Licht!«, flüstere ich und höre, wie Vater das Kellerloch mit dem Stahlbolzen verbarrikadiert.

»Setz dich zu mir, Juno«, sagt Mutter. Ich folge ihrer Stimme ans andere Ende des Raumes. Sie ergreift meine Hand und zieht mich auf ihren Schoß. Ich kuschele mich an sie, nähre mich von ihrer Körperwärme. Möchte tief in sie hineinkriechen, wieder zurück in ihren Bauch.

»Gesichert!«, ruft Vater. Ich höre das erlösende Klicken eines Lichtschalters. Die Glühbirne flackert auf. Eine Träne auf Mutters Wange.

»Werden sie uns töten?«, sagt Boy, der sich in eine Ecke des Schutzraums verkrochen hat, die Arme um die Beine geschlungen.

»Wir müssen leise sein«, flüstert Vater und blickt zur Luke hoch. »Vier Fremdlinge, schwarz gekleidet. Sie sind schon auf dem See.«

Vater nimmt das Gewehr von der Wand und geht in die Mitte des Kellerraums. Dort lässt er sich auf den ausrangierten Wohnzimmersessel fallen. Der grün karierte, in dem mir Mutter *Däumelinchen* vorgelesen hat. Damals, in den ersten Nächten, vor dem knisternden Kaminfeuer, als ich nicht einschlafen konnte.

Vater nickt mir zu. Ich verstehe, was er mir sagen möchte. Ich schleiche zu Boy und nehme ihn in den Arm. Mein Bruder zittert am ganzen Körper.

Auch Mutter steht auf und geht zu der breiten Regalwand hinüber, die mit den wichtigsten Vorräten gefüllt ist. Über fünfzig Konservendosen, ein Korb mit frischen Äpfeln und Birnen, fünf Flaschen hochprozentiger Alkohol, drei Säcke Kartoffeln, eine Kiste mit langstieligen Kerzen, Streichhölzer, eingelegter Fisch in Marmeladegläsern, ein Gaskocher und fünfzehn Wasserkanister. Das ist unsere Überlebensration für zwei Wochen. Mutter zieht den Erste-Hilfe-Koffer aus dem Regal und setzt sich zu uns auf den Fußboden.

»Kinder, was haben wir gelernt?« Sie öffnet den Verschluss des grünen Plastikkoffers. »Was müssen wir tun, wenn uns kein Ausweg mehr bleibt?«

»Damit sie euch nicht foltern?«, sagt Vater und blickt erneut zur verriegelten Luke hoch. Er zieht eine Patronenkugel aus der Hosentasche und legt sie in das Gewehr ein.

»Euer Vater hat vor vielen Jahren eine sehr schwere Bürde

auf sich genommen, als er vor dem Tribunal ausgesagt hat. Er hatte sich für die Wahrheit entschieden. Und damit Gerechtigkeit über unser Familienwohl gestellt.« Mutter klappt den Kofferdeckel auf und öffnet eine Packung Kompressen. Sie schneidet mit der Schere ein quadratisches Stückchen Stoff ab. »Allein durch Vaters Zeugenaussage wurden die gefährlichsten Finstermänner Südlands verhaftet und für Jahrzehnte ins Gefängnis gesteckt.« Mutter wischt sich mit dem Tuch die Tränen aus den Augen. »Deshalb suchen sie uns auf der ganzen Welt.«

»Sie wollen sich rächen.« Vater entsichert das Gewehr. »An mir und meiner Familie.«

»Aber die Wächter aus Nordland behüten uns doch immer noch, oder?«, fragt Boy und ergreift meine Hand. Seine Finger sind feucht und kalt. Ich drücke sie leicht und stelle mir vor, dass warmes goldenes Licht durch meine Arme in seinen Körper fließt.

»Natürlich, mein Junge«, antwortet Mutter und streicht ihm über das Haar.

»Und warum kommen sie dann nicht?«

»Wir leben zu weit draußen«, antworte ich. »Das dauert Stunden, bis die Wächter aus dem Dorf bei uns sind.«

»Kann man unsere Sirene denn so weit hören?«

»Der Alarm gilt doch nur uns«, antworte ich. Manchmal verhält sich Boy immer noch wie ein Kleinkind. Ich drücke seine Hand fester. »Damit wir uns alle im Schutzraum versammeln, das weißt du doch!«

»Vater hat die Sirene gleich wieder abgestellt«, sagt Mutter und greift erneut in den Erste-Hilfe-Koffer. Erst jetzt fällt mir die Stille auf.

»Habt keine Angst, Kinder«, flüstert sie, während sie mehrere Salbentuben, Spritzen und Verbandszeug zur Seite schiebt. »Bis Rettung eintrifft, wird uns Vater verteidigen.« Sie zögert einen Moment. Ihre Hände zittern, als sie das längliche Tablettenröhrchen herauszieht. »Denn ihr seid alles, was wir lieben.«

»Falls ich ihren Angriff nicht überleben oder sie versuchen sollten, zu euch in den Schutzraum zu kommen«, Vater rückt seine Brille zurecht und blickt erneut zur Kellerdecke hinauf, »dann wisst ihr, was zu tun ist, um euch vor ihnen zu schützen?«

»Juno und ich nehmen die Trostpillen«, sagt Boy.

Mein Herz macht einen Sprung. Das ist der Moment, auf den ich mich am meisten freue.

»Richtig.« Mutter dreht den Schraubverschluss auf. Boy und ich strecken ihr die Handflächen entgegen. Nur eine Pille für jeden. Am liebsten würde ich mir das Kügelchen sofort in den Mund stecken, das nicht nur unsere Seele beruhigen soll, sondern auch süßer als die reifsten Kirschen schmeckt.

Und dann warten wir. Lauschen in die Stille. Warten, dass die Haustür eingeschlagen wird. Oder eine Fensterscheibe. Ich atme durch den Mund. Zähle bis zehn. Mutter tupft mir mit dem Mullstück die Perlen von der Stirn. Niemand spricht ein Wort. Vater blickt auf seine Uhr. Ich schließe die Augen und konzentriere mich auf jedes Geräusch. Höre das Herz in meiner Brust pochen. Ich kann sogar das Pulsieren in meinen Ohren spüren. Boy zieht die Beine enger an den Oberkörper und lehnt seinen Kopf an meine Schulter. Ich fühle seine heißen Atemstöße auf dem Oberarm. Ein seltsames Rascheln. Wenige Meter über uns. Waren das Schritte in der Küche? Haben die Fremdlinge unsere Insel schon erreicht? Ich starre nach oben, beobachte die Tragebalken, die Vater mit Metallschrauben an der Mauer montiert hat. Für den Bau unseres Schutzraums hat er fast ein halbes Jahr gebraucht. Jetzt hängen dort zahlreiche Spinnennetze. Feiner Sand rieselt auf uns herab. Ich kneife die Augen zusammen und reibe mir mit den Fingern den Staub aus den Lidern. Als ich die Augen wieder öffne, sehe ich weiße Pünktchen durch den Kellerraum schweben. Wie tanzende Elfen, denke ich. Sie sind gekommen, um uns zu beschützen.

»Ich bin sehr stolz auf euch!«, ruft Vater und klopft sich auf die Oberschenkel. »Wie immer vorbildlich.« Er erhebt sich aus seinem Sessel. »Es war nur eine Übung. Macht euch keine Sorgen, Kinder, es kommen keine Fremdlinge zu uns auf die Insel.« Vater hängt das Gewehr zurück an die Wand. »Das habt ihr wirklich gut gemacht!«

Erleichtert atmet Boy aus, lässt meine Hand los. »Das wusste ich die ganze Zeit!«

Ich glaube ihm nicht. Obwohl auch ich gehofft habe, dass es nur ein unangekündigter Testlauf war. So wie jedes Jahr. Doch Mutters echte Tränen haben mich verunsichert.

»Dürfen wir trotzdem?«, frage ich und schiele auf die bernsteinfarbene Tablette in meiner Hand. Mutter nickt mir zu. Ich will gerade danach greifen, als Vater uns unterbricht.

»Aber vorher möchte ich die sieben Gebote hören.«

Augenblicklich beten Boy und ich die Regeln herunter, wir können sie im Schlaf.

»Wir müssen uns verstecken, wenn Onkel Ole kommt.«

»Wir dürfen niemals lügen.«

»Niemand darf Vaters Bibliothek betreten«, sagt Boy und blickt hämisch zu mir herüber. Dabei habe ich mir nur ein paar alte Fotoalben und Mutters Lieblingsroman aus dem Bücherregal genommen. Den mit der schönen Frau auf dem Titelbild, eng umschlungen in den Armen eines dunkelhaarigen Mannes. Ich hatte mich gerade an den Schreibtisch gesetzt und die ersten Kapitel von *Juliette oder die Liebe meines Lebens* gelesen, als Vater hinter mir auftauchte. Ich fühlte mich ertappt. Dabei muss die Buchseite eingerissen sein. Mutter war so erbost darüber, dass uns seitdem das Betreten von Vaters Arbeitszimmer strengstens untersagt ist. Auch wenn ich das bis heute ungerecht finde. Es war wirklich nur ein winziger Riss.

»Wir müssen sofort in den Schutzraum, wenn die Sirene ertönt. Egal, was wir gerade tun.«

»Wir dürfen keine fremden Beeren essen«, sage ich und erinnere mich an Boy, der drei Tage lang mit Fieber und Krämpfen im Bett lag. Da wir aus Sicherheitsgründen keinen Doktor aus dem Dorf rufen durften, beteten wir jede Nacht zu Gott, dass er überlebt. Kurz nach Boys Genesung wurde die fünfte Regel eingeführt.

»Wir müssen immer kurz und schmerzlos töten.«

»Und das siebte und wichtigste Gebot der Wächter: Keiner darf unsere Insel ohne die Erlaubnis von Mutter oder Vater verlassen«, sage ich und starre zu Boy hinüber. »Ansonsten werden wir beide dafür bestraft.«

»Damit wir besser aufeinander aufpassen«, zischt Boy zurück.

»Ausgezeichnet, Kinder!« Vater ist zufrieden. »Ihr dürft euch eure Belohnung nehmen.«

Hastig stopfen wir uns die Trostpillen in den Mund. Ich schließe die Augen und lasse die geleeartige Ummantelung mit dem süßen Geschmack nach reifen Walderdbeeren, Holunder und Kirschen noch lange auf der Zunge zergehen, bevor ich die dicke Tablette hinunterschlucke, die daruntersteckt.

Ich wünschte, wir hätten jeden Monat einen Testalarm.